中国当代西部文学文库

中国当代西部文学文库

放羊的女人

漠月 著

黄河出版传媒集团
宁夏人民出版社

图书在版编目(CIP)数据

放羊的女人 / 漠月著. — 银川：宁夏人民出版社，
2011.12

（中国当代西部文学文库）

ISBN 978-7-227-04888-6

Ⅰ. ①放… Ⅱ. ①漠… Ⅲ. ①短篇小说—小说集—中
国—当代 Ⅳ. ①I247.7

中国版本图书馆 CIP 数据核字（2011）第 253007 号

中国当代西部文学文库——放羊的女人　　　　　　　　　漠　月　著

责任编辑　唐　晴　刘建英
封面设计　项思雨
责任印制　李宗妮

黄河出版传媒集团
宁 夏 人 民 出 版 社　　出版发行

地　　址	银川市北京东路 139 号出版大厦（750001）
网　　址	http://www.yrpubm.com
网上书店	http://www.hh-book.com
电子信箱	renminshe@yrpubm.com
邮购电话	0951-5044614
经　　销	全国新华书店
印刷装订	宁夏精捷彩色印务有限公司

开　本　720mm×980mm　1/16		印　张　18.75　字　数　260 千	
印刷委托书号（宁）0012236		印　数　3500 册	
版　次　2012 年 4 月第 1 版		印　次　2012 年 4 月第 1 次印刷	
书　号　ISBN 978-7-227-04888-6/I·1273			

定　　价　36.00 元

有关漠月
（代序）

石舒清

漠月的故事

　　我和漠月在同一个单位工作近十年了，忽然觉得如果有人让我讲讲漠月，我会讲不出什么来。我发现漠月是一个没多少故事可讲的人。有些人你一旦想起来，总会给你一种蠢蠢作动不得安宁的印象，有些人却给你一种守静的印象，漠月给我的印象是后一种的。我有幸搞专业写作，因此单位上不多去，偶或去了，总是能看到漠月，他的办公室正对着楼道口。办公室的门总不能关紧着的，连虚掩着也不好，只得敞着，这样就可见漠月趴在他的办公桌上做什么。很重沉的一个身子，似乎一旦坐稳了就不想再起来。他倒不是很专注，有时候我觉得他似乎在出神。楼道里上下来去着人，有喧哗声，但漠月是极少侧头一顾的。那时候他们几个人共用着一个办公室，漠月的办公桌正好是靠着一面墙的，这真是再合意不过，使得漠月可以面墙而坐。有人来办公室，也大多是和另外的人谈话交流，漠月还是固坐在他的地方，不多回头的。

　　刚开始见漠月这样，会觉到一些生硬和不自在，但现在相互间熟悉了，就觉得漠月所以如此，既不是出于傲慢(他从来就不是一个傲慢的人)，也不是由于他生性拘束，而只是他的一种方式罢了，这种方式于他是最为自然的。如果让他见人就拉手，就拍肩，就忽然间亲得不行，这于他为难，于别人大概也会更加的不自在吧。

　　而且我觉得作为一个写作的人，他这样一种近乎孤寡不亲的方式，似乎更能赢得我的理解和赞同。

　　漠月，一个看起来没有故事的人，有多少丰富而又深情的故事细浪那样翻腾在他的心里？

最初的记忆

　　此前我肯定见过漠月的，但他留给我的第一印象却似乎是在1999年，这个想来也是有点意思的。

　　其时我刚从鲁迅文学院上学回来，拖着个大包在街上走，就碰到漠月。正值午饭时候，就被他邀到一家餐馆里去吃饭。吃饭总是要说些话的，记得我们也说了点什么。其实我和漠月在性格上有着一些相近的地方，都不是很善于应酬。这样性格的人遇到一起，也容易心生默契，互相间多有理解和体谅。因此那一顿饭吃过很多年了，我还能清楚地记得。

　　漠月是一个仁厚宽和的人，是饥困时刻，把一个馒头一分为二，将那多一半分给你吃的人；是一件厚诚的旧棉袄，你冷了可以穿上，热了脱下来放过一边，却不必过多致意的人，这就是漠月给我的最初感觉。许多年下来，虽然交往不多，但我的这一感觉还是没有变化，反而是愈益得到肯定。漠月就像一件老棉袄，面子似乎有些凉意，不让人觉得熟亲，里头却是诚心诚意暖和着的。

记忆片断(一)

　　我家在银川新市区，到单位须坐公交车。一次从单位回家，见漠月也坐在车上，于是扬手打一个招呼。一会儿，他身边的人下车去了，我就赶过去与他坐在一起，他给我笑一笑，说是去宁夏大学（他的母校)看一个人，这一句过后，记得我们再没有说过什么。觉得这一段走得熟惯的路突然间漫长了起来。直到漠月下车，我们也没有再说什么。

我看着他下车，走入人群里去了。我就想，他专程地来看一个人，那么见到那个他看的人后，他们之间能说出多少话来呢?

不足挂齿的一件事，却使我在写这篇短文时，很容易地就想了起来。

记忆片断(二)

漠月是极少说什么大话的，也好像不大容易激动得起来。但是有一次不知源于什么事，他却很有些感慨地说到两句古诗，说到那两句古诗境界的雄大神妙。

两句古诗是：星垂平野阔，月涌大江流。

于是后来每见到这两句古诗时，我都会不期然地想起漠月来，偶尔看到在某种状态中的漠月，也会使我忽然地想起这两句古诗。

记忆片断(三)

群聚的时候，开会的时候，人们的样子看起来会是有些意思的。在这样的时候，人们容易失态，容易忘形，容易变得连自己也不认识。

在一次会议上，很觉得无聊，于是就暗暗观察起一个个会议人物来，那真是形形色色的面目，好像处在各种不同的梦境中。这时候陈继明让我看漠月，我就看。漠月好像并不在睡梦中。陈继明就说了一句让我记下来的话，他说漠月这家伙，还是厉害呢。这种厉害，指的是漠月没有忘形吗?

然而当时在那么多昏昏欲睡的面孔中间，漠月给我的印象是有些深刻的。

对酒当歌

其实漠月还是很有意思的一个人，有时甚至显得稚拙可爱。但这需要他喝一点酒才能显现出来。漠月是能喝酒的人。《朔方》编辑部有几个颇为善饮者，漠月是其中的一个主力。听说他们喝酒时是需换大杯的。酒喝到一定的份上，如果有人鼓动，漠月就会大方地立起来唱上一曲。漠月虽是汉人，但生长于内蒙古，因此一旦乘兴高歌，便很有着蒙古人的豪放与深情，所唱也多是蒙古歌曲。漠月的歌声算不得很出色，打动人的是他唱歌时的那副神态，沉溺又旷远，诚挚复浓烈，就像一个微醺的人打出来的一连串心满意足的饱嗝。我想那一时刻，即使真有一个歌手在场，大家也宁愿听漠月而不听他的。

但漠月的能喝酒也给他带来了不少的麻烦，譬如一些集会上，有人姗姗地来敬酒，漠月这一桌的人就会推举漠月代表大家来接受敬酒。前两天还有过一遭的，单位一人娶媳妇设宴席，新郎新娘来我们这一桌敬酒时，漠月就被大家抬举了起来。其时漠月已喝了不少，脸上已颇有酒意。他端起两只满盈的酒杯向一对新人说："我不会说话，就会喝酒。"于是在一片喝彩声里将两杯酒一饮而尽，可能是喝彩声使他的豪情一路升腾了起来，他近乎自投罗网地说："你们的意思是我再喝两杯?"这样的话一出口，两只被他喝空的杯子很快地就又满溢起来。喝完这两杯酒，像脱口而出那样，漠月说了一句很有意思的话，这样的话愈是被漠月这样的人说出，愈是显得有意思有味道，真是给大家带来了不少的快乐。惜乎不能录在这里。

因此漠月虽然不多话，也不多与人交往，但他与大家的关系还是很不错的，我就听单位的不少人说到漠月，那完全是说到自家兄弟一样的口气。

漠月的小说

漠月的小说已有许多明显的成绩在那里，是用不着我多说什么了。他的短篇小说《湖道》和《放羊的女人》曾占据中国小说学会和中国当代最新文学作品排行榜榜首，不光是对他个人，对整个宁夏的文学创作也是有着相当的激励作用。

但我认真看漠月的小说，却是自他的《夜走十三道梁》始。当时拿回新出版的《朔方》来，信手翻着，很快就被漠月的这篇小说吸引住，结果吃饭时还不能歇手。从这篇小说我看出了漠月对艺术分寸的精到把握和相当扎实的叙述功力。我觉得漠月的写作是一种气定神闲更为自信的写作，就像从一口大缸里一瓢一瓢地往外舀水那样，虽是徐徐地舀个不停，缸里的水却总是不见其少，像暗通着一个源泉似的。其实漠月也真是有着一个源泉的，这就是生他养他的西部阿拉善。他的笔好像从未离开过那里，其实不是不离开，而是无法离开，是一种相互的牵扯和强烈的被吸引，就像丢了心爱之物的人，总是盘桓原地，总是寻寻觅觅。另外漠月的小说能给予人这样的印象，我觉得，也与他这个人有关，我一直认为，写作就是写自己，写自己的经验与认识，写自己的性情和主张，什么钥匙开什么锁，什么样的人就作什么样的文，这个是假不过去，也勉强不得的。读着漠月的小说，我一再觉得他的小说与他之间，总是有着某种不可言说却可神会的一致性。

一个人不论写多少文字，换多少手法，归拢到一起看，大致上也只是一种风貌，限制造就了风格，漠月也莫能外。漠月的小说看多了，就会发现有这样一个特点，他似乎不大情愿写到一个具体的人，似乎不愿意使他的人物有一个名字。因此在他的小说里，出现的人物多是男人、女人、老人、儿子、小孙子，等等这样一些显得笼统的称呼，但真正写起来，又把这样一个个无名无姓的人写得真切可感，如在眼前。这样一种写法如若出自无意，则是很有意味很值得探究的。同样不愿意给他的人物起名字的西部作家还有一个红柯，但红柯与漠月的风格是很不一样的，漠月也写意，比较于红柯，却是写实得多了。

于是在漠月的小说里，我们总是那么的容易看到一群近乎于无名无姓的人，一群容易被忽略的人，一群在漫漫的岁月里难得被关注的人，却是那样坚韧而又深情地生息在一片寂寞的土地上。

是否正是这一点触动了作家？这个其实是不可说的，即使漠月自己也未必说得清楚，好在他已经这样子做了。

自从看过《夜走十三道梁》后，我就开始关注起漠月的小说来。我觉得他的小说在他特有的静缓绵密的叙述中体现着一种难度，看起来闲庭信步，看起来无心插柳，但正如他在短篇小说《大水》中对天空的描述那样："乌青的云层正在淡化，这时也变得轻薄了，大片的天空是瓦蓝瓦蓝的那种，洁净得一尘不染，又深邃得令人心悸。"

是的，诡谲的云层淡化到一尘不染时，会显出一种令人心悸的深邃来，这是我所向往的艺术境界，也正是漠月的一部分优秀的小说给予我的感觉。

目录

湖 道

　　说是湖，其实并无水，那番大水汤汤的情景便不存在。湖道，周围的牧人都这么叫，却是由来已久。旱的时候居多，等到进入秋季，才有难得的几场雨，湖道里就开始湿润起来，草根紧接着活了，茵茵的青绿泛开，然后就是连片的芦草。草深的地方，能齐了人的腰，一群羊走进去，霎时不见了踪影，倒像是草把羊给吃掉了。

　　草是命根子。

　　在沙漠牧区，这样的湖道并不多见。靠天放牧，逐草而居，牧人便将湖道看得珍重。只要有草在秋天的湖道里荡漾，牲畜过渡寒冷漫长的冬春不愁温饱，牧人的日子就能过得很消闲。湖道好比是城里人开办的银行，那一排排随风涌动的草就是大票子。这真是上苍恩赐的，说是天上掉下来的馅饼也不为错。牧人就依傍着这湖道，活了一生一世。

　　八月将尽，天高云淡。湖道里的草开始泛黄，一天脱去一层绿。秋风中浮荡的草一波一折，花白的芦穗本是昂扬着的，这时也变得谦和了，不停地点头哈腰。草香四处飘溢，醉透了一道道沙梁。眼下的这个湖道，按居住习惯就近划给了相邻的两家牧人。两家牧人恪守着古老的传统，谁也不会偷着去先动湖道里的一根草。谁若先动了，一根草就会把这个人压得一生都翻不起身。一根草有如此巨大的重量，城里人无论如何是想不到的。其实，这两家牧人早就等急了，把镰刀都磨过好几遍了。终于，天上传来了一声"嘎咕"。大雁是在夜间飞过湖道上空的，这一声"嘎咕"，让牧人彻夜不眠。第二天，湖道的东西两头悄然地支起了两顶帐篷，又悄然地升起两缕炊烟。

正午的时候，阳光无遮无拦地照射着草浪中的两张脊背。两张脊背让稠密的草浪隔开，一起一伏的，晃动得很有节奏。草香里混合着人身上的汗味，渐渐地浓酽起来。两边的打草人虽离得远，却是头顶着头，乍一看就像两只在草浪里潜行的野兽，正蓄意地接近对方。两边的打草人还没搭过一句话，只听见刷刷刷，镰刀飞舞，阳光在刀刃上刺眼地一闪又一闪，挟起阵阵灼热扎进草浪里。镰刀很烫，刀刃扎进草根的瞬间，草被烫疼了似的剧烈颤抖。只要一开割，一切都变得单纯了，打草人眼里就剩下齐刷刷硬扎扎的草。都抢着多出草，便心照不宣地展开竞争，暗暗地攒着劲，屁股后面像有一群狼追赶着。两个人在沉默中爆发出来的力量，有一种令人惊叹的坚韧。

他们打掉了几档子又宽又稠的草。大片的草根在湖道里挺立着，人的秃脑袋一样袒露出青湛湛的头皮，还有无数被踩死或让镰刀拦腰斩断的蚂蚱之类的草虫儿。湖道里开始一片狼藉。再接下去，两个打草人实力上的差异就显现了出来。湖道里的两个草垛，都在一日高过一日，却分明是东边的那个大出许多，西边的那个小下许多。说得难堪一些，西边的那个草垛像个鸡窝。一大一小两个草垛自然是沉默着的，它们不能垛到一起去，如果能够垛到一起去，就很巍峨了，会像一座山头那样地雄踞在湖道里。它们不能垛到一起去，这真是没有办法的事情。

秋日渐短。每逢夕阳西下，湖道里一片幽暗。巨大的阴影水般漫溃而至，遮蔽了支起在沙梁之上的两顶帐篷，如果没有炊烟升起，可以将它们想象成两颗没有任何生命信息的石头。那两个草垛反倒在朦胧的夜色里变得很温馨，仿佛两只栖息安睡的鸟，夜的秋风拂过，草梢子像鸟的羽毛在轻柔地波动。

东边的帐篷里，亮子咕咚咕咚灌下去早就凉好的一壶茶水，肺腑立时通透清爽，没去了多半的疲累，从头到脚都很舒坦。亮子一声叫唤：娶了个……娶了个啥？后面的词颓然地噎了回去，扭头四处张望，竟莫名其妙地紧张了起来。进湖道半个月不曾说过话，这可嗓子一声喊，把自己着实吓了一跳。人要是这么长久地不说话，没准就真的变成哑巴了，亮子这样想。西边的那顶帐篷里悄无声息，没有升起晚炊的烟火，真的跟石头一样。往日这时辰，那边早已燃起一堆火，帐篷像个灯笼透着光亮。亮子也没了做饭的心思，躺到羊毛毡上点了烟抽，心里仍旧乱哄哄地无法入睡。翻腾了一阵后，亮子光着膀子和脚板走出帐篷，晚间的沙地柔软中透出一丝温热，搓得脚板酥痒，宛若一只小手儿轻轻地抠着。亮子又忍不住瞄那西边的帐篷。那顶帐篷很旧了，有烟熏过的黑渍，有雨水淋下的黄斑，还缀着几块刺眼的补丁，大白天看上去，像是一颗有毒的花蘑菇。

罗罗还没有走出湖道。

罗罗起早贪黑，为的是让自家的草垛更大些。可罗罗是个女子，力气毕竟有限，十天八天还行，时间一长就跟不上趟了，怎能比得过亮子呢？亮子想，罗罗你能把草垛弄得比我的还大，那才叫日怪呢。你把草垛弄得比我的还大，我就没脸了。黑暗中，亮子自信地背着手，不出声地笑一笑。他不明白自己咋就没了睡意，打了一天的草，腰杆子仍然硬着。亮子往湖道走去，他想乘着这股心劲儿，把天黑前割倒的草码到草垛上去。这样的草垛到了冬天也会绿着，羊吃了肯上膘，不比那娇贵得让人伺候的高粱和包谷差。羊就该吃这样的草，而不是吃那高粱和包谷，草才是羊的粮食。

不知不觉，亮子两只瓷实的脚板踏过草根，离罗罗很近了。亮子越过自己的那个大草垛，他把码草的事给忘了。刷刷刷的打草声和罗罗的喘气声，在夜幕下响得异常清晰，终于把亮子牵扯了过去。亮子像是无法抗拒，只有乖乖地走。夜还不是很深很黑，虚弱的星光在罗罗的镰刀上摇曳着，像一滴一滴的水。星光下的镰刀是冰冷的，裹了一层幽幽的寒气。亮子离罗罗很近了，在只有一步远的地方站住，把几束坚硬的草根踏进沙地里，他都没有感觉到疼痛。亮子就居高临下地看着罗罗。罗罗弯着腰，屁股撅得老高，像一只母羊吭哧吭哧地嚼着眼前的草，饿极了的模样。罗罗身上的汗褂儿滑脱了，一大截皮肉露在背处，浑圆而饱满，这是一个女子熟透了的腰条儿。那腰条儿真是很白，白花花地闪着亮，褪去皮的锁阳一般，水光四射，柔嫩而新鲜。亮子就被狠狠地蜇了一下，眼前恍惚着一片雾似的，整个的人都晃了几晃。

哦。亮子舌根颤了一下，算是打过招呼。

罗罗没有应声，头都不抬。罗罗当然知道是谁，却照例操作着，镰刀深深地扎向草根。刀刃触到草的那一声响，一点都不清脆，亮子就知道镰刀钝了，不能游刃有余。被摁倒的草受到惊吓的马一样猛地竖起鬃毛，直扫罗罗的脸面。有几根草和一撮头发纠缠起来，弄得罗罗很狼狈。罗罗身上的汗气很重，一股一股地弥散着，像母羊身上发出的味道。亮子就暗暗地嗅着，沉迷地在罗罗面前站立很久。

你，还不睡么?亮子直通通地问。

亮子问罢又后悔了。平日里见面都不说一句话，这么突兀地问人家算怎么回事?没有道理的。罗罗果然还是不理不睬，就像亮子只是一个缥缈的影子。亮子自觉脸上很热，让谁凭空扇了耳光似的。其实，亮子也是好心。亮子的意思是，夜里的湖道湿气太重，夜里打草容易落下病根，女人更不该。罗罗你是女人。这种话又不能说得很明白，亮子说不出口，就立在原地一动不动，心却一揪一揪的。

罗罗这时才直起腰，胸脯哗地一抖闪过脸去，看都不看亮子一眼，握着镰刀走了。罗罗的身后是稀稀拉拉一溜儿割倒的草。大部分草仍然挺立着，它们很轻松地躲过了镰刀，亮子觉得这些草都附着了灵性，以某种嘲弄的姿态在夜风中倨傲地摇摆。罗罗趟出草湖走上沙梁，握着镰刀的样子像是端着一杆猎枪。亮子的目光曲折地穿透着夜色追随罗罗而去，直到罗罗的身影消失在西边的帐篷里。

亮子垂下头，长长地叹了一口气。

亮子回到自己的帐篷里，四叉八蹬地躺倒，心里愈加不能平静。罗罗还在眼前晃动，罗罗那晃动的模样让他颠三倒四地回想许多事情。两家相距不过两里路，之间只隔着一道枯水沟，共用一口水井。还有那一条小路，更像一根绳子系着两座黄泥小屋。亮子和罗罗自小就很亲近，童年和少年的时光里，他们几乎形影不离，一起玩丢羊拐儿的游戏或结伴出去挖锁阳。那时候的亮子和罗罗虽不懂得人间烟火，从大人们的说笑中，却能断断续续地听见两家将来要对亲家的话。意思是等他们长大以后，亮子就娶罗罗做媳妇。

亮子和罗罗由此而产生了少年最初的羞涩和隐约的幸福感。在那样一段日子里，他们都悄然地渴望着，渴望着自己能够尽快地长大。

却又出了那样的一件事。

亮子十六岁那年，罗罗爹死了，据说与亮子爹有关。亮子爹是生产队长。那年冬天天气奇冷，亮子爹派罗罗爹到湖道里守草垛。罗罗爹人很老实，却偏偏好酒，一场暴风雪掀翻毡房，罗罗爹酒醉不醒，一夜之间便冻僵了，硬得能当根拴马桩。罗罗家从此少了个顶门立户的男人，寡母孤女的日子就开始滑坡，跟羊吃了醉马草一样，一天天地枯瘦下去，只剩下个骨头架子了。罗罗娘那时还年轻又有几分姿色，算是生产队里少见的漂亮女人。轻薄的男人们就寻了各种各样的借口，在罗罗家进出得频繁，门前的桩墩子上经常拴着漂亮的走马和高大的骟驼。罗罗娘刚开始还拒绝着这些男人们，时间一长便也顺水推舟，不仅学会了喝酒抽烟，还敢留男人在屋里过夜。狐狸精，亮子娘愤愤地骂，恨不得撕下罗罗娘身上的一块肉。起初，亮子觉得娘不该这样，这样做等于落井下石。可是，娘每咬牙切齿地骂一次，爹那脸面上就止不住地落一片灰白。接下来亮子才明白，娘把罗罗娘和自己的爹裹在一起给骂了，而且骂得理直气壮。罗罗爹死后，亮子爹心里感到愧疚，总想着接济一下罗罗家，每逢杀了羊，不忘提一条羊后腿送过去。后来，亮子爹竟也和那些轻薄的男人一样，睡在了罗罗家的炕头上，半夜里让亮子娘扯着裤带牵牲口般牵了回来。时隔不久，亮子爹的生产队长就被撸掉了。这事风传许久，成了牧人们酒余肉后的笑谈，说亮子爹精明一世，糊涂一时，啃一口窝边草，把好端端一个生产队长搭了进去。另外的一说是，亮子爹原本就没安好心，假公济私让罗罗爹去湖道里送命，自己好占了那个窝，窝没占着，反惹一身臊气。亮子爹羞愧难当，曾真心实意地上吊死过一回，又让亮子娘给救了，却再也抬不起头来。

从此两家断了来往。

亮子娘还自作主张，雇人重新打了一口井。

日子默默流淌。湖道里的草青了黄，黄了青。罗罗家屋前那个桩墩子也一天天地歪斜了，再看不见有漂亮的走马和高大的骟驼拴在上面。那个

放羊的女人

桩墩子后来让罗罗拿斧头给劈了，当柴火烧成了灰。罗罗家终于门可罗雀，清静得像一座破庙。

"狗日的男人，杂种。"

罗罗娘后来衰老得不像样子，整日靠在墙根儿下晒太阳，眯着眼打喷嚏，口水扯成一道明亮的细线滴进眼前的酒碗里。口水和酒是一样的颜色，碗里分不清哪是酒哪是口水。碗里空了，再添上；添上，又空了。罗罗娘已经离不开酒，如同草是牧人的命根子，酒成了罗罗娘的命根子。罗罗娘的眼里再没了草，也没了羊，甚至没了女儿罗罗，只有酒。罗罗娘全部的世界是酒和口水这种无色透明的液体。为了让娘能够活下去，罗罗就要想办法把酒赊回来。大队部办有代销店，店里有酒。罗罗十天半月就得走一趟大队部，背回家一鳖子酒。水鳖子成了酒鳖子。鳖子口小肚儿大，边上恰有四个穿绳子的扣，像极了鳖的四只短腿。罗罗就背着这样一只盛满酒的鳖，趔趄着行走在起伏不定的通往大队部的那条小路上，像一个摇摇晃晃的酒鬼。酒鳖子的盖儿不很严密，浓郁的酒香播撒了一路。罗罗娘的脸面黑里透红，骂过了大笑不止，笑过后接着再骂，让自己的口水淹死天底下的男人。罗罗得空闲下来就站在娘旁边，两眼红肿。亮子远远地从旁边经过时，脚步匆匆，不敢多看一眼。如果亮子经过时稍有迟疑，站在屋顶上的娘便要大呼大叫，惹得吃草的羊都抬起头来凝神谛听，防备着什么似的。而罗罗垂手呆立的模样，像夏秋时节草滩上的一棵黄灿灿孤零零的野谷穗儿。罗罗是一棵黄灿灿孤零零的野谷穗儿，亮子这样想。这样想的时候，亮子又忍不住要多看一眼罗罗。罗罗的衣裳上又打了一块补丁。补丁很醒目，所以亮子一眼就看见了，心里被一块硬物猛地撞了一下。亮子觉出了一种疼痛，就背过身去匆匆离开，脊背上凉飕飕的。沙漠牧区的女子都要很早说下婆家，此俗绵绵相传至今不改。罗罗还没说下婆家，她要像个男人一样操持生活，为娘赊来满鳖子的酒。罗罗要让娘活下去，就不能很早地说下婆家。罗罗已经放出口风，她这辈子不想嫁人，要看着娘喝酒晒太阳……

湖道里的夜很深了，深得很透彻，透彻得让满天星星一片繁忙。繁星笼罩着湖道。芦草都拔完了穗儿，也播下了新的种子，它们像无数的男人和女人拥挤在一起。草没有思想，可草是好东西。草不争风吃醋，草不当婊子也不做嫖客。草和草永远都在和平相处，彼此没有嫉恨和仇视。躺在帐篷里的亮子睡不着，他倾听着湖道里的草的呢喃，就想了这么多，终于很认真地想到了草。原来他没有这样想过，现在这样想了。草使亮子的心境变得平和沉静了许多，同时也给了他一些启示。亮子就想抽烟了，暗中摸索好一阵子，才找到烟和火柴。刚把一根火柴划亮，有个黑东西穿过帐篷带起一股冷风，将火柴扑灭了，接着又是几声瘆人的怪叫。亮子吓得头皮发麻，毛发一根根地竖立起来，脑子里突然闪出罗罗爹活着时候的模样，而且是那么的清晰。罗罗爹就是死在这个湖道里的，那年冬天，好大的一场雪。亮子扔掉烟和火柴，扯过被子裹住自己，大气不敢出。湖道里这时又起了夜风，时紧时慢地掠过沙梁，吹得帐篷扑扑直响，像一个无理的恶人摇撼着手里的扇子、吐着口水……

两个草垛差不多一样大小了。

亮子干一阵歇一阵，坐在草捆子上打盹儿，眼皮子却在忽悠忽悠地动，他睡不着。有时候噘起嘴巴打几声口哨，眯着眼瞧对面的罗罗。罗罗毫无反应，自顾低头打草。罗罗换了一把镰刀，割过去的草根齐刷刷的，很干净。罗罗把镰刀挥舞得得心应手，草就一排排地躺在罗罗身后，有几十个草捆子了，像一群羊分散地卧着，很慵倦的样子。亮子很想和罗罗说说话，却又不敢走到近前去。亮子心想，罗罗你是个木头疙瘩么?我若是甩开膀子大干，能由得你多打草?湖道里就长下这些草，我亮子要是不让着你罗罗，你的草垛可真要变成个鸡窝。

这般的几日过去，两个草垛果真一样大了，像骆驼背上等量齐观的两个驼峰。

亮子悄然地笑了。

再往后的情形又变了，亮子坐下，罗罗也坐下；等到亮子起身去打草，罗罗也摸起镰刀。罗罗的心里豁亮着，她不愿把自己的草垛弄得比亮子的还大，她知道自己的草垛应该大到什么程度。罗罗不稀罕旁人的施舍，她只要自己应该得到的那一份。罗罗让亮子感觉到了这一点。罗罗的沉默与坚韧震动了亮子，亮子就无奈了起来，暗暗地羞惭了起来，他觉得罗罗将他打倒了，而且不动声色。亮子突然失去了自信，就恨起罗罗了，心里很不好受。亮子索性扔掉镰刀躺进帐篷里去，罗罗也不露面了。湖道里没了两张晃动的脊背和刷刷刷的打草声，草被委屈着，就让草虫儿得着了机会，它们开始发疯地吵闹，吵得不分彼此，吵得幸灾乐祸，吵成了一锅肉粥。

　　这日，天脚涌起乌黑的云团，很快遮住了太阳，笼罩了湖道，草虫儿敛了声息不再疯吵。湖道里阴沉沉的，变得一片死寂。天要下雨了，有可能是最后一场秋雨。乌黑的云团在湖道上面积蓄了整整一天，不断地增添着厚重感。夜里，亮子被一声巨大的炸雷惊醒，整个湖道都震荡了，一个车轱辘似的火球沿着湖道滚动着，一路畅笑地消失在沙梁背后。过了没多会儿，雨水就泼下来了，抽打得帐篷摇摇欲倒。雨水来得凶猛暴戾，湖道里来不及渗水，霎时一片汪洋。在转瞬即逝的闪电中，亮子看见西边的帐篷霍然倒下，罗罗在雨水里挣扎着。罗罗像一只打湿了翅膀的鸟。亮子傻呆呆地看了一阵，然后光着膀子弹跳起来，奔向那边的沙梁。亮子却又无法阻止罗罗，罗罗的力气大得惊人，头发长长地披散着，被雨水湿透的身上很滑，亮子抓了几把没抓住，让罗罗轻而易举地挣脱了。罗罗挥舞着胳膊在沙梁上奔跑，像一个幽灵在黑暗与闪电的交替中时隐时现。罗罗跑，亮子也跟着跑，在沙梁上来来回回地兜起了圈子，仿佛在雨里做着一种游戏。在雨里折腾了大半夜，罗罗才面口袋一样变软了，有气无力地瘫倒在泥水里。亮子要扶起罗罗，手触着那湿透的身子时又猛然缩了回来。罗罗的身子又硬又凉，像一块冰。亮子又闻见了罗罗身上的那股味儿。那股味儿也是湿漉漉的，更加顽固地附着在罗罗身上，雨水都浇不掉。亮子的头就又有些晕，他觉得自己也是累得不行，快要站不住了，很想歇息一阵。

　　亮子说，你坐起来。

　　罗罗不理不睬。

　　亮子说，你坐起来。

罗罗终于坐直了。

亮子也坐下了。

罗罗说，你是谁？

亮子说，我是亮子。

罗罗说，你是鬼。

亮子说，我是亮子。

罗罗说，男人都是鬼。

亮子说，我是亮子。

罗罗哭了。

亮子说，你哭，我知道你想哭，你就哭吧。

呜呜呜——

罗罗就开始了她的哭泣，以至大放长声。

亮子不再说话，很认真地听罗罗哭。长了这么大，亮子还没听过罗罗放大长声地哭过。在黑沉沉的夜里，罗罗的哭声和雨声连成了一片。罗罗的哭泣比雨声更淋漓，在雨水中穿行，内容十分丰富，有幽怨有哀伤有悲怆，仿佛一只鸟的羽毛，起初是芜杂的，被雨水洗沐着，逐渐地变得洁净了，甚至有了一种灵动和翩然。

亮子想，罗罗你真该哭上一场，美美地哭上一场，像你这样的女子，泪水存得差不多跟天上的雨一样多了。

罗罗就哭。

罗罗哭了整整一夜……

雨水是在罗罗的哭泣声中悄然而止的。

天亮的时候，从草湖里传来哗哗哗的水声，罗罗也停止了自己的哭泣。这是一个鲜亮亮的早晨，湖道里聚满了水，真的是大水汤汤了，像一条兀生的河流。这时，奇异的景象出现了，那两个草垛在水面上漂浮着，轻轻地打着旋儿，缓缓地往水的中央聚拢。后来，那两个草垛紧紧地靠在一起，顺水而下……

坐在沙梁上的亮子和罗罗都怔怔地看着。

罗罗说，草。

亮子说，草。

草……

父亲与驼

要想有吗?有骆驼

要想家吗?有骆驼

　　——阿拉善民歌

　　远远地，有人出现了。

　　那便是我的父亲。父亲骑在一峰高大健壮的黄骟驼上。黄骟驼的双峰笔直，父亲被夹在中间，显得有一些小了，头顶差不多和驼峰齐平，就像是驼背上又长出了一个驼峰。驼背又宽又厚，驼背中间还有那么一小块的平整，骑上去的时候，往往会产生一种坐在土炕上的感觉，令人产生很深的迷恋，想打个盹儿或者美美地睡上一觉。父亲原本是个务习庄稼的农家汉子，十七岁那年为逃避一次命运的劫难，在一个静悄悄的夜晚从农村老家出发，一口气趟进阿拉善沙漠，从此再也没有回去。后来父亲一不小心往驼背上这么一坐，就是几十年，硬是将自己坐成了一个远近闻名的驼倌。

　　现在，父亲让黄骟驼停在一道又险又陡的沙梁上，然后向四处张望。

　　父亲其实也曾经人高马大的，是大碗喝酒大块吃肉的那种汉子。几十年过去，父亲显然是无可避免地老态了，腰身躬得很厉害，坐在驼背上就不再是威风凛凛的样子，像是要藏进笔直而厚实的驼峰里去了。常年在风沙里走来走去，父亲得了严重的眼病。所以，父亲在向远处张望着的时候，眼睛总是睁一阵后，又无奈地眯上一阵，再睁上一阵，会有眼屎涩涩地挤出来，沾在眼角上凝成了枯黄的坨儿。父亲的一只手松松地扯着缰绳，另一只手久久地搭在额头上，遮挡着从头顶射下来的阳光。

　　父亲看到的又是什么呢？

正是农历的七月，大漠深处到了一年中最热的节气，这样的节气被牧人称作苦夏。海海漫漫的沙原上，不时卷起一股粗大的牛角一样的沙柱，沙柱扶摇直上，往虚空里去了。没有一丝儿云，天却是白的，白得轻飘飘的，像一层麻纸。高天之上，仅剩得一颗炙热无比的日头，有如一只燃烧着的火刺猬悬浮在那里，然后毫不吝啬地抛撒着身上的毒针。干旱的日子到来了，谁想躲都躲不过去的，只有死受和煎熬。除过黄骟驼和父亲，再看不见一只飞翔或者奔跑的活物。沙漠像一块巨大的肺叶，却听不见那生生不息的呼吸，只有死样的寂静。

按说在这样的节气里是不该出门的，人不宜，骆驼也不宜。道理其实很简单：人呆在屋里，骆驼呆在草滩上，共同守着一口水井，能热到哪里去？

父亲却在这样的节气里出门，而且走得很远。

有什么办法呢？谁劝都不听。母亲说，能不能等上些日子。父亲说我等了一个春天了，你还让我再等到啥时候？母亲说等天凉一凉再去。父亲一下子就火了，差点一脚踢翻放在灶台上的饭锅。有很长一段日子，父亲的脾气很大，动不动就发火，家里人谁都不敢高声说话，唯恐一不小心惹恼了父亲。在屋里，父亲从来都是说一不二的，他要是暴跳起来的时候，像一头狮子。母亲和我们儿女就都小心翼翼着，吃了喝了，该干啥干啥去，很少在父亲的面前绕来绕去的。

后来，我们儿女都不大愿意和父亲说话了。屋里从早到晚闷闷的，静得只有母亲纳鞋底子时麻绳来回抽扯发出的声音，像墙角里的老鼠在磨牙。

母亲责怪我们儿女说，咋能这么做呢？

我们儿女你看看我，我看看你。

母亲说，他可是你们的亲爹老子。

我们儿女一律地不吭声。

母亲又用讨好的口气对父亲说，一家人吃你的喝你的，都怕惹你生气哩。

父亲说，吃我？我身上能有几两肉。我们都吃骆驼的喝骆驼的。没有一群骆驼好端端地放着，一家人都得喝西北风去。

在我儿时的印象里，父亲对待他放牧的一群骆驼，远比对待他的儿女要好得多。父亲甚至不厌其烦地给每一峰成年的骆驼起了名字，比如白鼻梁、大耳朵、一倒峰……这是根据它们的特征而命名的。还有的骆驼竟然是有姓的，张王李赵……呼唤起来亲切备至。每隔一两个月，父亲就要去大队部一趟，来回正好是一天的时间。鼓囊囊的褡裢里装着的是骆驼们的吃喝，有黄有白，黄的是给骆驼泻火的大黄，白的是给骆驼打虫的"敌百虫"。父亲进门，带回来的往往是一股子古怪的药味，而且连续几日不散，呛得人像伤风感冒直打喷嚏。作为家里的老小，我总期待着父亲能给我多一点偏食，譬如一把水果糖什么的。可是没有，直到将褡裢掏空了，连片糖纸都没得着。又不敢明着问，拐弯抹角地说给母亲听，母亲也只是笑一笑而已。

事实上，母亲也同样是有所期待的，譬如一瓶子清亮亮的胡麻油。

有了这样一瓶子胡麻油，我们平凡而朴素的日子便能够多一点滋味，偶尔烙一次饼子时滴上那么几滴，可真叫个香啊。在广大的沙漠牧区，胡麻油是极珍贵的，谁能从队长或者大队库房保管员那里额外地索得一点，算是很有本事了。母亲会用得格外节俭，一瓶子胡麻油大概要吃上两个月。不期然的是，油瓶子却早早地空了，空得一滴油都不剩。让父亲在某个时候拿出去，大大方方地送给了几峰乏骆驼。他的儿女肚子里有没有油水，则另当别论。父亲很可能会这样说，秕谷子饿不死小家雀，有一群骆驼好好放着就有你们吃的喝的。

母亲无可奈何地对我们儿女说，神了，藏到哪里都不行，炕洞里、烟囱里、柴堆里，你们的老子一翻就翻着了，我总不能整天把油瓶子抱在怀窝里吧。

哥和姐就不大高兴，挖苦地说，还好，没把空瓶子给丢了。

母亲说，咋？

哥和姐说，下次打油还用呢。

母亲无语。

父亲享受着一个牧驼人的荣耀，却连累得母亲和我们儿女跟上遭罪，起码比别的牧人家少吃了不少胡麻油。这曾经是我们的共识，如果说这是一种浅薄，似乎也是可以得到谅解的。谁让我们正在长身体的时候，遇上了20世纪60年代初那些个饥饿的日子，尤其是我上面的哥和姐，在百里外的小镇上学时，饿得狗一样地从垃圾堆里刨出骨头，烧酥了吃，据说味道还相当不错。因此之故，哥和姐只念到小学毕业就回家了。

哥和姐说着这些事情的时候，是流着泪的。母亲也流着泪，为自己遭了罪的儿女们。母亲又何尝不是呢？母亲是最懂得节俭的人。

所有的这一切，父亲都是知道的，睁一眼闭一眼，就是不肯说出来。

父亲仍然一心一意地放牧着他的驼群，不为别的事情所动。父亲放牧的驼群不但没有出现死亡的问题，反倒壮大了起来，像一个奇迹。每当驼群到井上喝水时，前呼后拥着，从井口到旁边的粪场，站得黑压压的。一峰骆驼就是一棵树，井边凭空生长出一片茂密的树林。

一个牧人把骆驼放到了这个分儿上，真的是很少见，可偏偏就让母亲和我们儿女遭遇上了，还有什么好说的呢？几十年走过来，留在父亲记忆里的是一套滚瓜烂熟的骆驼经，除此之外，好像就没有别的什么了。

那场令人刻骨铭心的自然灾害和饥饿终于过去，我们也坚持着挺过来了。父亲却突然老了，父亲好像过早地老了十年，才四十出头的人，看上去就已经是一个小老头子了。饥饿和过度的劳累是一个方面，还有一个原因，那就是因为驼群里的一峰儿驼。

儿驼就是种公驼。在我们牧区，种公驼不叫种公驼，叫儿驼。

春天的一个早晨，父亲不吃不喝，腰间缠起一条羊肚子毛巾走出土屋，迎着血红的日头打了一个喷嚏。这一个喷嚏打得让父亲有些趔趄，立时觉得肚子里空荡荡的。父亲就将腰里的毛巾又紧着缠了几圈，向着井边走去。井边已经挤满了等水喝的骆驼，这些不会说话的伙伴们正翘首盼望着父亲的出现呢。

父亲刚刚拐过土屋的墙角，就有几峰老驼一摇一晃地迎了过来，它们期望父亲身后背着几个兜子，里面盛着高粱或者包谷什么的饲料，最好还拌了几滴香喷喷的胡麻油。父亲的身后是空的，老驼们有些失望地离开了，神情哀哀。这是几峰再也不能发情，再也不能怀孕下羔的老母驼，它们身上的绒薄了，毛稀了，牙也磨秃了，几乎嚼不动粗些的草棵了。大漠深处的初春，是真正的春寒料峭，滴水成冰。春天来到的时候，它们是最先乏下来的骆驼，能不能再一次熬过这个青黄不接的茬口，都很难说。这几峰老母驼，是父亲一眼一眼看着长大和衰老的，在它们并不很长的一生中孕育了好几代新的生命，为驼群的发展壮大做出了巨大的贡献。在它们老了的时候，多吃上些饲料和胡麻油也是应该的。可是，饲料没有了，胡麻油也没有了。

父亲一边朝井上走，一边歉疚地对那几峰老母驼说，没有了，啥都没有了。等着吧，天热了，草发了，你们都能混上个饱肚子。父亲这样说着，眼里潮潮的。真的是没有办法了，父亲尽了力。父亲让自己的儿女少吃了多少胡麻油，心里其实也是有数的。

却就少了一峰骆驼。

少的又正是那峰老了的儿驼。

父亲往井口一站，数都不用数，就知道少了"谁"。这峰老儿驼上井的时辰越来越晚，也让父亲越来越牵挂，不过，父亲一开始想的是，老儿驼不会走远的，在不知哪个柴疙瘩下卧着去了，老了嘛。老儿驼安安静静地卧上个一天半日，就该上井来了。有好几次了，老儿驼就是这样的，等到别的骆驼喝足水，在粪场上卧够了，养足了精神，然后站起身排成长长的队伍往草滩上去了，老儿驼才从某个地方出现，独独地向着水井走来。父亲就在井口等着，满满一槽水静得像一面镜子，映着天，也映着父亲的一张脸。过上一阵子，水里又映着另一张脸，那便是老儿驼的了。这个时候，就像是天掉到了水槽里，或者是父亲和老儿驼的两张脸贴在了天上。当老儿驼将它那细长的脖子艰难地弯下去，硕大的头颅抵进槽里，天没了，两张脸也没了。槽里的水乱了，整个世界都乱了。

父亲的心里也乱了。

老儿驼有着怎样的一张脸呢？

在父亲放牧的驼群里，唯独老儿驼没有自己的名字，从一开始就没有，父亲就直呼它儿驼，因为实在没有给它再另起个名字的必要。你想啊，驼群里有一峰当家的儿驼就够了，多了还不得乱套。老儿驼至高无上地统治驼群二十年，它的生命之泉是那么的旺盛。它的子子孙孙体魄高大健壮，毛绒厚实，耐久力强。有一峰好儿驼，对驼群意味着什么，牧驼人心里都明白。其实，在此之前，父亲也曾经选育过几峰儿驼，却都不大发旺，不得不骟了去。正是这峰老儿驼，将父亲这个驼倌的荣耀最终推到了顶点。其中最为显赫的并且被周围的牧人津津乐道的一桩事情，就是从父亲放牧的驼群中，那年一次出了二十峰军驼。而这二十峰军驼，无一不是老儿驼的子孙。每想起这二十峰军驼驮着我们的解放军战士，威风凛凛地巡逻在祖国西部大漠的千里边防线上，包括我们儿女在内的每一个家庭成员，都觉得脸上很有光彩。

可是，它也老了，这是必然的。和我们人类中的风流人物一样，无论建立了怎样的盖世功勋，衰老是不可抗拒的，这是自然规律。当老儿驼终于不得不把权利交给后来居上的小儿驼时，却出人意料地展示了最后一次雄风，留下了失败的辉煌。

是在这年的冬天。

腊月里的日子，大漠深处呵气成霜，干冷的寒风发出一声声尖厉而凄清的呼啸，枯草披靡。这却是儿驼和母驼情欲发旺的好时候，天越冷，儿驼和母驼的身体里越热，热着热着就到了极致了。在我们牧区，儿驼发情也不叫发情，叫"疯了"。如果没有身上那两个驼峰和弯曲的长脖子，"疯了"的儿驼简直就和公狮子一个模样，而且能不吃不喝坚持两三个月之久，可见它身体里积蓄的力量有多么大。也就是在这个节骨眼上，父亲作为一个恪尽职守的牧驼人，将适龄的母驼从庞大的驼群中分离出来，交给"疯了"的小儿驼。

老儿驼也一如既往地"疯了"。

在一片开阔的草滩上，老儿驼和小儿驼展开了一场角逐。八只桶口粗的蹄子焊住了似的贴着僵硬的冻土地，没有嘶鸣，没有追逐，它们先是将两扇石磨一样的身躯紧紧地靠在一起，再把脖子蛇样地交织，然后利用呼吸喷射着白色的泡沫，就跟相互商量好了那样，在沉默中进行着力量的抗衡。不远处，母驼们若无其事地默视着这对情敌的搏斗，就像是在观看一出早已司空见惯的游戏和表演。

时间在寒风中流逝。从早晨开始一直到傍晚，日头红了白，白了又红，像是看得害羞了，在天上划一个巨大的弧，正准备着悄然地隐退。整整一天，两峰"疯了"的儿驼还就是一动不动的，有如一座雕塑凝固在了那里。它们身上的力量有一部分化作了汗水，顺着后胯流到地上，冻成了冰坨。牧驼人都知道，如果没有外界的干扰，这样的抗衡能坚持十天半月甚至更长时间，直到其中的一峰儿驼因体力不支而放弃，否则，就永远地坚持下去。

父亲那时就站在两峰儿驼的旁边。

父亲眼里流露出欣赏的目光。

父亲心里说，好好，又是一个好种！

后来，父亲认为小儿驼和老儿驼再这样抗衡下去，已没有太大的意义。

小儿驼已经向它的主人交上了一份完满的答卷。这也正是父亲希望得到的。问题在于，父亲是有私心的，出现这样的局面，其实就是父亲刻意安排的。父亲想用这种方式，证实自己的眼力。是的，小儿驼不仅有一身绸缎般光滑鲜亮厚重密实的毛绒，而且在和老儿驼抗衡的过程中，大腿和胸胛上的肌肉始终是隆起的，有时忽而跃动一下，那是在关键的地方和关键的时候发着内力。相形之下，老儿驼身上的毛绒显得稀薄多了，有的部位还露出多皱的褐色的老皮，看上去已经没了弹性。有那么一阵子，父亲也倾向了老儿驼，静静地等待着奇迹的再次发生。毕竟，老儿驼和父亲相随了二十多年，像一对患难的兄弟。没有老儿驼，父亲的生命里就会有长长的一段空缺，那必将是令父亲难堪的一种苍白。

就在父亲的心境处在很矛盾的状态，正不知所措的时候，小儿驼却做出了一个令人意想不到的举动。

小儿驼突然仰起了脖子，全身闪电般地向旁边极其轻捷地一跳，脱离了老儿驼。这是很险恶的一招，是酝酿了好久才做出来的。老儿驼根本就不曾提防，失去了重心后，庞大的身躯在躺倒的同时，两条前腿也向下猛地跪去。只听得"咔吧"一声脆响，老儿驼砸在冻土地上的下腭骨竟从根

处齐齐折断，骨茬扎穿了皮肉，露出了瘆人的白，停了停后那浓黑的血水
才鼓涌而出，洇透了腭下的髭毛和一大片铁一样僵硬的土地。老儿驼挣扎
着站起身，胯裆里汗水如注，又化作大团的白雾。而这时的小儿驼却轩昂
着头颅，颠荡着碎步，围绕一群母驼一遍遍地兜起了圈子，用这种独特的
舞蹈展示胜利者的青春风采。

老儿驼失败了，失败得那么惊心动魄。

父亲站在那里，如痴如呆，望着老儿驼负载了无地自容的羞涩和悲凉，
忍着剧痛一摇一晃地离去。对于这样的结局，父亲是没有预料到的，它来得
太突然了。父亲后来是喊了一声的，至于喊的是什么，父亲自己都不明白。
老儿驼是不是听见了，父亲也不知道。那一刻，父亲眼前一片模糊。

整整一个冬天。

老儿驼像是完成了一次生命的奔突，在一夜之间跨过冬天和春天，仿
佛已经走在夏天里，对母驼没有了任何兴趣。它脱离驼群独来独往，乍一
看，就像个身披黑衣的独行侠客。

老儿驼虽然没有像它的前几任那样，完成自己的使命后被骗了去，成
为一峰忍辱负重的骗驼，却遭遇了它生命中最沉重最痛苦的打击。对老儿
驼来说，受到这样的打击非但比一峰忍辱负重的骗驼好不到哪里去，而且
更为不堪。而这一切竟然是它最为信赖和感激的主人一手造成的。这就是
说，它必须每时每刻克制自己体内情欲的冲动，保持某种清醒，必须对它
的主人有一个圆满的交代。否则，就是不恭不敬，没有德性。

老儿驼一生中最晦暗的日子开始了。

老儿驼知道自己还得活下去。它的下腭骨已经完全坏死，彻底丧失了
咀嚼的功能，只能靠舌头舔食一点被风吹进坑凹处的草屑。喝水的时候，
它必须把大半个头颅，包括眼睛都要浸进水槽里，直接利用喉管的吸力将
井水和一点积存在舌腮下的草屑吸进肚子里。轰轰轰，嗡嗡嗡，老儿驼嘴
里衔着一个水泵似的高速运转，将站在井边的父亲看得心惊肉跳。

这种方式能够获得的食物毕竟太有限了，老儿驼日见枯瘦，双峰慢慢
地贴倒在脊背上，像两只掏尽了囊物的皮口袋，最后又萎缩得只有拳头般大

小。老儿驼的身子这时就变得嶙峋了，只剩下个骨头架子，被一层松垂的皮包裹着，走路时呱哒呱哒直响，那是身体里的关节摩擦时发出来的声音，令人担心一不小心就会散了架去，剩下一堆乱七八糟的骨头。即便是这样了，老儿驼的步履竟还不乱，那神情竟也不慌。它熬过来了，熬过漫长而寒冷的冬天，走进了春天。

算了吧。父亲说。

每次看见老儿驼上井，父亲的心便被惊悸和痛惜缠绕一回。那天，父亲想了又想，终于下了狠心，袖筒里揣着一把刀子走向老儿驼。

驼群到草滩上去了，井上空空的。春天孟浪的风吹得高挑的卧杆晃来晃去，井绳儿寂寞地荡着秋千，摆动的幅度太大，连一只鸟儿都无法驻足。老儿驼站在那里，却像一棵枯树一动不动，而它折断的下腭骨早已冻僵了，又像是被刻意风干的，再也流不出一滴血水，看上去随时都会掉落下来。父亲走到老儿驼的跟前，也站住了，两个老伙伴相互对视许久。

父亲就很不自在地笑了笑，轻轻地说，算了吧。

算了吧。父亲那样子像要征求老儿驼的意见。

老儿驼既不摇头也不点头，只是很静地看着父亲。父亲想的是，长痛不如短痛，我只用一刀就行。父亲是有把握的。父亲知道骆驼的要害部位在哪里。就在骆驼脖子底下前胸结合的那个地方，那里有一个凹进去的饭碗大的坑，很柔软，毛绒稀少，基本上就是一层裸露的青皮，随着血脉的搏动而忽悠忽悠地弹跳，藏着一只不安分的老鼠似的。那里离心脏最近。骆驼的心脏很大，有一只盘卧的羊羔那么大，刀子攮进去不会错过地方。这么大的心脏却不能承受一点点创伤，刀子进去后很轻地划一下就够了。

老儿驼眼里没有一点惊慌，没有一点哀怨，有的只是父亲才能够明白的那种轻轻的问询。关键时刻，父亲却一下子变得慌乱了，手抖得怎么都止不住，然后从袖筒里滑了出来。

刀子颓然落地。

那天之后，老儿驼再没上井来。

差不多整整一个春天，老儿驼从草滩上消失了，父亲再也见不到它独来独往的身影了。老儿驼去向了哪里?也许是卧在哪个柴疙瘩后面再也起不来了，慢慢地咽掉那一口气去。这样也好，父亲想，就让它去吧。父亲觉得没动那一刀是对的，动了那一刀，后半辈子就会背上一份沉重的心事，不得安宁。这么好的儿驼，把你陪伴成了一个远近闻名的驼倌，又让你享尽了一个驼倌的荣耀，临到老了，不中用了，你却给了它一刀，无论如何是说不过去的。

有几天，父亲像是稍稍地有了一点平静，吃得香，睡得着，还抽空给我们儿女讲一讲"古"，譬如《三国演义》和《水浒传》什么的，将那古代的英雄人物讲得栩栩如生呼之欲出。父亲也是上过学的，少时在老家念过三年私塾，有一点古文的底子，还写得一手好毛笔字。往往，我是最为忠实的听众，听过了就觉得自愧不如，没有父亲的记性好。又设想父亲如果把书不间断地念上十年八年会是个什么样子，会不会还是一个驼倌呢?

父亲似乎是心甘情愿的，才将驼倌做得这样执著。

我们儿女几乎忘了老儿驼。

父亲却不。

春天的节气过去不多久，父亲从井口出发，开始向四周逡巡而去，而且越走越远，足迹踏遍了方圆几十里地的每一个柴疙瘩和每一条沙沟。在这样的日子里，我们看不见老儿驼那独来独往的黑色身影，却能够看见父亲那同样是黑色的身影在独来独往。父亲这个样子，弄得我们儿女都很恍惚。恍惚之间，我们儿女有时候就分不清那身影是老儿驼还是父亲了，心里惊惧着，恐慌着，也隐忍着，仿佛被一个重大的事件笼罩了，谁也不敢说出什么来。父亲的脾气就是在这样的日子里变得大了起来，动不动就发火，直到这个春天结束。

老儿驼终于"丢"了。

于是，夏天来临，父亲一反常态，开始了他这一生中最为漫长和遥远的旅行。

好在有一峰黄骟驼陪伴着父亲。包括父亲在内的牧人们都认为，骆驼是集十二生肖之相的吉祥大物。有这样的一峰骆驼与父亲在一起，我们儿女放

中国当代西部文学文库

心了。

还有母亲。

母亲颠着一双小脚爬上爬下的，站在屋顶上久久地眺望，把自己的目光编织成一根割不断的缰绳，牢牢地拴在远去的父亲的腰上。

父亲夜伏昼出，趟过一道又一道沙梁，凡是有水井和牧户的地方，都走过了。

许多牧人是认得父亲的，他们在父亲面前摆上热腾腾的茶水、烧酒和手抓肉，一边吃喝一边交谈，当然也少不了在父亲那里取点儿骆驼经。遇上这样的牧人，父亲彻夜不眠。牧人的热情好客让父亲十分感动，有几次，父亲就醉倒在人家的炕头上或者帐篷里，昏昏沉沉地歇息一夜。而父亲讲下的关于老儿驼的遭遇，又让牧人唏嘘不已。还有几次，牧人给父亲提供了一点线索，说是哪里有一峰野骆驼，至今没人认。父亲精神陡增，也忘了问有什么明显的特征，满怀希望急急忙忙地赶去，却不是老儿驼，父亲的心里就又变得凉凉的了。父亲随身携带的水和干粮已经所剩无多，牧人就给补充上了，还说一家人嘛，客气个啥呢，那么好的一峰儿驼，找不着太可惜了，是死是活总该见上一面。去吧，工夫不负有心人，你会如愿的呢。

两个多月过去，父亲终无所获，不得已地返回。父亲心里还是不甘，在回家的路上走一走停一停，又用去了一个多月的时间。

父亲夏天出发，秋天回家。

与父亲昼夜相伴的黄骟驼，那一双笔直的驼峰也倒了，前左后右地往两边耷拉着，这一点都不奇怪，黄骟驼就像一名竞走运动员那样，只是个不停地走嘛。黄骟驼的峰子倒下去了，父亲才从驼背那里浮上来，两边低中间高，让黄骟驼驮了一个"山"字。只是黄骟驼身上的老毛褪尽后，又长出一层新毛，像一个懂得礼仪而不忘修饰自己的人，换上了一身又干又净的衣服。

那么，回来的父亲又是个什么模样了呢？

父亲是在一天夜里进门的。

刚刚掌上煤油灯，屋里昏黄一片。母亲和我们儿女一边吃着无油无肉的黄米稠饭，一边说着话。说了些什么话，都忘了，有口无心罢了。谁都没有在意屋外有什么动静。父亲出门的前一阵子，我们儿女还念叨着，毕竟屋里少了一个当家做主的人。时间一长，我们儿女便就习惯了父亲的不在屋里，有点老猫不逼小鼠的意思在里头吧。至于接下来的事情，我们儿女想都没有想到。白布门帘子悄然地掀开，父亲像是一股风或者是被一股风吹进来的。我们都被吓了一跳，最初的感觉是屋里站着一个逃荒要饭的乞丐，白汗褂子成了黑汗褂子，头发胡子一把抓，分不清哪是哪。见我们儿女一个个惊得呆若木鸡的样子，父亲其时也愣住了，大概也以为自己走错了地方，也呆呆地立在那里，屋里的气氛变得生硬而滑稽。还是母亲惊叫一声后，我们儿女才醒悟过来，然后丢掉手里的饭碗，老鼠一样地蹿下炕去，战战兢兢地靠着墙根儿，大气不敢出。

　　感谢母亲啊，救命的菩萨般。

　　母亲说，你咋不咳嗽一声？

　　父亲说，咋？

　　母亲说，看把娃们吓的。

　　父亲说，咋？

　　母亲说，整整一个夏天。

　　父亲说，咋？

　　母亲说，你瘦成一张纸了。

　　父亲说，盛饭！

　　那天，父亲一个人吃了一锅黄米稠饭。是母亲重新给父亲做的。父亲脱掉变黑了的汗褂子。据母亲后来说，那汗褂子让汗碱浸透了，焐馊的羊皮一样，一戳一个窟窿。父亲光着膀子大脚盘腕地坐在炕上，脸上的颧骨成了刀棱子，身上的肋巴骨也一根是一根的很分明，像支撑着灯笼的那种篾条儿。曾经人高马大的父亲，变得小了轻了，正如母亲说的那样，瘦成一张纸了，被一股风吹进来，再来一股风就还能吹走。父亲在等待母亲做饭和吃饭的过程中，始终不看母亲和我们儿女一眼，也不说一句话，像一个哑巴。

我们儿女都眼睁睁地看着父亲，也成了哑巴。

父亲吃罢饭，屁股不挪窝地往后一仰，有如一截扒了皮的木头，直挺挺躺倒，然后伸展四肢，横竖不讲理的样子，霸道得很。父亲打起遮天蔽日的呼噜，直到第二天傍晚的时候，才睁开眼睛。父亲的眼睛原本是不大的，此时却大了，并且深深地塌陷进去，呈现出一派骇人的猩红。父亲坐起身，也许是觉得身上的什么地方有些不适，就无意地摸了一把脸，那脸已是光的。

在父亲大睡中，由母亲操刀，我们儿女端水的端水，抬头的抬头，给父亲刮了胡子剃了头。

放羊的女人

放羊的女人

入秋的时候，丈夫回家。

丈夫赶着一群羊。一群走路打摆子的乏羊，大大小小的有三百只吧。

她去井上挑水，一群羊就走进眼窝里了，一只只羊又都是垂头丧气的样子，把她吓了一跳。心想，是从北边过来的羊贩子吧?没想到羊群后面的那个男人就是自己的丈夫。直到丈夫在秋风中一摇一摆地走近，她才惊叫了一声，手里的帆布兜子扑通一声掉进了井里。一群羊被突然激起的水声唤醒，百米冲刺似的向井上扑来。羊瘦得让她心惊肉跳，挤成了一堆骨头，干巴巴地磕出了响声。

丈夫一句话不说，从羊身上大跨步越过，扔掉搭在肩上的那只黑包包，转眼没到了井里。水不深，丈夫站在水中喘着粗气，胸脯起伏得像风箱一样来回撕扯。她让丈夫赶紧上来，丈夫说，我要洗个澡。她说，你在镇上还没洗够么?丈夫这才很不情愿地攀援上升，头上扣着那个掉进水里的帆布兜子，像顶着一颗湿漉漉的蘑菇。她把帆布兜子取掉后，丈夫的头也湿漉漉地露了出来，黑扎扎的头发和胡子上闪耀着秋天的光芒。她笑了，说，没见过你这么个人，不打声招呼就往井里跳。丈夫说，你是故意丢脱了水兜子，让我去捞，没你这么心狠的。她眉眼一挑说，该!接着说你咋又瘦了?丈夫的一身秋衣湿透后，紧紧地贴在肉上，腿裆那个地方很阴险地凸鼓着，让她看了忍不住脸红。她的面色就绯着。她是个好女人，好女人都容易害羞。她这时就感到自己像是站在月亮地里，有一种很真实的冲动蛇般在血管里奔突，血管就开始胀满。

丈夫盯住她说，我瘦了吗?

中国当代西部文学文库

她说，你就没吃胖过。

丈夫说，咋？

她说，离开我，你就胖不了。

丈夫说，我可是蓄着呢。

她听明白了，一听就明白。

这时，羊群提出了抗议，犄角砸得槽帮哐哐响，像砸半截枯朽的木头，有一只老公羊还龇露出满嘴黄牙。在她和丈夫的对话中，水槽里很是空了一阵，羊群的抗议合情合理。丈夫挽起袖子打水，哗啦哗啦的水声挟着一股股清爽，弥漫了将要西沉的秋阳。丈夫显见得手生，打水时用的是蛮劲，把力气全浪费在井绳上了。井绳扬起的时候在丈夫身后很夸张地打着旋儿，又凶顽地落回地面。

丈夫不是个称职的羊把式，这是谁都能看得出来的。

还有这群来路不明的羊。

羊们倒是满不在乎，尽顾了喝水，把肚子撑成灯笼一般才一拨一拨地离开水槽，傲慢地立在井边的垴坎上，打量起了它们陌生的家园。夏末秋初，这里降过一些雨水，滩上的草有的黄了，有的还绿着，都硬扎扎地戳在地上，很刚猛的样子。草是好草，虽然算不上有多么茂密，却透出了硬朗和霸气，养一群羊还是绰绰有余的。这群羊撒到草滩上，白花花一大片，就很壮观，能够让日子往前窜出一大截子去。

饮完了羊，丈夫扭头四处乱看，变得很不规矩，很不老实。她说，你找啥？丈夫拾起那只黑包包，拍掉上面的土。我还没问你呢，这些乏羊都是哪来的？她又说。丈夫这时才说，买的。买的？这得一大笔钱。她知道丈夫没有多少钱，却总是端着一副发了财的臭架势，那只黑包包里装的肯定也不是钱。不过，她的眼睛还是亮了一亮，丈夫到底还是赶回来了一群羊。羊乏不怕，滩里有草，吃上几个月，羊的脊梁就会拱起来。一季的秋膘蓄满，这些羊都成了金蛋蛋。怕啥？啥也不怕。丈夫从那只黑包包里掏出了一个花里胡哨的东西，望远镜。丈夫两手举起望远镜对在眼睛上，模样就变了，像个杀人越货的悍匪。这几年，望远镜这东西不稀罕了，牧人家里差不多都有。牲畜走远了，用望远镜照一照，抽直了身子去,能省下许多麻烦和力气。弄不清头一个用望远镜的牧人是谁，他让望远镜在牧区普及开来，也让望远镜丧失了纯军事上的意义。

她又闻见了一股异样的味道，鼻子像母羊那样抽搐了几下。

她说，是啥味道？有些熟悉，却一下子想不起来了。丈夫说，怕是你身上的臊气，晚上我给你揉揉就好了，让你化成一摊水。放屁，熬不住的是你们这些不着家的臭男人。她说。你不是哭死扒活的让我回家么?还让人捎话到镇上。丈夫说着这样的话时，脸上开始流露出不满，两眼盯紧黑洞洞的井口。她的心里悄然地浮上一丝得意，又想我可不能说软话，让丈夫得着了什么歪理，顺竿子往上爬，说不定明天就像疯儿马一样尥蹶子撒起欢来，又一溜风跑到镇上去了。

那镇上她夏天去过，傍着个偌大的盐湖，人多车多，还盖起了不少高楼。夜里灯火通明，灯影子底下人更稠，大姑娘小媳妇身上只扯几块布头，那二股筋儿连肚脐眼都遮不住，奶子和屁股蛋子前翘后撅，在舞场上让男人拥着，摇摇晃晃地转圈子。明里白里都这样，暗下里谁知道会干些啥不要脸的事。丈夫领着她去看，说让她开开眼，牧人也不该一辈子捅羊屁股，人有许多活法。看了几眼，她转身就走。在丈夫租住的小屋里，她和丈夫吵了一架。她认为这个地方到处都是狐狸精，把男人的精血都吸光了。她让丈夫回家去，回到牧区的那个家，安安稳稳地过日子。她还说，我不图你的钱财，可你身上的肉一丁点都不能粘野女人，粘了就像喝过脏水的牲口，全身起骚皮流汤流脓，然后烂到骨头里去。她像个天才那样预言着，变得有些语无伦次。她一夜不合眼地呆坐着，等到天麻麻亮。镇子还蒙蒙眬眬地不曾醒来，她就离开了，丈夫跟在后面大呼小叫地撵了一气，让早起上学的几个中学生看得嘻嘻哈哈直乐。现在的中学生啥都懂，眼里透着色情，他们肯定认为这是一对嫖客和婊子，之间出了什么问题。丈夫一下子觉得，自己把人丢尽了，连个捅羊屁股的婆姨都管不住。可是，她是个好女人，见了生人就脸红，眼下这样的女人少得很。丈夫舍不得动她一指头。这样的女人也有脾气，丈夫没有料到。丈夫急了说，我送你回家，还不行吗?她说，往后你得一步不离地陪我。丈夫就一点办法也没有了，立在早晨空荡荡的街道上，呆望着她不再回头地离开镇子，最后剩下一个模糊的背影。

现在，丈夫回家了，又赶回一群羊。

她偷着乐，身子也变得格外轻巧。屋里还有点干肉，应该犒劳丈夫一顿。丈夫爱吃带点哈喇味的干肉，她就给留着，留了一个夏天，她自己舍不得吃。还有，那晚间的事情。她是一个结结实实健健康康的女人，咋能不想呢?他们现在还没有孩子。丈夫不在家的日子，她常常彻夜睡不着，就骂丈夫是死鬼野鬼，恨得把枕头当丈夫一样掐。这样想着，她又忍不住笑了。丈夫挑着两桶水在前面走，听见了她的笑声，便回头说，你笑啥?她说，好端端走你的路，当心把水泼洒了。

丈夫就乖乖地在前面走，嘴里嘟囔一句：我晚上再好好收拾你。

天黑彻底了，把粪场上卧着的一群羊淹没了。屋里点的依旧是煤油灯。屋里一片昏黄，丈夫有些无奈地把眼睛眯上了，一时不大适应。丈夫这时就当起了大男人，端坐在炕上喝茶，一边喝一边暧昧地看着她进出屋子，心里很动。丈夫知道这阵子还不行，得老老实实地忍着，等到天再黑上一阵子。她是个好女人，好女人容易害羞。她端来煮熟的干肉放在桌子上，盆里斜插着一把刀子。丈夫说，一起吃。她说，你先吃，我还要给汤里添把米。丈夫割了一块肉放进嘴里，咕噜咕噜地嚼，后来就变得犹豫了，逐渐放慢了咀嚼的速度，又噗的一声吐了出来。桌子上便多了一团乱七八糟的东西，像一坨牛粪。她说，咋了，是肉没有煮透?丈夫说，味道不对。她说，哈喇味，你最爱吃的。丈夫说，我还是觉得不对。她说，你把城里的饭吃惯了。丈夫说，球，我吃了半辈子肉，还能有错?她割下一块肉尝了尝，也觉得味道不对。突然想起是水的问题，这是一股子汽油味。丈夫跳进井里把水给污染了，煮出来的肉就有怪味。她凑到丈夫身上闻了闻，脑子突然开了窍。

你的车呢?

你把车卖了?

丈夫垂下头，手里的刀子咣啷一声掉进肉盆里。

许久，丈夫才抬起头，一脸的痛苦。丈夫狼似的恶狠狠地盯住她，半天不说话。她心里一惊，就有些害怕起来了，站在炕沿下一动不动。她明白这一下子戳着了丈夫的痛处，而且戳得很准。痛正在悄然地扩散，遍布丈夫身体的里里外外。她就那样呆立着，等着让丈夫发火，劈头盖脸地骂她一顿。男人都是有脾气的，发出来心里才好受，往后的事情也就好办了。屋里一下就静了，汽油味从肉香里逐渐地分离出来，很鬼魅地飘来荡去。丈夫看她那愣怔的样子，就又嚼起了肉，嚼得忧郁而沉闷。

后来，丈夫才说，我用车换了三百只羊。

新崭崭一辆车，才换了三百只乏羊。她把"乏"字拉得很长，像撕扯肉里一条没有煮透的筋。

丈夫说，你不依不饶，我就知道这车开不成了，后半辈子我又得放羊。

她说，放羊有啥不好？

丈夫说，我开车开上瘾了，我连屋顶上有几个烟囱都不知道。

她说，上房去数。

丈夫说，我就记得前后换了四辆车，小嘎斯，老解放，大东风，康明斯，车越开越好。

她说，你挣下的钱呢？

丈夫说，我不是又买了车吗？

她说，车是你婆姨，还是我是你婆姨，你一辈子就"猴"在车上？

丈夫说，我都"猴"。

夜间，她睡得很不踏实。丈夫也是，翻来覆去的。丈夫后来把手伸进被窝里，触到了她的肉。她全身哗啦一声响了起来。她没动，丈夫的手就犹豫着缩了回去。丈夫的这个举动让她生出了暖意，气也消了多半。但她没有回应丈夫，脸冲着墙一声不吭。她心里明白，夫妻吵架归吵架，日子还是要过下去的，如果丈夫再把手伸进来，她就不会拒绝了。她开始静悄悄地等待着，身上很燥，就把最后一层衣服脱掉。她感觉自己已经透亮了，也敞开了，多一句话都不用说。等过一阵，她的身上又凉了下来，丈夫竟然再没动作，就像中间隔起一道墙。她这次真的很生气，心想，你能熬得住，梦里抱上车轱辘睡去。这一夜，她的眼睛大睁着，脑子里很乱，不明白自己究竟做错了什么。婆姨让自己的丈夫回家，实在是天经地义的事情啊。

屋里还漂浮着一股似浓似淡的汽油味，像丈夫仍旧开着车跑来跑去。

丈夫回了家，她的日子就少了空闲。每天早晨煮一壶酽茶烙两张油饼放在桌子上，她就赶上那群乏羊去了草滩。丈夫睡得很死，来回跑车的日子里欠下的觉太多。她不叫醒丈夫，把炕睡塌了都行。只要丈夫在家，她乐意自己受累，屋里屋外的活她都承包了，没有一丝怨言。丈夫心安理得地睡了吃吃了睡，眼屎都堆成了坨，起了身还是睡眼惺忪的样子，像没了骨头。她一点都不恼，把饭双手端上，全当是养下个好吃懒做的娃，不怕你长不大。她进出的时候还哼着曲儿，没啥明确的唱词，调子透着欢快。丈夫说你唱的啥?她说我唱的啥?我唱的是婆姨放羊，喂饱不听话的娃，让娃天天想家。丈夫就笑，笑得龇牙咧嘴，让饭噎得直打嗝。她说，我当你不会笑，我欠了你的，我当牛做马。丈夫说，你骂我我明白，我今天就放羊去。她说，你去你去，我烧一炷高香。丈夫挪腾到炕沿穿上鞋，两脚落地时浑身发虚，瘫到了炕沿下。她大笑，笑出了眼泪。她把丈夫扶到炕上，说，你啥也不用干，我养活你。丈夫说，你等着，看我收拾你。

秋天往深处走了走，羊就开始撒欢了，下滩的时候都跟不上了，她累得血往脸上涌。羊还到处乱磨蹭，草棵上挂满了它们的毛絮。她知道羊身上瘙痒，这是要蓄膘了。滩上的草都黄了，羊粪里有草籽儿，羊的胃里开始发胀。丈夫也开始胖了，是和羊一起胖起来的，身上渗油，头发乌亮，脸上比先前多了点慈善，眼睛变得狭细。丈夫说，你猜我为啥能睡得踏实?她猜不出。丈夫说，我天天闻着汽油味。她不信。丈夫让她闻，把衣襟撩上去，露出一身白肉。她就去闻，鼻子深吸几下，她吓了一跳，丈夫身上果然还有一股淡淡的汽油味，从汗毛孔里渗了出来。她愣愣地看着丈夫，却也醒悟了。丈夫夜夜睡得香甜，是因为梦里"猴"在车上，把她当成个生客了。她说，你该洗个澡了。丈夫说，我洗的啥澡，我又不开车。丈夫的脸突然灰暗了起来，低垂着眉眼。她也低了声气。丈夫还没忘了那车，就像那车仍然停在心里。她去灶屋里呼哧呼哧地拉起了风箱，让水在锅里翻跟头。她把水兑好端到丈夫面前。丈夫狭细的眼睛突然睁得奇大，惊恐地喊叫说，你干啥你干啥?她两手叉腰，说，你扒光了给我洗。她下定了决心，她手上的劲很大，丈夫软绵绵地挣扎几下，就被她从里到外扒得精光，无奈地坐进盆里去。她搓着丈夫身上的垢痂，一搓一个卷儿，有如一条条垂死的蛆，落进水里时劈啪有声。丈夫身上的汗气很重，毛孔都张开了。她又把鼻子凑上去闻，这次她挺满意，好像已经没有了汽油味。丈夫却在咬牙切齿，嘴角抽扯着歪到一边去了，又狼一样盯紧了她。她的脸红了，又忍不住露出羞样来。她看见丈夫腿裆里那物件忽地挺拔起来，像一只野兽探出草丛。她浑身鼓舞。她知道丈夫再也熬不住了。她故意不理睬丈夫，眼里含了泪，你不是不愿"猴"么?我就是不让你"猴"。还没走到门口，丈夫扑过来，她就悬空了，昏头涨脑地弹到了炕上。

她像一颗包谷被丈夫剥光了，身子深深地陷了进去。陷落的瞬间，她听见一群羊在耳边欢乐地咩叫。

她又乏又困，像是腰也折了。天亮后，她还不想起来，想狠狠地睡一觉。她看着丈夫，眼里流光溢彩。丈夫却眼巴巴地看着屋顶，目光幽冥。夜里几乎没睡，丈夫和她一如新婚。她要穿衣服，丈夫说，让羊困上一天。她说不行，羊正在蓄膘，圈里又没存下干草。她还说，我不把这群羊放好了，就不是好婆姨。丈夫说，你睡，我去草滩。丈夫就赶着羊群走了。她抬头向窗外望去，丈夫笨头笨脑地吆喝着羊群，羊群拉成白花花的线，像一条路那样。丈夫把手里的羊鞭子端成个圆，拧来拧去。她担心地抚着胸口，丈夫这是在放羊呢，还是在开汽车呢? 她睡不着，故意穿了一身新衣服，把屋里收拾干干净净的。她认为崭新的生活从今天开始了，应该有个好模样。她把剩下的几小块干肉用刀背砸碎掺上晒干的沙葱花，包起了饺子。上马饺子下马面，她挺迷信的，吃顿饺子圆圆润润，往后都是好日子。饺子包好了，她静静地等候着。一眼看见丈夫挂在墙上的望远镜，她又突然来了兴趣，把望远镜摘下来走出屋子，站在墙根儿下学着丈夫的样子四处乱看。她想看看草滩上的丈夫和羊群，怎么看怎么模糊，眼前一片雾白，就像眼里长了萝卜花(白内障)。她把望远镜挂回到墙上去，又很不信任地盯着那个望远镜看了一阵，心里起疑，觉得这望远镜未必是个什么好东西。依着她的心性，这东西根本就用不着，放羊又不是打仗，拿这东西换几只羊倒还合得来。

天黑时分，丈夫和羊群从草滩上回来了。她守在圈门口，一五一十地数，数着数着，她手上的五根指头就弯不回去了，固定成了一只硬邦邦的巴掌。她不满地看着丈夫，丈夫见她举手愣怔，就知道自己把羊给放丢了。

丢了五只羊。

丈夫说你再数一遍。

她摇摇头说，丢的是哪几只羊我都知道，一群羊天天从我的眼睛里进出。

她屋都没进，就往草滩上去了。直到后半夜她才进屋，披挂一身秋凉。她的心情很坏，简直是坏到了极点，那么好的五只羊，说丢就丢了。见丈夫端坐在灯影下，一副可怜巴巴的样子，她的心又软了。丈夫说，羊会自己回来的。她说，羊是人么？人都不想回家，羊还想回?丈夫说，我不是回家了?你说这话是什么意思?她说，我这是心疼羊。丈夫说，你心疼羊比心疼我还厉害。她说，我不心疼你，我能哭死扒活地让你回家?她这样一说，丈夫知道自己理亏，就不再言语了。她去煮饺子，端上桌时只吃了五个。丈夫说，就吃五个?她说，就吃五个，一个饺子就是一只羊，等于我把五只羊都吃进了肚子里。丈夫说，你让我去死吗?她说，我让你好端端地活着，陪我一辈子。她还说，我要让我们的羊群再多出五十只五百只。

丈夫不再去草滩上放羊。

她不让丈夫去，她要把丈夫养起来。秋深了，一群羊都蓄满了膘，绵羊的尾巴大得能塞住井口。她就笑，早忘了那丢失的五只羊。丈夫又胖出了一圈，后脖根上竟然有了淤肉，还打一个挺深的褶。她感到很幸福，丈夫身上裹了一层很厚的油和肉，就像穿上厚重的衣服。不过，发胖之后的丈夫却显出了蠢样，呆头呆脑的，不再是过去那个喜笑颜开、风趣幽默、开着汽车满世界跑的司机。丈夫开了十年车。丈夫现在不开车了，终于变成一个好吃懒做的人，她很放心。汽车司机算什么?方向盘上拴只羊腿，狗都能开，她这样想，就偷着笑了。

丈夫说，你笑啥?

她说，我笑了吗?

丈夫说，你没笑?

她故意说，我没笑。

丈夫说，你牙花龇得红兮兮的像母羊的屁股。

丈夫要挑起战争了，嘴巴上的战争。丈夫骂得恶毒。丈夫从来没这样骂过她，这是第一次，她听了后先是呆怔了片刻，继而有些震惊，脑子里轰隆隆响，真像是有一辆汽车开了进去。她手里端着的那只碗就乘机滑脱了，碗碎成了两瓣，碗里的稀饭洒了一地。丈夫说，你把我也像只碗扔了更好，我就到镇上去，再也不回家了。她一惊，知道丈夫还恋着小镇，恋着汽车，在心里憋了一个秋天。眼看着秋天就要尽了，一只脚马上就迈进冬的门槛了，早晚的气候凉得让人出门缩脖子。她的脸上渗出了两坨血红，紧巴巴地发痒。她忍着，不和丈夫吵，朝窗外望去，眼里是一群滚瓜溜圆的白花花的羊。羊的尾巴下面挂了些许羊粪蛋蛋，像一串串黑色的小铃铛。羊身上长满又细又长的绒毛，粪蛋蛋粘在绒毛上，走路时滴里当郎的，仿佛轻音乐。她爱听这样的轻音乐。丈夫终于要挑起嘴巴上的战争了，这是丈夫最后的武器。她不哭不闹。晚间睡觉的时候，她把丈夫搂得紧紧的，她一丝不挂，把自己展得很开。丈夫吃不住劲，就骂她是妖精。她说，我就是妖精，榨干你身上的汽油味。丈夫就像开汽车那样折磨她，在她身上做的是拧方向盘和踩刹车的动作。她故意发出欢快的呻吟，浪声浪气。

天说冷就冷。水槽里开始结一层薄冰，玻璃似的晶莹剔透。羊喝水越来越少，只是伸出小巧的舌头舔冰，舔出一个个圆润的洞口。水从洞口涌上来，水槽里长满了泉眼。

羊在做着冬天来临的游戏。

她站在井口，有如母亲，目光仁慈地流连羊群。

中国当代西部文学文库

她想，我一定要把这群羊放到底，让所有的母羊生儿育女。这个想法一经明确，她的肚子就突然动了一下，然后像有一只老鼠从胃里往上逃窜，曲折地抵达嗓门，感觉很不舒服。她忍不住地呕了一声，是干呛呛的那种，却有股子酸苦的滋味从鼻腔里冲突而至。她困惑地左右看看，然后用手捂着肚子。她已经穿上了棉袄，手让棉袄隔着，恶心的感觉并没有减轻。她终于呕出了一小股酸水，酸水鬼祟地从嘴角溢出来淋湿了一小片衣襟。一只俊秀的小母羊正在撒尿，后腿叉得很开，在冬日的阳光下，那尿水像亮晶晶的珍珠断续地垂落着。她的脑子于是响了一声，响得很清晰很明确，她的肚子里有了娃。丈夫要她时，她有几次隐隐地厌烦起来，她这才明白了是为什么。她长久地看着那只俊秀的小母羊，眼里含满了情意。小母羊却若无其事地离去，随羊群向草滩上走去。她想立刻告诉丈夫，心怦怦乱跳。她看着土屋，柔情万种。她站在井口上想了很久，却跟着羊群往草滩上去了。她心生一计，决定把这个秘密保持一段时间，让丈夫自己意识到了才好呢。她见过很多怀孕的女人撒娇，向自己的丈夫撒各种各样的娇，千姿百态的样子，那是让她酸涩并涌而又羡慕异常的人间景象。她是不会对丈夫撒娇的，但她一定要让丈夫知道，差不多十年，她是受了多么大的委屈。这样想着，她就迎风流泪了。她没有出声，她坚强地走向草滩。

　　她保守着秘密。

　　她的肚子正在发生变化，只有她自己明白。

　　黄豆。她想起了黄豆，真是匪夷所思。胎儿大概有黄豆那么大了吧？怎么会是黄豆呢？那可是有胳膊有腿有鼻子有眼睛的，样样齐全的小人儿呀！

　　又过了些日子，她觉得自己快要忍不住了，害酸害得厉害，屋里没她能吃的东西，嘴里的口水却不断地聚拢，吐掉不行，咽进去又泛上来，把她折磨得够呛。她想，这样忍下去可不行，没等丈夫发现，就自我暴露了。她想到了娘家，娘家屋里有两口很大的酸菜缸，每年都腌白菜和萝卜。她想捞一些回来，这个理由是顺理成章的，丈夫不会怀疑。丈夫要问起，她就说想娘了，再捞些酸菜回来让丈夫下酒。夜里，她给丈夫说了。丈夫说你去你去。她担心羊群咋办？丈夫说，羊群我放上几天，到草滩上我

放羊的女人

眼睛都不眨巴一下，再说羊群都让你放顺了，还能跑掉?丈夫突然亢奋得不行，想要她。丈夫就趴到她的身上，下身很硬。她想到肚子里的那颗"黄豆"，迟来的小人儿。她说，我不舒服，腰疼得很。丈夫半晌没吭声，脸在她热乎乎的奶房上拱一拱，像个乖顺的娃儿溜了下去。她心里生出一丝不安，觉得这样做对不起丈夫。她说，你实在想要就上来。丈夫说，算了吧，我困了，睡足觉明天去放羊。她说，我就走三两天，早去早回。

丈夫说，你去你去。

她就去了。

她去了两天，和娘一个被窝里说了两晚上的话，心里却惦记着丈夫和那群羊，甚至在半夜里也能听见羊的咩叫。娘说你再住上几天，娘想和你说话。她说不，屋里有丈夫和一群羊。她一早就往回走，身后背个泡得鼓胀的羊皮袋子，酸菜的腐味一路播撒，她深嗅着，感觉是一路芬芳。她抵挡不住这样的诱惑，走一走，停一停，掏出酸菜嚼得嚓嚓有声，像羊埋头吃着细嫩可口的青草。她尽量控制着自己的欲望，多留些酸菜给丈夫下酒。她加快了脚步，在酸菜水的咣当声里一路行走。从娘家到她的土屋，大大小小的有几十道沙梁，她走得一点都不累，信心十足。不过，她还是有一点担心，丈夫不是个羊把式，别再把羊给放丢了，那么壮实的羊，再不能丢了，再丢可就亏大发了。整整一个秋天，她放羊放出了一个饱满的希望。人都得有希望，不论这个希望有多么大有多么小，只要有希望，人活着才有劲。她浑身是劲，越走越快，脚下趟出了一溜儿沙尘，扬帆破浪似的。

她趟上了最后一道沙梁。

她没看见屋顶上的烟囱冒出烟来，也看不见羊群的影子，也许羊群在圈里圈着呢。可是，天还没有黑透，羊不会那么老实地在圈里卧着，会弄出动静来的。她听不见羊的咩叫声，心里就咯噔一下，突然产生了一种不祥的预感。她几乎是奔跑着了，从屋前掠过，来不及回头地向羊圈跑去。她跑得气喘吁吁，胸脯一起一伏的。圈门敞开着，圈里除了一地的羊粪，就没个别的活物。羊呢?也许丈夫放羊还没回来。她向屋里去，丢下酸菜，直接上了屋顶，心急火燎地往四处看。草滩上空着，没有羊的影子，草是乌黑的一片，正在融进落日的余晖里。夜幕已经在合拢，用不了几个时辰，天就会黑透。她猛地跺了一下脚，屋顶就晃起来了。

她下了屋顶，往屋里去，这是她最后的一丝希望。

屋里也空着。屋里干干净净的，被褥叠得整整齐齐，屋里的东西一样都不乱。靠墙的那口大黑缸里，是满满一缸水，清亮亮的，像睁着一只泪汪汪的大眼睛。有一些水溢到地上，留下了一只清晰的鞋印。那是丈夫的鞋印。丈夫留下一只鞋印，人却不见了，屋里很冷清。要是没人，就是金銮宝殿也会冷清的。她的心一下就冰凉了。她跌坐在地上，木呆呆地望着四壁，一时不知所措。这时候，她的肚子动了起来，像是肚子里的娃抗议着什么。她再也忍不住了，就大口大口地吐，吐得一塌糊涂，眼泪也哗哗地流了下来。这时天就黑透了，屋里一片昏暗。

丈夫走了。

丈夫离她而去的时候，赶走了那群膘肥体壮的羊。

她就明白了丈夫的阴谋。

这个阴谋系在一群乏羊上，然后在这个秋天里孕育、成熟。

她要去娘家两天，丈夫说你去你去，态度诚恳而坚定。直到现在她才终于明白了，丈夫早就想好了，不动声色地等着这一天的到来。在丈夫的眼里，这群羊从眼睛里走进去再走出来，像镇上的娃们玩的变形金刚，三下五除二地变成了一辆崭新的汽车。她知道这群羊已经没了，已经变成了一辆汽车。丈夫正开着一辆汽车跑来跑去，脸上写满了得意。这时的丈夫又变成了一个喜笑颜开、风趣幽默的汽车司机了。丈夫换了好几辆汽车，这次是第五辆。丈夫一心想开一辆好车，看见别人开好车，自己就难过，心里很不是滋味。丈夫给她说过，说得凄惶。她左耳朵进右耳朵出，她不能心太软，就心硬着，让身子柔软着，坚持了一个秋天。她却没能把丈夫拴住。牧人说，直溜溜的桩子，能拴八匹骏马；俊俏俏的女子，能拴住所有男人的心。她不是一根直溜溜的桩子，拴不住一匹马；她可是个俊俏俏的有血有肉有情有义的女子，为啥就拴不住自己的男人呢？她不吃不喝，在屋里黑灯瞎火地想了一夜，直到天亮。她想到镇上去，像上次那样大吵大闹，把丈夫再弄回家。把那汽车也卖了，再换回来更多的羊。她冲动了，几乎就要动身，一条腿迈出门槛后，她又停下了。肚子里又动了起来，她干呕着，吐不出任何东西，只挤出点苦涩的眼泪。

她在门槛上坐下来，一动不动，手抚着肚子，原本愤怒的脸缓慢地柔和了。初冬早晨的阳光很好，暖暖地照着她。她困得很，有了睡的欲望，而且越来越浓烈。她就把眼睛闭上，真的睡着了。阳光下的墙很白，屋里很黑，她坐在门槛上如同镶嵌在黑色的画框里，成了一幅静默的意味深长的画。

她还没有这样睡过觉，她睡得很沉，这是积攒了整整一个秋天的觉。

没有羊的咩叫。

也没有鸟鸣。

世界真静。

……

天越来越冷。

她的肚子一天比一天大起来。

她是看着自己的肚子一天天大起来的，肚子大起来的时候，她的人也平静多了。她穿上更厚的衣服，坐在门槛上晒太阳，让温暖遍布全身。她肚子里那颗"黄豆"终于变成了一个有胳膊有腿有鼻子有眼睛的，样样齐全的娃了。娃真正地动着，动的时候很厉害，又伸胳膊又蹬腿，一点都不老实，她经常被动醒来，她就抚着肚子，说，我的娃，快了快了，再有几个月，你就出世了。她做好了娃出世的全部准备，她第一次当母亲，她要一个人迎接娃的出世。她没给任何人说过自己怀了娃，连丈夫都不知道。她想给丈夫一个惊喜，丈夫却反过来给了她一个意外，趁她不在家时赶着羊群跑了，连个招呼都不打。

她日夜思念着丈夫，日子越往后心里越惦记，甚至动过给丈夫捎个口信的念头。她还是打消了这个念头，她要把这个秘密保持下去，直到丈夫自己知道。

中国当代西部文学文库

没有羊可放了，她就坐在门槛上晒太阳，让温暖遍布全身。

她的肚子一天天大起来，像一座隆起的小山。

她的乳房柔软而坚挺，开始渗出一种淡黄的汁水。

她的娃正在一步一步抵达生命之门，期待着喷薄而出的那一时刻。

她提个很小的水桶走在通往水井的路上，她得把屋里那口大黑缸给蓄满水。她的身子已经显重了，她走得很艰难，不长的一截路要走好几个时辰，走几步歇一阵，歇一阵再走几步，脚下这条走了无数遍的小路，似乎比任何时候都要漫长。她直一直腰，笑一笑，朝着镇上的方向，说：

"你永远'猴'在车上，你别回来。"

暖

　　这些天的夜里，明子怎么都睡不着觉，长了这么大，头一回这样明确而强烈地领受了失眠带给他的痛苦和烦恼。身上不疼也不痒，却又猫抓狗挠的，躺在炕上等不到天亮，夜就格外地长了，明子心里面的那个难受啊，真想一把撕扯开自己的胸腔子。明子睡不着觉又不敢大着胆子翻身，就只能隐忍着，直挺挺地躺着，还要装得跟睡着了一样，甚至还要装出睡得很香甜的样子。从敞开一角帘子的窗口望出去，没有月亮，连几颗像模像样的星星都看不见，天似乎是阴沉着的。夜晚的世界是一口巨大的倒扣着的锅，明子感觉自己就睡在锅里，四面都是坚硬的铜墙铁壁，一不小心就会碰得头破血流。

　　被窝显然是柔软的，被窝里正在持续地发出温热，温热中还混合着一股新鲜的羊绒的腥味。铺的是新毡，盖的是新被，被子里絮的又是白花花的羊绒，盖在身上既轻巧又保暖。按说这样的待遇够得上优厚了，明子应该感到幸福才是。幸福的人容易满足，容易满足的人最突出的特点是瞌睡多，往往是给个枕头就可以了，躺倒就睡，梦都很少做的。即便是做了什么梦，第二天一觉睡醒来，又会忘得干干净净的，脑子里不留痕迹，该干啥干啥去，哪里有那么多的忧愁和善感呢?再说了，明子才十一二岁，还是个孩子。用文雅些的话说，他的世界观还没有形成，或许像初春的草那样，只是顶破土层后萌生了一点稚嫩的小芽儿，距离一棵真正的草还差得很远。这样说来说去，翻葫芦倒马勺似的，明子就是睡不着觉，实在是没有办法啊。

　　在伸手不见五指的黑暗里，睡不着觉的明子开始不停地眨巴眼睛。上

中国当代西部文学文库

眼皮儿和下眼皮儿合到一起再张开，有吧嗒吧嗒的响声，而且在静谧的深夜里响得那么清晰，那么干涩。当然了，这样的响声也只有明子自己听得见，别人是听不见的。要是让别人听见了，那还了得？眼皮儿也就不是眼皮儿了。明子于是游戏似的反复眨巴起了自己的眼皮儿，越眨巴心里越烦闷，跟长了荒草一样乱糟糟的，时间长了便觉得很是无趣。明子忍不住翻了一个身，改变了一下睡觉的姿势，让自己的脸面冲着那一面炕墙。明子翻身的时候还是弄出了一点儿动静，原本掖紧的被子也张开了，一股冷飕飕的贼风儿乘机往他的怀窝钻，感觉有一条冰凉的小蛇早就盘桓在他的枕头旁边，蓄意地等待着这样一个时刻。

现在是冬天，刚刚落过一场薄雪，苍茫的漠野大地铺了一张透亮的白纸那样，在寒风中瑟缩发抖。后半夜的时候，屋里也无可避免地凉下来了。屋里烧的是那种白铁皮做的炉子，一根同样用白铁皮卷裹成的烟囱一直从屋顶捅出去。直烟囱的吸力大，炉子里的柴燃得旺，火着起来时呼隆隆吼叫，像满世界奔跑着一辆满载负荷的手扶拖拉机。这样的炉子热得快凉得也快，一炉子柴烧不了几个时辰，人就得趁早脱了衣服钻进被窝里去，只能露出颗脑袋在外面，尤其是明子那长了一头硬撅撅头发的脑袋，就像是枕头上蜷着一只刺猬。现在已经是后半夜了，炉子里的柴早就成了一把冷却了的灰，手伸进去都觉不出有多少温热。明子白天闲得无事可做，就对着那根笔直的白铁皮烟囱反复琢磨，咋不把烟囱拐个弯儿呢？应该拐个弯儿从南墙上穿出去，拐了弯的烟囱又省柴又能够延续热量，一举两得的事情。这是一个常识，既然是常识就很普及，懂的人就应该很多，连明子都懂。明子初来乍到，炕还没有坐热，对这里的一切还很陌生，就不好多说什么，更不好直言不讳地提出自己的建议，尽管这样的建议合情合理。明子后来很认真地看了看屋前的那个柴垛，就知道是怎么一回事了。屋前的那个柴垛大呀，大得让明子吃惊不小，他第一次看见天底下还有这么大的柴垛。柴垛有三个明子那么高，有三个明子那么宽，有十个明子那么长，简直就是一堵厚重的城墙。日积月累，压在最底层的柴来不及烧掉，都发了黑发了酥，必定是遭了无数遍的风吹、日晒和雨淋。这里是天大地大的西部牧区，多半是沙漠，沙漠里有湖道有草滩。滩里有草有柴，或者说草就是柴，柴就是草，也可以统称为柴草。被牧人拾回来烧的是柴，是一些落叶的灌木和半乔半灌的植物，比如碱柴啦红莎啦霸王啦梭梭啦什么的，这样的植物都是蓄根的，只要不被连根拔掉，来年还能够再生长出叶子抽出枝条。明子如果在这里待的时间长了，就会获得有关这方面的许多知识，这些知识对牧人的生存又是那么的不可缺少。现在明子什么都不知道，基本上是两眼一抹黑。前提是明子必须在这里待的时间要长，时间短了不行，短了连皮毛都学不到的。其实，在这里考察一个牧人的家境是不是殷实，重要的一条就是屋前的柴垛大不大。假如屋前的柴垛小得像个鸡窝狗窝，那是要遭人耻笑和轻视的。表明这家牧人不够勤谨，恐怕是尽顾了喝烧酒了，恐怕是羊群里的羯羊都等不得长到四个口齿，就让主人捅倒后大卸八块地煮成手抓肉解了馋。还有一条是羊群大不大，这一条其实比柴垛大不大更重要。一般来说，能够把柴垛搞大的牧人，他的羊群也小不到哪里去。有了大的羊群，又有了大的柴垛，过日子还愁什么呢？可以说是旱涝保收的。羊毛出在羊身上，羊浑身都是宝，能换来吃的喝的用的花的，日子便顺顺当当地往下过。明子如果能够在这里待下去，所有这些事情都会弄明白的。问题是明子不知道自己能够呆多长时间，这个问题明子现在还不能回答，尤其是不能确定自己能不能够永远待下去。明子这些天的夜里睡不着觉，就是一个有力的证明。

　　明子于是觉出了冷，身上盖着絮了羊绒的被子还是觉得冷。他甚至产生过这样的念头，起身走出屋去从柴垛上抱一些柴回来填进炉子里，让燃烧起来的炉火将屋子再热上一遍，这样后半夜的屋里也许就不会冷了。仅仅是这样想一想而已，明子是不会有什么实质性的动作的。他知道自己必须尽快适应这里的一切，包括屋里后半夜的冷。睡着了其实也就不冷了，牧人冬天的夜晚就是这样睡过来的。如果放在明子的老家，情形会有很大的不同，冬天的夜里有麦草煨出来的热炕。炕上没有毡，也没有絮了羊绒的被子，这太奢侈了，明子想都不敢想的，老家的炕上铺的是草席。家境稍好一点的人家，草席上再铺一两条薄薄的棉线单子。被子还是要有的，

中国当代西部文学文库

只不过里面絮的是一层棉花。家境稍好一点的人家，被子要多那么一两条，被子里面絮的棉花要厚那么一点儿。问题是炕热了，屋里就都暖了，而且能够一直暖到天亮，这一点就比明子现在好许多。天一亮，人都出了屋去到地里干活，炕的作用便不那么大了。老家那个地方是没有柴的，即使有也少得可怜，除了一垄垄的田地，就是一棵棵的树。没谁把活得好端端的树砍倒，然后劈了当柴烧，就烧麦草，烧葵花秆，烧玉米芯子。老家的冬天也不像天大地大的牧区这么寒冷，这么空旷。老家的村子是屋挨着屋，墙连着墙，家家房前屋后都是树。每逢夕阳西下，鸟雀归巢，村子的上面都笼罩着晚炊和煨炕的烟雾。这样的烟雾飘散得很慢，这样的烟雾又是暖的，像一条巨大的厚实的被子罩着整个村子，将冬天的寒冷从村子的上空和周遭驱走了不少。再说了，偌大个村子里住着很多人，人多了人气也旺，人气更是暖的，不知不觉地就暖到人的心里去了。想到这里，明子的眼睛便开始发潮，泪在眼眶里悠悠地流转。再眨巴眼皮儿时，上眼皮儿和下眼皮儿合到一起再张开，就不是吧嗒吧嗒的干涩的响声了，而是咕叽咕叽的响声，声音很湿润的，有如眼睛里驻着两只鸽子。两只鸽子在黑暗中喃喃私语，相互诉说着自己的忧伤似的。还是那样的，这样的声音也只有明子自己能听得见，要是让别人听见了，更是不得了。

说了半夜，这个"别人"究竟是谁呢？

这个"别人"还真不是别人，是明子的大伯和大婶，亲亲的大伯和大婶。尤其是大伯，和明子的父亲一奶同胞兄弟两个。也许就是命运使然，兄弟两个后来分道扬镳，走上了各自不同的生活道路。海海漫漫的腾格里大沙漠，一道天然的屏障隔开了农村和牧区。哥哥走出古老的村子往西而去，而且一去千里之遥，成了半路出家的牧羊人，弟弟依然恪守着祖宗留下来的几亩薄田和几间旧屋，继续做着地地道道的农民。在广阔辽远的西北地区，这是常见的事情，一点儿都不奇怪的。只不过是，按照老家自古以来的习俗，明子是要叫大爹和大妈的，而不是叫大伯和大婶。叫大爹和大妈，会让人觉得更加亲近，更加有人情味儿，那种掰扯不开的亲缘也就更深了。现在，明子的大爹和大妈就并排睡在炕上，准确地说，大爹睡在明子和大妈的中间。

明子只要伸一只胳膊出去，就能够轻而易举地够着大爹。大爹和大妈身上都盖着过去的被子，被面的颜色明显地陈旧了，那印在被面上的花朵早已失去了曾经的鲜艳，看上去暗暗的，有的地方还有磨损的痕迹，隐约地露出几丝羊绒。大爹和大妈却将崭新的被子给明子盖着，这让明子有了最初的感动。感动之后是紧张是陌生，陌生的结果是他和大爹大妈之间的话都很少，一整天都说不上几句。明子不是不想说话，是真的不知道说什么，从哪里说起。明子也不清楚在他进入这个家庭之前，屋里的气氛究竟是个什么样子。但明子能感觉到某种冷清，而且这种冷清在他进入这个家庭之前就已存在并延续着。道理也许很简单，大爹和大妈始终没有他们自己的孩子，不知道是哪儿出了问题。在老家遇上这样的事情就是一辈子的亏欠，免不了受人指指戳戳，自己也会抬不起头来，好像比别人短了半截，干什么都要小心翼翼的。大爹和大妈怎么可能没有自己的孩子呢?健健康康的两个人，看上去又是和和睦睦的一对夫妻，不愁吃喝不愁穿戴，日子过得要比明子家滋润多了。大爹就不用多说了，这个大妈的面相比明子的母亲还要年轻许多，同时还要好看许多，端端正正清清白白的一个女人。大妈也是从腾格里那边的农村老家嫁过来的，只不过不是同一个村子。明子对大妈知道的也就这么一点儿，不可能再多了。明子和大妈很少说话，偶尔看上一眼，便把目光躲闪到别的地方去。大妈呢，仿佛对明子也不怎么留意，一副不苟言笑的样子。

是不是这个大妈不愿意让他进入这个家庭呢?

明子从一开始就有这样的疑虑和担忧，提心吊胆地挨过几天后，这种疑虑和担忧变得越来越强烈了。那天早晨，明子紧跟着大爹走进羊圈里，吭哧了半天才把这个问题战战兢兢地说了出来。大爹站在羊圈里看了明子半晌，笑一笑说，谁说不愿意?不愿意我能把你领进这个家门?大爹还说，头回生二回熟，因为自己不生娃，你大妈心里一直闷着一股气，见谁都是不理不睬的样子。大爹这样一解释，明子就不好多说什么了。再面对大妈时，明子的心情颇为复杂，既没有突出的好感，也没有明显的恶意，表情也是那么平平淡淡的。可以肯定的是，大妈是个很勤快的人，而且特别爱干净，不光把自己拾掇得清清爽爽，屋里从早到晚也是亮亮堂堂的，阳光从窗口投落进来，光线里甚至都看不见那种漂浮的细微的灰尘。这让明子觉得不可思议，居家过日子，屋里怎么可能没有灰尘呢?一天下来，大妈总要将墙角的那只深红色的箱柜和那口黑色的水缸擦上几遍才肯罢手。炕上的那张矮腿小木桌也是，淡绿色的油漆亮得能照见人影儿。屋里除了亮堂和干净，再就是静，很长时间里静得一点儿声音都没有。大妈擦完了箱柜、水缸和小木桌，就脱了鞋端坐在靠窗的炕上，手里捻着一团羊绒。羊绒很白，白得像从天上扯下来的云絮。在明子的眼里，那一团羊绒已经很干净了。有趣的是，看上去那么白那么干净的羊绒，里面总会藏一点草屑一类的东西。大妈那张好看的脸这时微微地仰着，目光却有些空茫地盯着某一个地方，并不看自己手里捻着的那一团羊绒，手指偶尔停顿一下，接着从羊绒里挑出来一根草屑。那草屑是极细小的，还没有缝衣服的针粗，短得像掐断的线头儿。就是一根这样的草屑，却被大妈很准确地捉摸到了，然后从一团白云似的羊绒里挑了出来。等到一团羊绒真正挑干净了，窗台上便也堆了十来根极细极短的草屑。十来根这样的草屑堆在一起，颜色黄黄的，金子般地呈现在阳光下，有一种富贵的气息。这时，大妈才轻移自己的身子，将那些草屑投进炕沿下的炉子里。炉子里的柴火刚刚燃尽，屋里不冷不热，正好暖得像春天。明子也是端坐在炕上的，与大妈之间隔着那张矮腿的淡绿色的小木桌，像是在他们之间趴着一只什么乖巧的小动物。在一片令人窒息的寂静中，明子一动不动地看完了大妈从一团羊绒里挑出草屑的全部过程，心里却莫名地升起一股凉意，眼里布满了惊惧的神色。明子觉得眼前的这个大妈和自己没有任何关系，不仅现在没有，将来也没有，这是一个很遥远的女人，遥远得像一个梦。大妈的沉默和肃然让明子强烈地不安起来，随后想尽快地逃逸，逃得越远越好，他再也不想面对大妈那一张因为抑郁而显得深沉的脸了。

明子这时条件反射地想起了自己的母亲。家境贫寒，又连着生了几个孩子，母亲成了村子里最邋遢的女人，可她毕竟是自己的母亲，母亲永远是温暖的。明子想到这里就再也想不下去了，幽微地动了一下，准备抬腿下炕，穿上鞋走出屋去，然后走向屋后面的草滩。草滩上有撒得很开的羊群，羊群的旁边有明子的大爹。明子宁肯和大爹呆在草滩上，也不愿意坐在屋里了，尽管屋里暖暖的。实际上，明子一大早起来，就要求和大爹一道去草滩上放羊，却被大爹阻止了。大爹说，着的啥急？往后有你放羊的日子，你就呆在屋里，和你大妈说说话。大爹说着话，还冲着明子挤一挤眼，然后头不回地赶上羊群走了。可是大半天的时间都过去了，明子还没和大妈说上一句话。说话至少是两个人之间的事情，大妈不说话，他怎么能一个人自言自语呢？明子正要抬腿下炕，大妈却突然说话了，还难得地笑了一下。大妈一下一下地抚着那一团羊绒，像抚着自己的孩子说，你十几了？明子抬起的一条腿就吊在炕沿下，脑子里一时懵懵懂懂的。大妈又问了一遍，明子这才明白过来，说十二岁了。大妈连我十几岁了都不知道，这又怎么可能呢？大妈这是在明知故问，明子想。大妈说，我嫁过来都二十年了。前十年我还回过几次老家，后十年我一次都没回去过。老家现在变成了啥模样，我都不敢想，你能给大妈学说一下吗？大妈一边说一边看着明子，眼圈逐渐地浮上一层潮红。大妈这个样子，又让明子一阵惶恐。大妈依然静静地端坐在靠窗的炕上，眼里有一种期待。明子反而又不知道自己该说什么了，只是呆呆地看着大妈。这个大妈嫁过来都二十年了，只回过几次老家，后十年竟然一次都没有回去过，这又是为什么呢？大妈要么一句话不说，要说就说得这样沉重，明子真的是不知道自己该说什么了。在难挨的沉默中，明子垂下了头，像是拒绝回答任何问题，一副很固执的样子。大妈叹一口气说，不想说就算了吧，我也是随便问问。听大妈这样一说，明子又猛地抬起头，看着大妈吞吞吐吐地说，你咋十年都不回老家呢？该回去看看的。大妈却说，时辰不早了，我给你做饭去，想必你已经饿了。

明子不饿，一点都不饿，来这里这些天就没有感到自己饿过，肚子什么时候都鼓鼓的。明子其实是想家了，想家的感觉一日比一日厉害，心急火燎的，一想家全身就暖。这个大妈十年了都没回过老家，这怎么可能呢？难道她就不想老家的亲人吗？明子想家，想得夜夜睡不着觉，乱七八糟地想这想那，虽然带着很大的随意性，甚至时空颠倒，但都与家密切相关。明子人在千里之外，意识已经越过浩瀚的沙漠，来到了自己的村子里。树啦田啦麦草垛啦什么的，伙伴们张三李四王五什么的，爬墙上树掏鸟窝摘杏子偷瓜什么的。明子的脑子里存储最多的就是这些东西，是这些东西丰富了他少年的生活和记忆。除此之外，似乎不再有别的什么。上学是另外一回事，也是他最苦恼的一件事。明子不是个循规蹈矩的好学生，或许就是因为这一点，才使得他的少年命运终于出现了一次大的转折，发生了新的变故。不不不，其实还不只是这样，另外一个原因是家里的孩子多，上面两个姐姐，下面两个弟弟，加上他明子一共是五个。五张嘴一起张开，就像鸟窝里五只身上还没有长出羽毛的大肚子黄雀，得日日不断地往里填食。老家田少地薄，其中的一半又是盐碱地，像样的茅草都长不好，稀稀拉拉地藏不住野兔子。一年四季春夏秋冬，家里的粮食总是不够吃，更不要说吃肉了。俗话说半大小子吃死老子，老子没被他们兄弟几个小子吃死，也是半死不活的了，半死不活的老子却攒劲生了五个孩子。五个孩子睡在一面土炕上，夜里为争盖两床絮了烂棉花套子的被子撕扯得满炕翻滚，按下葫芦浮上瓢，像一锅粥要喧腾上半夜才能安静下来，天亮了从被窝里爬出来再吵闹。贫瘠的老家和清苦的日子里缺少的东西很多，但最不缺少的就是热闹。那么，热闹又是什么东西呢?热闹也是暖，暖皮暖肉，暖心暖肺。明子就是在这种暖中稀里糊涂地长到十二岁，还稀里糊涂地混了个小学毕业。明子比上面的两个姐姐幸运多了，上面的两个姐姐小学都没有毕业，就像两条尾巴跟在父母身后，下地牵牛扶犁种田锄草，进屋扒锅上灶缝缝补补。明子的大姐已经准备着嫁人了，明年最迟不出后年就要嫁到外村去，为大姐十分不情愿的那个半吊子男人生儿育女洗衣浆衫。大姐哭过闹过，但终究拗不过父母，也只能低头认命。

明子稀里糊涂地混到小学毕业，接下来的事情又变得简单了，他被过继给了远在腾格里沙漠另一边放羊的大爹和大妈。除非是婚丧嫁娶这样的红白事，农村老家在其他事情上没有太多的繁文缛节。关于明子的问题，三个大人关起门来嗡嗡嚷嚷哭哭啼啼地说了半夜话，事情就商量定了。女儿不要，太小的男孩子也不要，夹在两个姐姐和两个弟弟中间的明子不大不小正合适，大爹一眼就相中了。当时，明子刚刚从邻家，也是村里唯一的雪花飘飘的黑白电视机里看完《霍元甲》，一路上嘿嘿嗨嗨打打杀杀地回家来。连续剧里的霍元甲生死未卜，明子的命运却发生了重大转折，从此他要告别老家去向他方，和大爹当年那样一去千里之遥，这便有了重蹈覆辙的意思。明子当时没有表示拒绝，好动的年龄让他对世间的一切都充满了好奇，就稀里糊涂地答应了。

明子就是睡不着觉。

刚到这里的头一天晚上小睡了那么一会儿，随后的每个夜晚，明子始终醒着。明子在泼墨一样的黑暗里不停地眨巴眼睛，上眼皮儿和下眼皮儿合在一起再睁开，睁开再合上。就在明子三心二意地眨巴眼皮儿的时候，睡在旁边的大爹和大妈却一心一意地扯着呼噜，呼噜声很均匀，此起彼伏地配合得很默契。二十年来，大爹和大妈就是这样过来的吧，两个人的世界，两个人的夜晚。这样一想，明子感觉自己就是多余的，既然是多余的，就没有继续留下来的必要了。明子躺在炕上躺在被窝里，脑子逐渐地清晰了起来，随后反复地出现一个大大的字。这个字又是长了腿的，一副蓄势待发的样子：走!既然要走，那就必须上路，人总是走在路上的。明子对自己的这种想法一开始有一些吃不准，主要是对回去的路很不熟悉，就像眼前的夜晚，一切都是模糊的。还有，就是要不要给大爹和大妈打一声招呼呢?明子想了几个晚上，就是张不开这个口，几次话到嘴边又艰难地咽了回去，嗓子眼里浸了碱水似的又苦又涩。可是，他想家啊，想父母，想上面的两个姐姐，想下面的两个弟弟，想村子里许多的人和物，包括屋前的那两棵年年都开花结果的杏树。想家时心里就暖，暖过了就痒，痒过了就想流泪。明子觉得身上爬满了莫可名状的小虫子，这些小虫子后来又钻进他的血管里去了，抠都抠不出来。能痛痛快快地哭上一场也许就轻省了，可他不能这样哭，尤其是不能当着大爹和大妈的面哭。想到后来，明子决定还是先不要给大爹和大妈说，自己一个人悄悄地走，等回到家再给他们捎个信，说明事情的缘由。他还是个孩子，是孩子就免不了要想家，谁还能拉下脸来责怪一个想家的孩子呢?

于是，明子在黑暗中开始了他的回忆。

处在黑暗中的明子，意识格外地清醒，自己便也随着这清醒的意识退了回去，退到他出发的地方。明子的回忆是从老家的门口开始的。开始回忆他从老家的门口出发后，一路上都经过了哪些地方，那些地方都有什么明显的特征。第一天，先是一大早搭乘一辆手扶拖拉机到了东湖镇，下午从东湖镇坐班车到了县城，在县城一家私人开的小旅店里住了一夜。这也是明子第一次住旅店睡床铺，他睡得很舒服，好像没有做什么梦，也许做了，天一亮就又忘了。第二天，第一次坐火车的明子坐上火车到了一个叫甘塘的地方，而且坐了整整一天。因为是在黑天里，他看不清甘塘究竟有多大，从稀稠不定的灯光判断，大概有东湖镇那么大吧。甘塘火车站那个又脏又破的小候车室里挤满了人，明子和大爹在一个靠窗的墙角里蹲了半夜，闻够了大人的汗臭屁臭和小孩子的尿臊味儿。第三天，坐一辆车厢上蒙着帆布棚，车厢里焊着几排铁椅子的卡车，在一条坑坑洼洼的沙漠公路上摇摇晃晃地走了一天，天快黑时到了一个叫和屯池的盐湖小镇。下车后大爹带着明子走进路边一家小饭馆，一人吃了一大碗羊肉揪面。羊肉揪面很香的，碗里漂着一层鲜红的辣椒油。明子没有吃饱，再吃一碗不成问题，看大爹一脸的严肃，明子只好忍了，不好意思说自己还饿着。从小饭馆里出来，这次没有车可以坐了，只能靠自己的两条腿，他们是向西徒步行走的。太阳正从一道沙梁上缓缓地沉落，半天云霞，一地余晖，映得盐湖的水面和旁边的盐堆流金淌银，空气中漂浮着一股浓烈的咸味儿，明子一时不能适应，还因此打了几个响亮的喷嚏，惹得大爹忍不住地笑了一声。太阳完全落下去的时候，他们走出了盐湖小镇，风也大了起来。大爹不说话，只顾在前面带路，一会儿越上沙梁，一会儿沉入低谷，始终和明子保持着几步远的距离。清凌凌的寒风伴随着他们，掠过柴梢子时发出忽高忽低的呜咽，在黑夜里听上去凄迷而苍凉。稀薄的星光下，只能看得见一些或高或矮的柴棵，它们像身披黑衣的古怪的幽灵，蜷伏在明子经过的路途上，让一个少小离家的少年心里更加充满了恐惧和不安。明子紧跟在大爹身后，走得头重脚轻的，走得磕磕绊绊的，走得冷一阵热一阵的。就这样，大爹带着明子又黑灯瞎火地走了整整一夜。第四天天亮的时候，明子就走进与老家完全不同的一道风景里了：天大地大的旷野上，竟然没有一棵树，没有一片田，只有一座孤零零的土屋、一个大得吓人的柴垛、一根竖着木头卧杆儿的水井、一个说方不方说圆不圆的羊圈，当然还要有一群羊。后来，明子就见到了那个从来没有见过面的大妈。大妈已经烧热了屋子，烧好了一壶茶水，像是早就等着他们了。进门时，一屋子的热气簇拥着浑身冰凉的明子，明子就慢慢地暖了。而那个端坐在炕上的大妈呢，却是一脸的淡漠，笑都没有笑一下。明子站在屋里进退两难，就困惑地看着大爹。大爹只是轻轻地说了一句，到家了。这个家离得远啊，弯弯绕绕摇摇晃晃起起伏伏地走了三天三夜，用老家的俗话说是，粗脖子走成了细脖子，胖骡子走成了瘦叫驴。明子经过几番回忆，从粗疏到细致，还是梳理出了一条回家的路。这条回家的路，在明子的脑海里终于变得明确了，接下来就是付诸行动，脚踏实地走在回家的路上。

明子是在第十天的下午开始行动的。

明子的自我感觉不错，认为对这次回家的行动安排得很周密，表面上看不出任何破绽，甚至可以说是神不知鬼不觉。一夜未眠的明子怀揣着兴奋中又有些忐忑的心情，迎来了他到这里的第十个白天。奇怪的是，明子从被窝里爬起来不久却又有了睡意，坐在暖烘烘的屋里犯开了迷糊。炉子里的火在整个白天是不会熄灭的，快要燃尽了再续上几根柴，温暖便源源不断地持续着扩散着。炉子上坐着一只硕大的铜茶壶，壶嘴儿时不时地喷出一股热气，热气又时不时地顶得壶盖儿啪啦啪啦响，屋里弥漫着砖茶特殊的清香。明子盯着茶壶看了半晌听了半晌，眼前就有些模糊，不用他眨巴眼睛，上眼皮儿和下眼皮儿就已经打起架来了。那喷着热气的壶嘴儿闲言碎语地诉说着什么，那被热气顶起的壶盖儿像是有节奏地配合着壶嘴儿，有如老家逢年过节时请的那种只有一女一男两个演员的坐唱，具有催眠的效果。明子听过几次这样的坐唱，往往是听到后来就犯迷糊，一犯迷糊就睡着了。还是那样的，早晨吃喝罢了，大爹一如既往地赶着羊群去了草滩上，大妈头上捂一块花格子围巾只两个眼睛露在外面，出屋拾掇羊圈去了。说是圈里的羊粪又满了，该清扫一遍了。明子也要去，大妈说，天冷，你就在屋里吧，给炉子续上柴就行了。大妈还说，不要让茶壶里的水熬干了，水在缸里。明子坚持了一下，大妈的话和大爹的话如出一辙：着的啥急?往后有你拾掇羊圈的日子。大爹和大妈一走，屋里顿时空荡荡的，明子的瞌睡就在这个时候出现了，而且还很浓烈，带着很大的强迫性。这瞌睡来得真是及时，像是有着某种天意，明子想，我该睡上一觉了，再不睡就麻烦了，就要睡在路上了。明子给炉子里多续了一些柴，差不多塞满了炉子。火被一炉瓷瓷实实的柴暂时压抑着，反倒燃得比先前缓慢了许多。明子还给茶壶续满了水，先前喷着热气的壶嘴儿和壶盖儿也都安静下来了。做完这两样事情后，明子上炕倒头就睡，鞋都没脱。这一觉睡得很实很沉，躺倒是个啥样子，醒来还是个啥样子，等到睁开眼已经过了中午，阳光从窗口斜斜地投射进来，光线里干干净净的。大妈是什么时候拾掇完羊圈进的屋，明子一点都不知道，大妈没有叫醒明子。大妈不声不响地做好了饭，饭比前几天的哪一顿都简单，一滴油花儿都没有。哪怕是一张白面饼子呢?也比这清汤寡水好得多。明子一口气喝了两碗，吸溜吸溜，喝得自己都不好意思起来。大妈说，羊羔生下来要奶肚子换成草肚子，才能长成大羊。人也一样，到哪里就要服哪里的水土。大妈还说，这饭叫沙米糊糊，这沙米糊糊我吃了二十年，越吃越香。大妈这样一说，明子就再也不想喝了，悄无声息地放下了饭碗，觉得大妈不怀好意。这沙米显然是一种草籽儿，喝进嘴里无滋无味，确实有点像沙子。我是羊吗?我要换成草肚子吗?如果说明子对自己的不辞而别还有那么一点顾虑，大妈的这顿沙米糊糊和这几句话却坚定了他离开这里的决心。于是，明子和大妈就有了这样一次对话。

明子说，我不想在屋里坐着了，我要出去干活。

大妈说，羊群快回来了，羊圈也拾掇干净了。

明子说，我要去拾柴。

大妈说，拾的啥柴?你没看见屋前的那个柴垛吗?

明子说，看见了。

大妈说，够烧了。

明子说，明年呢？

大妈说，明年也够烧了。

明子说，还有后年呢？

明子心里着急，就差一点说出还有一辈子的话了。大妈一下子被噎住了，很惊讶地看着明子，眼里的神色却又是怪怪的。明子知道自己不能再耽误时间了，很固执地下了炕，大步流星地走出屋去。

大妈在后面喊了一声：拿上一根毛绳，不然你拿啥捆柴背柴呢？

明子腰上缠着一根足有四米长的毛绳，挺胸昂头地去向草滩。有一点是必须强调的，明子是向东而去的，这正是他十天前从老家走来的方向。从哪里来到哪里去，走在路上的明子一身轻松，最初的感觉是自己在飞，或者有一匹腾云驾雾的快马驮着他。是的，仿佛只是一瞬间的事情，现在的明子终于变成了一只脱离笼子的鸟，向老家的方向欢快地飞翔，那里才有他温暖的窝，才有他栖息的大树。明子一路行走，对擦身而过的或高或矮的柴棵视而不见，连弯一下腰都不愿意，那缠在腰上的毛绳形同虚设，绳梢子拖在了地上都没有察觉。明子不回头看一眼，不是不想而是不敢，他害怕这一回头会动摇自己的决心。如果大妈这阵子站在屋檐下，这一回头或许就彻底暴露了他的真实意图。这个想法又给了明子一个新的启发，不能走得太急太快，应该时不时地停下自己的脚步，弯下腰去装出拾柴的样子。明子于是走一走停一停，停一停再走一走，手里也像模像样地有了几根柴。冬天黑得早，冬天的日子夜长昼短，黑夜在明子时走时停的脚步声中尾随而来。天说黑便黑了，像一道厚重的帷幕从西边垂落下来，缺少往日的那种过渡，省略了黄昏。和明子十天前徒步走向这里一样，草滩在天黑的时候格外地冷起来了，并且起了风，风从柴梢子上掠过时照例发出忽高忽低的呜咽。在黑夜的掩护下，明子加快了行走的速度。明子想，照这样走下去，即使走得再艰难，天亮前也能走到那个叫和屯池的盐湖小镇。

然后呢？

没有然后。明子那小小的胸腔里胀满了对老家的思念，行走得没有任

中国当代西部文学文库

何禁忌，单纯地沉浸在自己的渴望里，单纯得不计后果，甚至忽略了许多致命的细节。明子不仅没有任何禁忌，同时也没有任何常识、没有任何经验地走进深刻的黑暗里去了。其实，一切都在忽高忽低的风声里，在静悄悄的越来越强烈的寒冷中发生了逆转，只是明子自己并没有意识到罢了。黑色的世界成了一个黑色的空心球体，行走其中的明子的视觉被欺骗了。在这样一个黑色的世界里，天地一片混沌，明子完全失去了方向感，已经分不清东南西北。明子并没有走出去多远，他迷路了，以土屋为中心一圈一圈地身不由己地绕开了圈子。在寒冷和饥饿的驱使和鞭赶下，明子又向着土屋一圈一圈地接近，就像是鬼使神差。后来，在无边的黑暗里，明子无奈地走向那一抹昏黄的灯光。

差不多到了后半夜，明子裹着一身寒气进了屋。

炉子里的柴燃得正旺，火呼隆隆地吼叫着，把那根直通屋顶的白铁皮烟囱都烧红了。热量聚得太多了，堵在屋里一时半会儿释放不出去，见有人开门走进来，就结结实实地拥过去，扑了明子一头一脸，还直往他的衣服里钻。明子有些躲闪不及，身子往后仰了仰才站稳。明子这才发现自己的腰里空荡荡的，那根足有四米长的毛绳不知什么时候被他丢失在草滩上了。明子的手里也没有一根柴，他是空甩着两只手进屋的。明子望着端坐在炕上的大妈，又羞又愧，说不出一句话。大妈呢，也还是那样的，那张好看的脸在煤油灯昏黄的光影里微微地仰着，看不出什么喜怒，只有一脸的平静。过了一阵，大爹也进了屋，和明子一样裹着一身寒气。

大爹一边跺脚，一边笑呵呵地说，羊丢了，我出去找了一回。

大妈说，找着了吗？

大爹说，还好。

大妈说，咋？

大爹说，自己回来了。

明子的脸一下子红透了。

大妈这时也笑了，笑得爽爽朗朗的。大妈笑够了，说，都给我大脚盘腕地坐到炕上去，我给你们上肉。

大爹杀了一只肥肥壮壮的绵羯羊，屋里地上摊着一张硕大的羊皮，羊皮上堆着还没来得及收拾的花花绿绿的羊杂碎，心肝肺肠子肚子什么的，还有半盆鲜艳的已经凝结得像豆腐一样的羊血。炉子上面坐着一口大铁锅，也没有盖锅盖，锅里咕嘟咕嘟地翻滚着白亮亮油汪汪的水泡。猪前羊后，意思是说猪和羊这两个不同的部位肉厚膘肥。在大爹出门找了半夜"羊"时，大妈将那只绵羯羊的后半截卸下来丢进了铁锅里，上面的肉和油一丝儿都没往下剔，直接煮成了大块大块的手抓肉。那馋人的肉香这阵子正鼓涌而出，灌满了屋子。明子不说一句话，始终低着头不敢看大妈和大爹，默默地装了一肚子香喷喷的鲜嫩无比的羊肉。吃完羊肉，又喝了一大碗用羊肉汤熬得稠糊糊的黄米粥，就都早早地睡了。夜里，明子躺在暖暖的被窝里，迷迷糊糊中听见大妈说：

娃，明年春天，跟我回老家去。

秋 夜

　　走近那座黄泥土屋的时候，天快要黑了，空中充斥着几缕酱色的云絮，看上去很肮脏。他走了整整一天，从清早出门到现在，走得马不停蹄。即便是真正的一匹马，也不大可能不歇气地走上整整一天，而不吃一口草不喝一口水。他没有马可以骑上走，就只有靠自己的一双腿脚了。他也知道的，天上那几缕酱色的云絮预报的是一个并不好的气象，也就是说，用不了多长时间，从西边刮来的风就会到达这里。再看看那一轮斜斜的秋阳，又干又涩的样子，像极了是一张早已失去滋润的老女人的脸，引不起他的一点欲望。

　　秋阳最后摇晃几下，咕咚一声掉进西边的沙海里去了，他也将一只脚跨过了土屋的门槛。他有点自嘲地笑了笑。从表面上看，他是一个很随便的人，大大咧咧惯了。如果不是困顿的日子逼得太紧，他也就不会来了。屋里太暗，跨进门槛时，有如跌入一口大缸，让他一时不能适应。过了一阵子，眼前才逐渐地变得清晰了，狗洞大的一方小窗泛出青虚虚的白。屋里呈现出一种莫名的冷清。主人不在家，屋门却敞开着，门上连把锁都没有。在漠野深处，这是经常能够遇到的事情，不足为怪的。他转来转去地找煤油灯，找火柴，总之是可以照亮屋子的什么东西。他还想找一找能够填饱肚子的东西，比如一块烤得焦黄的烧饼，有酒有肉当然更好。他饿了，饥肠辘辘，肠胃里真的像空荡荡地滚动着一个车轱辘。你想啊，走了整整一天的路，怎能不饿呢?然而，并无所获。屋里没有一点令人亲切的感觉，看来这屋里的主人和他一样，也游手好闲惯了。

　　妈的。他嘟囔着嘲笑了一声。

放羊的女人

053

他的判断一向很准确，只是这么一会儿工夫，风就来了，约定好了一样。风掠过屋顶时发出了几声尖厉的呼啸．仿佛有谁抻长脖子拼命地吹着口哨儿，秋天的气息一下子就浓烈了起来。他想，你这个风三儿，来得也太快了，我还没喂饱肚子呢，总不能让我喝西北风吧?没有找到煤油灯和火柴，也没有找到可以填饱肚子的东西，他觉得自己再无事可做了，就只能坐在炕沿上，感受屋外那秋风的荡漾和萧瑟，做一种精神上的逍遥游。风便又摸透了他的心思似的，不仅一阵紧似一阵地刮着，还裹挟着细细的沙子涌进屋里，使他的脸面毫不费事地觉悟到了那种令人厌烦的摩挲。他懒得去把门关上，关上又怎样，风是无孔不入的啊。更何况这屋子，差不多已经是四面透风四面楚歌了。

他有足够的耐心，这和他一贯的游手好闲是一致的。他把一只手伸进怀窝里去，那里揣着一张发黄的纸片儿。就是这一张纸片儿，让他有些不由自主地走进了这屋子，而且一走就是一整天。早晨出门之前，他哂尽了最后一瓶烧酒，他也知道自己开始身陷困境。而这一张并不起眼的纸片儿，在他眼里却是赏心悦目的，像一根救命的稻草，给了他信心，让他湿漉漉地上岸。他有充分的理由，他没有再犹豫什么，以一个鲤鱼打挺的姿势弹跳下炕，气宇昂扬地走出屋门，然后穿越无数道沙梁和大大小小的草滩，向着眼下这座土屋长途跋涉。由此又可以看出，他不仅是一个游手好闲的人，同时还是一个经历丰富的人，是一个精力旺盛的人。

一路上，他身上的酒气在不断地弥散，把秋阳都醉倒了。等到走进这座土屋里，他一身的酒气已经荡然无存。他比什么时候都清醒，清醒得像一个肩负着重大使命的革命党人来到了秘密接头的地方。于是，他终于看见一双鞋悄无声息地摆放在门槛下。这一双鞋里是有脚的，脚上却没有穿袜子，这一双没有穿袜子的脚就静静地停泊在鞋里，一动不动地站了很久。一抹微弱的光亮中，脚面上浮出两小块松弛的皮肉。很显然这双鞋不够合适，将脚面上的皮肉挤兑得隆了起来。别的还只是个轮廓，入夜的秋风再一次吹进来，便又拂荡了一下高挑的裤角，接着是一角短促的衣襟和一缕散乱的头发。他的目光是一截一截往上抬的，变得有一点兴奋。他坐在屋里的炕上倒成了主人，而真正的主人出现的时候，反而是做贼心虚的样子，尤其是在夜间形迹可疑。她的胆子够大的，如果是个胆小的人，恐怕就要被吓个半死。呃呃。他一时也不知道说什么了，喉咙里奇怪地响了两声，打着空旷的嗝噫。

来啦?

这是一个女人。

女人点亮了煤油灯。煤油灯就放在紧靠灶台的那面墙里，墙上有一个挖进去的小洞。他说，我要知道灯在那里，早就点着了。女人说，不咋的，这不是点着了吗?他说，是啊，点着了，点着了就好。这是一盏小小的煤油灯，却说不上巧妙，是用那种罐头瓶子做的，瓶子上落了厚厚一层沙土。灯苗儿更瘦，像一颗发育不全的黄豆芽。无论怎样，屋里比先前亮了一些，能够看得见女人大概的模样了。女人的模样说不上俊秀，身条还是匀称的，该突出的地方也不是很瘪，会让男人产生最初的欲望。这就好，至少不会令人很失望。灯光使他如释重负地轻松许多，他的屁股往里挪了有一尺，双腿盘着坐在炕上，更像是主人了。

他说，走了整整一天。

女人说，饿了吧?

他说，饿了。

女人将煤油灯放在炕中间的一方小桌上，就在灶台边忙碌了起来，引着灶洞里的柴草，往锅里添了两勺水，开始在一只瓦盆里揉面。那是一个乌黑而精致的瓦盆，有很不错的质地，在灶火的映照下反射出富贵的华彩，这竟然使得屋里的其他东西黯然失色。他的目光这时就盯着这只瓦盆，以及瓦盆里的一双手。女人揉面的手和被揉的面交织在一起，显出那样一种温暖的白。渐渐地，那面的白和手的白分离了，从形状和颜色都有所不同。面的润比手的润要润，面的白比手的白要白。女人始终低着头，一缕头发分散开来，遮住了半边脸，像是刻意这么做的。他不出声地笑了一下，静静地坐着，等待着这个女人做给他的一顿晚饭。这时，就有一阵啼声传了出来，断断续续的那种，却很突兀。他一点都没有提防，被这声音着实吓了一跳。他扭头四处寻找，终于在靠里面的墙角发现了异常，那里有一堆破布，破布在瑟瑟地颤动。这座到处都在漏风的土屋，就变得扑朔迷离了，如同一个虚幻的梦境。

却不是梦。

他说，是一只猫吗？

女人声音很轻地说，不是。

他说，那么就是一只小羊。

女人不再回答他。女人从瓦盆里抽出手转身走到炕沿前，然后半跪地上炕，半跪地移近炕角，将那一堆破布拢进怀抱里。女人喃喃地说着什么，他听不清一句。女人还把头埋进那一堆破布里，拿自己的脸蹭着什么。半跪在炕上的女人像一只虾。女人后来不再喃喃了，而是咕噜咕噜，嘴里像是含着一块不好消化的冰糖。

是个娃娃吧?他说。

女人没有吭声。

娃娃饿了。他说。

是个还在吃奶的娃娃?他又说，他又变得兴奋了。他说着抬一抬手，却没有要离开或者回避的意思。用不着离开和回避的，女人奶娃娃的时候屁股往后一蹭，腰往前一扭，背过身去便可以了。他见过不少女人奶娃娃的样子，有的根本就不在乎什么，当着许多人的面将一只饱满的奶子塞进娃娃的嘴里，脸上笼罩着一层母性的红晕，甚至还掺杂着炫耀的意思，意思是我的奶子多白呀，我的奶水多足呀。他喜欢看女人的奶子，女人的奶子就是那么好看。可是眼前这个女人并没有解开衣襟，更没有露出奶子，他只能在想象中完成自己的一次窥视。有了感应后，那一堆破布果然平静了下来。他这时才觑见了那个娃娃，一个枯瘦的小人儿，分不清是男是女，半头黄毛柔柔地遮住眉目，和一只小猫或者一只小羊也区别不到哪儿去。在女人的抚慰下，小人儿不再啼哭，只嘘出些轻微的鼻息，像拂动一张轻薄而透明的纸。

女人将娃娃放回原处，下了炕继续做饭。女人再没有说一句话，眼睛垂得低低的。终于在他快要饿过劲儿的时候，女人做好了一顿饭。这是一顿非常简单的饭食，面一半，汤一半，无油无肉，味道极其寡淡，令人联想到滩里枯黄的草，还有一股子土腥气。女人将碗盛得很满，端给了坐在炕上的他，碗里倒是面多汤少，斜斜地插了一双筷子。女人歉意地说，你吃么，你就凑合着多吃上些。女人说罢，又去照顾那个娃娃了。女人再度将那个娃娃拢进怀抱里，坐在另一边的炕沿上，然后腾出手掂着一只碗，不厌其烦地吹走碗上的丝丝热气，那缺少血色的嘴唇嘬成了一个小小的圆洞，还有点往上翘。女人一心一意地喂起了自己的娃娃，看样子是暂时顾不得他了。他托着碗，也暂时忘了吃饭。女人喂孩子的这一场景比灶火的光亮来得热渴，有了人间的温暖，屋里便不再那么凄清了。由此而至的某种情致也逐渐地浓稠了起来，使他就要忘记自己真实的身份和真正的目的。

　　他提醒自己，走了整整一天的路，不是来欣赏人世间这一幕的。但他首先要吃下这顿寡淡的饭食，对于一个饥饿的人，吃饭是天经地义的事情。他看着碗里的面和汤，又无声地笑了一下，没有油肉，没有烧酒，这显得不合情理。走遍方圆几百里牧区，游手好闲的他照例是远道上来的客人。既然是客人，就没有慢待的道理，油肉和烧酒不可缺少，少了这两样，人情立刻显得单薄了。他受到了冷遇，而且是在这样一个女人的屋里。好么，呃呃，他捞起一筷子面条堵住了嗝噎。没有烧酒，却有女人，也好。

　　女人和那个娃娃比他先吃完饭，因为吃得很少。女人后来就站在炕沿下，静静地等着给他盛饭，他当然不会拒绝，直到那锅底剩下一点糨糊一样的汤汁。他饿了，也吃饱了，就这么简单。他看见女人散乱的头发上醒目地扎着一根草屑，草屑是一根成熟的野谷穗子，在煤油灯的映照下金黄金黄的，很像是一支金簪子。女人真该扎一支金簪子什么的，而不是草屑，那样才楚楚动人。他看着这个红颜已逝的女人，隐隐地觉得若干年前这个女人的容貌其实还是很不错的，说不定还很有风韵。游历过不少的女人，他弄不清楚何以错过了眼前这个女人?在并非漫长的过去的日子里。

　　旱啦。他说。

旱啦。女人也说。

女人的眼里并没有出现他所期待的某种东西。

旱了，女人指的是秋天吧？这个秋天确实是旱了，既然旱了，你就别指望天上落下一场刻骨铭心的透雨。现在已经是前半夜了，屋外漆黑一片，夜空里没有星星没有月亮，什么都看不见。风是从他进屋的时候刮起来的，到现在就没有停过，并且还紧了一些。和白日里不同，夜间的秋风清湛而刻薄，不单是像谁吹口哨儿，还像有谁挥舞着大刀片子，那刀片子很锋利，一下一下抡圆，"日儿日儿"地响，听着甚觉负债累累。屋门不知是什么时候被关上的，这也肯定是风的杰作。风吹门来门自开，风也可以把门关上。关就关上吧，天黑了嘛。

他在灯影里坐着。女人洗完锅后再没什么事情可干，也在灯影里坐着了，陪伴着他这个客人。他和女人谁都许久没有开口说话了。屋外的秋风，紧了又紧，掠过屋顶时，又响成一片呜咽。女人看着炕桌上的那盏煤油灯，仿佛是目光能够触及的唯一所在。他也看着那盏煤油灯，目光却不够专注，时不时地停留在女人的脸上以及散乱的头发上，那一根金黄金黄的野谷穗子还扎在那里。

他提醒女人说，你的头发里有一根野谷穗子。

女人不惊不诧，像是没有听懂。

他笑了又说，你的头发里有一根野谷穗子。

这次女人听懂了，却没有采取相应的动作拂去或者摘掉那根野谷穗子。他便有点惊异了，难道是女人故意扎上去的吗？如果是，又说明了什么呢？他的心里有些动了，就想替女人摘掉头发里的那根野谷穗子，他的手甚至很微妙地抬了一下。这时，一只白蛾子飞了过来，扇动着翅膀向煤油灯逼近，轮番扑打灯苗儿。他说，扑腾螺儿。女人也说，扑腾螺儿。他和女人以及所有的牧人都把白蛾子叫做扑腾螺儿。伴随着扑腾螺儿翅膀的不断扇动，屋里的光线变得更暗了，又似乎连整个屋子都开始微微地摇晃起来。女人始终注视着那只赴汤蹈火的扑腾螺儿，眼神迷迷离离。女人的这个表情倒是挺动人的，女人也才更像个女人了。扑腾螺儿后来灼伤了一只翅膀，拼命地飞升而去，消失在了墙角的阴影里。

夜更深了。

风声也更紧了。

就这样坐着吗?

他想的是，女人你怎么不笑一笑呢?

从他进屋到现在，女人就没有笑过。女人怎么会不笑呢?是女人就该笑的。看来这个女人已经有很长时间没有笑过了。这是一个细节，游历过不少女人之后，他觉察到了另一个女人的另一个细节，但他不相信世上还有不会笑的女人。尽管他是个游手好闲的人，甚至是一个酒鬼赌鬼，被他游历过的女人却对他难以忘怀。他游历过的女人没有不笑的，有的笑得浪荡，有的笑得含蓄，有的笑得羞涩。他知道自己负有某种罪恶，却又无法改变。他的名声在外，眼前这个女人不可能不知道。实际上他已经很困了，睡意正在悄然地袭来。走了整整一天的路，又坐了这半夜，困是必然的。有烧酒就好了，他会屁股不挪窝地坐上一整夜。赌也行，他曾经创造过在赌场上五天五夜不睡觉的记录。玩蛇的反遭蛇咬，在最近的一次聚赌中，他被几个人联起手来狠狠地暗算了一把，输掉了除过土屋以外的所有财产。他由一个富翁变成了一个穷光蛋，而且被永远地逐出了赌场，他没有翻牌的机会了。

想到这里，他动了一下。

女人说，你困了。

他说，困了。

女人去屋门背后的杂物里翻出一套破旧的被褥，小心翼翼地铺在炕上。凑合一夜吧，女人说。

他没有动，脑子里一时有些空。如此清寂的一个夜晚吗?他所经历的无数个夜晚是清寂的，也还有很多个夜晚是忘忧的快乐的，野马般纵横交错，在另一片土地上反复耕耘，那是一片火热的土地。他熟悉各种各样的女人，烈如浓酒，绵似羊脂，让他得到游手好闲的各种理由，而且乐此不疲。酒鬼，浪荡鬼，他曾经是很多女人眼中一只放荡不羁的鹰。好么，遭遇这样的女人还是第一次，这种不可思议的格局和僵硬的气氛令他不断地回忆往事。他的那套早已谙熟了的程序被一下子打破了，显得杂乱无章。事实上他是有过暗示的，尤其是对于这样的一个女人，他又用不着有太多的暗示。现在，他不敢有进一步的作为了，这样一个红颜已逝的女人，却让他备受冷落。呃呃，他又打起了空旷的嗝噫。无酒可喝的日子里，他总是由不得地一遍遍打嗝，这个习惯的养成，连他自己都不知道是怎么一回事，不过熟悉他的女人都知道。眼前的这个女人却不知道。难道这个女人什么都不知道吗?他无法相信这个事实。夜里的秋风依然如故，时间的流逝使他的目光干涩而疼痛。

女人沉默着，没有任何表示。

沉默的女人身上有一种力量。

他也没有了睡意。

随着夜的不断深入，屋里的冷清也在不断地扩展，像罩了一张铁质的网。屋棚上垂落的灰絮在无孔不入的秋风中悄然地荡漾，角落里却阴影密布，看上去危机四伏。灶膛里的余火早就泯灭了，只有一盏小小的煤油灯驱赶着满屋子的黑暗。在他看来，这屋里的气氛其实是再好不过的，尽管有一些压抑和沉闷，却往往能够激发身体里的很多欲望。他感觉自己的身体里充满了欲望，可又被这个沉默的女人给一点一点地消弭着。墙角的阴影里，有一只老鼠发出一路吱吱怪叫，像是在无情地嘲弄他。他变得有些恼火。

他想，我总不能下地去追赶一只老鼠吧?

他蓦然想到自己忽视了另一个男人的存在。

这屋里是应该有另一个男人存在的啊。另一个男人的存在，能够使他找到别的话题，也许这个风中秋夜或者夜的秋风中就有烧酒可喝呢。可是，这另一个男人就没有出现过，从他进屋的那一刻直到现在，这另一个男人连个鬼影子都不见，似是有人刻意安排的一个陷阱，正等着他往里跳。这另一个男人就躲在他看不见的暗处，手里握着一把宰羊的屠刀，像老鼠一样龇着牙咧着嘴，发出无声的狞笑。他突然感觉到了面临的某种危险，也许这样的危险正在向他逼近，恍惚中他就要血肉横飞了。他浑身打了一个与自己的身份不相适应的冷战。不过，他很快又恢复了自信。这就很有意思了，他的脑海里产生了另一种期待，一种既真实又具体的期待。他强烈地想要和这另一个男人面对面地较量一番，就凭他的智慧和手段，不信战胜不了这另一个男人。他再次兴奋了起来，暂时放弃了眼前这个沉默着的女人。他的眼前出现了一个大大的字：赌。赌什么都行，有什么赌什么。

然而，另一个男人始终没有出现。

他的目光又重新回到了沉默着的女人身上。

他说，你睡吧，再不睡，天就要亮了。

女人说，我不困，我就等着天亮呢。

他说，他呢？

女人好像没有反应过来，说，谁？

他说，男人呢？

女人说，走了。

他又是一惊。这是他没有想到的一种结局。不过，他在女人的脸上看不出那种离失亲人的酸楚和悲伤。女人很平静，很像是在说着一件别人家的事情。这大概又是一个不会流泪的女人，他想。另一个男人的离去激起了他的兴趣，他的手抚摩着身边铺展的被子。被子上的大朵红花隐约可见，漂泊在一片暗色的水面上，很有些陈旧的血腥的情致。毫无疑问，是那个离去的男人盖过的。想象另一个男人的离去，他的思维异常活跃。

咋就走了呢？他说。

就走了。女人说。

为什么？他说。

女人不语。

他说，能说说吗？

女人这次没有拒绝。女人的声音也是断断续续的，很不连贯，看样子女人很长时间没有和别人说过话了。女人首先确认男人不在外面沾女人这一条，然后才说他是个好人，结婚的前一年里他一直是个好人，尽心尽力地过了一年好日子。后来，男人在放羊的途中被别人硬拉着上了赌场，上去后就再也下不来了，就变成了一个赌鬼。女人说到这里停顿了一下，却不看坐在对面的他，眼里好像空无一物。他的眼睛开始有意无意地回避着女人，然后点一点头，表示自己还想听下去。这是一个没有烧酒，也没有其他的欲望可以宣泄的秋风之夜，也许这样度过最好。

六百只羊。女人说。

他愣了一下。

最多的时候，我有六百只羊。女人说。

他听明白了，盯着女人看了好一阵子。女人却没有注意到他的样子，他知道女人此时此刻已经沉入到曾经的过去了。在曾经的过去里，女人赶着一群羊行走在漠野里的湖道和草滩上。那是一个令所有牧人都嫉妒的羊群，六百只羊撒开去，就是白花花的一大片，像从天上扯下来的云，铺盖着绿色的湖道和草滩。女人随心所欲地跟在羊群后面，羊群也同样随心所欲地率领着女人，女人和羊群构成了一个完美的组合。女人的每一次出牧和回家，都是唱着去唱着来的，想唱什么就唱什么，想怎么唱就怎么唱。是的，六百只偌大的一个羊群，这是一种辉煌，属于女人的辉煌。

女人又自言自语地说，六百只羊哩。

呃呃。这个女人。

他在秋风入夜的时光的流逝中，情绪纷杂地重新凝视着这个女人，包括属于这个女人过去不久的日月中铮铮有声的东西。

这时，那一堆破布下面的娃娃睡醒了，发出寻找的呻唤，那呻唤仍然像一只小猫或者一只小羊那样微弱和纤细。另一个男人的故事被打断了，他和女人都从回忆中回到了现实。女人抱起那一堆破布揽进怀里，一边发出咕噜咕噜的声音，一边很轻地拍着娃娃。还是那样的，那娃娃得到女人的抚慰后，再一次有了感应，再一次安静了，轻微的鼻息声又像是在拂动一张轻薄而透明的纸了。他感到奇怪，这个娃娃实在是善解人意。

女人将那一堆破布放回原来的地方。

他说，娃娃几个月了？

中国当代西部文学文库

十岁。女人说。

他直了一下腰，眼睛也睁大了，条件反射地又问了一遍。

女人的回答准确无误：十岁。

十岁。十岁的娃娃比五个口齿的羯羊都要高出半个身子，满世界欢蹦乱跳，早就背上书包上学了。于是，这个风中秋夜的顺序一下子又变得混乱不堪。原本已经走进另一个男人的故事里去了，却又被一堆破布包裹着的娃娃给纷扰了。他觉得自己游手好闲八方游走，却又孤陋寡闻。沉寂的漠野深处，会有一些总让人琢磨不透的事情。比如，在他经过的路途上，碰到过一堆破碎的陶片，残存的花纹虽然简单而朴拙，其色泽却仍然清晰明朗，也许是一支古老的商旅驼队留下的，他可能就行走在被风沙淹没的一条曾经的商旅通道上。还有一次他步入一处多得数不清的贝壳堆里，贝壳一律保持着完整的形状，只不过用手轻轻一捏就会碎掉，然后变成灰尘随风而逝。这让他联想到遥远的过去，脚下曾经是烟波浩渺的大海。这样的遭遇在他来说，大约是不能够说明什么的，只不过是一种转瞬即逝的偶然罢了。倒有这样的可能，能够引发和拨动他唱一支情歌或者酒曲儿，让袅袅余音传达到最近的一座土屋和牧人那里，意思是我比你们活得洒脱，我对所有的日子充满信心。

他嘲笑他身边所有的人。

他是酒场大英雄。

他是情场大英雄。

他是赌场大英雄。

眼前这个娃娃的年龄和形态极不相称，必然地引发另一个故事，再穿插进前面的那个故事里去。这个故事有一个必要的前提，在漠野深处，娃娃出生后长到会自己爬的时候，就用一根绳子拴在娃娃的腰上，绳子的另一头则拴在一根木桩上，这根木桩钉在炕上最里面的墙角。这样被拴住的娃娃就只能在绳子限制的范围内活动，活动的范围当然也只能是在炕上。将娃娃用一根绳子拴在炕角的一根木桩上的方法，是不是受了拴羊羔拴马驹等的启发，不得而知。但很多牧人就是用这样的方法拴大了自己，然后拴大了自己的娃娃，却是千真万确的。

这个故事是这样的：九年前的一个深秋，女人去草滩上放羊，走的时候就用绳子将娃娃拴在了炕上。紧挨着炕沿的灶台上熬着一锅砸碎的羊骨头，因为羊骨头里有油，熬出来的羊骨头油浮在水面上，放凉后油就凝固了，油和水自然分离。羊骨头油是很香的，香得能再渗进人的骨头里去，就这么香。女人拴好娃娃，煮好一锅砸碎的羊骨头，就去了屋前不远的草滩上。那时的羊群还不大，草却好得不得了，少见的好草场。屋里的情况却非常不好，一场灾难正在悄无声息地逼近，女人当然是什么都不知道。那娃娃自己挣脱了拴在腰上的绳子，倒退着向着那口熬羊骨头的铁锅爬去。娃娃的两只小脚杵了进去，同时有一些油水溅到娃娃的身上。那时女人正在放羊回来的路上，差不多已经走到了屋门口，就猛然听见屋里传出一阵撕心裂肺的号哭，并且有一股异常的味道从屋里弥漫了出来。女人丢下羊群就往屋里跑，可还是晚了一步。娃娃被沸腾的油水烫掉了两只脚。女人抱起娃娃冲出屋子，却不知道该往哪儿跑，天大地大，就没有个地方可去。女人就只能无助地和娃娃一起号啕，把一群羊都给惊散了。娃娃哭了整整一夜，女人也哭了整整一夜，那个疼啊，谁知道？后来，娃娃的脚就变成了两个圆秃秃的肉锤锤，再也站不起来了，再也走不成路了。再也不长了，十岁了还就这么大的一点点，说是把腿脚上的筋烫撺了，再也伸展不开了。

女人说，我到今天都想不明白，那绳子咋就开了呢？

女人说，我系的是死扣儿。

女人说，我哪怕早到一步呢？

他说，他呢？

女人说那时的男人第一次上赌场，坐在别人的赌场上输掉了二十只绵羊和二十只山羊。从此男人就什么都不顾了，连家都不要了，一门心思要把输掉的羊再赢回来。往后的事情可想而知，男人负债累累。

你手里拿着个啥东西？他说。

女人摊开掌心，是一双娃娃的鞋。娃娃的鞋静静地睡在女人的掌心里。鞋是黑色的条绒布做成的，做工很是精巧，看上去又圆润又柔软，虎头虎脑的模样，微微地洋溢着一股温情。他的脸被娃娃的鞋蜇得一阵发烫。他还没有婚配，当然也就没有属于自己的娃娃，尽管他早已过了婚配的年龄，甚至可以有不止一个娃娃。但他游手好闲惯了。被他游历过的女人，也有愿意嫁给他的，却被他毫不犹豫地拒绝了。也许，他有自己的娃娃，被他游历过的女人后来都嫁了别人，而且都成为了母亲。还有的女人婚后和他藕断丝连，说不定其中就有他的娃娃。

谁知道呢？

就有几声羊的咩叫不期然地传来，在夜的秋风里是那样的凄婉，也给屋里的人平添了几丝新的倦意。他的手像是不经意地向怀窝里伸去，胳膊抬到胸处却停了下来，然后又放回到原来的地方。

女人说，你困了就睡去，凑合一夜。

女人说罢下了炕往屋外走，留给他一个瘦弱的背影。女人的脚步声很快消失在黑暗里，消失在秋风里。随后又传来女人的吆唤，吆唤被风吹得忽高忽低的，像一根细长的绳子荡着秋千。女人吆唤过后，羊群就安静了下来，漆黑的夜晚又充满秋风的啸叫。处在秋天的羊群很不安宁，尤其是山羊，胆子很大，这些家伙会跳出羊圈，悄然地离去。它们往往顺风奔跑，一去不回头。夜里，女人要这样出去好几次，特别是在这种秋风肆虐的深夜。

他没有动，眼里映着女人出屋时留下的背影。

等到女人的背影缓慢地淡去，他又盯着墙角的那一堆破布。那个娃娃露出半个小脑袋，睡得很香甜的样子。他的目光又转向了屋门口，他突然不知道该怎么面对那个娃娃了。他的心里有了不安，这在以前是不曾有过的。这时，女人进屋了，见他并没有睡去，依然端坐在炕上，呆愣片刻后又笑了一笑。女人这是第一次露出笑容，却没有什么内容。他以为女人不会笑呢，尽管那笑只是闪了一下，但也让他有了一点欣慰。女人就该笑的，笑一笑，十年少，女人就该笑口常开。

女人却再也不笑了。

女人捂住腮帮打了一个喷嚏。是秋夜的凉意穿透了女人的身体吗？、女人有些隐忍的一个喷嚏，让他也感到了冷，毕竟已经是秋天了啊。仿佛回应着他的冷，煤油灯的火苗儿也在瑟瑟地抖动，紧接着就摇摆起来，映在墙上的人影子东倒西歪，一时间扭曲得夸张而恐怖。没想到的是，接下来灯就灭了，屋里顿时一片黑暗，黑得什么都看不见了。在灯灭的一瞬，他看见对面的女人不安地动了一下身子，怕着什么似的。其实，他已经不再期待什么了，他很想告诉女人这一点，又不知道应该怎样开口。在突如其来的一片黑暗中，他一动不动。

　　他看不见女人，女人也看不见他。

　　他们就那样静静地坐着。

　　过了半晌，女人说，我把灯点上。

　　他说，算了。

　　女人没有吭声。

　　他说，省点煤油。

　　女人说，十年了，我很少点灯。

　　他说，我知道。

　　女人说，你咋知道?

　　他没说什么。

　　女人说，那就让屋里黑着去吧。

　　他说，我还想听。

　　女人说，啥?

　　他说，他。

　　女人说，人已经走了。

　　他屏声静气地等待着。这样的风中秋夜怎么能有睡意呢?女人又长时间地沉默着，看来女人没对任何人讲过这个故事，也许随着时间的流逝和剥蚀，一些往事淹没了另一些往事。

　　女人还是讲了。

　　黑暗中，看不见女人的脸面，只能听得见女人的声音，这使得女人的声音有一种奇特的效果，像是从一个极其遥远的虚空里发出的，有一股深冥的气息。

男人很少回家，在赌场上输了赢，赢了输，最后输光了一群羊，一群拥有六百只羊的羊群，还有十峰骆驼、八头驴和一匹作为骑乘的走马，再输就得把自己的屋子和女人也搭上了。那一天，男人终于回家，披着一头儿马的鬃毛一样的长头发，甩着两只空荡荡的袖子一摇一晃地回来了。男人的身后捎着几根碱柴，是在回家的路上拾的，意思是给屋里的灶火添点柴。男人不捎那几根碱柴还好，女人也不想多说什么。看见那几根轻飘飘的碱柴，女人的气就不打一处来，那么多年的委屈和辛酸全涌了出来。女人当时就没让男人进门。女人堵在门口说，我没日没夜地放了十年羊，还了十年的债。娃娃是你的精血是你的种，却因为你成了个一辈子长不大站不起来的废人，十年里你就没抱过娃娃几回，没心疼过娃娃几回。到头来你只给我捎回来几根碱柴，你把先人都丢尽了，却捎来几根碱柴，还有脸回家？你咋不死去？咋不拄上碱柴棍子讨饭去？男人当时眼睁睁地看着女人，一句话说不出来，身后的那几根碱柴折断的鸟翅一样飞起来又落下。男人扑倒在地上，吐了一口血，再也没睁开眼。

就这样走了。他说。

挺了几个时辰，就走了。女人说。

我悔呢，人回来了就好，我说那些话干啥？女人说。

这时，天要亮了。那啸叫了一夜的秋风也停了。

女人深深地垂下了头。

女人的头发里没了那根像金簪子一样的野谷穗子。不知道是什么时候没了的，也许是被秋风吹掉的。

他说，人走了，债也清了。

女人说，还有一笔。

他说，没了。

女人说，最早一笔，也是最后一笔。

他说，是吗？

女人说，二十只绵羊和二十只山羊。

他说，没了。

女人说，我知道，欠下的债就该还。我等着还这笔债已经等了十年，现在是时候了。二十只绵羊和二十只山羊就圈在羊圈里，你赶走吧。

女人把头抬起来，目光里有一种坚定的东西。

太阳出来了，是被女人那坚定的目光一下子扯出来的。屋里也突然变得亮堂了，能看得清所有的东西。他却不敢再看一眼坐在对面的女人了。此时此刻，女人的目光是坚定的，同时又是平静的。

我该走了，你就睡个安稳觉吧。

他说着，跳下炕大步趱出屋门，朝着来时的方向飞奔而去。女人追出来，急切地喊了一句什么，他没有听清楚。他心里想的是，你的债清了，你还会有六百只羊的。他将手伸进怀窝里，掏出那张发黄的纸片撕得粉碎。纸片轻轻地打个旋儿，就像是二十只绵羊和二十只山羊，甚至更多的羊，欢欢地往草滩上去了……

冬 日

照例是一个冬日，干燥，寒冷。

天还没怎么亮，老人却比往日早醒了许多。四下里很静，静得能听清小孙子匀称而细微的呼吸，在老人听来，那只是一种没心没肺的鼻息。小孙子盖着又厚又软的驼毛被子，睡得那个香甜，让老人生出了一点儿善意的嫉妒。老人的瞌睡越来越少了，少得等不到天亮。老人坐起身，磨磨蹭蹭的样子看上去像是有些不情愿。其实是人老了的缘故，用当地牧人的话说是腰塌了，撬不上劲了。老人身下的狗皮褥子却炸出一串暗绿色的火星，跟放电一样。没有谁给炕洞里煨一把粪火，入冬后老人铺一张狗皮褥子抵挡夜间的寒冷。没给小孙子铺，怕狗皮褥子火太大，撤掉了小孙子身上的精气，将来做不成顶天立地的汉子。土屋里除去两口大缸和一个灶台，土炕占了多半地方。这盘土炕上曾经并排睡过三个人：老人、老伴和他们的儿子。老伴走了，儿子也走了，屋里现在就只剩下老人和他的小孙子。一老一小两个人躺在一起，连半拉炕都填不满，屋里空荡荡的。

老人围着被窝抽罢几袋旱烟后，面南的小窗开始浸上一层淡淡的紫色，接着就变得亮堂起来，映出窗玻璃上如树如草的霜花。老人的身上有了些许精神，那日日升起的太阳就是大钟，老人不会耽误时辰。这时，仍在酣睡的小孙子扭动几下后蹬脱了被窝，袒露出光溜溜的身子，裆里的那个小东西蓬勃而起，张扬得好似一枚银子铸就的箭镞。好啊好啊，你个小儿驼，撒个欢让我瞧瞧。老人的脸上露出慈爱而欣慰的微笑，重新给小孙子盖上被子。不过，老人的微笑没有持续多久，就被随之而来的凄楚给顶替了。小孙子照例还要走，到几百里外的小城去，那里才有他真正的家。

俗话说，孙子是个狗，吃饱跳墙走。那么儿子呢?狗日的哎，儿子狗都不如。想起儿子，老人的气就不打一处来。老人忍不住地愤慨了。儿子让老人伤透了心。

老人起身下炕，就此开始了一个牧驼人的一个短暂或者漫长的冬日。

点燃灶洞里的柴草，再拢进去几铲子驼粪，等到满屋子都暖和了，老人腰里扎一条长长的羊肚子毛巾出屋去。毛巾很有些年头了，早就变得乌黑不堪，脏得像一根油熏熏的羊肠子。老人并不在乎这个，老人连自己身上穿的衣服都不愿意洗一洗，还管什么毛巾干不干净不净?多少年了，老人就是这么过来的。不知为什么，老人今天没有喝早茶，这有一点反常。老人出屋的时候，打了一个很沉重的哆嗦。老人扶住门框才站稳了，就觉得骨头缝里喊喊咔咔直响，像有一把刀子从骨头缝里攮了进去，然后不怀好意地剐来剐去。老人突然想起自己忘了一件事情，那就是临出屋时没喝几口烧酒。烧酒瓶子就放在炕头上，一眼就能看见，入冬后老人早起出屋都要喝上几口，日日不间断。今天却忘了，老人本想退进屋里补上这几口烧酒，又想算了吧，便头也不回地走出屋去。

老人先是在屋檐下站了一阵子。

出门抬头看天，这是包括老人在内的所有牧人都有的一个经久不衰的习惯。

太阳升得很高了。是个大晴天，这无风的冬日很难得，老人的心情又略微好了一点。西边是一道一道的沙梁，沙梁簇拥着海海漫漫地伸向远方。沙梁又划了一道起伏不定的弧线，将深蓝的天空切出一半给了大漠，大地变成了浑黄。冬日的大漠，沙梁之间的一片片草滩上，柴棵挑着枯硬短粗的枝梢，有如一把把倒戳着的扫帚。眼前的这一切对老人而言，实在是太过于熟识和平常了，自然不会引起情绪上的任何异常和波动。屋顶上的炊烟若有若无地飘落下来，融进清纯干燥的空气里，有一股淡淡的驼粪的熏味。这驼粪的熏味却被老人捕捉到了，老人于是有些夸张地张开了嘴，大口大口地呼吸着，感受着一种难以言传的温馨。或许在老人的一生中，骆驼(包括驼粪)的味道才是最地道的味道。也就是在这一刹那，老人似乎变得像个孩子了。

老人摇摇晃晃地走着。

老人的身子就是在这个冬天突然摇晃起来的，而且越来越厉害。

老人现在走向驼圈，驼圈距离土屋整整一百步，这是老人用年轻时候的步伐丈量出来的。现在老人走向驼圈时，大概需要一百五十步。驼圈高十尺，宽六尺，方圆七十丈，相当坚固稳当，成年的骆驼走进去仅露出双峰的尖儿。想一想吧，这样的一个驼圈，能够盛多么大的驼群呢? 只有老人的心里是有数的。驼圈是老人率领儿子盖的，连起二十峰膘肥体壮的大骟驼，两头不见亮，在沙漠深处穿行了两个多月，一趟趟驮回来梭梭柴，再一根根相叠码起，还要填进沙土和驼粪夯实。工序是铁定的，谁都不敢偷懒，老人的眼睛像探照灯一样罩着儿子。其实，老人才是最辛苦的，脸面被风沙剥落了几层皮，手指头肿得握不住酒盅。儿子受不下这个苦，站在大冬天的野地上那个哭啊，掏了心窝子似的。老人气得仰天长叹: 狗日的，你不是我的种，你也不是牧驼人的后。儿子说，我不做你的种，我也不想成为牧驼人的后。老人说，你狗日的给我滚。儿子说，滚就滚，天底下不只有一条路。如果不是跑得快，儿子的腿早就断成两截了。老人当时像一头狂暴的狮子呼啸而至，手里提的是一根碗口粗的梭梭柴。梭梭柴的坚硬是出了名的，浸到水里百年不腐，如果不是宁折不弯，堪做牛车轱辘。儿子还是乘机逃跑了，一溜烟跑到几百里外的小城打零工去了。驼圈，无疑是老人牧驼史上的一项重大工程。还有紧挨着驼圈的粪堆，经过无数筐驼粪的层层积累和覆盖，威风凛凛势如一道山梁。风吹日晒雨淋，粪堆又沉淀了踏实了，怕是一百年也烧不完。驼圈与粪堆，屹立天地间，静卧阳光下，在老人眼里是再壮美不过的风景。这是一个牧驼人的荣耀，老人也因此而感到了少有的自豪。一辈子都务些啥?不用问询老人，扫一眼驼圈和粪堆，答案就有了。

老人摇摇晃晃地走着，驼圈和粪堆投落的阴影连成一体，像巨大的蟒蛇将老人一点一点地吞噬，令人心生恐怖。老人当然不会有这种感觉，脚下反倒轻松了，眼里尽是驼圈和粪堆的巍峨。一簇小小的柴棵横在老人的脚下，老人没有任何防备，身子不由自主地朝前扑去，紧走几步才又站定。老人气喘吁吁，便也再次醒悟，这个年纪的人经不起张狂和跌撞了。骨髓油熬干了，裹着皮肉的骨头棒子沤过几十年，成了一把枯柴。见过乏死的羊没有？将那羊的干腿棒子敲折看看就知道了，骨髓油熬得只剩一层皮，里头是空壳壳。老人想的是，我不是羊，即使乏死了也是一峰骆驼，乏死的骆驼比马还要大呢。在驼圈和粪堆的阴影里，老人驻足许久。

……老伴。

老人想起了自己的老伴。那是一个温顺得像老母驼一样的女人，当初却是用一捆驼毛换来的。老家那地方穷，人都想着法子往外面跑，老人跑出来得早，没来得及成家，直到后来在沙漠牧区站稳脚跟才有了这个老伴。老伴也是家乡人，两个村子紧挨着，鸡犬相闻，人走动得更勤，亲上加亲。老人苦过一日进屋有热茶热饭，冬日又有热炕头热被窝。只可惜老伴的寿数太短，留给老人一个熊腰虎背的儿子，就到另外那个世界里去了，走的时候连一句话都没留下。那个冬日不似眼前这样干旱，沙梁间长下骆驼嚼不尽的梭梭和白茨。骆驼双峰笔直，牧驼人摆开排场吃手抓肉喝大碗酒，醉了就躺在主人家的热炕上睡过去，醒来接着再喝，这样的日子赶得上神仙了。老人那时就觉得自己是个神仙，一时间忘了回家，让一峰识途的大骟驼驮着转人家的酒场。后来转到离自己的土屋最近的人家，老人的酒才醒了，也才想起连续十多天没见着儿子和老伴了，就慢悠悠地往回走。至于驼群，老人很放心，驼群有老伴守候着，出不了什么差错的。老人没有任何预感，趄上屋前的一道沙梁，看见儿子迎面奔跑，那越跑越近的样子像一只腾空的鸟，并且发出呜呜噜噜的声音，老人仍然没有意识到什么。儿子想爹了嘛，这有啥奇怪的。那时儿子还小，挺直身子能从一峰大骟驼的肚子底下走过去。儿子越跑越近，儿子跑近了的模样却很特别，脸上不是笑着的，而是泪流满面，早已哭成个泪人。惊恐过度的儿子说不出一句完整的话，抬手指着土屋，连叫几声娘。老人终于意识到情况不妙，有病的老伴出了问题。这时，老人也顾不得儿子了，跳下驼背扯开大步一路狂奔。屋前的沙梁上扬起一道浑黄的沙雾，沙雾里奔跑着三个活物，老人在前，儿子居中，殿后的大骟驼身后还拖着一根散落的缰绳。这一幕恰好被常年游走且神且鬼的驼背疯子看了个真真切切。驼背疯子大笑不止，完全是一种欣赏的快活。老人和儿子都没注意到驼背疯子，驼背疯子当时站在一棵高大的梭梭柴下，面朝着土屋的方向。后来，驼背疯子逢人便说这件事，甚至说得有声有色伴之以手舞足蹈，像在舞台上表演着一个保留节目。听的人就对老人表示了强烈不满，说是那么好的一个女人，咋就让早早走了呢?可见老人也不是什么好东西，喝酒喝得连自己的女人都不要了。老人急急忙忙地赶到，只见老伴的半个身子搭在门槛上。老伴是被一口痰给憋死的，老人忽视了这一口要命的痰，始终没给老伴寻医求药。老伴走得太早，走的时候没能喝上一口热茶，没能看上老人最后一眼。老人心里的那个悔啊，却又无以言说。那年冬天，沙漠里早早落下一场大雪，世界白了整整一个月，似是为苦命的女人唱着无声的挽歌。

老人在屋前的沙梁下埋葬了老伴。春月里几场雨水浇过后，老伴的坟头还长出了绿茵茵的草棵，都是些香喷喷的野谷穗子。野谷穗子在风中摇曳不定，响出一片微澜的声音，像是对老人和儿子诉说着什么。老人当时流了泪，儿子却没有流泪，用悲伤而愤恨的目光瞪着老人，甚至还有着那么一种厌恶。面对儿子的眼睛，老人一声不吭，惭愧地垂下了头。待到几场沙暴过后，小小的坟堆被扯平了，再也辨不清老伴究竟睡在哪一道沙梁下面。也许就是从老伴走了的那天开始，儿子变得不听老人的话了，逐渐发展到公开对抗，直到拂袖而去。

……

老人走进驼圈，比往日晚了一个时辰。驼群中传开了低沉而亲昵的呼唤，那是母驼们在召唤自己的驼羔。老人抽掉门绊，驼羔们纷拥而出，急切地寻找着各自的母亲。一夜之间，母驼的奶房里蓄满了浓稠的甘甜的温暖的洁白的奶汁，奶房上遍布着的青色的疙疙瘩瘩的血脉，在晨光里有着半透明的质感，仿佛即刻就要胀裂开来了。母驼们那一双双被长长的睫毛半掩的眼睛里，早就流露出急于哺育的温情和渴望。驼鸣喧天，荡漾的粪土遮去了清晨的半个太阳。一阵喧闹过去之后，就是驼羔汲奶的声音了，这声音嗞嗞咕咕地响彻着，执著而热烈，是一首充满意趣的生命成长的大合唱。老人很快忘了刚才的不快，沉浸在属于牧驼人的一种激情深处，心头涌动着阵阵潮湿。

寒气渐渐弱去，阳光不受遮拦地在驼圈、粪堆和驼背上流连缠绵。也有鸟雀出现在草棵上，又像弹丸一样发射而出，留下一路鸣啾。天空纯净明朗，有苍鹰在高处盘旋，那滑翔的姿势优美至极，箭般俯冲下去复又扶摇直上时，利爪下早有一只垂死挣扎的野兔。冬日的漠野没有草浪铺展，没有大河奔流，生命的存在和延续都在封冻的土地上默默地进行。

老人稳稳地站在驼圈旁边，像是对驼群以外的物事视而不见。

又有歌声在起伏。

牧驼人的长调牧歌相伴着清脆的驼铃。不知是怎样的一支驼队出发了，去向遥远的地方驮回一份喜悦。拉驼人又都有这样的习惯，用歌声传达自己的出行。意思是说我又要走一回长长的沙漠了，你们为我祝福和祈祷，路途漫漫多艰辛，等我回来也许已经是春天，就给我备下好酒和手抓肉吧。走一回长长的沙漠……一切从这里开始，一切又从这里结束，日月星辰，生死轮回，万物逆旅。都说真正的牧驼人是不兴走出沙漠的，沙漠使牧驼人的一生画一个完满的圆。老人默立许久，直到牧歌和驼铃在耳畔消失。其实这些年来，已经不大能够听得到这样的牧歌和驼铃了。

老人的眼睛里也潮潮的。

老人凝视着驼群，准确地说是母驼群。

这是驼群里的独立王国，充溢着生命狂欢的浓厚气息，使大漠冬日具有了非常特殊的意义。驼群中的儿驼(种公驼)威风凛凛蛮横霸道，简直就是一头暴烈的雄狮，它容不得任何和自己一样的同性接近，甚至是骟驼都不行，否则随时都会爆发一场遮天蔽日的大搏斗。冬日，儿驼和母驼的情欲都发旺到了极致，生命的火种历经长时间的蕴蓄后，达到了难以遏止的高潮。每逢秋尽冬至，老人就心甘情愿地当一回孙子，跟在队长的屁股后面苦苦哀求，尽可能多地索取一些高粱或者包谷，然后侍弄自己的亲人一样给母驼添补饲料，把卖驼毛的收入再返还给这些陪伴老人如影随形的生灵。老人其实很穷，穷了一辈子。老人的驼群是最好的驼群，老人驼群里的儿驼是所有驼群里最出色的儿驼，老人是当地名声最显赫的驼倌。老人将这种收获积攒了几十年，倾尽一生的心血却无怨无悔。

此刻，老人关注着一场精彩的表演。这是一曲十分古老而又永远年轻的音乐，是一种永恒的生命的盛宴和仪式。音乐和仪式里，有唢呐悠扬，有笛声婉转，有锣鼓大响，有铁铳轰鸣。

吐。

吐吐。

吐吐吐——

儿驼酝酿了一夜的情绪，口吐着大团白沫，向一峰小白母驼发出了邀请，并且明明白白地表现出自己的强烈愿望。对儿驼来说，实在是用不着暗示什么的，这既是它的权利也是它的义务，当权利和义务天然地结合在一起的时候，一切都顺理成章了。然而，儿驼却低估了小白母驼。小白母驼一开始并没有接受儿驼的邀请，像个骄傲的公主那样不理不睬，只是站在一边撒着一泡细密而悠长的尿。小白母驼是有理由这样的，它全身洁白如雪，毛色鲜亮，几乎没有杂质；它双峰笔直，后胯丰满圆滑，够得上完美无缺。事实确乎如此，辽阔的阿拉善沙漠虽然是中国的骆驼之乡，白驼却是很难得的，大些的驼群里也就三两峰，而纯白的母驼就更加珍贵了。小白母驼已经是四个牙口，但还没有生育过，这是第一次被儿驼发出邀请。小白母驼显然知道是怎么一回事，那玛瑙一样流光溢彩的眼睛里逐渐地浮出了妩媚。一泡细密而悠长的尿撒尽，小白母驼开始晃动四条修长的腿，蜻蜓点水般地迈着碎步，跳起了即兴编织的舞蹈。儿驼于是被逗引得更加焦灼难耐，大幅度地扭动胯骨，磕响粗壮的蹄子紧逼过去。小白母驼这时突然冲出驼群奋力奔跑，像一条水蛇在湖面上游弋翻腾。儿驼呢，也就变成了真正的雄狮，脑盖毛冲天而炸，嘴里的白沫飘飘洒洒，裹挟着大漠冬日的沙雾，进行着交媾前的追逐和奔突。这样的追逐和奔突持续了大约三四个时辰，小白母驼才卧倒在地，接受儿驼如火如荼的爱欲。儿驼腾空前蹄像座小山压上去，伴随着后胯的剧烈收缩，融通漠野天地的自然灵气，喷射出极其旺盛的生命之泉。

老人静静地守护在旁边。

直到这个仪式完成，老人才放心地离开。必要的时候，老人还要将手深入儿驼和母驼紧密结合的部位，做一些引导和帮助。这没有什么难为情的，老人的心里是无比洁净的。老人为生命的受孕而感动。老人的手从那个温暖而又潮湿的地方抽出来的时候，手心里会捎带上一些黏稠的浆液，浆液更有一种奇特的玄妙的味道，熏得老人心花怒放。入冬以来，老人的衣服上就沾满了这种浆液，那种奇特的味道附着在老人身上经久不散，不见其人先闻其味，顶风呛得过路人直打喷嚏。如同夏日在庄稼地里劳作的农民，身上总有拂不去的五谷杂香和绿色草汁。就有过路的人说，你个老家伙，莫非自己变成了儿驼?老人说，我变不成驼，驼比人好，你狗日的信不信?过路的人故意说，我不信。老人说，你算是白当了一辈子驼倌，你不信我信，人有时候就是不如畜生。过路的人见老人要借题发挥，要认真地表扬自己的驼群，要认真地骂一骂人了，便大笑着扬长而去。

都说，老人老了，说话都颠三倒四的。

老人最不爱听的就是这样的狗屁话。

几个月前对老人的驼群进行普查的时候，老人就有了一种预感，人群里有一双眼睛格外贪婪。老人当时没有多想，驼群要普查，这是规矩。老人是个懂得规矩的人，更是一个讲道理的人。过了没多久，老人的预感应验了。老人的那扇破门扇被小心翼翼地推开了，牧业大队新上任的后生队长头回走进老人的土屋，满脸堆着虚假的微笑，拐弯抹角地找老人说话。望着胡子还没长硬的后生队长，老人困惑不解。

苦了一辈子，儿子要接你到城里享清福。后生队长说。

再捣蛋的生驼羔子，我都能给它穿上红柳鼻棍子。老人的话里满含对年轻后生的轻蔑。

人都有个老。后生队长笑眉冷眼。

放屁!老人终于不能忍受了，直起腰板破口大骂。老人说，除了我儿子，我还没骂过别人。找上门来挨骂，我就得好好地骂一顿，不骂对不起我的驼群。后生队长却有很好的耐心和修养，听老人骂够了，才告诉老人这其实是儿子的意思。儿子在私下里和后生队长达成了一笔交易，交换的条件就是老人的驼群。至于是什么样的交易，后生队长没说，老人也没问，至今都不知道究竟是怎么一回事。老人对这个没有一点点兴趣。

想起儿子，老人变得异常的忧郁。这个狗日的，心眼子活得能跑死马，还有一点牧驼人的精血吗？儿子躲过老人的追打，乘机跑到小城后不出二年就买了辆汽车，做起了运输专业户，说是政策允许政府鼓励的。老人不问政策也不问政府，只问儿子。儿子是自己的种，是牧驼人的后。儿子还塞进去大笔钱财，落了城镇户口，娶了媳妇。儿子如今发财了，在小城的一角盖起红砖挂瓦的大房子，风光得很。儿子的身子骨比老人年轻时精壮，头脑比老人年轻时灵活，老人深信这都是大漠的赋予，只有大漠的春夏秋冬才能造就那样的体魄。儿子的生命更是与驼群息息相关，从出生到离去吃了二十年的驼奶和驼酥油。可是儿子变了，变得油头滑脑，变得油腔滑调。老人为了维护自己一世驼倌的尊严，不肯主动和儿子说话，除非儿子死皮赖脸地缠磨老人。老人更不愿和儿媳妇说话，儿媳妇穿得青山绿水，说话嗲声嗲气，越看越不是个好东西，越看越像个小妖精，和儿子一样是一对败兴的活宝。

老人只和小孙子说话，可小孙子又懂得什么呢？

儿子把生他养他的大漠给忘了，把赋予他生命成长的驼群给忘了，老人伤感无比。提起驼群，提起驼圈和粪堆，儿子和媳妇直翻白眼，鼻腔里像塞了两条蛇嗤嗤地往外抽凉气。夫唱妇随，将大漠说得和冰窟窿一般冷清和孤寂。儿子一再要求老人退掉驼群，搬到小城去居住。被老人骂得有皮无毛，儿子却赔着笑脸任打任骂。儿子身上没有牧驼人那种耿直的脾性了，圆滑得像颗驴粪蛋儿。如果面对恶人，儿子掏出的肯定是大把的票子，而不是锋利的刀子，老人这样想。

抵不过儿子的苦苦哀求，老人倒也十二分不情愿地走过一回小城。

儿子神气活现地开着大卡车，沙梁、草滩和湖道刷刷刷地往后退着，骑上骆驼五六天才能走完的路，汽车用不了半天就走尽了。几十年前，老人曾经拉起驼队给小城送过一趟盐。盐这种东西格外沉重，两口袋盐就将骆驼的腰压成了两头翘的弓，老人心里不忍，五六天的路走了半个月……坐在卡车的楼楼(驾驶室)里，老人却一点都不觉得舒适，浑身像生了虱子，远不如骑在驼背上来得洒脱和自在。骑在驼背上那是个什么情形?天高地阔，想唱就唱，这么大的戏台，你到哪里去找。走了一路，老人不和儿子搭一句腔，只是抽掉儿子默默地递过来的几根纸烟。正赶上了热闹的集市，小城街道两旁突兀出来的几排楼房下面是一溜儿排开的小店铺，小店铺旁边又见缝插针地摆满各种各样的小摊点。吆喝声此起彼伏，那阵势像有无数的人揪在一起打骂，恨不得将小城抬起来搬到自己家里去。人声鼎沸，烟尘笼罩，在大漠深处呆惯了的老人，很少见过这样的场面。老人失去了方向感，一步不敢离开儿子，像个小孩子那样牵着儿子的一角衣襟。老人的眼神迷乱着，脚下也飘忽忽的，小城变得让他不敢相认。那座古寺还在，漆得金碧辉煌，也还保持着旧时的模样，这让老人多少感到亲切。几十年前拉起一支小小的驼队歇息在专供牧民居住的车马大店时，老人还给寺里挑过几天水呢，因此也吃了几天斋饭。那阵子牧人进城，都要到寺里挑水扫院子劳作几天，吃上几天没有油肉的素食。身子被香火熏上一遍，五脏被掏弄一遍，反倒觉得神清气爽。图个啥呢?图的是夏秋有雨冬有雪，该绿的时候绿，该白的时候白，牧人一年四季都有好日子过。那时寺旁还有一截古老的城墙，城墙的外层包裹着厚重的灰砖，灰砖一排排码上去。墙上也是砌了垛头的，巍峨的城墙上能并排跑四匹马。这城墙据说是建这个小城时就有了，甚至还要早一些，大概已经有三百年的历史了。在老人的记忆中，晚间有一轮圆月挑起在城垛上，秋天的小城清静而凉爽，偶尔有一两声狗叫和孩儿的啼声传开，更显出小城的那种静谧了。从那以后，老人就再也没有到过小城，说出来别人都不相信。小城只是像一个梦存留在老人的记忆里，而且越陷越深，已经无法再打捞了。小城再好，似乎与老人的关系并不大，如果不是儿子，老人恐怕不会再次走进小城。如今，小城那高大的城墙没了，变成了平平坦坦的广场，在广场的中心位置竖着一座雕塑。

　　老人由儿子陪着，到一家小饭馆吃了两碗辣乎乎的羊杂碎，喝了二两

中国当代西部文学文库

烧酒后，就去了广场。

广场是新近修建的，花了不少钱，据说这些钱足以让一个牧驼人睡在屋里吃上五百年。广场是小城的一个景点，尤其是那座雕塑，成为了一个象征性的建筑物。如今的小城规模扩大了许多，人口增长很快。也有从小城走出去的人，虽然不是很多，但一旦走了就不想再回来，逢年过节探亲访友而已，成了小城的匆匆过客。所有这些，对老人又意味着什么呢?想一想，什么也不是的。老人还就是老人，是一个一辈子不离驼群的牧驼人罢了。老人自然也不知道，如今的小城改叫驼城了。驼城的一个显著标志就是那座雕塑。

那是一座驼雕。

或者更通俗地说，塑的是一峰骆驼。

这对老人应该是有意义的啊。

于是，老人走向驼雕。

老人越走越近，几乎就要和驼雕贴身拥抱了。

满怀极其虔诚的崇仰，老人面对驼雕凝视许久。怎知老人的脸色出现了某种不祥的变化，渐渐地变得阴沉和灰黑，就像是城墙上的灰砖那样了。接下来老人脖子上的青筋一条条地游动着，老人于是扯出声来：狗日的，这是个啥东西?儿子说，骆驼。老人一下子就来气了：这不是骆驼，瘦驴瘦马都不是，给我砸掉……老人的叫骂招来许多行人的窃笑，像围观一个疯子。驼雕下面就突然变得少有地热闹起来，围观的人越来越多。他们将老人围在中间，不停地窃笑着，掀起一阵阵嘲弄的声浪。也有人说，骂得好，骂那些吃里爬外的龟儿子。老人一下子受了鼓舞，骂得更加起劲。儿子不曾提防老人会这样破口大骂，羞愧难当地将老人拽出人群，匆匆离开。儿子的头垂得低低的，脸红红的，忍不住嘀咕了一句：让你进了一回城，就把人给我丢下了。

老人说，咋?

儿子说，你不懂，就不要胡说。

老人轻蔑地看了儿子一眼：你懂?

儿子说，我咋不懂?明明就是个骆驼。

老人说，你懂个球!

儿子再也不敢说什么了。

还是说一说那座驼雕吧。

驼雕是用重金聘请外面的一个艺术家设计雕刻的，采取夸张变形的手法，意在体现一种现代美。在常人眼里，那骆驼没有强健的体魄，而是细腰细腿，尤其那脖子细得像牧人打草用的一弯镰刀。驼雕通体瘦长比例失调，那仰头长嘶的模样倒还有些张扬之态。老人没有能够琢磨出来。艺术家深居都市，大概对骆驼这种古老的生命物种知之不多，更不会想到自己的得意之作竟然激起了一个牧驼老人的强烈不满。老人被真正地激怒了。老人的心里早已树立起了一座驼雕，它是那样的完美和神圣。这个艺术家也真是的，按说你就应该很认真地走一走看一看，或许还要在老人面前正襟危坐，虚心地听一听老人与骆驼那种相濡以沫的至善亲情。那么，在牧驼人眼里，骆驼究竟是什么呢?是集十二生肖之相的吉祥大物：鼠眼，牛蹄，虎耳，兔唇，龙额，蛇颈，马腹，羊鼻，猴毛，鸡胸，狗胯，猪尾。

在小城住了一夜，老人怀着一种很灰暗的情绪，回到大漠深处。那座变形的驼雕加深了老人对小城的厌恶。老人宁肯不认儿子，也无法丢弃驼群和大漠，这一切都已经深深地沉淀在老人的生命里了。如果是一只小船，老人也愿意在属于自己的一片水域上漂泊，哪怕苦海无边。老人是那样的固执，固执得像一个孩子。儿子面对老人，真的是哭笑不得。儿子无可奈何地说，我送你回家还不行吗?老人这才很勉强地笑了一声。儿子只好少跑一趟长途，丢掉大把唾手可得的票子，将老人送回大漠深处。儿子为了补偿不孝的愧歉，连哄带骗地留下小孙子陪伴老人，老人例外地没有拒绝。

……

驼群趟出去了几十道大大小小的沙梁，消失在几座相拥的大沙丘背后。

冬天的季节里，骆驼喝水比以往少了许多，隔三差五才上一次井，今天正是轮空的日子。送走驼群后，老人背着芨芨筐进了驼圈。骆驼是大牲口，吃得多拉得也多，几十峰骆驼卧过的驼圈里，就留下了大堆大堆的驼粪。驼粪和驼尿又冻在了一起，硬得跟生铁一样。老人将粪块揽进筐里，一趟趟背出去倾倒在巨大的粪堆上。巨大的粪堆就是这样一筐一筐堆成的，以至有一条深陷的小路蜿蜒在驼圈和粪堆之间。老人揽得很慢，芨芨筐里的粪也只有一半，多了不行，多了老人背不动。从这个冬天开始，老人收拾驼圈的速度明显的慢了，收拾一遍差不多需要一天的时间，揽完了驼粪，还要用勾叉撸匀圈里的沙土，这道工序才算结束。冬日的阳光晒透沙土表面，驼羔夜里卧上去便能保持体温，不掉毛不塌膘，能够轻松地熬过漫长而寒冷的冬天。早些年这样的活是由儿子去完成的，儿子干活时常常心神不定，丢三落四，老人没少责骂过。现在儿子逃脱了，所有的活都得老人自己去完成，去完成一个牧驼人在每一个冬日里的每一道工序，不能忽略任何一个细节。老人一辈子没偷过懒，老人做着这些活的时候，心情是平静的，同时也很充实。

天色舒展成一抹淡淡的蓝，几丝白云停泊在那里，使得冬日的天空更加高远，更加空阔，也更加寂寥。冬日的阳光好似放慢了运动的速度，软软的，暖暖的，在浑黄的大地上悄然流淌。这样的阳光照在人的身上，缓缓地穿透着衣服和肌肤，能催生一种奇妙的睡意。老人走出驼圈，孤零零地站在那里，长久地注视着远方，就觉得一道道沙梁都在悠悠地摇晃，附着温柔而又神秘的灵性。梭梭林则呈现出一种深刻的灰白，细梢儿被骆驼嚼秃了，像沧桑老人的头顶，透着生命的衰微和顽强。驼群开始往远处的梭梭林里转移，入冬后老人收拢驼群的路途也就一日一日地延伸，越来越长了，越走越远了。

老人这时想起了屋里的小孙子。

老人在小孙子身上倾注了一丝微弱的希望，期冀小孙子能够奇迹般地延续一个牧驼人的梦，这也许是老人愿意留下小孙子的最真实的理由。老人心里很清楚，这是不可能的，小孙子的离去只是个时间问题，而且这个时间正在一步步地逼近。老人已经听到这个时间正在逼近的脚步声了。

似是应了老人的心境，小孙子这时蹭着一双毡毛靴子走出了屋子。毡毛靴子的筒腰又深又宽，小孙子的腿脚全部塞进去后，靴筒里面还绰绰有余。小孙子就这样拖着一双毡毛靴子磕磕绊绊地向着老人走来，像一只调皮的小驼羔。毡毛靴子是儿子穿剩下的，还有七八成新，再穿个三五年是没有问题的。这种靴子当然只能在冬天穿，而且还要塞上厚厚的驼绒，穿上它雪天走远路最好，脚心里始终有一团火温暖着。儿子却将这么好的一双毡毛靴子丢进了炕洞里，从此不闻不问。老人靠着驼圈慢慢地蹲了下去，然后不眨眼地看着小孙子。越走越近的小孙子使老人变得恍惚了起来，蒙眬中出现的是儿子的身影，和眼前这个场景好像没有什么不同。老人突然感觉很饿很渴，肚子里咕噜噜直响。老人很想吃一碗香喷喷的酸驼奶泡的黄米饭，很想喝一碗热腾腾的甜驼奶熬的砖茶。那时老伴还在，做好了饭就让儿子来叫，老伴不像别的女人那样粗声大气地喊。其实站在屋檐下亮亮地喊上一声，三里五里地都能听得见。那时老人或者在井上或者在驼圈里劳作，白天的时候很少呆在屋子里。那时的老人还是一条精壮的汉子，力气很大饭量也很大，如果放开了肚子吃，能一顿吃掉一条煮熟的绵羯羊腿和半只羊尾巴。可是哪里有那么多的绵羯羊腿可吃呢?老人也仅仅是那样吃过一次，就把个老伴吓着了。老伴细声细气地说，你这不是过日子，而是吃日子。老伴是个操持家务的行家里手，将日子过得细水长流，过得有滋有味。老人在外面干活经常忘记了吃饭，习惯了让儿子来叫。每见儿子走来，便饿得舒坦，饿得惬意，吃什么喝什么都香甜无比。这样回味着的时候，老人突然觉出了一种刻骨的孤寂，那深陷的眼窝里盛满了阴影，两道灰白的眉毛也在不停地抖动。

在老人的一生中，也许就这个冬日格外漫长。

老人总是和小孙子保持着某种距离，显得并不是那么很亲近。老人心里明白，这与小孙子无关，这完全是因为儿子的缘故，是狗日的儿子让老人的心里产生了这种微妙的变化。也就是在这个冬天，更确切地说，就是在这样一个格外漫长的冬日里，老人很想刻骨铭心地亲近小孙子了，以此弥补自己作为爷爷的过错。现在，拖着毡毛靴子的小孙子已经走到了老人面前，距离老人蹲着的膝盖还差一步。老人这时突然伸出去一只手，将小孙子搂进怀里，用花白的胡子蹭着小孙子嫩得滴水的脸蛋儿。小孙子见老人这个样子，也就毫不客气地揪起了老人的胡子来。尽管有一些疼，但老人没有制止小孙子这种天真的行为。

老人笑一笑说，你是在揪草吗？

小孙子说是。

老人说，爷爷的胡子就是草，爷爷也是草。

小孙子好像马上意识到了什么，就不再揪了，眼里甚至还流露出一点歉意。这令老人莫名地激动，但老人毕竟是老人，脸上是看不出来的。小孙子的一只脚从靴子里脱出来了，老人仔细地给塞了进去。塞进去那只脚后，老人又开始摩挲小孙子裆里的小东西，小东西软软的细细的，捉在手心里的感觉是湿润的，像一小截儿煮熟的面条。不过这没有关系的，在老人的一阵摩挲中，它又不失时机地蓬勃起来了，又变得像银子铸就的箭镞一样了，这次给老人的感觉是具有确定的穿透力。老人一下子又想到了小孙子的成长，以及成长的力量。小孙子是第一次被老人这样摩挲，有点不习惯同时还有点惊奇和兴奋。小孙子后来还是挣脱老人的怀抱，往后退了一步，然后咯咯咯地畅笑着，笑声阳光一样鲜亮和灿烂。

你爸爸今日要来。老人说。

小孙子愣了一下，随即又笑了。

老人说，你到了城里还想爷爷吗？

不想。小孙子想都没想，脱口而出。

老人剧烈地摇晃一下，像被猎枪射中了，一颗子弹穿进胸膛。老人的脸色苍白得可怕，也羞涩得无地自容。小孙子便不再笑了，恐慌地瞪着老人，一点都不明白在突然之间究竟发生了什么事情。小孙子欲哭的样子，让老人意识到了自己的失态。老人便又笑了笑要站起身，努力了几次都没能如愿。老人不得不伸出一只手让小孙子拉了一把。老人再次听见骨缝里喊喊咔咔地响成一片，直往心的深处荡去。和早晨出门忘了喝口烧酒一样，老人重复了那种不祥的预感。

天色已是黄昏，暮霭正在合拢，向着驼圈、粪堆和屋子逼近，那远方是更加的苍凉而厚重了。晨出与暮归，构成牧驼人一日的轮回。收拢驼群归圈，还剩下这个冬日的最后一道工序。老人安顿好了小孙子，掖紧腰间的羊肚子毛巾，开始在已经变得沉重的黄昏中一步步地走向漠野，走向驼群。尽管老人对每一道沙梁都了如指掌，但这时老人已经耗光了力气。沙梁像一堵又一堵高墙，处在这个冬日的老人几乎是凭着本能攀援上升的。天终于变得黑了，这是一种深刻的黑，黑得伸手不见五指。寒冷漫过沙地越上沙梁，黑暗中似有无数的刀子在虚空里游刃。前方偶有几声驼羔的啼鸣传来，是那么的遥邈，点缀着大漠深深的夜色。老人知道，离驼群不是很远了，老人也似乎看见了那一线缓慢蠕动的黑影，那就是驼群。老人就将自己放松了，坐在一道沙梁上大口大口地喘气。过了一阵后，老人便不再喘了，平静得无声无息。老人感觉到自己飘飘而起，然后稳稳地坐在了驼背上，向着大漠的更深处走去。

宽阔的驼背。

温暖的驼背。

摇晃的驼背……

前方有一个永远摆脱不掉的声音始终引导着老人。那是一首古老的牧歌，没有一个牧驼人不熟悉那首古老牧歌的内容。它所要表达的深切祝福既充满了欢乐，同样又流露出淡淡的忧伤。它的句式简洁凝练，每一句都离不开骆驼。

两道雪白的汽车的灯光出现在老人身后，像一把张开的剪刀穿刺和切割着大漠深深的夜色。

儿子回来了……

大　水

　　驼子站在水沟旁一个劲儿地愣神的时候，太阳已经静悄悄地露出了脸，看上去有些羞涩，还一副湿漉漉的样子，像一只刚刚被清水洗过的白色的瓷盘。乌青的云层正在淡化，这时也变得轻薄了，大片的天空是瓦蓝瓦蓝的那种，洁净得一尘不染，又深邃得令人心悸。

　　雨后初晴，难得的好天气。

　　阳光是逐渐热起来的，是一个悠长和缓的过程。因为下了一场少见的大雨，热起来后就有一些潮闷，空气里的水分很充足，很像南方那种司空见惯的日子。阳光照着雨后的大地，也照在驼子的身上时，其实还是很舒坦很惬意的。驼子似乎并没有感觉得到这种舒坦和惬意，站在那里黑着脸凸鼓着腮帮子，整个的表情与净朗的天空反差很大。他正在思考着这样一个问题：是不是要趟过水沟到对面去?这个问题的出现，却是由一只羊引起的。　　'

　　棚圈里少了一只黑花头绵羯羊。

　　大雨停歇之后，驼子就去了棚圈，意思是给一群羊添上些干草。羊这种东西生来出息不大，饿了就知道乱叫唤，吃胖了就等着挨刀子。黑花头绵羯羊是羊群里最胖的一只羊，也许是怕挨刀子，就趁着雨天的掩护逃跑了，像是长着一颗人一样会思考的脑袋。驼子将草垛都翻了个遍，黑花头绵羯羊还是不见踪影。驼子气不过，就站在棚圈里大骂：狗日的，你就是想挨刀子了。骂罢了，驼子径直去了土屋前面的那条水沟。他不敢回到屋里去，怕父亲知道后，拿起挂在墙角的那根缰绳抽他。那根缰绳是用卖不出什么好价钱的粗羊毛拧成的，通体袒露着针状的倒毛刺，一抽一条棱子，肉上就爬满了红色的蚯蚓，疼得身子挨不到毡上，得好几天才能消下去。父亲没事的时候，爱四叉八蹬地躺在土炕上，这样舒服。身边再放个烧酒瓶子，时不时地咂上几口，便是舒服了又舒服。父亲一旦被什么事情激怒后发起威来，往往要拿驼子出气，那根缰绳就成为了忠实的帮凶。驼子怕父亲，也恨父亲，就从心里骂上一句：老贼！

黑花头绵羯羊吃了不少偏食，很争气地胖了起来，尾巴大得像锅盖，头却小得不成比例。羊的头其实还是那么大，羊头也没有变小，主要是羊身上的其他地方胖了起来，因此给人造成了一种错觉。让黑花头绵羯羊首先胖起来，这也是父亲的刻意安排，父亲想吃羊肉了，尤其是想吃新鲜的羊血灌肠和煮得白白嫩嫩的羊尾巴。这场大雨一下，更加撩动和坚定了父亲吃羊肉的欲望和信心。就不要再担心什么了，有雨了，有草了，所有的羊都能够吃胖，那么黑花头绵羯羊挨刀子的时间就应当提前。雨停了，刚从窗口透进来一点阳光，有些坑洼地方的雨水还没有渗干净，父亲就急不可耐地说，去把狗日的给我抓来。刀子早已经磨好了，在暗夜里发着贼人眼睛似的寒光，而且放在随手能够得着的地方。驼子也是兴奋着的盼望着的，都几个月没吃肉了，肚子里的那点油水早让清汤寡水给取代了，看见天上飞过的一只麻雀都想流口水。驼子应了一声，背着那个与生俱来的永远摘不掉的"锅"跨出门，瘦小的丑陋的身子向着棚圈飘飞而去。

不期然的是，黑花头绵羯羊不见了。

驼子一下子就愣在棚圈里，呆了傻了，半天才回味出问题的严重性。这下可好，不消说羊肉吃不上，他自己还要招来一顿皮肉之苦。盯着波光粼粼的水面，驼子的脸色很阴郁，思谋着该怎样应对父亲那酒气冲天吞掉活人的模样。那就趟过水沟去吧，想想又没有那个必要。黑花头绵羯羊的本事再大，也断定趟不过水沟去。羊这种东西又不会游泳，见了大水就缩头缩脑地直往后退，除非身上突然长出来翅膀，鸟儿一样飞过去。黑花头绵羯羊淹死无疑，连尸首都找不回来，这么大的水，早就漂远了。

从水面上不断翻腾的浪头判断，水深足有三四尺，有的地方恐怕还不止。水流也很急，浪头一个接着一个，有的地方还有旋涡，将连根拔起的枯草卷成团儿旋进去再翻出来，草团上便裹着黄色的泡沫，然后漂漂游游顺流而下，像说不出什么名堂的精怪，让人瞧着就心里发慌。水沟是蜿蜒着的，两岸却刀切似的陡直，时不时有松软的沙土凭空塌陷，落入水中荡开雷鸣般的轰响，激起的水柱又打湿了岸上松软的沙土，以致水沟被越淘越宽，疑是一条汹涌的大河呢。其实，在一年四季的夏秋交替时节，才会有这样一两次大水漫过，接连几日不断。太多的时候，这条蜿蜒着的水沟没有一滴水，是名副其实的一条干沟。沟底干得起酥，泛开骷髅一样的碱泡子。每逢大风刮过，满沟飞扬的灰白色沙雾迷得羊都睁不开眼睛。十年九旱，有雨有水的这几天，就是当地牧人值得喜庆的节日。在这样喜庆的节日里，杀一只羊尝一尝新鲜，实在是天经地义的事情啊。

驼子扭头向西山看了一眼。没有一棵树的山坳里白花花一片，在阳光下亮得令人目眩，仿佛无数的刀子堆积在那里。水就是从那里下来的，来不及渗入地面，便咆哮着倾泻而下，将干枯的淤堵的水沟强行疏通了拓宽了。说来说去，水这种东西就是厉害，它要是真正地发起威来，恐怕什么都阻挡不住的。这时又有一块巨大的沙土崩塌了，沟岸沉闷地摇晃起来。驼子浑身一抖。

水沟东西走向，岸在北在南。

满沟恣肆的大水，阻断了通往大队部的车马道。

驼子站在北岸。驼子瘦小的丑陋的身子佝偻着，面对眼前的大水显得是那么的无助。驼子在岸边站了已经有好几个时辰，期待黑花头绵羯羊还活着，能够自己走出来，出现在他身边。让驼子能够躲过去一场灾难性的暴力，只有黑花头绵羯羊了。

狗日的鬼，你在哪里?迟早的事情嘛，你就是躲过了刀子，也躲不过去这满沟的大水。驼子悲愤地想。驼子后来终于想开了，准备回去接受那一场劈头盖脸的狂暴。既然躲不过去，就只有面对。

驼子——

果然从身后隐隐地传来父亲的喊叫，像是还裹着一股臭烘烘的酒气，只是在水的喧哗中变得有些曲折，拐着弯儿。紧接着的情况就更加不妙了，驼子真切地听见了喊叫声之后出现的另一种声音，那是鞋底摩擦雨后的沙地的响声，在水的喧哗和断续的轰鸣中，竟然被驼子准确地捕捉到了。

驼子的脸面已经开始条件反射地抽搐了，整个的人变得更加瘦小而丑陋。驼子便狠下心来，闭上眼睛咬紧牙关，等待父亲尾随而来，由远而近，让那双能轻易地拧断羊脖子的大手，像沉重的鹰翼扑打过来。驼子挨父亲的打骂多了，也已经习惯了。还是那样的，父亲打完了骂完了，驼子就从心里骂上一句：老贼！

就等待着。

提心吊胆地等了一阵，脸上不曾出现那种又麻又辣的疼痛感，也没有臭烘烘的酒气，却随即传出来异样的声音：这位兄弟……

驼子的两眼突然睁圆，见了鬼一样愣怔，又呆了傻了，瞬间的感觉是进入了一个梦幻般的境地。隆起的胸脯，细长的脖颈，乌黑的长发，粉白的脸上红唇大眼，以及那一身不俗的衣着打扮。站在驼子面前的，竟是一个年轻俊俏的女人，仿佛从天而降。驼子经历过几次这样的大水，记忆里除去满沟的喧哗和轰鸣，剩下的都是平淡无奇。黑花头绵羯羊的走失，让驼子无奈地站在了雨后的沟岸上，然后面对滔滔大水，如此而已。

一只黑花头绵羯羊走失了。

一位年轻俊俏的女人却奇迹般的出现了。

阳光是那么灿烂。天空是那么晴朗。水声是那么喧哗。一个年轻俊俏的女人真真切切地站在驼子对面，那一声声娇喘如烟似雾，袅袅不绝。是的，这一切都很真实，真实得像一个虚幻的梦境。女人很疲累的样子，挂在嘴角的微笑便有点僵硬。女人脚上的皮凉鞋被水泡得失去了光泽，裤角也打湿了。看来这个女人走了很长时间的路，追逐着西去的太阳，心急如焚。女人的牙很白，是那种整齐的细密的明亮亮的水汪汪的牙和白。女人在微笑着的时候，阳光就在那很白的牙花上闪闪烁烁，很是生动，很是鲜亮。

驼子莫名地笑了笑。

这一切到来得是过于突兀了，让驼子处在一个完全不同的时空里。驼子是瘦小的丑陋的，但他的脑子是灵醒的，父亲的暴力还没有将他打成满脑袋糨糊。驼子在一阵惊愕和诧异之后，作出了准确的判断。

中国当代西部文学文库

小城的女人。

由此开始向东而去，就是那个小城。小城依湖而建，人来车往，在这大得无边的漠野深处，那可是个繁华的地方。驼子没有去过那个小城，但他知道那个小城依傍着一个庞大的盐湖。每逢夏秋交替时节，这水沟里聚拢了西山上的滂沱大雨，然后一路蜿蜒，浩浩荡荡地注入小城旁边的盐湖，不断地给盐湖补充水源，滋养盐根。那湖里的盐便挖掉一层再长一层，据说三百年都挖不尽。小城因为盐湖而繁华，盐湖却因为这经过眼前的大水而丰饶。山不转水转，驼子生存的这片地界又因水而与小城息息沟通，让一个瘦小的丑陋的牧羊汉子常常产生一种蒙眬的渴望。驼子尤其喜欢在夏天和秋天的夜晚爬到屋顶上，面向小城的方向，像一截矮小的烟囱那样端坐不动。或月黑或星稀的晚上，苍穹如墨，盐湖小城的一线灯光遥迢而清晰，有如茫茫深海中的一盏灯塔。

驼子听去过那个小城的牧人说，小城很热闹，小城的女人很风流……

天还是那么蓝，并且随着渐渐西斜的太阳越变越蓝，叠了几十层玻璃似的。水还是那么大，看不出有什么减弱的势头，依然喧哗着轰鸣着，溅起的水柱跌落下去时，一些水珠溅到了驼子和小城女人的身上，就有了一丝丝凉意。沟两岸耐旱的白茨草纷披着细碎的枝条和绿叶，小小的红色的浆果正在成熟，到处弥漫着那种酸酸甜甜的芬芳气息，给人的感觉是走进了造酒作坊。一道道沙梁无言地守望着一条汹涌的大河蜿蜒东去，永不回头。一场大雨，让久渴的大漠一次汲取了够多的水分，在接下来的一些日子里，它将是宁静的温柔的，暂时不会掀起那遮天蔽日的沙暴了。沙梁之间的湖道里，必定会萌生出新的绿色，尽管秋天来临了，所有的青草都必须在很短的生长期内，赶在寒流到达之前完成孕育和成熟的全部过程，播撒新的生命的种子。秋天成长的草，总是因为生命的短暂而含有悲壮的意味。

这样一场从天而降的大水，拯救了多少生灵啊。

那么，就让我们诚恳地感谢上苍吧。

小城女人是怎么想的呢?不得而知。

此时此刻的小城女人注视着宽阔的水面，脸上的表情是焦虑的急切的，那小巧圆润的鼻尖上都渗出了细密的汗珠。一束顺流而下的枯柴根上，趴着一只老鼠，老鼠黑豆一样的眼睛不停地东张西望，一副不甘心大水的围困又束手无策的样子，看上去很是滑稽。小城女人也看见了那只老鼠，眉头紧紧地皱着，眼睛却一眨不眨的。小城女人显然是想要到水沟的那边去，但大水阻断了她的希望。

驼子一言不发，他不知道应该怎样直面这个小城女人。小城女人的突然出现，简直就是一个谜。不过，又因为这个小城女人的出现，驼子暂且忘记了走失的黑花头绵羯羊。等到驼子再次想起黑花头绵羯羊时，头顶上的太阳又向西偏离了一点。驼子和小城女人躺在地上的影子又往东拉长了一点。驼子心里一紧，准备掉头离开，径直走回屋里去，去承受那一顿躲不掉的暴力。

大水滔滔，喧哗声中间杂着断续的轰鸣。

这位兄弟——

小城女人抬起头来，两眼在驼子的身上游移不定，全没有小城女人的那种矜持了，那模样反倒挺可怜的。驼子正要离去，又被一声轻轻的呼唤给定住，只好重新面对着这个小城女人。驼子一动不动的样子，暗下里却将那瘦小的丑陋的身子挺直了，然后迎水而立，感觉自己比以往高大了些许。驼子想，我也是个男人呢。

小城女人说，我要过去呀。

驼子说，就过嘛。

小城女人说，我要去你们大队部呀。

驼子说，就去嘛。

小城女人说，水大呀。

驼子说，水大。

小城女人说，怎么过去呀。

驼子说，等着吧。

小城女人说，得等多长时间呀？

驼子说，三天三夜。

中国当代西部文学文库

小城女人半晌没有再说话，陷入了沉思。三天三夜这水才能小下去，才能让人放心地趟过去。这等待的时间也太长了些，小城女人没想到情况会这样糟糕，而且是糟糕透了。返回小城是不可能了，小城女人搭乘一辆汽车到西山脚下，再下了车，再徒步走到这里，一路辗转，甚是辛苦。再说了，如果不是什么非办不可的事情，像她这样的小城女人，又怎么可能无缘无故地来到这里呢?现在面临的问题是，如何趟过去这满沟的大水。小城女人的眉头皱得更紧了，细密的汗珠再次渗出那小巧圆润的鼻尖。

　　看来，这个小城女人确实有难言之隐啊。

　　小城女人不会游泳，却打定了主意要趟过这满沟的大水去。

　　小城女人说，我要去治病呀。

　　驼子说，你有病?

　　小城女人说，是呀。

　　驼子说，啥病?

　　小城女人说，就是有病呀。

　　驼子就明白了，再看小城女人那急切的神情，他相信她没有说假话。

　　大水前已经过去不少人，大部分是老人。像小城女人这样的，驼子还是第一次看见。据说大队部来了一位神医，用的是包治百病的民间秘方。一间腾空的饲料房被隔开，用水泥砌了男女两个大池，坐浴三七二十一天，掺了各种草药的热水蒸气升腾，昼夜不息。消息不胫而走，一传十，十传百，尽管收费不低，应者却趋之若鹜。驼子不明白的是，城里人怎么也有那么多的病?都是一副好端端的人模狗样，包括眼前这个年轻俊俏的女人，怎么看怎么都不像是有病。

　　见驼子仍然呆立在那里，小城女人沉吟半晌后掏出来一张百元钞票：这位兄弟……

　　小城女人要求驼子背她涉水过沟。

　　驼子再瘦小再丑陋，也是个男人。男人在危机和困难面前，总是要比女人表现得勇敢和慷慨，这是经验。再说了，又不是白让你辛苦一场，我是要付给你劳务费的。在关键时刻，金钱的诱惑会起到很大的作用，这也是经验。看来小城女人深知这个道理。小城女人递过去那张百元钞票时，脸上出现了一些微妙的变化，很自信，甚至有些居高临下。

驼子郑重其事地接过那张百元钞票，举起在阳光里反复看了几遍，随手丢进水沟里。水面上，一只精美的纸蝴蝶飘飘如仙，然后在一个急剧旋转的漩涡中消失了，消失得了无痕迹。

小城女人大惑不解，十分惊讶地看着驼子。

驼子说，你看，我要钱干啥？

小城女人说，你要什么呀？

驼子说，我不要钱。

小城女人说，那你究竟要什么呀？

驼子说，我啥都不要。

小城女人一时又不知道该说什么了。

还是那样的，大水的喧哗声中夹杂着断续的轰鸣。有趣的是，这时水面上又出现了两只鸟儿。两只鸟儿逆水而飞，而且飞得很低，不停地以掌触水嬉戏，伴之以婉转，快活极了，也优美极了。这是两只什么鸟儿呢?驼子并不认识，很有可能是从西山里飞来的，也有可能是从更遥远的地方飞来的，鸟儿可是长着翅膀的。驼子一时看得有些忘情。想必小城女人也看见了，站在那里不言不喘，直到那两只鸟儿嬉戏够了离开水面，融化在灿烂的阳光里。

这两只鸟儿可是一对夫妻吗？

再接下来的情形，是驼子始料不及的。

驼子的目光被一团石破天惊般的粉白烙得生疼。小城女人要破釜沉舟了，要铤而走险了，要自己涉过满沟的大水去。小城女人开始不慌不忙地解除身上的衣物，做得是那么的一丝不苟，那么的超凡脱俗，那么的目中无人，最后只剩下薄如蝉翼的胸罩和裤头。小城女人胸乳和臀部的曲线一下子鼓胀开来，鼓胀得昭然若揭，魔力四射。几乎裸露的小城女人，在阳光下极富弹性地舒展着自己的身体。

都说，女人如水。

那么，水里的女人呢？

驼子的目光虚幻着，躲闪着。

小城女人这时就很挺拔地转过身来，面带微笑地逼视着驼子这个瘦小的丑陋的男人。驼子开始后退着，终于退到沟岸边，再往后退就只能跌进大水里去了。

驼子想了想，面向大水背朝小城女人蹲下去，给了她一张隆起的畸形的脊梁。小城女人畅笑着就要扑上去，继而呀的一声跳得老远，踩着了蛇一样，掩饰不住一脸的厌恶。轻风乍起，驼子破旧的衣衫被掀开，袒露出身后那个与生俱来的永远摘不掉的"锅"。小城女人迟疑着不敢近前。驼子很有耐心地等了一阵，身后却没有什么动静。驼子扭头看见小城女人很光滑地默立着，躲避瘟疫似的。想都不用想，驼子当然知道是怎么一回事。

驼子说，吓着你咧？

驼子的这句话倒是很温暖的，打消了小城女人的一些顾虑。小城女人说，你站起来呀。驼子就听话地站起来了。小城女人绕到驼子前面，略微地犹豫一下，便轻捷地纵身弹跳而起，落入驼子同样瘦小的怀抱里了。

驼子说，走？

小城女人说，走呀。

于是，就走。

驼子和小城女人无奈地拥抱着，投入大水。

大水汹涌不止，泛起的一排又一排波浪从四面围拢过来，鼓荡出大团黄色的泡沫，声如狮吼。驼子负载了小城女人后，身子沉重地摇晃着，脚底的淤泥在急剧地下陷，像有一只巨大的吸盘。驼子感觉着不曾有过的感觉，一切都和水一样真实。

小城女人黑发的柔亮。

小城女人嘴唇的红艳。

小城女人胸乳的饱满。

小城女人腰腹的起伏。

小城女人大腿的光滑。

小城女人……

驼子其实是闭着眼睛的，他不敢脸对脸地看小城女人的脸，眼里却又尽是温热柔软饱满起伏光滑，总之是一个活生生的几近裸露的年轻俊俏的女人。驼子头晕目眩，感觉满沟的大水变成了无数的鱼儿在身上缠绵。后来鱼儿们穿透了他的皮肤，穿透了他的肌肉，畅然地游荡在他的血管里。驼子的身体在无法遏止地扩张，像一颗水雷立刻就要爆炸，甚至能够听得见那种咝咝作响的可怕的声音。

狗日的女人。

水面上铺展着一层金子般的辉煌。

驼子在这金子般的辉煌中想得凄绝而辛酸。

在这个世界上，驼子几乎什么都没有，更没有属于他的女人。驼子在无望的期待中，非常渴望有一个女人来到他身边，让他也像别的男人那样，有一个真实而温暖的家。驼子知道自己不会有这一天的，没有哪个女人愿意嫁给他这样一个瘦小的丑陋的男人。他只能像一具行尸，无休止地放牧羊群，直到自己倒下。现在的驼子却无端地怀抱着一个女人，一个年轻俊俏的女人，一个年轻俊俏的小城女人。这离奇得近乎荒唐的遭遇，令驼子几乎泯灭的渴望又被一点点地激活了。驼子于是在大水中幻觉自己端坐在一匹披红挂绿的高头大马之上，率领着一支迎亲的队伍，唢呐声声，滴落着古老的悠扬的喜庆的青铜大音。

驼子笑了。

驼子像托举一条光滑的鱼一样，托举着小城女人。

小城女人呢?小城女人心安理得地半躺在驼子的怀抱里，以一个胜利者的姿态仰视着天空。

天蓝蓝。　.

蓝蓝的天上白云飘，白云下面马儿跑，这是一首著名的牧歌的起始，因为深情悠扬而被传唱者吟诵不止，经久不衰。实际上这首牧歌驼子会唱。小城女人也会唱，甚至能够唱得更为声情并茂。知道小城女人的人都知道，这是个经常出入歌厅和酒店的女人。驼子当然不会知道，他连那个小城都没有

中国当代西部文学文库

去过，不知道歌厅和酒店是个什么样子。驼子和这个小城女人的遭遇，纯粹是偶然中的偶然。当然，如果用宿命的观点解释，也可以说是必然。大千世界，无奇不有。

阳光斜斜地照下来，照在小城女人粉白的身子上，也照在小城女人微微翘起的嘴角上。小城女人的嘴角挂着一丝得意而调皮的微笑。小城女人的嘴角和微笑同样都很好看。那么，此时此刻的小城女人，是不是还想唱一首牧歌呢?我们同样不得而知。驼子的模样却有些狼狈，头上脸上附着不少的草屑和泥痕，这使得他整个的人更加丑陋了。驼子腾不出手来，他的双手紧紧地托举着小城女人。小城女人原本就很光滑的身上浸了不少水，现在变得更加光滑了，一不小心就会滑落下去掉进水里，变成一条真正的鱼随波逐流，后果不堪设想。驼子的双手这时抖了一下，将小城女人拥抱得更紧了，十指往粉白的深处蠕动。小城女人首先感觉到的是疼痛，身子开始有点不安地扭动着，蛇样变化着姿态。水面上的两个影子相互交织，焊接成黑糊糊的一团，分不清谁是小城女人谁是驼子。

驼子的脚尖悄然地偏离对面沟岸的方向，往水的深处走去。

大水漫漫。

驼子像一面土墙，在水的浸透中一截一截地矮下去，以致要彻底坍塌，伴随着一串怪异的凄绝的大笑。在这样的大笑中，小城女人的双脚已经完全浸到了水里，接着是臀部和大腿，再接着就是腰腹了……这个过程被驼子进行得不疾不缓。小城女人的双脚和双手开始在水里动作起来，伸出水面又放下去，如此再三，不断地在黄色的水面上拍打出一些白色的浪花。远远地看上去，就是一个年轻俊俏的女人在水里嬉戏，故作地撒着娇，夸张地尖叫，黑发飘飘，媚样百出，风情万种。问题是天大地大，没有一个观众在岸上，只有一道道无言的沙梁。

小城女人这是做给谁看呢?天上的白云吗?

水在一截一截上升，水漫过了小城女人饱满的胸乳。那薄如蝉翼的胸罩被水浸湿后，完全贴在了胸乳上，亲密得不留一点空隙，很像是小城女人原本就有的皮肤。小城女人没有入水时，那饱满的胸乳是挺拔的，入水后就有点改变了，稍稍地下垂。道理很简单，被水浸湿的胸罩没有弹力了，变得松垮了，失去了托举和提升的作用。那乳头和乳晕占据着胸乳的制高点，便毫不害羞地或者是非常自豪地凸现出来，鼓鼓的，圆圆的，红红的，红中有一点紫，色泽和新鲜的羊血差不多，形状和当地牧人祭天求雨的敖包差不多，只不过是被千万倍地缩小了。尤其是那两个乳头，说大不大，说小不小，巧极了是两颗枣儿，又像是从树上摘下后来放了几天，说软不软，说硬不硬。还有小城女人大腿结合处的那个最隐私的地方，质地和胸罩一样的裤头，自然是早就被水浸湿了，也完全贴在了肌肤上，也有着那样一种与胸乳相同的微微的隆起，隆起的上面覆盖着一层浓郁的毛茸茸的黑色，害羞的草一样在水中时隐时现。小城女人的确切年龄不好说，可能已为人妻，也可能仍然单身，有没有性的经历呢?更是不大好说。也许是有过的，事实是那样的经历和婚姻并不存在必然的因果关系。总之，小城女人不仅年轻俊俏，皮肤和身材也都很好，好得几近完美，是个令男人心动的女人。遗憾的是，这样的一个女人竟然有病，让人从心里不愿意相信这是真的。

从西山上汹涌下来的水，含了大量的泥沙，经过一路狂奔和蜿蜒，经过阳光的照耀，其实并不那么冰凉，甚至还有那么一点儿温热。在正常情况下，到这样的水里进行一次沐浴或者一番游戏，是很难得的，还真的是很惬意很浪漫呢。小城女人却感觉到了彻骨的寒冷，浑身的肌肉在一阵紧似一阵地收缩，皮肤也没有入水前那么柔软和光滑了，起了一层那种叫作鸡皮疙瘩的东西，甚至整个的人都开始变得生硬了起来。小城女人现在已经顾不得自己被水浸湿的身体，顾不得那点形同虚设的胸罩和裤头了。

小城女人意识到了自己面临的危险。

小城女人说，我要上岸去呀。

驼子说，死。

小城女人说，送我上岸，你让我做什么都行呀。

驼子说，死。

小城女人说，你真让我死呀?

驼子说，死。

面对大水，小城女人不再挣扎了，绝望而又平静地看了一眼渐渐远去的沟岸，然后闭上眼睛，使自己沉浸在水中，沉浸在阳光照耀下的血一样红的黑暗里。也许，这才是最好的沐浴和归宿。这样一想，小城女人不再感到水的寒彻和冰冷了，生硬的身体逐渐地舒展放松，开始恢复如初，终于又变得光滑温润起来。身上的胸罩和裤头反倒显得多余，成了一种毫无意义的累赘。早知道是这样的结果，还不如一开始就彻底脱光了去，赤条条来赤条条去，了无牵挂呀。

驼子是不是感觉到了小城女人的这种变化呢？

驼子哭了。

驼子先是哀哀地啜泣，继而号啕大恸，汹涌的泪水不停地播撒在小城女人饱满的胸乳上，分不清哪是沟里的水，哪是驼子的泪。在驼子的哭声中，小城女人又睁开了眼睛。小城女人看不见驼子被泪水浸染得模糊不清的脸，看见的是驼子那粗大得不成比例的喉结。那喉结在驼子的哭声中强有力地弹跳着，弹跳得惊心动魄。小城女人再次闭上眼睛的时候，突然又看见远去的沟岸上葱郁一片，白茨草绿色的枝叶和红色的浆果在那里不住地招摇，似在呼唤着什么。

驼子拥抱着小城女人，往水的更深处走去……

小城女人醒来的时候，发现自己就睡在南岸上一簇高大的白茨草下面，身下铺着她脱下来的衣服，而白茨草茂密的枝叶正好当作了遮阳的伞。小城女人小心翼翼地坐起来，有些羞愧地检查了一遍身体，就知道自己还和来的时候一样，并没有受到什么侵犯。小城女人奇怪自己在大水的喧哗和轰鸣中竟然睡得很香甜，连个梦都没有做。

距离小城女人不远，就是那条通往大队部的车马道。

小城女人还看见水沟的对岸徘徊着一只羊。

是一只黑花头绵羯羊。黑花头绵羯羊注视着满沟的大水，发出一声声怪异的咩叫，很像是那个瘦小丑陋的驼子的哀号。

却不见了那个瘦小的丑陋的驼子。

菜 园

菜园在我们家的土屋后面。

从土屋到菜园，大概有一里地，用一条羊肠子一样弯曲的小路联系着，就像一边连着头另一边连着胃，形成了一个完整的消化系统。小路之所以弯曲，是为了绕过横亘在其间的几座长满刺麻草的沙疙瘩。长满刺麻草的沙疙瘩有大有小有高有低，仿佛是一些肺腑之类的器官。如果站在我们家的屋顶上往下看，这样的摆布和组合的确是很有意思的。遗憾的是当时我还小，什么都不懂，饿了只知道向母亲讨要吃的，吃饱了什么都不想，和一只羊没有什么两样。产生这样的联想，是在很久以后。

菜园占地不到一亩，用父亲的话说，是八分不到七分多一点儿。这是一个怎样的概念呢？我当时并不是很明白。但我知道菜园的面积是父亲用自己的脚步丈量出来的，不容怀疑。在这个问题上，父亲是非常自信的。父亲曾经是一个农民，甚至是一个好农民。一个好农民是不会欺骗土地的，是多少就是多少。欺骗土地的农民，最终会受到土地严厉的惩罚。父亲后来放下锄头，成了一个牧民，那是后来的事情，这里不说也罢。从土屋到菜园，途中需要吸一根纸烟的时间，还要吸得缓慢一点。遇上风大的时候，吸一根纸烟是走不到菜园的，风有助燃的作用。父亲叼在嘴角的那根纸烟很快缩短了，父亲就有些无奈地将烟头吐到脚下，却不再点上一根继续吸，因为再走几步就到菜园了，那根纸烟是应该节省下来的。

菜园旁边有一口水井。井是一口老井，在我出生前十几年就有了，长时间地呈现在日月星光的照耀之下。原本这口井是用来饮牲口的，牲口逐渐地增加，尤其是骆驼这样的能喝水的大牲口多了起来，这口井里的水就不够用了，就只能另外再打一口更深的井。这口井便被搁置了很长时间。一口好端端的水井闲得时间太长，总不是个事儿，如同一间常年无人居住的土屋，会颓废衰败得很厉害。我看见过一口塌陷的水井，井口已经不存在，围绕曾经的井口是一个圆形的巨大的陷落区，呈直桶状地缩到地面以下，最低的地方距离地面有十几米深，牲口每到这里，都要驻足观望一会儿，然后小心翼翼地绕着走，充满好奇的眼神里同时有一种莫名其妙的恐惧。这种塌陷的井其实就是一座坟墓，无论什么样的牲口不小心掉进去，想自己爬出来是不可能的。我无意地经过这口井时，井底里已经躺着一副驴的尸体，尸体早就腐烂了，黑色的驴皮千疮百孔惨不忍睹，有风穿过时呜呜地响，白森森的骨架却像一副完整的标本。问题是我们家土屋后面的这口水井，也同样面临着陷落的危险。在很长时间里，父亲对此不闻不问无动于衷。父亲一辈子都是一个少言寡语的人，沉默着的时候那脸上的肌肉和表情，像我们家土屋后面的巴彦乌拉山，冈青中透着冷峻。对于这口危险的水井，我们家的其他成员谁都不敢提出与之相关的疑问。用母亲的话说，我们一家人吃父亲的，喝父亲的，绝对不能惹得父亲不高兴。一口水井塌了算不了什么，如果哪天父亲塌了，就是天塌了。天塌了，谁都不好往下活。

就在我们一家人差不多已经忘记了这口水井的某一年的某一月的某一天，父亲的心思突然活泛了，要依傍着这口水井开辟一个菜园。父亲的这种心思，很像是沉潜得太久的农民的基因被重新引诱和激发，开始在血液里鼓涌和奔腾，而且难以遏止。开辟这个菜园，是我们家当年一项艰苦的工程，是父亲率领我们几个儿子干的，当时我是一个流着黄鼻涕的少年。秋天的尾巴冬天的头，热一阵冷一阵，热的时候越来越少，冷的时候越来越多，其中的滋味很不好受。天还没有大亮，屋子外面灰蒙蒙的，我们几个儿子就被母亲从热乎乎的铺窝里叫醒，像捣一窝偷懒的鸡。说是趁着日头还没出来，天凉好干活。父亲的铺窝已经是个空壳壳，伸手往里一探也是冰凉的，说明父亲早就出门去了。有父亲做着榜样，我们几个儿子都不敢再偷懒了。再偷懒就不是儿子了，就是先人了，这是母亲批评我们几个儿子的话。

先是就地取材，和泥扣土坯，用的水当然是这口被搁置了很长时间的井水。盖房子似的将风干了的土坯一块一块码起来，垒成半人高的墙。墙垒在父亲经过脚步丈量后又用鞋底子划出来的线上，线并不是很直，垒起来的墙也并不是很直。等到所有的墙都垒起来了，再里里外外抹上一层厚实的草泥。泥里的草是马莲草，有很强的韧性。一个正方形的菜园便有模有样地矗立在我们家的土屋后面了。或者这样说，一个有模有样的菜园矗立在苍天之下漠野之上。这样的一个菜园，在当时我们所处的方圆几百里地的牧区是绝无仅有的。新的问题随后又出现了，菜园的墙对付羊的捣乱是可以的，羊群里最有力气的羝羊也抗不倒它，遇上骆驼样的大牲口就不行了，菜园的墙简直不堪一击，虚弱得像一张纸。怎么办呢？有办法。父亲早就想好了，墙头上扎一道浓密的野杏树枝。野杏树枝上长满了尖硬的刺，尖硬得跟钢针一样。再大的牲口也同样是血肉之躯，既然是血肉之躯就没有不怕扎不怕疼的道理。牲口都怕扎都怕疼，受不了皮肉之苦，只好对菜园敬而远之。野杏树生长在离我们家土屋后面十里远的艾莱山里。艾莱山和更远的巴彦乌拉山没有什么关系，是一座并驾齐驱的独立的小山，山里长满了野杏树。每逢秋末冬初，野杏树遭到霜打，叶子就红了，红上一些天又紫了，仿佛地理书上讲的火山喷出的岩浆，沿着一道道沟壑缓慢地流淌，逐渐地冷却下来，最后才变成石头一样的颜色，和山融为一体。

父亲就又率领我们几个儿子到艾莱山里去。去的时候我们的腰上扎一根驼毛绳子，父亲的腰里还别着一把闪闪发亮的斧头。往回走的时候我们的身后用驼毛绳子拖着一捆暗红色的野杏树枝。我们身后的野杏树枝有多有少，我的最少，少的原因是我最小，是家里的"老疙瘩"。父亲的最多，父亲在每一件事情上都是我们几个儿子的榜样。这同样是一种体力活，一趟趟地拖着野杏树枝走，一路甚是辛苦，磕磕绊绊不说，还要吸进去不少尘土。一个个鼻子不是鼻子，眼睛不是眼睛，灰头灰脸的模样，像是从地里钻出来的。这又是一支奇特的队伍，我们的身后都拖着一把浑身长满尖刺的大扫帚，几只竖起前腿走路的刺猬似的。所过之处枯草披靡，掠起的尘土狼烟一样经久不散。地上的野兔吓跑了，天上的鸟儿惊飞了，滩上吃草的牲口也没见过这样的阵势，撅着屁股夹起尾巴四处逃奔，整个场面看上去十分滑稽。过往的蒙古族牧人就让马儿停下来，然后端坐在马背上看稀罕，边看边笑话，说是你们把羯羊肉吃多了，酥油茶喝多了，身上憋胀得不行了吧?如此这般地撒着欢儿，野叫驴一样。你们看看，你们把好端端的草场糟蹋成了什么样子?你们这个样子野叫驴都不如啊。

父亲也笑，却不多说什么，浓密乌黑的络腮胡子被汗水浸润后，和别在腰里的斧头一样，也在阳光下闪闪发亮。父亲是个沉默的人，尤其是他们批评父亲把好端端的草场糟蹋了，父亲心里是愧疚的，就更不好多说什么了，就只能幽微而谨慎地赔上笑脸。其实情况并不像他们说的那么严重，只要冬天落雪，只要来年有雨水，被父亲糟蹋了的草场还是能够再长出草来的，还能够恢复原来的模样。父亲不说什么，我们几个儿子更不能说什么了，也学着父亲的样子，低头匆匆走过去。我们几个儿子心里是有气的，其中有一半是针对父亲的，只是谁都不敢说出来。从来不种粮食不种菜的蒙古族牧人把我们的笑话看大了，他们认为我们当时的行为无疑是疯子的举动。如果说父亲是一个老疯子，我们几个儿子就是小疯子。老疯子生了几个小疯子，老疯子和几个小疯子加在一起，就是一群疯子。就是这样一群疯子，却做着一件真正的疯子做不出来的事情。在天苍野茫的旷阔大地上，一群不是疯子的疯子开辟出了一个菜园。每逢夏秋季节，大地上有一只绿色的眼睛，遥望苍天，触摸人间冷暖。

我十六岁那年，正赶上"文化大革命"结束后恢复高考的第二年。我考上了北方一所普通的大学，我必将从此离开生我养我的牧区老家，走进一个陌生的人生领域。之前我跟着出嫁的姐姐，在百里外的那个以盛产湖盐而闻名的吉兰泰小镇上学。平时不回去，等到放假才回到牧区，回到父母身边。艾莱山下有一条公路，搭乘便车在离家最近的地方下来，沿着缓缓下降的山坡徒步行走，身后背一只并不沉重的书包，感觉很是轻松便捷。冬天踩着羊粪蛋儿一样细碎的石砾，夏天踩着地毯一样的绿色的草滩，蓝玻璃似的天，羊绒似的云，还有野兔和鸟儿时不时地从腿脚旁边和头顶上掠过去，回家的感觉真好。我的目光是平视的，先是散落在草滩上的驼群和羊群，接着是菜园，然后才是我们家的土屋。特别是放暑假归来，菜园最惹我的眼目，往往忽视了驼群和羊群以及我们家的土屋。菜园是绿色的，那伸出墙头的沙枣树举着冠，像一把把撑开来的伞。我也知道的，树欲静而风不止。但又觉得炎热的夏天有时并没有一丝风，连天上的云都一动不动，树梢和树叶却在微妙地摇晃，倒是风欲静而树不止了。大约是树时时刻刻都在生长着，才要那样微妙地摇晃。树种在菜园的周遭，疏密有致地包围着菜园。树下就是一畦一畦的青菜了，当然也蓬勃地绿着，只是比沙枣树要低矮许多，走不到园子里是看不见的。韭菜啦芹菜啦萝卜啦白菜啦什么的，样样都要种上一畦。父亲也很想种上一些辣椒和西红柿，但是未能如愿以偿。春天的风沙太大，种进去的辣椒和西红柿刚刚露出一点儿苗头，就被活活地打死了。辣椒和西红柿这样的菜，有如经不起风雨的小女子，也太娇气了，不种也罢。韭菜和芹菜都是可以蓄根的菜，入冬后在它们的蓄根上面覆盖一层厚厚的粪土，来年春暖就会及时地冒出新芽。父亲在韭菜和芹菜的蓄根上覆盖的是驴粪。其实，最方便的是羊粪和驼粪，这两样粪多得到处都是。离菜园不远的新井旁边就是一个很大的粪场，连我们家土屋的墙根儿和门槛下面都有。父亲却说，羊粪火大，驼粪碱大，驴粪最好。恰恰是驴粪最少，我们不可能像养羊和养骆驼那样养一大群驴。在我们牧区，驴是最自由最潇洒的牲口，风一样地在旷野上四处浪荡。驴跑到哪里，就把粪天女散花般地撒到哪里。我们家只养了几头驴，驴少驴粪也少，这是自然而然的事情。于是，赶在冬天来临前，收集和存储驴粪就成了一件非常重要的，同时也是非常麻烦的事情。那些日子里，我们一家人全体出动，为收集驴粪而四处繁忙，父亲仍然是榜样。几年种下来，菜园里的沙枣树长高了，菜也多得让我们一家人吃不完。在西部广大的阿拉善荒漠牧区，这不能不说是一个奇迹，一个小小的奇迹。这个小小的奇迹是父亲创造的，当初那些嘲笑父亲的蒙古族牧人，开始保持缄默，再也不认为父亲是一个疯子。既然父亲不是老疯子，我们几个儿子也不是小疯子了。

菜园成了一个美好的事实。

周围的蒙古族牧人出门寻找牲口或者办别的什么事情，回家的途中便要拽一拽马嚼子，有意从我们家的菜园经过，经过时要停下来。马立在菜园的门口，马腰一耸一耸，马头一扬一扬，马耳朵一抿一抿，马鼻子一阖一阖。尤其是那双漂亮的马眼睛，像玛瑙一样绿得淌水，里面映的都是菜园里静静生长着的一畦一畦的青菜。马把菜园里的菜当成青草了。马没有见过这样的青草，马像人一样不断地吞咽着口水。马的口水顺着铁制的嚼子，淅淅沥沥地滴落到地上。马只能嚼它嘴里的金属，品尝铁的味道。那一畦一畦的青菜不是给马吃的，那是人吃的草，那草也不叫草而叫菜。父亲就在菜园里，低头摆弄着他的青菜。父亲的头上扎一块边上有着一条蓝道道的羊肚子白毛巾，汗水从父亲的脸上不断地流下来，有一些汗水准确地落到菜叶子上，像早晨的露珠。马的咕噜声打扰了父亲，父亲就知道又有一个蒙古族牧人经过菜园。父亲从青菜里直起腰，那浓密乌黑的络腮胡子也许刮了没几天，父亲一下子年轻了许多。

　　父亲早就准备好了，怀窝里有一大抱齐刷刷割下来的韭菜和芹菜，包括一小部分还没有长大的白菜和萝卜。猛然一看，这些青菜就像是父亲那浓密乌黑的络腮胡子变的。父亲会说一口流利的蒙古话：嘉!他乃塞拜努?(啊!您好吗?)问候过了，父亲就很谦虚地说，这是一点青菜，请不要嫌弃，请您带回去吃吧。父亲将怀窝里的青菜递给这个蒙古族牧人，这个蒙古族牧人略微客气一下，挪动一下汗气很重的身子，张开马背上被压得瘪瘪的褡裢，将一大抱鲜嫩欲滴的青菜塞了进去，只露出一点菜梢子在外面。这个蒙古族牧人道了别后，头也不回地打马离去，回家的路途上，伴随着青菜的芬芳，或许还要哼唱温婉的蒙古长调呢，心情应该是相当不错。父亲是真心实意的，没有半点故作的意思。我们几个儿子对父亲的这种慷慨曾经很有意见，认为费心劳神种出来的青菜，为什么要无端地送给别人?至于一家人是不是能吃得了这么多的青菜，那另当别论。父亲对我们几个儿子的态度很不满意，有一次瞪大了眼睛，狠狠地教训我们说，一把青菜算个啥?你们狗日的都给我记住，人生在世不好活，不走的路都要走三回，谁没有遇到过难处?草木一秋，人活一世，什么最重要?仁义最重要，你们都给我好好想一想。往远了说，是我们从千里外的农村老家跑到这里，占了人家的草场。父亲这样说，当时包括我在内的几个儿子是不以为然的。我后来才知道，从春秋战国以来，这里就是蒙古人的游牧区，十六世纪末清政府在这片遥远的牧野大地上设立了阿拉善旗，至今也有三百多年的历史了。照此说来，我们几个儿子却是十足的小心眼儿。

父亲与周围的蒙古族牧人成了很好的朋友。周围的蒙古族牧人每逢请"查哈"(宴席，一般是在冬天)，也不会忘记父亲，父亲是他们宴席上不多见的汉族客人之一。父亲每请必去，将这种邀约看得很荣誉，怀窝里揣上一块砖茶和两瓶烧酒欢乐而去，一去三五日甚至更长时间。父亲常常大醉而归，让一峰识途的老骟驼驮着，缰绳松垮垮地搭在驼峰上。等到老骟驼不走了，驼背不摇晃了，父亲才睁开眼，老骟驼已经站在了我们家土屋前的大柴垛旁边。父亲走了几十年蒙古族牧人的"查哈"，直到老年才彻底收敛了。不是父亲不想走，是实在走不动了。父亲也把蒙古族牧人各种各样的"要苏"(规矩)不折不扣地学了来，效仿得头头是道，令周围的蒙古族牧人啧啧称奇。我上面的三个哥哥后来相继娶亲时，就是由父亲做主，完全按照当地蒙古族牧人的婚俗进行的，大块吃肉，大碗喝酒，大声唱歌，几乎将我们家土屋子前特意支起来的几顶毡包抬起来扔到天上去。我这样说，话题似乎扯远了。

那么，就再回过头来说我们家土屋后面的菜园。

自从有了菜园，我们一家人几乎不吃肉了，整整一个夏天和一个秋天，我们一家人的肚子里没有一点油腥，盛的全是青菜。尽管我们放牧着不小的一群羊，而且其中一半就是宰杀吃肉的羯羊。不过，宰杀一只羯羊也不那么容易，得牧业队长亲自批条子，理由必须充分。即使娶媳妇嫁姑娘这样的大事，也要受到严格限制，因为牲口是集体的财产，随意动不得的。那就吃青菜好了，在广大的阿拉善荒漠牧区，绝大部分牧人一年四季连青菜都吃不上，这是不争的事实。现在回忆起来，我们家土屋后面的菜园真的是功不可没。菜园甚至有着某种救赎的意味。而给菜园赋予这种意味的人，还不仅仅是我们的父亲。这样一说，问题似乎又有些复杂。为什

中国当代西部文学文库

么呢?事情过去几十年，我才感觉自己有一些清楚了，如同黑暗的天空亮出了一道罅隙，终于解开我曾经的迷惑，这就是父亲当时为什么要开辟这样一个菜园。

前面已经说过，表面的起因是一口被废弃了的井，井里有水，水能够浇灌一个不到一亩的菜园。肉没得吃，多一斤白面都弄不回来，父亲的几个半大儿子，又正是吃死老子的时候，按月供应的商品粮就那么一点，根本不够吃。不知为什么，那时候的我，眼睛一睁开，从早到晚总是吃不饱，即便是吃饱了饿得也快，吃了上顿等不到下顿，闹得母亲整天围着锅灶转来转去唉声叹气的。有几次，母亲瞒着父亲自作主张地动用了牲口的饲料。饲料也是定量供应的，无非是一些玉米，从大队的仓库里驮来存储到我们家的侧房里，离开墙一尺垛了五个饱鼓鼓的麻袋。怕老鼠糟蹋玉米，父亲在麻袋下面垫了一块木板，木板下面砌了两个土坯墩子，土坯墩子下面放一只捕捉老鼠的铁夹子。说不定哪天夜里，就从麻袋下面传出来一声铁夹子的响动，惊醒正在熟睡的我们一家人。父亲兴冲冲地去了，再一次支好铁夹子，回来时手里倒提着一只七窍流血已经毙命的老鼠，让母亲和我们几个儿子看过后，手一扬远远地扔进门外的黑暗里。消灭一只老鼠，就意味着玉米少了一个盗贼，多了一分保险。按说应该养一只猫的，猫捉老鼠天经地义，还省去了黑天半夜钻出热被窝又穿衣又套鞋的诸多麻烦。但是猫要吃要喝，要从我们一家人的口粮里分一勺饭，日积月累不是个小数目。既然是这样，那么猫就别养了吧。还是铁夹子实惠，不吃不喝地夹老鼠，一夹一个准。

一麻袋装二百斤玉米，五麻袋就是一千斤玉米，一千斤黄灿灿的像金子一样的玉米。这些玉米有特殊的用处，是乏弱牲口们的救命粮，显得比金子还要珍贵。母亲看我们几个儿子饿得愁眉苦脸头重脚轻，心里不忍，就趁父亲外出的日子，用一个捣辣椒的铁窝儿将玉米一点一点地捣碎，煮成玉米粥。母亲捣玉米时脸上既有宽慰又有担心，担心大于宽慰。这事不能让父亲知道，父亲会严厉地制止这种损公利己的行为。那年月里的父亲，头顶上罩着一个我们看不见的亮闪闪的光环，既是人民公社树立起来的生产标兵，同时又是学习毛主席著作的积极分子。父亲得来的大小奖状贴了半面墙，还有几个作为奖品的搪瓷缸子。奖状和搪瓷缸子不能当饭吃，父亲却将荣誉看得比什么都重要。母亲和我们几个儿子偷吃牲口饲料的行为，无疑会激怒父亲。母亲和我们几个儿子为了不被父亲发现，是想了一些策略的。每次动用玉米的时候，将五个麻袋都解开，从五个麻袋里各舀出一小碗，要舀得很均匀，然后系紧麻袋口，挨个儿垛好，再仔细地检查一遍地面，是不是有一两颗玉米粒儿撒落了，直到麻袋看不出被动过的任何痕迹，母亲和我们几个儿子才能够放心。每偷吃一次，母亲就战战兢兢地说这是最后一次，我们几个儿子也说是最后一次。可是母亲和我们几个儿子再也管不住自己了，偷玉米偷上了瘾，欲罢不能。后来，连母亲和我们几个儿子都看得出来五个麻袋比原先瘪了，再怎么捣鼓也恢复不到最初的样子，除非麻袋里塞上别的什么东西。麻袋里要是塞上别的什么东西，那不就真成了"此地无银三百两，隔壁阿二不曾偷"了吗?母亲和我们几个儿子偷吃玉米时，像一群老鼠，却远不如真正的老鼠那么洒脱。母亲和我们几个儿子是老鼠，父亲就是猫，猫不在家，老鼠闹翻了天。

母亲和我们几个儿子偷吃玉米，偷吃牲口的救命粮的时候，危险紧紧地跟在后面，终于在某一天晚上悄然地出现了。

那是一个再平常不过的黑夜了，月亮露了半边脸，满天都是星星。轻柔凉爽的小风儿一阵一阵拂过来，一波一波地捎带着草的清香，气氛很好。夏天和早秋的晚饭，我们一家人习惯在屋子外面吃。当院里摆一张矮腿的木桌，很随便地铺两条羊毛毡，大脚盘腕地那么一坐。一口绻卧的黑狗似的大铁锅在灶屋里咕嘟着，咕嘟出贫困日子里的温馨。除了外出的父亲，我们一家人端坐在朦蒙眬眬的月光下，开始津津有味地喝玉米粥。基本上不用筷子，是真正地喝，将对在嘴上的碗转着圈儿地喝，玉米粥不稀不稠，喝起来正好，因此喝出了此起彼伏的饕餮之声。月光之下，母亲和我们几个儿子喝玉米粥的声音响彻一片，感觉很像一个深度睡眠的人打着酣畅淋漓的呼噜，狼咬掉了耳朵都醒不来。玉米粥喝到半道上，不期然地来了一个人，骑一匹高头大马。马不叫，人也不吭声，似乎连马蹄子磕击地面的声音都没有出现，幽灵一般。这个人近距离地问了一声"塞拜努"，母亲和我们几个儿子才从碗沿上抬起头，当时的惊慌失措可想而知，就差将手里的碗掉到地上了。这是个寻找牲口的蒙古族牧人，从早晨出门到日落，马不停蹄地走了整整一天的路，又饿又渴，天黑时赶上了我们家的"饭局"。下马坐定后先是一气儿喝茶，接下来要吃饭，还要留宿，这是不言自明的道理。让过路的人饿着肚子，或者黑天半夜离去，无论如何是说不过去的，甚至是不可饶恕的罪过，日后有人说出去传开来，会让我们一家人都丢尽脸面，从此抬不起头。可是，无论如何我们也不能将锅里煮着的玉米粥盛给这个蒙古族牧人，留宿当然是可以的，只是多一床被铺的事情。关键在于首先要解决吃饭的问题，总不能让来人饿着肚子过夜吧。这个蒙古族牧人已经喝完了茶，尽管脸面模糊不清，却用饥饿的眼睛闪闪烁烁地盯着我们的饭碗，并且发出了有些干涩的吞咽声。情况是相当的不妙。巨大的危险已经到来，看来是躲不过去了。我们的母亲进了灶屋，那样子像是无奈地去给这个蒙古族牧人盛玉米粥，或者就此藏起来不再露面。我们几个儿子也傻掉了，坐在羊毛毡上成了木头人，脑子里空洞得能够填进去一锅玉米粥，然后是两个可怕的鬼祟的黑字：完了。怎知道是母亲急中生智，到灶屋里用铁勺刮起了铁锅，铁与铁的碰撞和摩擦产生的金属的声音，虽然够不上惊心动魄震耳欲聋，却在无尽的夜色里响得分明，响得不怀好意，而且很是有一些故作。我们几个儿子又茅塞顿开地活了过来，活了过来便心知肚明，暗暗地为母亲叫好，到底是母亲有经验呢。母亲一边刮着铁锅，一边抱歉地说，实在是不好意思，锅里没有饭了。这个饥饿的蒙古族牧人愣了一阵子后，起身，掉头，上马，离去，很快消失在夜色里，来也匆匆，去也匆匆，没有再说一句话。等到这个蒙古族牧人走远了，母亲才走出灶屋，站在当院里仰望着满天星星，手抚着胸膛长出一口气，似是终于卸下千斤重负。偷吃牲口的饲料，就是偷吃牲口的救命粮，就是挖社会主义的墙角，是非常严重的错误，一旦被人发现举报上去，后果不堪设想。幸亏有夜色的掩护，幸亏有母亲的急中生智，我们的错误行为才没有彻底暴露。

问题其实并没有解决，巨大的危险依然存在，只是暂时地被母亲和我们几个儿子给忽略了。母亲和我们几个儿子很快想到了一个常识性的问题，玉米是有香气的呀。玉米和白面、黄米一样，也是粮食。作为粮食，玉米的香气和草的香气完全不同。特别是煮熟的玉米粥，那样一种无可替代的香气在空气中四散漫溢，是谁都阻止不了的。母亲的急中生智，在这种漫溢的香气里是经不住推敲的，反而弄巧成拙。可恶的玉米，你为什么会有那样一种四散漫溢的香气呢?那个蒙古族牧人在夜色里匆匆离去，没有留宿，没有再说一句话，已经表明了这样的危险。毫无疑问，那个蒙古族牧人是闻到了玉米的香气的，除非那个蒙古族牧人患有严重的鼻炎。事实上，在浩荡的漠野大地上穿行的蒙古族牧人身体特别健壮，很少生什么病，他们有着狼一样灵敏的嗅觉，他们能够轻而易举地闻见几里地之外人家"查哈"上的酒香和肉香。这一次可好，不仅我们几个儿子傻掉了，成了木头人；母亲也傻掉了，也成了木头人。母亲和我们几个儿子的脑子里再一次出现了那两个可怕的鬼祟的黑字：完了。

　　接下来的那些天，母亲和我们几个儿子被玉米的香气笼罩着，连睡觉都变得提心吊胆起来，生怕屋外突然有什么不祥的动静。还有我们必须直面的父亲，我们既盼望着父亲回来，又害怕父亲回来。从那天晚上开始，母亲和我们几个儿子已经不是什么老鼠，是热锅上的蚂蚁。

　　在往后的日子里，这一件令人担心的事情被时间缓慢地消弭了，那种可能出现的大麻烦并没有出现。父亲也好像始终没有发现麻袋里的玉米少了，好像始终不知道这一件事情的来龙去脉，该做什么做什么，一家人安然无恙。只是父亲变得比以往更加沉默了。父亲原本就是一个沉默的人，父亲现在这个样子又将沉默变成了沉重，像是深藏着不可告人的心思。还是那样，母亲和我们几个儿子谁都不敢问，生怕一不小心突然惹怒了父亲。认真地想一想，无论父亲究竟知不知道，我们一家人都应该首先感谢那个在夜色里匆匆离去的蒙古族牧人。那么，又是什么触动了那个蒙古族牧人人性中最柔软的那一部分呢?答案似乎也是不言自明的。俗话说，敬人是个礼，锅里没下米。在当时那样的特殊境况下，即使我们家的锅里有

"米"，也是不敢敬人的呀。还是要情不自禁地祝福那个在夜色里匆匆离去的蒙古族牧人：一路走好，佛爷会保佑您的。

接下来，就有了我们家土屋后面的菜园。

我们一家人吃上了青菜。

也不那么饥饿了。

白　狐

　　羊娃子第一次看见白狐，是他十岁那年秋天。

　　西边是一轮圆圆的夕阳，像个鸡蛋黄儿悬浮在一道沙梁上，看上去晃晃悠悠的，伸出根指头轻轻捅一下，就会流淌出浓稠的汁子。空气中游荡着井水的气息和羊身上的膻味儿，能让人毫不费事地体会到日子的温馨。羊娃子还有他的爹和娘都在土屋后面的水井边。水井边的卧杆停歇了，宛若一支被夸大了的猎枪斜斜地戳向天空。一群羊喝足井水，白花花一片悠闲着。牧羊人家的黄昏，其实就是这样的一幅景致，既显得随意又很和谐。

　　羊娃子抟好一团黄泥巴，捏弄出一只狗和一只兔子，放在手掌心上仔细地端详。狗和兔子的大模样都有了，他很满意自己的作品。羊娃子于是笑了，露出几颗黄白的碎牙，然后看爹把几十只山母羊连成一长串儿。几十只山母羊极不情愿地头顶着头，犄角盘根错节地纠缠在一起，碰撞声很像砸一堆骨头。挤奶则是娘的事情。娘半跪在羊屁股后面，一只油汪汪的小木桶和两只手塞进羊胯下，乳白的奶汁便喧响而至，袅袅不绝。爹呢，虚张声势地挥舞着一根木棍，轰赶着跃跃欲试准备随时抢奶吃的羊羔。按说这轰赶羊羔的事情，基本上就是羊娃子的功课，因为羊娃子再合适不过了。今天却有些特别，爹例外地没有叫羊娃子做他熟悉的功课，却容忍羊娃子在一旁若无其事地抟那一团黄泥巴，捏狗捏兔子。有几十只山母羊就有几十只羊羔，几十只羊羔的咩叫，变成了杂乱无章的大合唱。羊娃子看着一群羊羔蹿蹿跳跳，那急不可待的样子很好玩，心里先是挺快活的，后又觉得这些羊羔也很可怜。是人明目张胆地霸占了原本属于它们的奶房。那是几十颗硕大的饱满红润的桃子，娘挤奶的动作就像是在摘桃子。咩叫声在羊娃子的耳朵里，成为一种哀婉的控诉并且充满了饥饿感。也就是在这个时候，十岁的羊娃子无意地抬起头来，便看见一个据说是百年不遇的稀罕景儿。

一只白狐迎着夕阳，蹲坐在井边那道土塄坎上。

白狐的目光越过羊群和井圈，静静地注视着羊娃子，与嘈杂的羊群形成了鲜明的对比。微风拂过白狐，白狐的皮毛瀑布般向后梳理着，浑身没有一点杂色。

羊娃子的心咚咚直跳，伴随着一声尖细的"哎呀"，手掌心上的狗和兔子摔成了两坨牛屎样的东西。被一声突兀的尖叫惊动后，爹和娘从羊群后面扭过脸，表情莫测地看着羊娃子。这时的羊娃子，就将自己愣怔成了一尊泥塑，站在那里一动不动。羊娃子再提心吊胆地向那道土塄坎看过去时，那只白狐却没了。那只白狐后来留给羊娃子的印象是一道白光一闪，然后消失得无影无踪。那道土塄坎上空荡荡的，只剩下几根纤细的芨芨草迎风摇曳着。娘这时候唤了一声羊娃子，羊娃子便像一只鸟跑得飞快，绕过井圈和羊群站在了爹和娘面前，裸露的胸膛一起一伏。

羊娃子说他看见了白狐，一只白色的狐狸。

爹立刻瞪大眼睛，追问了一句：你说啥？

羊娃子说，白狐。

爹和娘都不信，让羊娃子从头到尾说出白狐的模样。羊娃子就站在夕阳里，舞动着沾满黄泥的两只手，开始进行描述。羊娃子说来说去，却把自己给说糊涂了。白狐的脸是什么样子，羊娃子没看清楚，因为毕竟离得远了一些。他只记得白狐的一双眼睛亮晶晶的，像天上的星星。羊娃子的不擅长语言表达，给自己惹出了麻烦。

娘首先流露出一缕惊慌的神情，然后伸出沾满羊奶的手触摸羊娃子的额头。娘瘦弱的身子就有些摇晃，手也有些抖，小木桶里的羊奶很准确地溅到了爹那宽大的裤脚上。

爹气哼哼地挥动一下木棍，对羊娃子说，你一定是看花了眼，一惊一乍地把羊奶都泼洒了，啥的白狐？你一定是看花眼了。

我就是看见了，那就是一只白狐，刚才就蹲在那道土塄坎上，好漂亮哩。羊娃子努力地争辩着，信誓旦旦，脸憋得通红。或许应该这样说，那是一只美丽的白狐。由于某种局限，羊娃子尚不懂得运用美丽这个词汇。

啪！极清脆的一声响。这不是在拍一只蚊子，而是羊娃子的脸上挨了爹的一记耳光。羊娃子噎住似的看爹，长到十岁这还是爹第一次动手打他。羊娃子目光冷冷地垂下头去，牙根咬得死紧，没让委屈的泪水滚落下来。

爹把木棍横在胸前，威严地说，我在沙漠里蹲了几十年，还有你娘，你爷爷，大大小小的草滩逛过无数遍，就没见过啥的白狐。

娘及时补充一句：娃，你可要听大人的话。

耽误了这一阵子，圆圆的夕阳仅剩下一只烧饼的一小牙儿。夜幕正在徐徐地垂落，那一小牙儿夕阳反倒变得很不真实，像豁开的一道血口。挤完了奶，爹抽扯着绳练子，几十只山母羊依次散开。爹的手劲比往日狠了些，最后那只山母羊被扯了一个跟头。这是羊群里最老的山母羊了，给主人至少贡献过二十只山羊，它挣扎着爬起来的模样，很像一个慈悲的耗尽心血的老女人。

天上已有三两颗星星。也有晚归的雀儿，急匆匆地往草棵里去了。大地是宽容的温暖的，羊群散卧在井边黑色的粪场上。夜幕下开始响彻一片咀嚼声，羊群在耐心细致地反刍胃里的青草。这是羊群集体的晚餐。

一家三口，一路无话。

羊娃子走在爹和娘的身后，现在他是一只迷途的羔羊，是一个犯了错误的孩子。回到土屋里，娘点燃了炕桌上的煤油灯后，开始进进出出地引火做饭。饭是酸羊奶泡黄米粥，羊娃子百吃不厌，尤其是酸羊奶，他能空肚子喝两大碗。羊娃子打小就喝出了一副好身板，不知道城里人吃的药是什么滋味。令羊娃子不安的是，屋里的气氛太沉闷了，如同面对遭遇大旱寸草不生的漠野，爹把一根纸烟抽得心事重重。

端起饭碗的时候，爹给羊娃子下了一道不容置疑的命令：从今往后再不许四处疯跑，好好放羊，将来接老子的班。

娘说，娃，你可要听大人的话。

吃过晚饭后，一家人都早早地睡了。屋里黑黢黢的，不大的窗口却显现出一方显眼的白。不知道究竟是为什么，牧人家的窗口都开得很小，小得只能钻进钻出一只狗。从不大的窗口望出去，倒也能看见夜空中的星星。牧人家的日子，大概也像一只鸟那样，都是随日落而栖息的，有如这平静的夜。

娘轻轻唤了一声：羊娃子。

羊娃子像一只真正的羊娃子那样，悄无声息。

娘叹口气说，这个娃，平白无故的，咋就会看见白狐呢？

爹说，我就不信，百年都不遇的，咋能让羊娃子遇上。

也许就是白狐呢，都说娃娃的眼尖，能看见大人看不见的东西。

胡说些啥？我就是不信。

莫非这娃得了啥病？

睡你的去。

黑暗中，羊娃子把爹和娘的一番对话听得一字不差。一只白狐，会让爹和娘突然变得小心谨慎起来，连说话的口气都和从前不一样了，深怕着什么似的，防备着什么似的，这是羊娃子无论如何都意想不到的。草滩上经常有狐狸出没，羊娃子多次遇到过。要不是有这样的经验，羊娃子怎么能够断定那天黄昏蹲坐在土塄坎上的就是一只狐狸呢？在羊娃子看来，它们的区别仅仅在于，那是一只白狐。

千真万确是一只白狐。

从看见白狐的那天黄昏开始，爹最大范围地限制了羊娃子的行动自由。其实，在羊娃子的活动范围内，恰恰有两处好玩好看的地方，一处是沙葱湾，另一处是野枸杞沟。尤其是夏秋季节，这两处地方鸟语花香，令羊娃子这样的牧家少年流连忘返。沙葱粉紫的花瓣灿烂一片，野枸杞深红的果实点缀枝头。羊娃子出入其间，十分的随心所欲。回到土屋后，羊娃子也不忘奉献一份收获，野枸杞给爹泡了烧酒，沙葱让娘腌成了咸菜。现在却去不成了，原因还是那只白狐。如果照这样下去，羊娃子的少年时光以及未来的日子，就都要系在一群羊的尾巴上了。

羊娃子从此变得少言寡语，他心里每天想的都是白狐，并且渴望能够再见到白狐。他要证实自己并没有犯错误，那确实是一只白狐。

　　这是不是意味着羊娃子少年时代的真正开始呢？

　　少年羊娃子心事重重。他想既然白狐能出现在水井边，可以肯定白狐就在附近，走不远的，即便是走远了还会回来，因为白狐是自由的，它可不像羊娃子那样被大人限制了活动的范围。放羊的时候，羊娃子的眼睛常常偏离羊群，四处寻觅白狐的身影，却又无一例外地失望而返。更加糟糕的是，羊娃子不止一次丢失了羊。每天傍晚，羊群回到井边，都要清点一遍的，不是少三两只就是四五只，这很危险。羊也有自己的渴望甚至富于诗意，踏遍秋色。爹狐疑的眼睛紧盯着羊娃子，丢失了羊而且接连发生这种事情，是一种耻辱，就像猎人丢失了猎枪，羊娃子还是犯了错误。羊娃子慌忙低下头去，他害怕爹的目光穿透自己，然后发现他心中的秘密。羊娃子开始对爹有了一种真实而具体的畏惧感，觉得自己像一只被铁夹子困住的小兽那样，既不敢用唧唧的叫声引来猎人，又不能挣脱铁夹子的束缚落荒而逃。这种两难的处境，让羊娃子头一回体会到了什么是出自内心的痛苦。

　　羊娃子要返回草滩去找丢失的羊，都被爹一顿骤然爆发的呵斥击退了。

　　爹自己向草滩走去。还好，爹是个富有经验的牧羊人，那丢失的羊很快就被爹从草滩上寻了回来，重新归队了。在傍晚的黄昏里，爹的背影摇摇晃晃的，那原本宽阔的脊背变得像一盘石磨，看上去很沉重也很苍老。羊娃子的心里产生了一种震动，默默地目送爹的背影渐行渐远，融进漠野深深的暮色里。羊娃子再到草滩上的时候，将自己的这门功课做得很认真，再也没有发生过丢失羊的事情。爹和娘都很满意，也不再多说什么。

　　不过，羊娃子的行为还是有了一些变化。

　　每天放羊回来，吃喝过了，羊娃子就端坐在屋顶上了，像一个虔诚地打坐的小和尚。他的眼睛却分明是睁着的。好动是少年的天性，羊娃子坐在屋顶上也是常有的事，屋顶上有摊晒着的锁阳。羊娃子不但爱喝酸羊奶，也爱吃晒干了的锁阳，把冬天喂羊的饲料咀嚼得津津有味。爹和娘没有在意，就当是一只栖息在屋顶上的鸟雀或者偷吃零食的猫。但是，爹和娘显然忽略了一个至关重要的细节，这就是羊娃子坐在屋顶上的时间越来越长，甚至进入了一种痴迷的状态，并且一日胜过一日。

羊娃子之所以进入这种状态，却是来自于那天夜里的一次偶然。对于这样的偶然，爹不明白，娘也不明白，只有羊娃子明白。这样的偶然，也许只有对羊娃子这样的少年才有用，绝对是一次心智的启迪和诱发，以致导致后来一系列那样的后果。对于那样的后果，当时谁都不知道，羊娃子也不知道。因为，羊娃子毕竟还只是一个只知道牧羊的少年。

那天夜里。

夜深人静，万籁俱寂，窗外的星空冷冷清清的。连日来的失望让羊娃子感到惭愧，同时又夹杂了那么一点羞愤，惭愧和羞愤又使他变得特别固执。羊娃子躺在土炕上彻夜难眠，眼睛虽然无奈地闭着，却将耳朵警觉地洞开了，黑暗使他的听力变得格外敏感。大概到了后半夜，羊娃子终于捕捉到了院子里的异常：咯噔，咯噔！一种微弱的神秘的走动声悄然而至。睡在窗下的羊娃子浑身打了个激灵，然后像一只猫那样悄无声息地坐了起来。蒙眬的星光下，果然有一团白色的东西走走停停，停停走走。白狐！兴奋异常的羊娃子险些叫出声来。接下来，那一团白色径直朝窗下走来，大大咧咧的样子，然后又停下了，很有耐心地嗅着屋檐下一只黑色的瓦盆。那是一只破了的瓦盆，原本是娘用来和面做饭的，后来就破了。破了的瓦盆舍不得丢掉，被爹在盆口箍了一圈铁丝，旧物新用地当了喂羊的饲料盆。也许，瓦盆里还残留着饲料一星半点的颗粒和味道什么的东西。那天夜里，羊娃子满怀希望看到的其实是一只山羊羔。恰好又是一只纯白的山羊羔，身上没有一点杂色，尤其是在蒙眬的夜色里看上去，白而又白。这个小家伙不在粪场上老老实实地卧着，却无事生非地跑到人住的屋檐下来了。按说这也没有什么稀奇的，山羊羔调皮捣蛋是出了名的，它哪儿都可以去，那么跑到屋檐下嗅一嗅一只破瓦盆又有什么不可以呢？天性使然。对这个山羊羔而言，它深夜里到屋檐下来，并且嗅了那只破瓦盆，就是必然，而不是什么偶然。问题是，从表象上看，这个山羊羔调皮捣蛋得似乎并不是时候，因为羊娃子的心情很不好，他满脑子都是那只白狐，那只白狐使他魂牵梦绕。因此，当羊娃子确认那只不过是一只山羊羔后，首先感到的是被山羊羔给愚弄了。紧接着才是这样的，在感到被愚弄了的同时，也受到了某种启发，一下子醒悟了其中的奥秘。羊娃子就觉得在草滩上放羊时寻觅白狐的举动很愚蠢。既然稀罕，百年不遇，那么白狐在夜里出现的可能就非常大。羊娃子这样想着，就又异常地兴奋了起来。

在爹的三长两短的鼾声中，羊娃子走出屋子，然后爬上了屋顶。

……

羊娃子端坐在屋顶上。

四周的漠野铺排在夜色里，不远处的沙梁隐约起伏着冰冷的曲线。再往远里去，天地就成了墨的泼洒，深刻的静谧吞没了一切。白狐呢? 羊娃子深信那只白狐就在这夜色掩蔽下的漠野里，在某个角落平静地注视着他呢。羊娃子一点都不感到惶恐，甚至觉得他和那只白狐已经有了默契和沟通。羊娃子做好了迎接它的准备。

屋门响了一声。

爹睡觉是要脱光了衣服的，说是不脱光衣服就睡不着觉，浑身猫抓狗挠。有一次，娘看不过眼去，说娃都长大了，你这个当爹的还这么精光滑溜的，你自己不害羞，娃还害羞呢。爹听了就笑，笑过了还就是精光滑溜地睡觉。大约在爹的眼里看起来，羊娃子是长不大的，即便长大了还是个羊娃子吧。那天夜里，屋门响了一声，爹就走出来了，爹就一丝不挂地走出来了，一边走一边还打着慵懒的哈欠。爹在吃晚饭的时候喝了烧酒，还喝了不少酽茶。羊娃子早就看见了爹。和第一次看见白狐一样，羊娃子也是第一次看见爹一丝不挂地走路，先是有些呆愣，接着又有些害羞。娘说得没有错，羊娃子害羞了。害羞的羊娃子竟然没有做出什么有效的反应，更没有及时地回避。爹赤条条白裸裸地走向屋后的一片空地，像一头不长毛的什么怪物一样，如入无人之境。爹站在一座沙疙瘩旁边，叉开两条又粗又长的白腿撒尿，尿声不疾不缓，听上去充满了一个男人的满足、得意和自信。于是，这个再平常不过的大漠之夜，立时充满了难以理喻的奇巧和机趣。羊娃子看呆了，看傻了，也把脑子看空了，想动都动不得了。羊娃子眼里只有一丝不挂的，赤条条白裸裸的，像一头不长毛的什么怪物一样的爹，没有了自己，也没有了那只白狐。

往下的过程是这样的：像不长毛的什么怪物一样的爹终于撒完了一泡悠长的尿，回头走了几步。在青虚虚的天幕的衬托下，爹突然看见屋顶上坐着一个黑糊糊的怪物，因为没有任何心理准备，便一下子乱了方寸。爹当时就尖声大叫了，完全能够想象得出来，那叫声该是怎样的骇然，寒冰彻骨、毛发竖直、鸡皮疙瘩之类的生理紊乱现象全部反射了出来。好在爹毕竟又是个熟透了的男人，瞬间的失态之后，又马上镇定了下来。再定睛细看时，才明白过来，竟是自己的宝贝儿子。爹二话不说，蹭蹭蹭几步蹿上屋顶，将羊娃子夹柴火捆一样夹在胳膊窝下。屋子外面的动静又惊醒了屋里的娘，娘哆嗦着手点燃了煤油灯。当一丝不挂的丈夫牵扯着鼻青脸肿的儿子走进屋里，羊娃子的娘便面口袋似的瘫软在了炕沿下。整个过程，仿佛战争的一个小插曲。

羊娃子又一次挨了爹的打。

爹下手很重。羊娃子就病倒了，发高烧，说胡话，一遍遍呼唤那只白狐。

三天三夜，爹和娘守护着羊娃子，脸面一片菜色。期间，爹和娘设想了种种对策。他们首先想到的是全家离开这个地方，搬迁到别处去。羊群好办，人也好办，都是长了腿的。还有土屋水井羊圈，这些却搬不走。尤其是这方圆百里地的草滩搬不走，草场是牧羊人的命根子，就像农民面对自己的土地，无法背离和舍弃。将所有这一切综合在一起，对牧羊人而言，就是一个巨大的艰苦的系统工程，是搬不走的。想来想去，搬得走的也就是羊群和人了。没有了草场和水井，羊群和人又能算个什么东西呢？无根的树叶儿，没有皮的毛嘛。直到第四天的早晨，屋里透进一方幽蓝的薄明，窗外已有啾啾的鸟鸣，爹和娘还没有做出决定。再看躺在灯影里的羊娃子，两眼紧闭，那枯瘦的脸颊更加醒目地凹陷着，几乎连喘息的声音也听不到了，像是真正成了一只等待献祭的羔羊。

爹和娘周身湍急的血潮忽地凉了下来。

......

　　羊娃子十岁那年秋天，让一匹老马驮着走进了百里外的小镇学校。羊娃子的读书生涯比小镇少年晚了整整三年。羊娃子坐在一年级教室最后一张课桌后面的一只破凳子上，目光与黑板对视着。

　　黑板上的字如一群美丽的白狐，跳来跳去……

草的诗意

太阳升上来的时候，大地就坦荡了，一切都呈现得明明白白的。

山是山的形状，坡是坡的模样。有风掠过时，吹得枯草卷成团儿车辘辘似的满地翻滚，冷不丁地还要飞到半空里去，飘飘摇摇。白天毕竟是清明的，不像是在夜里，将什么都遮掩了，无论高的低的、大的小的或者有声的无声的，都一律地等同起来，整个世界像一个大得无边的平面，让人完全失去了方向感。

草就有这样的感觉，甚至是这样的感觉会变得越来越强烈。

是啊，白天有白天的清明，黑夜有黑夜的蒙眬，要说自然界的大阴大阳，莫过如此。对于草来说，问题并不在这里，而在于她总是不明白自己究竟是喜欢白天，还是喜欢黑夜。有时候草就觉得自己是真正的草，像一棵随处可见的野谷穗子或者香蒿那样，不管白天或者黑夜，只是在风中轻浅地摇摆，除此之外，好像就不会有别的什么了。有时候又认为不是，她是个真正的人呢，是个青春年少的女儿家，不少眼睛不少鼻子，不缺胳膊不缺腿儿，脑子里还尽想一些杂七杂八的事情。

草曾经对自己的名字很不满意。

为什么当初一生下来就叫她草呢?叫什么不好，非要给她起个草这样的名字不可?叫花也行呀，虽说花花草草连根带叶的，总是掰扯不开，花总比草出脱得要高贵一些。就这个问题，草曾经问过母亲，母亲没有作出很明确的回答，眼里却流露出那种想掩饰都掩饰不住的慈悲和爱怜，那样子倒像是在看一朵花了。草也是明白的，在天底下所有母亲的眼里，自己的女儿永远是一朵花，而不是一棵草。

母亲看了草半晌才说，问你的父亲去，你的名字是你的父亲起的，我那时肚子疼得在炕上乱滚，两眼抹黑，能把你顺顺当当地生出来就已经不错了，哪里还顾得上你的名字。

父亲刚从草滩上回来，正大脚盘腕地端坐在炕上，享受着劳作之后的一份清闲。父亲显然听见了母女俩的全部对话，却不言不喘，只是眯起眼吱儿吱儿地品咂着一碗放凉了的砖茶。草就说，爹，为什么呢？草不说为啥，而是说"为什么"，似在表明自己的一种身份。也就是说，草因为自己的名字向父亲发出质问的时候，已经是个在百里外的小城上学的中学生了。草平时不在家里，只有学校放了假才回到牧点，回到父母身边。

父亲不急不慌，一点一滴地喝完茶后，微微地一笑，然后才不紧不慢地说，我咋就给女儿起了这么个名字呢？叫啥不好，非要叫个草不可，惹得女儿不高兴。

见父亲很认真的样子，草就静静地等着往下听，父亲却没了下文。父亲享受完那一阵难得的清闲和一碗凉茶后，打个长长的哈欠，抬腿下炕，提脚穿鞋，迈出门槛，然后向草滩上缓缓而去，留给草一个摇摇晃晃的背影。草滩上有一群白花花的羊呢，羊散得很开，羊都在低头吃草。羊吃的就是和草的名字一样的草，什么野谷穗子啦，香蒿啦。

对于父亲的"解释"，草思索了很久，结果是和父亲一样没有下文。

草很不甘心。假期结束回到学校后，草就这个问题很认真地请教过自己的语文老师。语文老师是个青年男子，人很孤高，除了上课平时很少说话，和自己的学生说的话就更少了。语文老师当时一个人坐在办公室里，正在看一本很厚的书。语文老师听了草的提问，慢悠悠地从书上抬起头，看一看草说，草好啊，草，多有诗意。为什么呢？草接着问。语文老师说，如果叫花，就俗了，俗不可耐。语文老师这样一说，草就不好再说什么了，静悄悄地退了出来。

后来，草又将语文老师的话很认真地想了想。

想来想去，草自己觉得也是，是啊，是有那么一种"诗意"在里头。

草的同学中叫花的不少。

这花那花的，有的鲜有的艳，就像教室变成了温棚，养了一屋子的花。草却极少，少得几近于无，甚至是在全校的学生中，也只有草这么一个直言不讳地叫草的学生。从那以后，草开始为自己的名字而自豪，只是语文老师说过的那种诗意，总让草感觉朦朦胧胧的，仿佛处在半明半暗的月光下，看不清摸不着，心里却很痒痒。不过，草还就是草，草始终也没有变成让人羡慕的什么花，校花更是谈不上。

草的同学中确实出过一个校花的，名字不叫花，叫萍。

萍是名副其实的漂亮，是名副其实的美丽。那眉毛那眼睛那鼻子那嘴巴都长得恰到好处，该黑就黑，该白就白，该大就大，该小就小，真正的明眸皓齿、红口白牙，把个水灵灵的脸盘儿饰得亮丽非凡。不过，萍和草一样是个沉默寡言的女子。萍出生在干部家庭，自小有着很好的家庭教育，这是显而易见的。萍家居小城的一条深巷里，红墙灰瓦的大房子被高墙大院包裹着。萍放学后就匆匆离去，从来不在学校里多逗留一会儿，显得有那么几分神秘和莫测，更有一份高贵。萍想不显山不露水都不行，因为萍太出色了，尤其是后来到了高中阶段，萍像是无奈地长大了，也逐渐地成熟了，成长为一个令人迷乱的美女，浑身弥漫的青春气息极具杀伤力。很多男同学因为萍而夜不能寐，还有几个男同学因为萍差一点割破自己的手腕子。更有甚者，萍的追求者中也不乏年轻的男老师，暗中发出诸多信息，其中就有那个孤高的语文老师。这是草后来从其他女同学那儿知道的，不由得草不相信。萍的做法是一概淡然处之或者一笑了之。没有谁知道萍的内心究竟在想些什么，直到高中毕业，萍都没有任何绯闻出现，是不是有些不可思议啊？

其实，萍也是草。

在广袤博大的自然界，萍是一种浮在水面上的草，而且漂泊不定，甚至随波逐流。看着萍那美丽的容貌，草有时候就这样想。草知道这是嫉妒，嫉妒是一种很厉害的暗器，往往是杀人不见血。草也知道这样不好，但是没有办法，嫉妒也是人的天性。

尽管都是草，草和萍却没有能够成为朋友而走到一起，连同学都做得非常一般，一个学期下来，互相之间说不上几句话。草又想，草和草还是不一样的，比如她的草和萍的草，就有很大的不同，好像一个是天上飞的，一个是地上跑的，差距大得远了去了。草还这样想，语文老师说过，草是有诗意的，萍有吗?草只是这样想一想而已，将这样一个小小的得意埋藏在心里，永远都不要说出来。

说出来就没什么意思了。

草和班里的几朵花成了朋友，而且顺理成章。

草的几个叫花的朋友和草一样，来自小城周围的广大牧区，她们在小城里很少有亲戚，即使有也不那么亲切，不那么可靠。她们只能寄宿在学校，在同一间宿舍里共眠，在同一个大灶上吃饭，来例假要用卫生纸时不分彼此，但是她们用得小心翼翼，用得很节俭。在她们看来，在那样的时候和那样的地方用花钱买来的纸，实在是一种奢侈和浪费。在她们的印象中，纸就是用来写字的，有着很神圣的作用。她们刚开始用卫生纸的时候感觉特别幸福，同时又有些慌乱。她们被纸的体贴和柔软感动了的同时，心里是非常不忍的，总觉得是一种罪过，亵渎了神圣和美好的东西。还有人甚至因为这种纸的体贴和柔软而感动得流泪，也许她们一下子就想起了在天苍野茫中辛勤劳作的母亲。同样是女人，同样要经历少女时代，她们比自己的母亲幸福得多了，在那样的时候和那样的地方用上了体贴而柔软的纸。这样的纸该是多么的清洁和干净啊，拿到鼻子下面闻一闻，还有那么一股子香味，难怪要叫卫生纸呢。其实还有更高级的，那就是各种各样的卫生巾。卫生巾是一种更加奢侈的东西，草和花们都用不起。生长在城里的女同学是要用的，她们的书包里就有，随时准备着，以供不时之需。

草和花们共同组成一道小小的心理防线，微弱地抵抗着包括萍在内的小城女生们那种轻视的目光。

草和花们也议论包括萍在内的小城女生们。萍的美丽让她们嫉妒，小城女生们的清高让她们不满。嫉妒也好，不满也罢，她们是一点办法都没有的，这种距离似乎是与生俱来的，没有谁能够改变它。草后来就告诉花们，我们这些牧区生长的花花草草，是抵不过城里的萍们的。要想抵得过只有一条，那就是勤奋刻苦，努力学习，高中毕业后争取考上大学。考上大学意味着什么，花们是清楚的，就像落草的小鸡儿突然长出了能够飞翔的翅膀，一生的命运都会改变。草说得很实在，花们何尝不明白其中的道理。

花们被草这样一说，个个像蔫了的花，坐在床板上垂头丧气。花们的学习都不好，成绩在班里没进过前十名，反而扎了根似的停留在最后几名，只好甘当绿叶了。再说，花们的学都上得比较晚，比小城的女孩子晚两三年，熬到中学时年龄就偏大了，身体也发育得过于早熟了些，据说是小时候在家吃羊肉太多的缘故，吃青菜太少的缘故，身上尽长肉不长脑子。不长脑子就很麻烦，该记住的东西记不住，不该记住的东西却记住了不少。草的学习成绩在班里是前十名，而且还排在萍的前面，草就有充分的理由批评花们，花们也愿意接受草的批评。在几个朋友花们中间，草的话从来是有着某种力量的，草是她们的领袖。

至于能不能考上大学，草自己也吃不准。草寄宿的这所学校太普通了，底子薄得像一块麻袋片。麻袋片上是绣不出什么好花的，这个道理谁都明白。这个学校的学生也有考上大学的，属于凤毛麟角。草想做凤毛麟角中的那个凤毛，草就很刻苦，常常在教室里坐到深夜，学校熄了灯都不愿回宿舍，偷偷地点亮一盏自己用墨水瓶做的小小煤油灯。煤油灯虽小烟却很大，熏得草的两个鼻孔乌黑乌黑的，第二天洗都洗不干净，看上去像一只长着黑花鼻头的小母羊，惹得同学们讥笑不止。再说了，煤油不仅烟太大，味道也很难闻，教室里的空气被污染了，同学们不答应，然后群起而攻之。经不住众人唇枪舌剑，草就将那盏小小的煤油灯彻底埋葬了。

后来，草的几个朋友花们勉强熬到初中毕业，无怨无悔地卷起铺盖回家，回到天大地大的牧区。草却留了下来，顺利地升入高中，继续自己的学业，也算是向大学的门槛迈近了一步。草之所以能够这样，还有一个原因，是草的父母就只有草这么一个女儿，上面没有哥哥和姐姐，下面没有弟弟和妹妹。说来也真是奇怪，别的牧人家都是一窝孩子，三五个不等，人丁兴旺，其中当然少不得男孩子。草却是独苗子一根，草的父母不是不想生养，而是生养不出来，不知道是什么地方出了问题。父亲一开始对草是给予了厚望的，当男孩子养，供养草不间断地上学读书。

在学校里，随着几个朋友花们的离去，草几乎再没有什么可以亲近的朋友了。草有几次主动地接近萍，甚至用从家里带来的晒干的最甜的锁阳贿赂萍，萍都爱理不理的，美丽的脸蛋不仅不动声色，而且冷若冰霜。锁阳是一种沙漠里生长的植物，又是一味很好的中药，更是包括小城女生在内的女孩子们平时最爱咀嚼的东西。萍却不愿意接受草的一番好意。草被萍拒绝得很不好意思，里子和面子都没有了。草就有些愤慨地想，我是草，你以为你是什么?你是萍，萍也是草。

萍对草的冷淡，让草再一次近距离地感知了人与人之间的距离。

结果怎么样了呢?

草没有考上大学，萍也没有考大学。他们这个班被无情地剃了光头。

等到高考成绩下来，草看着自己的分数就再也忍不住地哭了，哭得连自己都不好意思起来。草这时已经知道了自己未来的日子是个什么样子，那样的日子也在向她招着手了。萍却没有哭，萍一滴眼泪都没有流，微笑着面对同学，然后微笑着离去。草这时才像是真正地明白了萍。萍是美丽的，美丽给了萍最好的酬报和最大的自信。

是啊，即便是真正的草，也是有所不同的。

天暗下来的时候，广阔的大地又开始变成了铅一样的灰色，开始一层一层地遮蔽和掩藏草滩。这个过程进行得很缓慢，高天和大地逐渐地没有了白天那样的敞亮和坦荡。

等到天空完全变得一片漆黑时，一切又都平等了起来。首先是星星要出现，繁茂如织的星星，织成了通天长河。月亮也许要出现，大约是在后半夜。草滩上空的星星很亮，那月亮就更亮了，亮得让人心生恐怖与不安。月亮出现的时候，月亮周围的星星便要退却，星星多得数都数不清，这么多的星星却无法抵抗只有一个的月亮。草当然也知道，其实月亮也是一颗星星，并且是地球的一颗卫星，它之所以看上去很亮，是因为距离地球太近的缘故，三十八万公里。可是，知道了这些又有什么意思呢?你总不能一个劲儿地盯着月亮看吧?总不能一颗一颗地去数星星吧?

现在是星星统治着黑夜。草没有睡意。帐篷里有些闷热，草就将身子轻轻地挪出帐篷，坐在一片星空之下了。

草的胆子也真是够大的。

一个姑娘家，就敢一个人来到这公路边上，下一顶帐篷自己住，而没有其他伙伴。这条通往小城的公路像一条灰白色的丝带，平展展地铺在莽莽苍苍的大地上，只是过于宽大了些，也长得没有尽头。等到这条公路完全修通了，就会有车来来往往，说不定还会很热闹。草也知道，只要沿着这条公路走下去，就能够走到中国的任何一个地方，甚至是世界的任何一个地方，就和全世界的江河湖海一样，天下的公路其实也都是相通的，尽管它们是那么的曲折，是那么的漫长。现在这条公路还没有修通，但是正在往通里修。草承揽了这条公路其中的一段，很小的一段路，有一公里吧，唯一的任务是筛石砾。等到来人验收通过，便可以得到一笔收入。筛石砾没有什么技术含量，开的工钱是最少的，因此修公路的人沿着这条公路就近找了一些闲散的牧人，既省了钱又办了事。

草不是不明白其中的道理。但当他们找上门来时，草却答应了，答应得十分痛快，没有讨价还价。父亲不同意，母亲当然更不同意，他们的理由十分充足。前不着村后不着店的，几多不方便不放心，万一出了事怎么办?家里也不缺那几个钱，钱在羊身上呢。等家里的一群羊膘肥体壮了，就是现成的票子。也有羊毛贩子骑着摩托车上过门了，还提前交了一部分定金。

父亲说，草你啥也别想，就想着嫁人吧。女儿家迟早要走这条路，这是谁也躲不过去的事情，走遍天下都是这么个理儿。

草最烦的就是父亲挂在嘴边的这个"嫁"字。草说，我回到屋里才几天，炕还没有坐热。你们这样着急地把我嫁出去，究竟是什么意思?

父亲说，女儿能把娘家的炕坐热?女儿把娘家的炕坐热了，这世上的男人还不都掉进冰窟窿里去了?

草说不过父亲。草的学问在家里不怎么管用，被父亲世俗而又朴素的真理反驳得落花流水。父亲的意思很明确，将草当男孩子供养到高中毕业已经很不容易了，再让你把娘家的炕坐热，岂不是让人笑话。考上大学那是另外一回事，等于插上了一对骄傲的翅膀，当然可以远走高飞，谁想拦都拦不住。你没有考上大学，接下来就该嫁人。没有儿子就得有女婿，女婿可以当半个儿子认，这也是走遍天下的道理。

母亲不说话，不说话就是表示默认，更何况母亲从来做不了什么主。因为母亲也曾经是女儿，也没能将娘家的炕坐热。但草很坚持，就是要到公路边筛那石砾去，要是不让去，就将娘家的炕坐热，甚至还要坐塌。草提出的条件是，嫁人可以，我没有说过不嫁人，我得自己找。我也不花你们的钱，你们供我上学已经很不容易了。草说得很在理的样子，草的语文学得还算可以，懂得写文章不能直来直去，需要有铺垫和过渡什么的，草就用这样的方法将父亲绕了进去。父亲只好同意草去公路边，去筛石砾，去挣那份所谓的嫁妆。

草知道这种反抗其实只是暂时的，但草就是要这样固执己见。

父亲说，你是个铃铛。

草说，你是个葫芦。

父亲说，我能听清你的铃铛里响的是啥声音。

草说，我能看见你的葫芦里盛的是什么药。

父亲说，铃铛。

草说，葫芦。

父亲和草这时候说起话来，就都有些不大正经了，一阵铃铛一阵葫芦，把个母亲弄得稀里糊涂的。母亲听到底也没有听清楚铃铛响的是什么声儿，葫芦里盛的是什么药。

母亲说，你们一老一少两个斗嘴，咋就没我的份?

草说，有啊，女儿是娘的心头肉，是娘的小棉袄。

母亲听草这样说，就有些心酸，眼泪汪汪的，顾不得什么铃铛葫芦了。

草也是，苦笑了说，你再生个儿吧。

母亲说，死丫头，拿娘开这种玩笑。能生我早生了，我生儿育女的事情还用你操心？母亲这样一说，草就只能保持沉默，再胡说八道就是真正的不正经了。

草端坐在公路边，头顶着一片璀璨的星星，就这样乱七八糟地想许多事情，脑袋后面又长了一双眼睛似的，尽往后面看，尽是对过去的回忆。是的，是对过去的回忆，而且这样的过去并没有过去多久，像在昨天。前面的路还没有走呢，往下是个什么样子，草一点都不清楚，也不想知道。就像眼前这深不可测的黑夜，目光触及的范围十分有限，凝视得太久了，目光就像撞到墙上一样，目光就像一根草那样，会打折，折得生疼。

草好啊，草，多有诗意。

草总是时不时地想起那个孤高的语文老师的这句话。草本来是要想别的一些事情的，想着想着，这句话就自动地跳出来，在草的脑海中游动起来，仿佛一尾金色的小鱼儿，附着某种神力一般。草是有诗意的，草觉得那个孤高的语文老师这样说，其实并无恶意。

那么，开不开花呢？

是草就要开花。开花是为了什么呢？开花是为了结籽。长了这么大，草还没有见过不开花的草。人生一世，草木一秋，父亲有时也会这样感慨，还幽幽地看着母亲。母亲呢，当时坐在炕头上纳一只鞋底，侧影柔柔的，也薄薄的，像一张纸或者更像一棵草。

父亲这样说，猛然听上去没有什么来由，很突兀的样子。草当时也坐在炕上，手里展开一本不薄不厚的书。书是闲书，无非是几本她从小城带回来的杂志，有文学的也有其他的，当然也不乏风花雪月之类。从小城回来的最初一段日子里，草就用这几本花花绿绿的杂志消遣着无聊。草有些懵懂，不明白父亲为何好端端的又口出此言。母亲却低下了头去，脸红红的满含了惭愧。

草说，现在还有谁纳鞋底呢？一双鞋底纳了半年，鞋底和鞋帮还是缝不到一起去。草说这样的话，是隐隐地心疼母亲。

母亲却说，我不纳鞋底还能干啥？接下来，母亲就开始了自责，无非是自己不争气，没能生下个男孩子。草不想听，一听脑袋就大了，就兔子一样跳下炕蹿出屋去，留下父亲和母亲在身后长吁短叹……

草这样乱七八糟地想着想着，就睡着了，竟然无梦。也许是想累了，想也是很累人的。但是，草在睡着的那一刻，脑子并没有完全清静下来，仍然在想，突然出现了另一种草，那种漂浮在水面上的随波逐流的叫萍的草。

草喃喃自语，萍现在是个什么样子呢？

想到萍的时候，草的心里又酸酸的涩涩的。

星光之下，就这样坐落着一顶白色的帐篷，又因了夜的渐次幽深，帐篷虚幻成了一颗硕大的蘑菇，像是在洒满星光的大地上游走，不发出任何声音。

那么，草就该是童话里的公主了。

草就是草。

不过，处在白天里的草多少还是有点不一样，怎么说呢？草干活干得十分辛苦，尤其是到了正午时分，汗水将遮身的衣物都给湿透了，身形儿便清晰得厉害。

草穿的是一条老旧的牛仔裤，上身是一件短小的薄薄的汗衫，一不小心就露出了肚脐眼儿。草这样的打扮很像城里人，更像城里那些追求时尚又玩世不恭的女子。草喜欢这样，草也想做一个城里人。草也知道有许多所谓的城里人，他们的尾巴其实还留在乡村，只是表面上像个城里人，而且这种人比真正的城里人要虚荣得多。和那个萍相比，草是个普通的女孩子。草的身姿却是挺拔的，修长的两条腿，臀翘翘的，只是腰胯稍微有一点宽。又因为这一片荒野上就草一个女儿家，草够得上亭亭玉立了，有一些独特，像一道风景。因为要运输修公路用的各种物资，时不时地会有汽车来回奔跑，卷起狼烟似的尘雾。汽车每逢经过这里，驾驶室里的目光线一般地绷直，又游刃一般地在草的身上滑行，有时候还要相伴几声暧昧而轻佻的喇叭。

　　每逢这种时刻，草就站直了身子，目光大胆地迎接着来自驾驶室里的目光。两种目光一碰，草的心里就很动，揣了一只不安分的小兔子似的。草于是刻意地雕饰起了自己，草的嘴就微微地张着，露出一溜儿洁白细碎的牙齿，同时在眼角眉梢上捎带那么一点若有若无的微笑，然后故意地挺着胸。草这样的情态，像一棵正在成熟的草，像成熟的野谷穗子那样，微妙地鼓胀着饱满的籽房。

　　草是在勾引男人吗？

　　草想的是，那汽车要是停下来，那驾驶室里的方向盘后面的人要是走下来，径直地走向自己，不管是老是少，自己是不会拒绝的。草的条件只有一个，就是带上她走，能走多远就走多远，走得越远越好。这才是草执意要到公路上来的最真实的理由。至于往后的事情，草还没有想清楚，也不愿意想得很清楚。现在很多的女孩子什么事情不敢做？草毕竟在小城生活过十多年，虽说是在学校里上学，亲眼目睹得不多，耳闻却是不少，就不觉得少见多怪了。再说，草平时就爱读闲书，包括各种各样的杂志，里面什么都有，让人心惊肉跳，让人蠢蠢欲动。

　　问题在于那些驾驶着汽车掌握着方向盘的男人们，无论是老是少，都没有在草的身边真正停下来过。草其实也没看清楚他们的真实模样，是老是少是高是低一概不知，他们都像天外来客似的与草擦肩而过。草眺望着汽车远去的背影，就有莫名的悲哀在心里蠕动。草就只能像遭了秋霜的野谷穗子那样，无奈地垂下原本挺直的身子和扬起的脑袋，面对着脚下真实的大地，以及筛了一堆的碎石砾。

　　碎石砾在很好的阳光下放射着醒目的光芒，像无数的金属的碎片在真实的大地上闪闪烁烁。那无数的金属的碎片又像刀刃，悄无声息地剥开了草的身体，以致露出了草内心里很秘密的那一部分。草知道这不可告人，尤其不能告诉自己的父母。

　　草这时会看着自家土屋的方向，心里说，爹你说我是个铃铛，其实我才是个葫芦。我葫芦里盛的是什么药，你和娘都不知道。

放羊的女人

129

这条还没有完全修通的公路上来往的汽车很少，草尝试了几次都没能如愿。草被冷落了。后来，草就不再留意公路上偶尔往来的汽车，一副视而不见的样子。草就开始不做任何雕饰地劳作着，一心一意地筛起了石砾。草突然产生了一个奇怪的联想，人不就是一粒沙子吗？不就是在一张巨大的筛子上蹦蹦跳跳的沙子吗？有的漏了下去，有的还停留在上面继续蹦跳，它们的区别在于或大或小或轻或重。那么，自己是属于漏下去的那一粒沙子，还是停留在上面继续蹦跳的那一粒沙子？草这样一联想，觉得不仅有那么一点诗意的成分，同时更具有某种宿命的意味。

　　筛好的石砾在公路旁边堆成了一座灰蒙蒙的小山。看上去很寂寞，也很壮观，同时又像一座巨大的坟墓，让人心里生出一种恍惚和不安。草于是又在劳作的间隙，看着堆成坟墓似的石砾，就自嘲地想，埋葬了吧，我的梦想和向往。

　　草简单地计算了一下，这些石砾铺一公里的路面差不多够了，知道自己手里的活已经剩下不多了，再过几天就能完成任务。如果想多干一些也是可以的，草却再也不愿意干了。草突然想回家去，想什么都不想地睡上几天。草累了，是那种从里到外、从精神到肉体的累。就像自己跋涉着，终于走进了一间屋子，屋子里却空荡荡的，并没有期待的东西摆在里面。草想的是好好休息上一段时间，把自己养得懒懒的散散的，然后忘掉曾经的一切。

　　就在草终于平静下来的时候，却有一辆汽车悄然地停在了草的身边，给草的感觉是从始至终都没有任何声音出现，预感更谈不上。草甚至怀疑这一辆汽车的真实性，像一个梦境。直到那喇叭声再次响起，草才意识到了什么。那喇叭声依然如故，有一点轻佻，有一点暧昧，甚至是不怀好意的。

　　草像是从梦境中一点一滴地挣扎着醒来，缓慢地抬起头，缓慢转过身，然后茫然地看着那个男人丢开方向盘，打开车门轻捷地一跳，一步步地走了过来。草的心先是停顿了一下，接着就狂跳了起来，一时竟有些不

中
国
当
代
西
部
文
学
文
库

知所措。在明亮亮的阳光下，那个男人一边走一边不出声地微笑着，目光笔直地注视着草。

草想，来了，真的是来了。

草很紧张。

那个男人在草面前停下来，看了她半晌，然后才缓慢地说，你不认识我了吗?

听声音是有些熟，草却一时想不起来了。草这时就很认真地面对着这个近在咫尺的男人，大胆而仔细地打量起来。然后草就笑了，笑得畅然，笑得心酸。是的，站在眼前的这个男人，不是草在夜里偷偷想象过的那一类男人，而是她的一个中学同学。草想了很多，就是没有想到自己会在这里不期然地遇上自己的中学同学。

草叫了一声：猴子。

对方很痛快地答应了。

真是没有办法的事情，谁让他们是同学呢?猴子是他的绰号，那时他们班里的男生都有绰号，甚至包括不少女生都有。草没有绰号，没有绰号的原因恰恰就是草这个名字，怎么听怎么像是一个绰号，而并非有什么诗意。猴子长得瘦小，像一只真正的猴子。猴子人是很机灵的，学习成绩却不怎么样，在班里的名次只能倒过来数。事实上，同学那么多年，草和猴子也几乎不说话，没什么来往。不过，现在遇见了，立刻亲近了许多。

猴子。草又叫了一声。

草。猴子也叫了一声。

万里无云，天热得发白。正是一天里温度最高的时候，铺满山坡的碎石砾上不断地蒸腾着一层气浪，不远处的山脉在这样的气浪中虚幻地摇晃着，有如浮游在半空，山脚下却像是横陈着一个巨大的湖泊，阳光下有水的汪洋和恣肆。城里人难得一见的海市蜃楼，在这里却司空见惯。

草向猴子发出邀请，到旁边的帐篷里去，那里有几许阴凉，又有放凉了的茶水和干粮。既然是同学相见，没有不坐下不说说话的道理。草和猴子坐在帐篷里，一边喝着凉茶一边说着话。基本上是问答式的，草问，猴子回答，无非是对刚刚过去不久的同学时代的一种回忆，杂乱无章，然后是他们的现状。其实，猴子知道的也很少，草问到后来，猴子已经无法回答了。像草这样的同学，更是泥牛入海无消息。牧区大得无边，能够在这种天苍野茫的地方碰见同学，大海捞针似的。有意思的是，猴子和草却意外地相遇了。大概是他们两个人都不约而同地想到了这一点，又都笑了起来。

猴子说，你笑什么？

草也说，你笑什么？

猴子想了想说，草你怎么在这里？干这种活挣不了几个钱的，还不如放羊。你们家有这么大的草场，放多少羊不行啊？

接下来，就变得沉默了。

有那么一阵子，帐篷里很安静。围绕在周边的无垠的旷野更是死一般的寂寥，像是不怀好意地觊觎着什么。草倒了一碗凉茶一气儿猛喝。咕咚咕咚，草喝茶水的动作和声音多少有一点疯狂，像是在和谁赌气。猴子什么话也不说，只是静静地看着草，似笑非笑的样子。等到草放下茶碗，猴子终于说话了。

猴子说，我知道。

草说，你知道？

猴子说，你在等一个人。

两个人你看看我，我看看你，同时大笑。

草笑出了眼泪，继而呜咽出一种悲声。

草说，想听吗？

猴子点了点头。

草就开始说了。草一口气说了很多，将自己内心隐秘的那一部分很真实地坦白了出来。草一边说，一边觉得自己在夜色里行走，从夜晚缓慢地步入白天，从梦境缓慢地进入现实。

草承认自己是在等待一个小小的奇迹，一次不期而遇。

这就是吗？

草不知道。

搭　救

　　这场迟来的秋雨显得异常缠绵，竟然下了两天两夜，期间几乎没有停顿过，就那么淅淅沥沥地飘落着。雨水把沙梁都泡得鼓胀起来，像一只只蛤蟆腆着肚子。在晴天里并不觉得怎样矮小的土屋，这时候看上去却很低迷，仿佛一条漂泊在浅水上的破船，有一点摇晃。

　　小满和父亲很稳地坐在炕上。

　　雨落下来，他们就不再出门了。屋里灰蒙蒙的，雨的凉意浸进来，让父子俩瑟缩着。父亲的脸上是那种兴奋过去之后的平静，小满注意到了这个变化的细节，不由得也受了感染。连着土屋的是一个小院子，院墙上的土开始疏松了，被雨水冲刷出细密的沟痕，露出砌墙时掺进去的马莲。马莲是一种坚韧的草，成熟后变得银白，叶子颀长而尖细，像刃片很薄的刀子。屋里没有窗，只开一扇门，小满的目光从敞开的门望出去，便看见院墙上有横七竖八无数的刀尖，在雨中微妙地闪着亮。小满看得有些痴迷，渐渐地觉出了一丝寒冷。

　　这时，父亲说话了。"这是攒了几年的雨水。"父亲垂着头悄然地说一声，怕着什么似的，然后才把头抬起来，向屋外凝望。小满知道这句话不是父亲随随便便就说出来的，父亲想了许久才说出这样一句话。小满感到了这句话的分量。父亲和所有的牧人一样，有一个经久的习惯，出门抬头看天。有时候瞪绿了眼珠子，天还就是白呛呛的一张麻纸，连续好几个夏天和秋天都是这样。"天傻掉了。"父亲悲怆地说罢，怀抱酒瓶子，醉得一塌糊涂。

　　小满早晨醒来还没说过话，现在他也想说话了。

小满说："这回滩里就会长草了。"小满很深地吸着浸进来的雨意，鼻翼像鱼鳃那样翕动着，似乎已经闻到了青草的气息，青草的气息里甚至有鱼的腥味。小满其实没见过什么鱼，鱼是水里才有的东西。

　　父亲说："草要往疯里长了。"

　　草又让小满兴奋了起来。小满就在这个时候丢掉别的什么，开始想象草要往疯里长的样子。他开始在想象中游走，游走在灰白的旷野上，游走在浑黄的沙梁间，到处是裸露的碎石和沙土。小满猝然醒来，他感到了一种耻辱。作为牧人的后代，竟没有真正地看到过大片大片绿色的草滩，不是耻辱又是什么呢?小满的手狠狠地动了动，从光着的脚板上搓下一坨乌黑的垢痂。

　　雨的沙沙声时急时缓，还没有要停下来的意思。有一处院墙承受不住雨水的浸泡，逐渐地坍塌，坍塌的过程很像黑白电影中的慢镜头。院墙上于是出现了一个豁口，豁口下又很快形成了一个土堆，土堆又被雨水冲刷得越来越小。土堆里的马莲也不再像刀尖那样直竖着，而是纠结成一团，柔软地浮上水面，向小院子的中央漂来。小院子的中央有一点低凹，阳光下难以分辨，现在却很明确地显现了出来。晴天的小院子看上去是极平整的，僵硬得像一块石板，小满曾经多次在上面磕破过腿，有几次还流出了鼻血。小满对小院子产生了最初的惧怕和仇恨。此时的小院子却让雨水给淹没了，而且越淹越深，小满不出声地笑了笑。水在上升，鬼祟地漫向门口。屋要塌了吗?水这样地漫过来，屋子肯定是要塌的。这个想法吓了小满一跳。小满扭头看父亲，父亲好像并没有意识到面临的危险，依旧端坐在炕上，谛听着屋外的雨声。父亲平静得好像连呼吸都没有了。

　　小满说："水漫上来了。"

　　父亲说："下吧，再下上几个时辰。"

　　小满说："水漫上来了。"

　　父亲说："水还没漫到门槛上。"

　　水终于漫到门槛上了。雨却在这个关键的时刻停了，水面上一丝波纹都没有。父亲的预言很准。屋子安然无恙，小满轻轻地舒出一口气。那团浮在水面上的马莲不再纠结，轻盈地伸展开每一片叶子，组成一个奇异的花朵，绽放的银白洁净而明亮。小满等待着水退去，这样他就可以出屋了。父子俩已经在屋子里守了两天两夜，只吃了几个干馍，没喝一口热茶。这场秋雨让父亲变得自信起来，眼里灼灼发光。父亲站起身，脱掉了汗褂，让精瘦的脊梁贴到墙上，来来回回地磨蹭。父亲每动一下，胸前的肋骨就要有力地跳几跳，一丝细碎的沙土落到羊毛毡上，簌簌有声。父亲像原始人那样，跳起了一种古怪的舞蹈。

父亲说："草籽儿泡涨了，草要发芽了。"

草籽儿埋藏在沙土里，比缝衣服的针眼还小。手心里掬一捧草籽儿，几乎没有重量，指甲缝里嵌进去几粒也不觉得。小满无法想象一粒草籽儿被雨水泡涨后的模样。不过，父亲的话总是不会错的。小满这样想，也紧跟着自信起来。

天开始放亮，一层一层地退去阴冷。院子里的水也在退去，这又是一个缓慢的过程。小满等得有些焦急，他想出屋去，就抬腿下了炕。父亲说现在还不行，水刚刚渗完，出去会把院子踩成烂泥塘的。小满就在门前立住。小满这时看见土屋旁边的那个柴垛了。

小满笃的一惊。

柴垛被雨水洗得煞白，在已经明亮起来的天空下闪烁着刺目的光芒。柴垛旁空荡荡的，拴着的大黄不见了。柴垛上只剩一截缰绳，蛇样地垂落在那里。

"大黄没了。"小满说。

父亲这时才停止磨蹭，站在小满身后。父亲看着柴垛，想了想说："不要紧的，大黄走不了多远。"

"大黄走不到那个地方去的。"父亲又说了一句。

大黄是一峰骆驼，是正满了八岁的骟驼，毛色通体金黄。经过父亲的一番调驯，大黄就做了骑乘，步履平稳。骑乘是不允许派另外的劳役的，更不能宰杀，老了还要抽掉鼻梁上的鼻棍子，脖子下扎一根红布条，任其自由来去。大黄并不老，八岁是骆驼的青春期。滩上的草都枯死了，夏天不是夏天，秋天也不像秋天，和冬天是一样的颜色。天旱成了这个样子，大黄的双峰就没有笔直过，像两个掏空的布袋子搭在肩上，显得多余。大黄忍受着干旱带来的饥饿。

小满和父亲也不再忍心骑乘大黄。

终于等到下雨了，大黄却自己挣脱缰绳，不知去向。

大黄是在干旱的夏天出生的，接着又是连年的干旱。大黄生不逢时，和小满一样没有真正地经历过大片大片绿色的草滩。这一点其实很重要，小满是在后来才意识到的。现在小满站在门口，脑子里一片懵懂，眼前一片茫然，什么都不知道。

雨水差不多已经渗尽了，大地是一个明净清新的世界。阳光没有任何遮拦地照射着雨后的沙梁和草滩，就有潮湿的气息开始流动。小满站在柴垛旁，手里提着大黄留下的缰绳。下雨前大黄还在柴垛旁卧着呢，安安静静的样子，柴垛投下的阴凉遮住了大黄。有一只雀儿落在大黄的背上跳来跳去，大黄都不动一下。眼下，大黄却没了，像是突然飞走了，并且不知去向。这时，小满看见大黄卧过的地方有一颗黑色的驼粪动了一动，动得极轻微。驼粪被雨水泡得有鸡蛋那么大，表面已不怎么光滑，中间裂开一道细缝儿。一棵草从驼粪里顶了出来，草还只是两瓣嫩黄的小叶子，小叶子紧紧地闭合着，像一颗瞬间凝固的雨滴。小满一下子就惊喜着了。草籽儿泡涨了，草开始发芽了，地皮刚刚被太阳晒热，草就拱了出来。小满浑身鼓舞，暂时忘了大黄离去带给他的困惑。那截缰绳脱手后，软成一堆瘫倒在小满脚下。

小满说："草发芽了。"

父亲正在屋里烧水，把一块砖茶投进锅里，酽黑的茶水浮荡出令人陶醉的芳香。父亲对小满的惊喜并不怎么在意，父亲早就说过草要长疯的话。父亲往碗里泡干馍，干馍遇上滚烫的茶水，也从碗里鼓胀出来，又酥又软，这又让小满联想到被雨水泡涨的许多东西。小满想笑。父亲的表情却很严肃，甚至隐隐地露出一点凌厉。

吃过喝过了，小满的肚子撑得鼓鼓的。父亲说饱了么?小满说饱了。父亲到柴垛旁拿来那截缰绳，系在小满的腰上。小满就懂了，父亲让他出一次门，去找大黄。小满看着父亲，先是有了自责，心想，我咋就没有想到呢?父亲拍拍小满的胸脯，说："大黄不会走多远的，你一定能找到。"

小满郑重地点一点头。

小满出门而去。他朝西边的方向走，那里是一片浩荡的沙漠，也是大黄经常独自出入的地方。沙梁挤挤挨挨的，起伏着，涌动着，有如一张摊开的驼皮，让太阳晒得拱起了褶皱。小满恍惚地走着，就觉自己是一只蚂蚁，走在一张拱起无数褶皱的驼皮上。只是这驼皮一样让雨水泡软了，变得很有弹性，走在上面有一种要飘起来的感觉。小满并不喜欢这种感觉，因为是那样的不真实，让人心里突兀地生出不安。四周没有任何声音。小满看一看天空，天空蓝得像一面镜子。天地是一间屋子，被这场秋雨洗得纤尘不染，亮亮堂堂的。只是这屋子太空了，也太静了，小满只能听见自己的呼吸。要是大黄在就好了，和大黄走在一起，小满从来没有过这种空的感觉。

大黄呢?

大黄连个影子都看不见。

大黄是在雨中走了的，雨水早已泯灭了它的踪迹。

小满这才意识到寻找大黄的艰难。他走着，趟上一道又一道沙梁，身后留下一行弯曲着的脚印。每个脚印都像一只小碗，盛满了秋天的阳光。不一会儿，身上汗湿了，步子也慢了下来，小满知道离得远了，只有自己的脚印连着后面的土屋。腰上的那截缰绳松松地要滑脱，小满就往紧里系了系，腰上立刻又有了力量。

小满就走，直直地往前走。

这是小满第一次独自出门。

小满十岁，大黄八岁。小满是人里头的少年，大黄是骆驼里头的青年。大黄却几乎是让小满看着长大的，长成了一峰高大的公驼。后来，小满就骑上大黄在漠野里走来走去了。大黄乖顺得很，走路从来不尥蹶子，偶尔踩着沙鼠洞才很轻地闪一下。冬天出门，少了大黄更不行。小满经常趴在大黄的背上睡死过去，大黄的两个峰子倒伏了，小满的手没地方搂抱，就只能趴着。小满让大黄身上的绒毛埋住前胸，让冬日的阳光照着后背，就很温暖了。

后来，小满对大黄竟然有些不满意了。他对大黄说："你的峰子咋就不直呢？"大黄应该有笔直的双峰，骑在这样的驼背上，就会从心里攀升起一种凛然的感觉。虽然骆驼的身架大，威风却体现在笔直的驼峰上。大黄的双峰没有笔直过，大黄就矮了半截，一点都不威风。大黄像是明白了小满的心思，垂下颀长的脖子，用嘴唇蹭一蹭小满的脸，眼里聚着羞惭的泪水。

连年的干旱，大黄忍受着饥饿。大黄饿得忍不住，把柴垛上指头粗的柴棒子都啃光了。大黄那么好的一口牙，早早就磨秃了，没牙的老人那样瘪着一张嘴。

大黄卧在柴垛下，自己也瘦成一堆柴了。

有一次，小满对父亲说："大黄饿得很，给大黄喂上些高粱和包谷吧。"

父亲说："大黄是大牲畜，你看它的肚子比家里的十口锅还大，一年四季得喂掉多少高粱和包谷呢？"

小满想了想，觉得也是。

父亲看一眼大黄，又说："天傻掉了。"

小满和父亲从此不再骑乘大黄。

……

小满边走边想着大黄，眼前却又横起一道山一样险陡的沙梁。小满已经走得很累了，像是再也走不动。他不知道自己还要走多远的路，一股细微的风拂过，又让他觉出了一点凉爽和轻松。小满顺着沙坡仰望上去，天空依旧那么蓝，又有几朵云悄然地浮着，云很白，却白得令人浑身发冷。沙梁的阴影像幕布那样垂落下来，遮住了小满的身子。小满打了个寒战。

小满坐在沙梁的阴影下，困倦便慢慢地袭来了，像是挡都挡不住。不歇气地走过大半天，小满疲乏极了，再也不想走下去。他想歇息一阵，就仰躺着，背后的沙子有些凉，雨后的湿气还没散尽。渐渐地，小满迷迷糊糊地睡过去了。

后来，小满又醒了，准确地说是被惊醒的。

呜——

隐隐地传出一声驼鸣，有一点沉闷。但在寂静的漠野深处，这一声驼鸣还是被小满及时地准确地捕捉到了。

驼鸣让小满精神陡增，开始向险陡的沙梁攀登，脚步变得轻捷了，身子像蜻蜓一样贴着沙梁。"大黄大黄，我来了。"大黄就在沙梁的那一边等着他呢。小满甚至认为大黄是在和他开着一个善意的玩笑。小满兴奋得很，心想你这个大黄，咋就和我开起了玩笑呢?你若是再不叫那么一声，我就掉头去了，你可得自己走回来。

小满站在了沙梁上。

沙梁下是一片大得一眼望不到边的开阔地。小满一时有些迷怔，想不起来这是什么地方，他的记忆里好像并不存在这么个地方。紧接着小满的脑子就又哗地亮了一下，这里就是父亲曾经说过的马莲滩。父亲说，马莲滩长满了马莲，一簇紧挨着一簇，密实的地方，野兔子都钻不过去。秋天到马莲滩里打草，那是很让人快活的事情，跟割韭菜一样。马莲又粗又壮，费镰刀得很，割不了几下，刀刃就钝了。镰刀在割草的时候，草也在吃镰刀。这马莲究竟吃掉了多少镰刀，谁也说不明白。马莲里有一股铁腥气，牲畜吃了肯长膘，也格外有精神。父亲在酒后这样说过，小满就记住了，记住就忘不掉了。眼前却完全是另一回事，稀疏的草根怎么看都像黑色的石头散落在滩上。更多的马莲枯死后，让沙暴连根拔起卷走了。

马莲滩就空阔了，空得让人揪心。

站在沙梁上的小满，看到的就是这样的一个马莲滩。与马莲滩相连的是一条蜿蜒的水沟，从红古尔山上下来的雨水有一部分灌进了马莲滩。小满最初看到的不仅仅是黑石头一样散落的柴棵，还有空阔的滩地。雨水已经渗没了，极细的沙土覆盖在滩地上，反射着阳光。整个滩地就像铺满了寒光闪烁的刀子。

小满的眼睛被很深地刺了一下。

这使得小满的视觉被欺骗了，他没有看到除却柴棵之外，滩地上还有别的什么东西。小满没有看到大黄那熟悉的身影。小满的脑子就有些乱，大黄能去哪里呢?我分明是听见了一声驼鸣的嘛。小满在沙梁上站了很久。小满想还要不要趟过马莲滩往别处去，他不想在这里耽误时间。太阳已经向西边斜下去了，柴棵的影子无声地拉长，像一把把磨秃了头的扫帚被遗弃在滩地上。

呜——

又是一声驼鸣。

这一声驼鸣十分的清晰，如在耳畔。

小满循声望去，发现滩中央有一簇"柴棵"动了一动。也正是这动了一动，方才看出它比别的柴棵要大出许多，模样也有一些特别。

于是，小满开始了他一生中最快的一次奔跑。

大黄果然就在马莲滩里。

大黄在滩中央卧着，露出地面的却只有肚子以上的半截身子。身子与沙土紧贴的地方，聚着一些水。水并不流动，就那么静静地汪着，清亮亮的。水面上偶尔浮出几个水泡，挨个地破灭，也才有了一点涟漪。大黄努力地把头抬高，然后往上仰着，看上去大黄的脖子比平时更长了，长得几乎失去了弯度，很滑稽的样子。大黄还从来没有这样过呢。大黄就像做着一种游戏。大黄的眼睛里也聚满了水，亮晶晶的，当它看到小满飞一样地扑过来时，忍不住挣扎了一下，就再也不动了。大黄鼻梁上的那根鼻棍子不见了，鼻子上多出了一个小洞，小洞还左右地透着亮。鼻棍子呢?也许是鼻棍子被大黄的鼻子磨细了变朽了，大黄轻轻一扯就折了。可是，这鼻棍子折得真不是时候。大黄身上的绒毛被雨水洗得洁净而暄腾，金黄金黄的，只有很少几个泥点儿。大黄已经在这里卧了很长时间了吧?小满见大黄始终努力地把头抬得高高的，往上仰着看天的样子，就觉得很可笑。

小满说："大黄你累不累呀?"

小满说："大黄你卧在这里干啥?"

大黄这才把头稍微地低了低。

小满的脚下越来越凉，像是踩在一块冰上。小满低头一看，就见自己的脚悄无声息地没了，脚腕的地方也围着一汪清亮亮的水。

小满有了一种下陷的感觉。

小满这才明白是怎么一回事。

大黄被陷住了，它的大半截身子陷进泥水里，再也动不了了。大黄不得不把头努力地抬高，往上仰着，然后隔一段时间鸣叫一声，等待救援。一旦确认大黄面临的危险处境，小满站在那里就有些不知所措。太阳又向西倾斜了一些，小满和大黄的影子也紧跟着拉长，零乱地投落在不远处一簇枯朽裸露的马莲根上。小满的手在颤抖，无意地触摸到系在腰上的那截缰绳。小满心里一热，这一截不起眼的缰绳给他带来了希望。大黄用求救的眼睛看着小满，很亮地眨了几下。小满就不敢再犹豫下去了，一边解缰绳，一边试着抬脚，脚下发出叽叽咕咕的声音。小满很是用了一些力气，才把两只脚从泥水里拔出来，这让他信心陡增，手也不再那么颤抖了。小满将缰绳的一头牢牢地拴在大黄的脖子上，决定把大黄从泥水里拉上来。

大黄毕竟身架太大，又是站立着陷进去的，因此它的四条腿陷得太深。饥饿又使大黄骨瘦如柴，身上没有积蓄下足够的力量。大黄早已经挣扎不动了，只能是一动不动。

在小满的鼓舞下，大黄又开始了它那徒劳的挣扎。

小满紧紧地拽着缰绳，用力地把大黄往出拉，大黄的身子在摇晃。泥水开始搅动起来了，又发出一连串的叽咕声。泥水原本是平静的，像一面镜子倒映着大黄，大黄就像是卧在镜子上。大黄摇晃起来的时候，这面镜子就破碎了，仿佛一堆玻璃片凶险地散落在大黄身边，令人毛骨悚然。整个场面看上去却与人们常见的拔河没什么太大的区别。区别在于一根绳子的两端，一端是人，另一端是驼，而且都挺立在泥水里。大黄和小满都已经是泥水汤汤了。如果这时候大黄和小满都坚持不动，那就是一尊泥塑，像是自然天成，没有任何雕饰，堪称优美。现在，泥水淹上了大黄的肩胛，又从大黄的脖颈间漫过去，汇成一片。大黄就剩下了往上仰着的头和两个倾倒的驼峰了。小满自己也在陷落，泥水淹到他的大腿上。

大黄仍在挣扎。

小满越陷越深，陷落的速度加快了。

混浊不堪的泥水之上，只剩下大黄高昂的头颅。

这个过程持续了不短的时间。小满再也坚持不住了，手里的缰绳无奈地松脱了。缰绳早已经埋进了泥水里，这时却像一根坚挺的棍子，猛然弹跳起来，溅出的泥浆雨点般四散飞扬，又纷纷洒向地面。

大黄就是在这个时候消失的。

大黄消失的地方一片狼藉。

小满这时候听到了父亲的一声惊叫。

父亲把泥水汤汤的小满抱上沙梁。小满和父亲在沙梁上坐了很久。太阳沉没了，西天滞留着一层轻薄的云霞。马莲滩里没有了任何声音，静若处子。大黄消失的地方仍然聚着一片泥水，从小满和父亲坐着的沙梁上看下去，那水面又是清亮亮的，水面上倒映着西天的云霞，金子似的灿烂。

小满是让父亲背着回家的。

……

草真的是长疯了。

小满是看着草长疯了的。草水一样从四面八方漫漶而来，漫进小院里，一直漫到门槛上，差一点就漫进屋里了。

草绿得让小满心里发慌，像是还要漫到他的眼睛里去，再从眼睛里漫出来。小满就觉得眼睛里也长满了草。小满出屋时，总以为自己踩在水上，然后被一点一点地淹没，他闻见了鱼腥味。父亲让小满到柴垛上抱几根柴，他犹豫不定。那柴垛在满地的绿草之上，格外的苍白，也格外的醒目，像极了一堆骨头，让他畏怵得不敢近前，心里堵得很。小满又不能不去，他没有拒绝的理由。柴叠落着，盘根错节，每抽取一根，柴垛就有如一副骨头架子被拆散，发出了痛苦的呻吟，接着剧烈地摇晃起来，像是顷刻间要倒塌。每次到柴垛那里去，小满都会止不住地想起离开了的大黄。温柔的大黄，善良的大黄，可怜的大黄。

柴垛越来越小。

小满努力地强迫自己忘记大黄。

父亲又在草的疯长中喝酒。

父亲在一次酒后说，其实大黄完全能够活下来的，让陷进泥水里的大黄一动不动地挺上两三天，水就会渗得很深，地面也变得干燥了，大黄就能自己拔腿走出泥坑。你想一想那是个啥情形呢?这么好的草，用不了多少日子，大黄就会驮着笔直的双峰一摇一晃地回来。那天父亲喝了不少酒，说话的时候舌头有些大，口齿不清。

小满就一下子听傻了。

……

草在奔跑。

草和秋天进行着一场决赛。

长疯了的草一天一个变化。

草不得不这样。尤其是从秋天出发的草，它生命的历程实在是太短暂了。秋天的草就硬扎扎的，钢刺般地挺直向上。草不再有最初的鱼腥味了。草抽出了穗头，在秋天的阳光下迎风摇曳。紧接着，草香弥漫开来。草就黄了，黄得遍地流金淌银。

父亲说，这么好的草，买一群羊放上。

父亲就去了红古尔山下，那里的山羊很优秀，以毛厚绒长闻名。父亲一去十几日，因为羊价的问题多耽搁了几天。现在的牧民精明得很，知道这样好的草场养一群优秀的山羊意味着什么。他们把羊价一下子抬高了，父亲不可能赶回来一个多么大的羊群。父亲是赶着一个很小的羊群回来的，只有十几只羊。十几只羊行走在深秋的草丛里，向着土屋踽踽而来。

黄昏时分，父亲和很小的羊群出现在土屋下。

正是夕阳将沉之际，土屋成了一座古老的烽火台。父亲这时突然立住脚，怔怔地注视着土屋。

屋顶上多出了一截细小的烟囱……

荒　地

　　还不曾有人说过荒地是个好地方。

　　荒地不是个好地方，周围的人都是这样说的。为什么不好呢?说话的人又都把自己的眼皮子耷拉下来看着脚尖，保持了一种缄默。那神情很是不好琢磨，灰塌塌像阴天的云，让问的人也产生了一种很不安的恍惚感。

　　荒地当然还是真实存在着的。那几排挺拔的白杨树在夏天的阳光下，从容着舒缓着。树下是一片水浇田，差不多有千亩，种高粱和包谷，秋后收了分给周围的牧民当饲料喂牲畜，准确的说法应该叫饲草料基地，书面上是可以这样写的，民间称呼起来就有些绕口了。为什么叫荒地呢?原因大约也挺简单，是最初的开拓者面对荒凉之地的一声喟叹吧。如果是这样，那么这一声喟叹，显然就是拓荒人的第一声号角了。

　　俗话说，有人地不荒。

　　娃儿啼闹，鸡鸣狗吠，再加上黄狗一般散卧着的黄泥土屋，一个像模像样的村庄便齐全了。炊烟在荒地寂寥的天空断续地飘荡，人在屋檐下走来走去，荒地从此升腾着人间烟火。那时乡叫公社，村叫队，荒地自然也是一个队。荒地的第一任队长是个赶马拉大车的把式，他曾站在大太阳底下，面对荒地心中充满憧憬，甩惯长鞭的大手一指，说下至今都是至理名言的一句话：占地为王，立足之本啊。然而好景不长，这荒地的第一任队长就犯了错误。某天半夜，月黑风高，正所谓强人出没之时，他被几个好事者从别的女人家热炕头上拉扯下来，还差一点吃了官司。很快，荒地为数不多的汉子们中间相传着一种恐慌，像瘟疫一样弥散。这倒不是说谁家的炕头上曾经睡过别的男人，问题恰恰在于，荒地的女人们闲得无事可做，就容易无事生非，就容易鸡鸣狗盗。再者说了，这千亩地实在是不够汉子们务弄，交给这些女人们其实再合适不过了。汉子们应该走出荒地，浑身的力气应该寻找另一种宣泄的方式。于是，荒地的汉子们经过一番悉心谋划，于某天夜深人静的时候，在自己的婆姨面前一律地脱光了身子，然后毫不害臊地说，你看嘛，再这样下去，我的鸡巴都要蔫没了。婆姨看着眼前那不成器的东西，惭愧地勾下了头。这是在当地流传久远的有关荒地的一则笑话，无疑也属于好事者的编排，不足为信。不过，荒地的汉子们从此去了几百里外的盐湖却不掺假，并且前赴后继很有规模。他们站在齐腰深的卤水里，手里抡着八十斤重的大漏勺。那被汉子们一勺一勺捞出来的白花花的盐粒，堆成了一个个小山，银子似的闪烁着耀眼的光芒，随之，汉子们也个个练就一身钢筋铁骨，整个场面十分壮观。离得远，交通更不方便，汉子们几个月甚至一年半载才回一次家，荒地成了女人和娃娃们的世界。女人们在劳动的间隙凑到一处，满树的麻雀那样叽喳着，继而哄一声爆发出一些尖细的笑闹。多半的缘由是哪个女人的汉子从盐湖回来了，这个女人便被姐妹们围在中间。这个女人会故作愤怒地表示一下反抗，那脸上却又分明是得意着的，绽开的红晕勾起了姐妹们深藏着的渴望。那一张张渴望的脸又分明是隐忍着的，一律的有些苦焦。平时，荒地里静静的，像个大会议室那样空着。也有一些走动，多的是光屁股和穿开裆裤的娃娃们，他们没心没肺地长哭短笑，显然也不是因为突然降临的什么不测，很像是替自己的母亲在那里歌泣。

长话短说，荒地就是这样的一个村。

荒地属于大队下面的一个生产小队，总得有个人领导着。有个人领导着，就是个集体，就名正言顺。

按说，让谁去荒地当队长，大队长说了就能算数。可是大队长也拿不出主意了，大队长在这件事情上犯了大愁。大队长召集其他几个头头蹲在灶房里，一边啃羊骨头一边喝烧酒，脸还是黑得像锅底。大队长特别嘱咐灶房炖了一锅羊骨头，意思很明了，这一锅羊骨头不好啃，拿不出主意谁都别想走。前前后后有几个七尺汉子去荒地当队长，领导妇女们种高粱种包谷，秋后盼个大丰收，怎知屁股没坐稳，反让女人们逼得钻炕洞，罢官时留下基本相同的一句话，好狗不和鸡斗，好男不和女斗。这话十分恶劣，却又妇孺皆知，不怀好意地沿袭了几千年。多么不中听的话，只要是重复得多了就能变成经验，正所谓谎言重复千遍就会成为真理，而真理向前半步就有可能变成谬误。

又思谋了半日，仍没有个子丑寅卯，大队部院落里已经投下大片阴影。几只晚归的麻雀梳理过了自己的羽毛，正准备钻进屋檐下的草窝安然入梦呢。就是在这个节骨眼上，那民办小学的铃声突然响了起来，听上去很突兀。铃声很是固执地响了一阵，持续不断地传来，终于打破了大队部灶房里的沉闷。那本是一块挂在树杈上的锈铁，此时此刻，锈铁的喑哑竟是如此美妙，给了蹲在大队部灶房里啃羊骨头的几个头头类似天才的启示。

有人说，让聂喜儿去嘛。

马上就有人附和：就是，就是。

大队长顿时眉开眼笑，愁黑的脸开成了一朵花，映得半锅羊骨头汤一片灿烂。大队长还一个劲地自责，我怎么就没想到呢?该不是我的鸡巴也蔫没了吧?大队长随即差了人去叫聂喜儿。聂喜儿从距离大队部两里路的学校急匆匆赶到，刚下课的样子，前襟和袖口上的粉笔灰还不曾抖落，很坦诚地表现出了他为人师表的勤勉。聂喜儿是一个非常尽职尽责的民办小学教师，这是有目共睹的事实。在被传唤的路上，他的想象和判断同样与学校密不可分：不知催了多少次给学校的孩子们买一只篮球的事情，看来终于有着落了。那用两根弯把子木头和一块废黑板捆着的篮球架子，竖起来好多天了，孩子们等篮球都等得像老鼠一样地吱吱乱叫了。大队长一看聂喜儿那副神情，就把对方想说的话先给堵了回去。

大队长说，你啥也别说，我心里明白，我得先告诉你，你这个娃娃头怕是当不成了。听说要派他去荒地当队长，聂喜儿蝎子蜇了般一下子跳起来，又从一堆乱七八糟的羊骨头上蹦了过去，甚至还极其古怪地叫了一声。聂喜儿将头摇成了一把蒲扇：我没当过领导。大队长说，眼下就叫你当。聂喜儿说，我没经验。大队长说，茄子是吊大的，娃子是哭大的，啥事经过了才能有验。聂喜儿心里一着急就顾不得许多了，就想吵架，胆量猛增。这时大队长也拉开了架势，断喝一声，狗日的，你还有没有组织纪律性?你还算不算团员?应该说，这两条相当厉害，特别是在当时一切都是政治挂帅的社会环境里，大队长说出的这两条无疑具有杀手锏一样的威力。聂喜儿就被唬成了秋天的茄子，摇晃着垂下了自己的脑袋。因为聂喜儿是团员，也因为聂喜儿是个很有组织纪律性的人，所以他不得不把自己的脑袋垂作秋天的茄子。

等到大队长安静下来，聂喜儿才惴惴地问，我这民办教师当得是不是犯了啥错误?大队长也和颜悦色了，重重地拍了一下聂喜儿的肩膀说，你看你这是说的啥话嘛，谁说犯了错误才要到荒地去?是去了荒地不要犯错误，对不对?你放心，篮球我给娃娃们买，三个五个都成。大队长这样做，算是恩威并重、避重就轻，让聂喜儿挨了骂后又接受了一番教育和鼓励。和胖大牛性的大队长站在一起，聂喜儿是愈发的瘦小，那脸上的表情也分明是一副哭相。聂喜儿当时就想，你把草喂给我，我吃了草，你再把我推进磨道里，让我拉那盘谁都拉不圆的磨。聂喜儿当时就是这样想的，还凄然地摇了摇头。

聂喜儿这年刚刚满了二十岁，瘦小得像一头乏驴。主要是人一瘦小，脑袋就会大些，脸上的褶皱就会多些，连那对耳朵都显得不成比例，像两块被风干了的饺子皮。这个把民办教师当得好好的人，现在却不当民办教师了，要去荒地当队长了。

聂喜儿还真是没想过当什么领导，在他看来，这毕竟是一件很遥远的事情。这恐怕是在于他有了一些文化之后，也多了一些自知之明。一个有自知之明的人，脑子里不会尽谋算着当官，而是会设身处地想一些实际问题。聂喜儿是回乡的高中毕业生，不像城里的知识青年那样，到乡下混上一些时日还能够讨个说法，然后屁股一拍打道回府。聂喜儿是什么说法都没有，先是跟着父亲拉骆驼走沙漠，后又接过母亲手里的牧羊鞭子去放羊。能当上民办教师，是因为此前那个女教师时来运转，嫁到百里外的小镇，给一个镶了一只假眼的小干部当压寨夫人去了。聂喜儿第一次走上尘土飞扬的讲台时，指头缝里还嵌着乌黑的羊粪，那双手也仿佛两团无用的树根，往黑板上写字时抖抖索索的，还捏断了好几根粉笔。看着和自己一样的孩子们，身上穿得破破烂烂的，又都是土头灰脸的，那模样甚至还不如从地里刨出来的土豆，聂喜儿非但喜不起来，反而悲不自禁，泪流满面。一屋子的孩子像突然受到惊吓的小羊一样，都一律地瞪大眼睛，莫名其妙地倾听着新来的老师旁若无人地大放悲声。

聂喜儿当了民办教师后上的第一节课与众不同，他哭得很有力量。

聂喜儿要走的头天晚上，回了一趟家。

当然算不得什么壮怀激烈，那种辞行的意思还是有的。母亲做不了主，像是屋里一件长了腿走来走去的摆设。父亲则像一只苍老的秃鹰蹲在炕头上，嘴里却很滑稽地叼着一根羊棒骨烟杆儿。父亲沉思了半晌才说，去就去吧，不去恐怕也由不得你，大队长那个驴日的我清楚，凶恶得很。不管大小那也是个领导，我们人老几辈子还没有出过一个呢。你可不敢给祖宗丢脸，领导就该有个领导的样子，要正正经经地做人，千万不要黑窟窿里捣棒槌。

父亲居然没有表示反对，这让聂喜儿有些诧异。父亲的一番话，又让聂喜儿觉得很不自在，甚至很反感，主要是伤着了他的自尊。父亲的话虽然在理，似乎又经不起太大的推敲。聂喜儿心想，我啥时候丢过祖宗的脸？我一向是正正经经做人的。好像当了领导就不能正正经经地做人了，莫非天底下的官都是些王八蛋不成？聂喜儿这样想着的时候，目光直视着父亲。昏黄的煤油灯下，父亲那有些塌陷的眼睛里蕴含着几许深意，更有几缕古老的期盼。聂喜儿心里猛地一凛，再不好多说什么了。此后一夜无话。聂喜儿等着父亲那三长两短的鼾声响起，父亲却例外地变得很安静。聂喜儿知道，父亲始终醒着，而且醒得很深，像一口古老的井那样。

这一夜，聂喜儿也醒着。

中国当代西部文学文库

148

夏末秋初，广阔的原野上是一洼一洼的青草。有风拂过时，青草就向大地叩头，感恩戴德。

聂喜儿背着铺盖卷儿和一点干粮，走在通往荒地的路上。其实，走在原野深处，路只是一个大概的方向而已，再加上铺盖卷儿和一点干粮这样的行头，使得聂喜儿更像一个落魄的浪人。走着走着，聂喜儿的眼前终于出现了荒地的风景。先是泼墨般的暗绿，有些突兀地横亘在前方，再就是静，静得让人喘不过气。聂喜儿就紧张了起来，脚步也迟缓了，接近得小心翼翼。迎接他的首先是几排高大挺拔的白杨树和几排低矮的沙枣树，然后是地里的庄稼，包括高粱和包谷。高粱和包谷已经长得很高了，宽大的叶子在无风的天气里一动不动，就那么青翠地缄默着，也昂扬着。这又使得聂喜儿毫不费事地联想到了一个温暖中暗藏着峻烈的词汇，青纱帐，进而又由青纱帐联想到早已成为历史的一些惊心动魄的事情，虽然相去甚远，与己无关，却很鲜活。聂喜儿甚至觉得自己正在行走其中，正在演绎其中的一个故事或者插曲。在一阵慌乱中，聂喜儿从一棵高大的白杨树下经过，杨树叶子的窸窣让他的慌乱得到了一点缓解。聂喜儿就想，庄稼都长成这样了，我来干什么？看样子这荒地是用不着什么领导的。

这时，猛地传来一阵娃娃们的啼哭，就像是荒地有了一件突然降临的灾祸。

聂喜儿在大队部盖下的一间土屋里安了身。离开书声琅琅的学校，一时很不适应，没着没落的，像在云端里浮游，心里很不踏实。没有哪个人来看他，就连光屁股和穿开裆裤的娃娃们都高深莫测起来，见过大世面的样子，仿佛他这个大活人根本不存在。这就特别了，特别得没有道理不成体统。聂喜儿并不期望那种隆重的场面出现，但至少还是应该有一点小小的动静吧？一点动静都没有，这让他心里更加不安。不安的结果是聂喜儿再次感到自己这种无奈的选择是一个很大的错误。聂喜儿心里很不平静。他想，我还是到地里去吧，先跟庄稼们打声招呼，说说话。他就走出了土屋，往庄稼地里走去，还咳嗽了两声，像是要给谁打声招呼，却没有要弄出点动静的意思。聂喜儿看见自己的影子跟在身后，一根棍子似的被他拖着在很静的村子里穿过，摇摇晃晃地往庄稼地里去了。

聂喜儿就沉默着走到了庄稼地里，渐渐地，那种绷紧的感觉也舒展了。

小时候跟父亲种过几年地，沿着田埂转了几圈再抓起一把土闻闻，聂喜儿心里踏实了许多。今年雨水多，前些年上足的羊粪开始发着肥力，土地是油黑的那种。高粱和包谷都很齐整，宽大的叶子是肥厚的。这土地有如奶水充足的年轻婆姨，把孩子们喂养得够欢势啊。聂喜儿油然生出这样的感慨，又在心里浮荡着一缕说不清楚的激动，就开始有了一种平和的心境。望着绿油油的庄稼和挺立在田埂上的树，闻着土地散发出来的熏腥，聂喜儿忘了先前的一些不快，以一种平和的心境，开始认真地思索起来，调整着自己的情绪。聂喜儿是这样想的，荒地的女人们是认着土地和庄稼的。不但认，而且认得真，这就很好。认不认我这个队长倒在其次了，不是什么大不了的事情。真正面对了土地，人的分量反而变得轻了。猪往前拱，鸡往后刨，人呢?也是一样的，照例还得从土里找回吃的，这可是走遍天下的真理。聂喜儿又想，荒地的女人们认不认我这个队长是在其次，但是得把我当个人看，不把我当个人看，我还不如变成一棵高粱或者一棵包谷呢。

庄稼地里的草已经长疯了，得着什么道理似的，与高粱和包谷争夺着水分和阳光。聂喜儿认为这就是没有道理的事情，对荒地的女人们也产生了一点最初的怨愤和不满，觉得有一个队长还是必要的，不能让地里的草长得这样疯狂，最简单的方法就是将这些草连根除掉。荒地的女人们把高粱和包谷种下了，把草留给未来的队长，这很像是经过深思熟虑之后的一个举措，是写在土地上的一道严肃的考题。如果真是这样，荒地的女人们不简单。第二天，聂喜儿起了个大早，伴着断续的鸡鸣来到庄稼地里，以一把锄头当笔，开始回答这一道严肃的考题。他给这道考题起了个题目叫身先士卒。聂喜儿干得非常认真十分坦诚，让汗水在他身上恣意漫流。先把自己领导了吧，这很像当小学教师，自己不会语文算术，咋给孩子们上课?十天不行就半个月，就这样干下去，他想看看荒地的女人们到底还把他当不当个人?这样想着的时候，聂喜儿是一脸的正义和悲壮。

中国当代西部文学文库

聂喜儿不歇气地干了半个月，风雨无阻，晒得黝黑，全没了"采菊东篱下，悠然见南山"的那番诗意。实实在在地说，他有些坚持不住了，但是他还得坚持下去。正在这时，父亲骑着一条黑骟驴来送米面和油肉，还有几身换洗的衣物。父亲骑着黑骟驴在村里走了一圈，家家关门闭户，也没见着聂喜儿的身影，在庄稼地里见着了却又吓得不轻。父亲直愣愣地呆了半晌，不无悲痛地说，你娘不放心，让我来看看你。聂喜儿说，有啥不放心，我这不是干得好好的吗？父亲识得农事，狐疑地问，地里的草都长疯了，咋还不尽快锄？聂喜儿说，咋不锄？正干着呢，这千亩地也不是十天半月就能锄完的。父亲说，你给老子装啥糊涂？荒地的女人们呢？莫非都躺在炕上养娃坐月子？聂喜儿说，我给她们放了半个月的假。父亲说，你这是种地还是给娃们上课？放的哪门子假，你若干不了就趁早让别人去干。父亲显然对聂喜儿失去了信心。那意思很明白，天底下的大小领导不是这样的当法，假如是这样的当法，天底下人人都是领导或者没有领导了，事情反而变得好办了。聂喜儿不再多说什么，执意把父亲送出庄稼地。

　　等到父亲骑着黑骟驴的身影晃没了，聂喜儿就蹲在地头上，整个的人瑟缩着，像突然害了胃疼的病，眼里分明汪出一层委屈的泪水。

　　没想到的是，第二天荒地的女人们都站在了地头上，都把嘴脸用围巾遮上，分不出年龄的大小和长相的俊丑，她们只是默默无声地审视着新来的队长。聂喜儿面前便有一些发亮的眼睛和起伏着的胸脯，以及一片轻微的喘息。聂喜儿当然还是一脸的正气，他说，你们终于把我当个人看了，我心里高兴得很。我说上两句吧，我给你们放了半个月的假，因为你们不误节气把高粱和包谷种进了地里。这几句话说完，聂喜儿就头不回地离开了，继续锄他的草去了。就这么几句？就这么几句。女人们一时摸不着头脑，弄不清谁把谁当人看是啥意思。前几任队长可不一样，来了先开会，白天黑夜地开，开完了会就把两只手搭在后腰上，转来转去，把队长的身子端成了皇上的架势。女人们依稀觉得这个新来的队长不像个队长，反倒有了莫名的不安。当然也是有一番议论的，这个队长身子咋这么单薄？他能扛得动白天和夜里的日子吗？于是，女人们看聂喜儿时总还是有一些深意的。

接下来的一段日子里，荒地什么事也没发生，照例过得很平静。

这就很好。

深秋如期而至，这是收获的季节。

刮了一场很结实的西北风，滩上的草回绿转黄，荒地的高粱和包谷也熟透了，仿佛只是一夜之间的事情，高粱红得淌血，包谷黄得流金。深秋的荒地是一口煮满了杂粮的大锅，咕嘟咕嘟冒着气泡儿，平静中有一种沸腾。荒地弥漫着浓稠的芳香，浸进人的肺腑，又是一种喝过醇酒般的微醉。

女人们的尿水却又分外地多了起来。女人们都爱往包谷地里钻，说是进去解个手，这个理由十分正当。高粱地里也能解手，女人们谁都不愿去，好像高粱地里埋伏着专门窥视女人们的流氓。女人们的这种行为，让聂喜儿哭笑不得，却又无计可施。

解完了手的女人们走出包谷地，腰间更显得膨胀了，一个个疙疙瘩瘩、别别扭扭的样子，路都走不稳当，还要隐忍着，那笨拙的举止连一个孕妇都不如。你们都站住!聂喜儿皱了皱眉头，然后凛然地立在田埂上。笨拙的女人们就站住了，也很凛然的样子，目光直视聂喜儿。那意思再明白不过，看你这个队长想把我们咋样?你敢搜我们的身，我们就敢扒掉你的裤子，以前这种事情也不是没有发生过，谁还没见过汉子裆里那四两肉? 女人们之间在无声地传递着这样的信息，暗暗地攒着劲。她们甚至流露出了一种兴奋，期待着让这种大野的游戏展开。这样做的结果是，什么样的队长也凛然不起来了。然而，僵持的气氛在缓慢地松懈着，对立的双方都有些气馁。女人们开始产生了一种顾虑。她们想起聂喜儿还不曾婚配，隔着隐秘的一层帷帐，更重要的还在于聂喜儿曾经是老师，教过她们的娃娃。这时，聂喜儿就很严肃地说话了。聂喜儿说，看你们现在像个啥?女人们困惑不解。聂喜儿说，你们现在像个老鼠，从庄稼地里跑出来的老鼠。女人们就听懂了，相互看看，觉得也像，就有人忍不住笑出了声。

聂喜儿说，你们笑吧，你们还没有好好地笑过呢，等笑够了我再说。

女人们却又不怎么笑了。

聂喜儿说，现在你们都回到包谷地里去，明明白白地拿，能拿多少是多少，很好地发挥一下你们的聪明才智。这样做你们就不像是老鼠了，因为你们现在是在明晃晃的太阳底下做着事情。依你们的辛劳和汗水，拿一点劳动果实是可以的。但是，拿得不明不白不正当就说不过去。为啥?道理很简单，这是集体的财产，集体是给你们付了报酬的，这叫做劳有所酬。这次让你们这样拿了，下次就不能再这样拿了，夜里更不行。再拿就是偷，走遍天下都找不回来一个道理。这没道理的事情，就要让有道理的事情去管。有道理的事情不管没道理的事情，这有道理的事情也就变成没道理的事情了。你们说我说的有没有道理?

不怎么笑的女人们又都笑了起来。

接下来的这几日，荒地的娃娃们都手捧着煮得喷香的包谷棒子很招摇地咀嚼着，像是得着了什么道理，很有些自命不凡。看着这一幕，聂喜儿眼前立时出现了娘和几个弟妹哀怨的神情，他们肯定也很想嚼几根香甜的包谷棒子的，却不能如愿以偿。这样想着的时候，聂喜儿心里就很不是滋味。

聂喜儿怀里揣着个小本本，记录一些事情在里面。为什么要这样做，他自己也说不清楚，只是认为这样很有必要。他的记忆力很好，那么在小本本上记录一些事情，便显得不好理喻了。

这天，聂喜儿在小本本上记了这样两条。

1.收高粱二十亩，女人们都很能干，但临收工时她们要拿一点包谷棒子回家。我同意了，下不为例。

2.香香没来上工，不知为什么?

这个小本本是从不示人的，却很突然地没了，估计是不小心丢在了庄稼地里。聂喜儿是天黑回到屋里才发现的，他很快变得慌张起来，饭量也随着慌张的心情剧减，只扒了半碗有馊味的剩饭。聂喜儿等到夜深人静的时候去了庄稼地，凭借月亮的清辉转悠了差不多半夜，才在一处并不隐蔽的地方找到了小本本，它和一些枯黄狼藉的高粱叶子睡在一起，安静得像一方手帕儿。聂喜儿惊喜了一阵，又自责了一阵，怀疑自己是不是有点大惊小怪或者小题大做。接着就想坐下来歇息一阵，他很乏困，感到身心俱累。屁股刚要挨着高粱叶子，又猛地听见不远处的包谷地里传出异常的声响，在无风的月夜里很是清晰。聂喜儿的第一个反应是老鼠在包谷地里走动，但很快又否定了这种不切合实际的想法。是有人趁天黑偷包谷棒子，他当然很恼火。这就是说，他聂喜儿站在地头上说过的那些话，等于没说或者全成了屁，这明摆着还是不把他当个人看嘛。聂喜儿站在高粱地里，由衷地产生了一腔愤慨。他拔腿追了过去，瘦小的身子被一腔愤慨鼓舞着，像一张飘飞的纸。聂喜儿瞄准一个人影正从包谷地里钻出来，就可嗓子吼了一声。声音闷雷似的凭空劈开，在寂静的夜色里具有很强的威慑性，效果相当不错。那人于是惊叫一声，怀里的几个包谷棒子掉在了地上，人赃俱获。聂喜儿却又愣住了。这个人不是别人，正是他记录在小本本上的香香，荒地里最单薄的一个女人，单薄得让一村的人都有些忽视她的存在。香香上地或者收工总是远远地跟在人后，心事重重的样子。就是这样的一个人，却要趁天黑偷包谷棒子，却要做一次贼。香香站在那里，月光给她罩了一层白，像披麻戴孝。聂喜儿说，你咋不来上工?香香说，娃娃病了。聂喜儿又说，自古骂偷不骂穷，你年轻轻的咋也这样?香香不言不喘。聂喜儿叹口气要走，听得身后传出一阵呜咽，他重重地跺一下脚，又顺手掰了几个包谷棒子递给香香。香香泪眼婆娑，接过包谷棒子转身离去，走路摇摇晃晃的，伴着渐渐稀弱的哭泣。

已是后半夜了。

不知是谁家的公鸡扯出一个长鸣，让人产生天要提前放亮的错觉。聂喜儿就不想回屋里了，返身去了高粱地，很快沉沉地睡过去，累得连个梦都没有。聂喜儿醒时满眼花花绿绿，以为又在梦里。上工的女人们围成一圈，都瞧着聂喜儿嬉笑。聂喜儿也笑，后悔自己睡得过死，还四叉八蹬地躺在高粱地里，一副小家子气，在女人们面前丢下了调笑的把柄。又觉得浑身刺痒难忍，眼皮儿直往下坠，吊着秤砣般沉重，他才知道自己躺在高粱地里犒劳了一顿秋后的长腿蚊子，头肿成了麻皮葫芦。女人们又都止住笑，眼里就有丝丝缕缕的温情水样地流溢，甚至还掺杂着一点歉疚。

中午到我屋里吃饭去吧，想吃个啥你就说。头一个女人这样说。

头一个女人这样说罢，别的女人也不甘落后，相继发出邀请，听得出都是诚心实意。聂喜儿一连气地嗯嗯嗯，嗓门眼里被一块又稠又软的痰堵着，咸苦中有微甜。这种感觉其实还是美好的，美好中又有一点伤感。聂喜儿想，我来了这么长时间，女人们还是头一回发出这样的邀请。我大小也是个队长嘛，到人家吃一顿饭没什么不应该。

女人们向聂喜儿发出邀请后，像是完成了一件重大的事情，就到高粱地里劳动去了。聂喜儿抬眼望去，眼里就挤满了或大或小或圆或扁的扭来晃去的屁股。劳动是庄重的也是神圣的，劳动同时也像一种游戏，那么劳动就是一种庄重的神圣的游戏。聂喜儿阻滞的神经被激发后，进行了这样一番挺有诗意的演绎，同时他的想象力也变得丰富起来，那些或大或小或圆或扁的扭来晃去的屁股，在田间的败叶里蠕动着，也鲜活着，仿佛缀满枝头的熟透了的果实，成为一道诱人的风景。

你把贤妻给休了，不仁不义的儿曹……

聂喜儿扯出不知从哪里听来的戏文，欢乐地唱出声。他唱得很轻，劳动的女人们谁也没有听见。聂喜儿唱了几句，然后静静地坐在那里，很认真地想了一些事情。后来，聂喜儿还想到了这样一个很实质性的问题，就是接受女人们的邀请去吃饭。他在先去谁家屋里吃饭，以及是不是到每家都吃一顿饭这样的问题上犯了愁。这饭是必须要吃的，不吃不行，吃得不好也不行。

聂喜儿最后想的是，去吃饭是可以的，但是不能喝烧酒。不喝，一口都不喝。

挽 歌

宗德蹚上又一座高耸的沙丘后，头顶上盘旋的日头才收敛了些许刻薄，像一只暴恶的虎蝎泻尽了毒气。一道道沙梁鱼鳞似的叠落着，在夕照中闪烁着铜质的光芒。眼下的漠野就是一条巨大的红鱼，它的头和尾逶迤着藏进天尽处，弓起的却只是那沉重的脊背。宗德就稳稳地站定了，静默着，肃然地凝视着这大漠落日的辉煌。

这里有一个牧点。

十年前，宗德到过这里，住够半个月才走。走的时候把牙根子咬得死紧，憋着股子劲没回头再看一眼。还以为从那时起就要丢开自家的手艺，蹲在老家的墙旮旯里熬死算球了。这样的话，说给鬼听鬼都信呢。

怎知他又来了。最后一垄麦子收罢，场院里堆起黄黄的草秸垛，心里突然变得空落落的。走吧，还像十年前那般，褡裢儿斜搭在肩膀上，出了东湖湾，过了夹河沟，一个跟头扎进海海漫漫的腾格里大沙漠。与十年前不同的是，这次出门远行，宗德身后留下了一座新坟，新坟里睡着他苦苦厮守了十年的婆姨。

宗德往下瞧了一眼，立时心跳得哐哐打锣，一口气就喘得不够匀称。那座黄泥土屋依旧，孤零零地坐落在两道沙梁之间。那屋里住下个谁?还能是个谁嘛，十年过去了，屋顶上漂浮的那缕烟味儿就没变。只是沙漠里早下了，梁坡下的白茨草枯根扭曲着交错着，诡异地沉寂着。这时，从不远处倏忽传开一声凄哀的驼鸣，只那么一声，把个好端端的静谧打破了。也只那么一声，把个落日丢进了西边的沙海里。

宗德背起褡裢儿下了梁坡，三步并做两步，脚底踢腾出一阵沙浪。褡褛儿有八个角，八束彩穗子在夕阳中抖得格外欢畅。凭着这副行头和走势，宗德就还没有失掉当年的风采。脚腕上有根看不见的绳子照直往下扯，就把宗德扯到黄泥土屋的门前了。

女人没抬头，倚住破旧的门框正攒劲地数着手里的票子。女人数罢票子抬起头时，竟是见了鬼样地惊讶和愣怔。嘿嘿，宗德笑笑，算是打过招呼。眼皮再往下瞭，就又觉出捆羊皮的汉子模样特别。汉子是个青皮后生，头发又长又乱，好似顶着一簇刺蓬草。宗德这才意识到情形有异，脑袋嗡一声就涨大了，眼前一片昏暗。天咧，这是咋说?是上苍的刻意安排么?蹚过十几天沙漠，走下几百里冤枉道，今天在这个让自家默默牵挂了十年的女人面前，与皮贩子兜头遭遇了。

和十年前一样，宗德觉得自家又一次在这个女人面前丢尽了脸面。

青皮后生提起一捆羊皮半空里划个孤，轻飘飘地搭落在肩膀上，然后得意地亮出了一排白牙花。狗日的白牙花，皮贩子。宗德肩上的褛褡儿却变成了生铁疙瘩，压得他的腰身簌簌地往下软。九九八十一弯肠子悔成了蛆，宗德直怨自家是死没出息的老猫。还等啥?想来想去就剩下个走。

"你，慢些走。"身后，那个女人终于发话了，声息温温软软的。

一老一少两个汉子，几乎是同时收住了脚。

女人闪进屋里去，过一阵胸前托着个大包袱，径直走到宗德面前，抖开一件崭新的羊皮大氅。宗德的心里又是咯噔一下，认得这是自家的手艺，十年前细针细线地熬夜缝出来的，没想到竟然还被这女人完整地保存着。宗德这时便也彻底明白了，这件羊皮大氅真的成了他的绝活。十年前，宗德缝罢这件羊皮大氅，就收了手艺再没动过一针一线，在老家东湖湾贫瘠的土地上，当起了庄稼把式。女人近近地盯住宗德，粉红的嘴唇翕动着，却又一时说不出个啥。宗德干脆闭上了眼，脸青得抹了锅灰。

女人后来说："我不能留你，这件皮大氅你带着，我没舍得穿。"

女人又随手搭上几张票子："老了该过安稳日子，风里雨里不要再走了。"

"咦?你当我是拄棍子讨饭的?"宗德一声恶吼，丢下满脸通红的女人，甩开了大步。

"你，尻蹶子的骗驴。"女人委屈不过，声音颤颤地回骂了一句……

就又剩下个清静了。

在大漠深处，秋天应该是最好的季节。天却旱了，漠野茫苍得一片浑黄，又被落日的余晖染得淌血。这样的景象不敢盯紧了多看，时间长了能把眼珠子浸透。人身蠕动其间，就仿佛是在血泊中挣扎的毛毛虫。宗德搅动着有点向外弯曲的双腿，噗嚓噗嚓地走着，先时还倔倔地仰起下巴骨，走得昂首挺胸，眼窝里框进去的都是挂了彩的云。他这是要做给身后那个女人看呢。到底是不比当年，力气弱了多半，宗德从神痴鬼迷中清醒过来，找个缓些的梁坡坐定。这时辰，夜幕正在合拢，天就要黑了。

宗德感到有一种比酸楚更厉害的东西，正在侵袭着自家的内心。走下十几家牧点，牧人们犯的都是一样样的毛病，还把不中听的话狗碗似的扣到他头上。这就是说，他曾经拥有的荣耀和风光，已经烟消云散，一去不返，要怨就只能怨自家的死脑筋。现在的人都把眼睛盯到了钱上，牧人也不例外，将那虚头贼脑的皮贩子当成财神爷了。难怪这次出门，他依旧找村长开证明，村长牛卵子大眼一翻："要的啥证明?又不是去外面做官。"旁人笑掉了门牙，自家的脸面却扯进裤裆里去了。

身后有动静，是那个皮贩子跟了过来。皮贩子露出白生生的牙花，一副不要脸的贱笑。宗德不理不睬，自顾抱着头躺倒在梁坡上，一条腿跷得硬邦邦的。这时，夜就黑透了，太白金星亮得分外耀眼。沙漠里走夜路，宗德早把那颗星望熟了，脑海里再有棋盘一样的牧点盛着，不曾错走半步。现时该朝哪里走?却是一片混沌。

起了夜风。风从梁坡上掠过时，裹起了一层细细的黄沙。夜风又紧了一阵，撞在白牙花的那捆羊皮上，响得让人心惊肉跳。夜幕下，一老一少两个汉子对峙着，谁也不吭声，像两块黑石头。宗德真是后悔，悔不该去找那个女人，不该撞上这个年轻轻的皮贩子，心里的隐痛无处诉说，咽进肚子里苦透了肠子。宗德站起身，褡裢儿也搭在肩膀上了，然后向四下里扫了一圈，黑咕隆咚无声气。不知怎么，耳畔却响起一首古老的曲儿，那曲儿竟是真真切切地鼓涌而至。咦?这不就是自家唱下的那个《十二离情》吗?半辈子唱着来唱着去。宗德想,现时也该唱呢,不唱你就走不动路。

　　正月里满街挂灯笼

　　郎君娶娇妻

　　不知哪些伺候不到你

　　神仙解不开其中意

　　必定有蹊跷

　　黑咕隆咚像什么样

　　日日无欢喜

　　二月里杨柳催新年……

　　宗德还要接着往下唱,就觉得自家只在原地打转转,没挪出去半步。走了半辈子沙漠,这是头一回曲儿唱出口却走不动路。

　　白牙花说:"你唱得好,接着往下唱。"白牙花这样一说,反倒让宗德不知该怎么办了。寂寥的大漠之夜,除过时紧时慢的秋风,还有股子热气在脚底下柔柔地流淌。这是地脉要放松筋骨,它负载所有包容万物,静下来的时候便还要吐出些啥。正这样无端地思谋着,脚下又悠悠地摇晃起来了。宗德慌忙躲开去,黑暗中一只被他踩疼的沙鼠跳着蹦子逃跑了。宗德又气又恼,心想自家真成个失魂落魄的孤鬼了。他把褡裢儿扔到了地上,家什们受到主人的摔打后,铁器碰撞的声音尖叫着,响得十分骇人。

　　"你是个皮匠?"白牙花说。

　　"咋?"宗德说。

　　白牙花突然像猫头鹰一样地笑了……

　　沙漠里的冬季漫长而寒冷。平时看上去毫无水分的地方照例被冻得很僵硬,骆驼蹄子磕在上面当当地响,像敲生铁那般瘆人。有两样东西与牧人如影随形，皮袄和酒壶。设若有人这样问，皮袄和酒壶哪个更重要？牧人会说，你这个贼娃子，脑子还转得不够灵醒，皮袄和婆姨比么。皮袄穿在身上，婆姨丢在炕上，你说哪个更重要？

　　腾格里沙漠往西北而去，就和甘肃的河西走廊接了头。这边有个哈什哈，那边有个夹河沟，从夹河沟再往下走，就到了东湖湾。宗德就是东湖湾人。东湖湾是出了名的苦焦地方，十年九旱闹饥荒，有肉吃有酒喝的沙漠牧区对苦难的东湖湾人产生了极大的诱惑。因此，沙漠牧区多有汉人，汉人里十有八九是东湖湾人。放下锄头拿起软绵绵的牧羊鞭子时，也确曾让东湖湾人胸闷气短泪流满面过，总觉得背井离乡愧对槐梓先贤。当然，这种羞赧还是化成了巨大的力量，他们用勤劳的双手，在大漠深处建起了新的家园，构成一道世俗而阔大的风景。

　　宗德是东湖湾里的人尖子，他用出类拔萃的手艺和一腔声震四方的绝唱，成为大漠牧区至尊的贵客。半辈子走下来，宗德竟将那皮匠的荣耀和风光张扬得十足，以致使他的某种意念也被浸润得根深蒂固。如果不是这样，宗德便不会有相隔十年之后的这番举动，而且让旁人看上去是那么的不可理喻。

　　宗德成为皮匠的过程其实并非多么复杂，只不过是多挨了些师傅的尺板子。这师傅不是别人，就是他的亲爹。那时没有铬盐和栲胶，鞣皮的方法沿袭民间古老的传统和智慧。盛夏的日头下摆几口能淹死驴的大黑缸，羊皮丢进煮得烂糊糊的黄米汤里，一天翻捞三次。亲爹大脚攀住缸沿叉腿兀立，双眼瞪圆凶恶如鹰，举起一根碗口粗的夯木插进缸里来回搅缠。缸壁嗡嗡地喧响着，震得陈年老屋上的泥皮颤抖不已。才学手艺的宗德脑盖毛刚与缸沿齐平，那大缸通体明光锃亮，在他眼里急剧地旋转起来，似要脱离地面飞升而去。亲爹说贼娃子你掉过脸去，然后将一泡有意憋急的热尿滴水不漏地撒进缸里。一些日子过去，缸里终于散发出稠稠酽酽的腐臭味，鼓涌出大团气泡后，羊皮就熟透了，款款地浮出缸沿。皮匠最苦的活计还要数铲皮，四根架杆交叉着搭起一道悬梁，当胸吊一面尺把长的弯月形铲刀，汗水掺着皮屑儿纷纷扬扬，好比是《窦娥冤》里五黄六月下大雪。完成这样几道工序后，那羊皮便雪一样的白净，发面一样的柔软，酥油一样的滑爽了。在真正的皮匠眼里，一张张鞣熟的羊皮，就有了一股子神神鬼鬼的灵气，往后的日子立时温馨得有了盼头。这手艺学精了不易，更因为是力气活和女人不沾边。

宗德早先迷恋的是戏台上的花戏子，想吃那种风不吹雨不打的开口饭。听见锣鼓喧天唢呐呜哇，秦腔吼出一腔铜，自家的嗓门眼儿也痒得猫抓狗挠。但他犟不过亲爹，那戏文也就只能是自家多长个心眼偷着学了。亲爹教他三年整，便将盛着全套家什的褡裢儿搭在他肩上送出夹河沟，亲爹说是死是活自家蹦跶去，爹管不了你一辈子。宗德那年刚满了十八岁，出门一年转回屋里，挣来一个骡子钱，娶进媳妇圆了房。亲爹喝下磕头酒，夜里定定地睡过去再没醒来，嘴角上挂的却是心满意足。其实，宗德的手艺和为人都超过了亲爹，又有一副绝妙的嗓子。水涨船高却不开口要价，开口放唱是为博得主家喜兴，遇着手头紧的主家还敢白搭上工钱。有人解不开其中意，说是苦死扒活为哪桩? 宗德说人活一世也该图个快活，光有钱还买不来个心里展拓。反倒欠不下，今年欠下来年还，主家算账不抽零头，有肉有酒，包吃包喝，全当是买下几日坐地唱。

逢七逢八月，沙漠里热得紧，屁股沾不得滚烫的沙地，牧狗都懒得咬生客，躲在柴垛下人样地梦里周公去了。这可是鞣皮做活的黄金时节，宗德收拾好行头，寻着村长(有些年叫队长)在屋里吃浆水酸汤面的空隙，往炕头上一坐笑而不语，然后递上去几盒纸烟。村长摸出早已盖好公章的证明说，照例要抽钱抵工分呢，要不然我这个村长也是羊头上的毛长不了。有一阵子风声紧得很，外出没个证明要当成盲流黑户被遣送回家，赶上了运动的茬口还要挨批挨斗。村长睁一眼闭一眼，白纸黑字写得分明，宗德出门是走亲戚去了。在鸡屁股里抠个灯火钱都要犯法的岁月，宗德却能在沙漠牧区畅通无阻，唱着来唱着去，还不是靠那家传的手艺和一腔绝唱吗?亲爹贼喊鬼打地传下这门手艺，叫他受苦受累远走他乡，也叫他无忧无虑洒脱半世。

沙漠深处是养活穷人的好地方。夏天最得意的时辰却是在傍晚，世界铺满了耀眼的金子。羊群归圈了，驼群下滩了，打水的卧杆儿停歇了，高挑的井绳垂成一根笔直的线。一切都是那么的自然流畅，悠缓得让人全身的骨头都要变酥变软，舒坦得提不起鞋帮子。牧人大都爱在房前屋后栽几棵沙枣树，树是老家的树，长到沙漠深处照例枝青叶绿生机勃勃，有风时满树窸窣，就像是婆姨们的闲言碎语。宗德早把这些牧人的心绪揣摸过无数遍了，离乡的人不恋故土是假。宗德知道自家除过皮匠这个吃饭的行当，还要像古代的信使那样，给两边传送确切的消息。满盘的羊肉和烧酒早备下了，只等宗德进门上炕。每回进屋，先要半醒半醉地坐上一夜，屋里的老少围住他，问长问短。欢声乍起，喜气得像迎来个李闯王。该说的都要细致地说，总也少不得一些让人伤感落泪的事体。谁家族里的谁谁谁没了。好端端的咋就没了？就没了嘛，阎王爷要收人。一阵唏嘘过去，屋里就剩下个静了，静得连时间都仿佛停顿了。宗德心领神会，知道身边的老少都等着，等着让他开口放唱。这时候，就剩下个唱了。

二月里杨柳催新年

氏女看秋千

怀抱枕头心如麻

等一个清明天

你在哪里么成双对

你在哪里么对成双

骗我守空房……

不中用了。沙漠里蹚下了半辈子，换来的又是个啥？还是个不中用，分明做下了一个长长的梦，梦醒了，做梦的人也老了。宗德不敢再往下想，再往下想就怕是忍不住要落老泪了。宗德摸出烟盒，烟盒不知啥时候空了，他抬起脚把空烟盒狠狠地揉进沙子里去。

白牙花极有耐心，就像颗黑石头那样端坐着，把宗德长吁短叹的细节全看在了眼里。白牙花等到这时才乘机凑到宗德面前，又是递烟又是点火，一副小鬼模样。抽了人家的烟，又见人家陪到天黑，宗德便不好意思恶语相加，表示和解地干咳了几声，等于是给白牙花发出了这种信号。白牙花蛮灵敏，咧了嘴笑，只是那副牙齿在星光之下白得有些瘆人。

"你个贼娃子，从哪里来的?"宗德问。

"巴音街上。"白牙花又乘机挪了挪屁股。

"我知道，过去叫定远营。还有个延福寺，清朝的乾隆爷给题下的金匾。山西人在街上开过大商号祥泰隆，说是先有祥泰隆后有定远营，过去也有东湖湾人给祥泰隆当差打下手。都说球毛擀不了毡，东湖湾人做不了官。唉，东湖湾人是穷怕了苦傻了，肚子都混不饱，哪里还有做官的心思?咋做不了官?现时给个官看看，做得稳稳当当的。你们外乡人日贼得很，眼睛一挤一个鬼。"宗德自顾说下一堆话。

"嘿嘿，"白牙花很响地吸溜一下鼻子，"我也是东湖湾人，祖上出门早，到我这里已经四辈子了。"

宗德突然又没话可说了，有些不知所措。他信白牙花的话，出来五六辈子的都有。不过，让他深感气恼的是，白牙花竟是个皮贩子，就像是早起出门撒尿时偏偏冲出个夜壶。

夜，越发黑得紧了。

星宿都出得齐全了，一道道沙梁虚幻地延伸而去。宗德留意着那颗太白金星，亮亮地悬挂在属于自家的那个位置上。偶有一两颗贼星倏忽明灭，像断了精气的雀儿栽下虚空。宗德触景生情，心想自家就是一颗贼星，他甚至觉得自家更像是一只雀儿，一只掉了毛的老雀儿，扯出的是一股子苍白的血腥气。走也走过了，唱也唱下了，还有心存的遗憾么?蹚了半辈子苦了半辈子，唱了半辈子逍遥了半辈子……咦?没见过黄河，没见过那条滔滔东去远离老家的黄河，也不知道是啥时候心里居然存下了这份心思和缠绵。

宗德把自家弄得伤感与兴奋俱加，屁股下轰隆隆山摇海晃。心想就这么定了，朝银川的方向走，再沿着黄河逆流而上到兰州城，美美地逛他狗日的一回，再蹲在老家的墙旮旯里晒日头，熬死算球了。

钱呢?手操摸进腰窝里却空荡荡的，捏着的只是自家一把老皱的皮囊。

钱么，你就没挣下。宗德又想发作，又想白牙花也是东湖湾人，出来四辈子也是东湖湾人，走到天尽处根子走不断，扯下的是一条长长的血脉。宗德把一口稠痰咽了回去，坐在梁坡上不动了。

"大爹，就坐到天亮?"白牙花不识宗德又恶了的脸色，改了口称大爹，然后扯出一张羊皮毛朝里盖到宗德的腿上。白牙花这么一盖，就把宗德的恶气给捂了，膝盖处温温热热的，也才知道夜里已经很有些凉意了。

白牙花说："去那个女人的屋里住上一夜，乡里乡亲的，她总不会让我们半夜蹲羊圈吧?"

宗德叹口气说："要去你去。"

黑暗中，白牙花又笑了："大爹，我说句不中听的话，你可别生气。你和那个女人好像有点那个……嘿嘿……"

宗德无语，一只大手捋捋满脸的胡子。天地作证，无论你咋想，沙漠深处是有过那么一个夜晚。隔下十年整，还历历在目……

女人叫赵秀兰，单听这个名字就知道也是东湖湾人。

赵秀兰嫁进了沙漠里，图的是入个牧区户口。这牧区户口能和城里人一样吃国家定量供应的商品粮，旱涝保收，月月从大队部的粮仓里驮回来，还用不着像城里人那样交现钱，入冬后拿挣下的工分顶了就成。

赵秀兰总共放着百十只山羊和绵羊，是小户人家，在偌大的沙漠牧区并不起眼，日子却过得清闲。男人的一身力气用不完，丢下女人和羊群到百里外的小镇盐湖装卸队里扛麻袋，沙漠里年轻力壮的汉子都爱干这个营生。小家小舍皮活少，那年她才备下六张羊皮，刚够一件皮大氅的材料。宗德不嫌弃，笑模笑样地应承下了，一样样地飞针走线。羊群被女人调教得乖顺，不用日日跟在后面吆唤。赵秀兰就半个身子倚着门框瞧宗德做皮活，有时眼睛都不眨巴一下，看得呆愣愣的。坐在炕上的宗德便不大自在，心里毛烘烘的，心想你这个女人看个啥呢?怕是生来没见过个皮匠么?又不好说啥，更不好开口唱曲儿。沙漠深处天大地大，土屋里独独一个女人坐在眼前，你究竟咋个唱法?没曲儿相伴昼夜熬不过，针线走不匀称飞不直爽。他的皮活说是缝出来的，还不如说是唱出来的，有曲儿相伴着才解乏解闷呢。宗德真是遇上了难题，七死八活烟不断，熏得两个眼窝子泛青，像一只黑眼圈的绵羊。

一日，女人揣了一把剪子要宗德给磨。铁匠的锤子木匠的线，皮匠都磨得一手好剪。他接过手就给磨了，磨得锋利无比，剪刀上亮烁烁地晃出了人影，连那眉眼都能分得清。女人拿了磨好的剪子，身子却不想离开，在旁边数落起自家的男人来。女人的脸上没有抹粉，却是红扑扑的，鼻尖上渗出一层细密的汗珠。

"死鬼心硬得很。"女人这样说。

宗德头也不抬，只是有当无地问咋的个硬法?他不想耽误时间，十几家牧人排队紧等着呢。

女人却受了鼓舞，一下子就说开了，收也收不住地说。男人西瓜大的字识不得几麻袋，心却野得跑马走车。起先还行，恋着远天远地从老家娶回个新媳妇，放羊的时辰不忘背回一捆干柴，整天露出个笑牙花。后来就不行了，愁眉苦脸唉声叹气，烧酒瓶子不离嘴边。说是去盐湖里转转，没容女人点个头就扯开腿脚走了。夏日里出门，眼见就要入秋了，还不见他的人影。那盐湖紧傍着小镇，人多热闹，还隔三差五地演电影……

宗德只听不言语，信不信由他自家取舍。可是女人说着话眼圈就红了，意思大概是缺个知情知意的男人宠着，日子过得蛮恓惶的。这些情景宗德倒是看得分明，也就对女人生出些许由衷的同情，咋说也是乡里乡亲的。因为是个女人，他不便多说啥。每逢入夜，只有两个小窗映出昏黄的光亮。宗德关紧了门窗，巴掌大的土屋里烟雾缭绕汗气暄腾，热得赛过了蒸笼。有时他停下手悄悄听一阵，除去时有夜风掠过屋顶，吹得半截烟囱呜呜响，再听不出个啥动静。夜便死一般的沉寂，一年三百六十五天，女人要是这么夜夜守着一盏孤灯，咋说也是个苦命的人。

男人总有个回心转意，到那时你就熬出头了。宗德这样想。

心不稳性不稳，皇帝老子的王法不顶用。宗德的心放得稳稳当当的，像场院里鞣皮的黑缸。那好唱的性子却掩饰不住，一天两天还行，十天八

天就不行了，憋得浑身起疹子。挨到隔壁屋里的灯熄了，他就轻轻悠悠地
哼出声，曲儿也只有自家识得，还是那荡人魂魄的《十二离情》：

　　三月里桃子花开李花败
　　等来个清明天
　　双手推开南窗月
　　两眼直流血
　　再问我的男人么
　　再问我的亲人么
　　两眼直流血……

　　昼明夜暗，夜深物静。金木水火土，十万八千里……哼着曲儿的宗德
蹚过茫茫沙海，懵懵懂懂地走进了自家的场院里，他看见了丢在屋里炕上
的婆姨。许是错嫁给他这个走南闯北的皮匠，许是注定也是个苦命的人，
婆姨过了门没几年就病塌塌地动不得身，寻遍方圆百里的野医偏方，还是
个不顶用。钱都砸进药罐罐里，药渣盛下几麻袋，让人疑心皮匠屋里开起
了中药铺。宗德又要出门，婆姨心里实实地过意不去，挣扎着扶住墙根儿
挪到灶台前，做了一顿饭食。怎知却是一顿夹生饭，黄米满嘴粘牙难以下
咽。宗德气极了，抡圆用惯皮铲的大手，给了婆姨一个耳刮子，那声闷响
把他自家都吓了一跳。婆姨的脸又枯又瘦，实在经不住他打。婆姨啥都经
不住，那么多年走过来，他没沾过婆姨一回。实实地说，那是个好婆姨，
想当初做了新媳妇那阵子，红衣绿裤裹着的个嫩人儿，又齐整又鲜活地让
冲天的锣鼓和唢呐迎进了门，让全村人羡慕得直咂舌头。吃五谷生百疾，
得病不由人。宗德悔呢，悔不该扇婆姨那个耳刮子。婆姨挨过打又不敢
哭，脸埋进被窝里怕旁人看见……
　　宗德坐在几百里外大漠深处另一个女人的屋里，沉浸在对苦命的婆姨
的思念和自责之中。后来曲儿含混不清了，眼皮儿软软地打架……不知是
啥时辰，一股蓦然而至的凉风袭来，宗德醒了。等他揉开惺忪的睡眼，但

见飘摇的灯影里端端地站着个鲜活的女人!女人红唇白脸黑发披落，眼里水汪汪地闪烁着燎人的火星。他惊叫了一声，险些打落桌上的煤油灯。一壶热腾腾的砖茶，一盘切得方方正正的发面糕馍摆在炕桌上。那糕馍里夹着胡麻和薄荷叶儿，真正是不走样不串味的家乡美食。人呢?更是不忘家乡情，东湖湾的女人居家过日月，自古到今皆有口碑。宗德倒也不饿，天黑前扒进去三老碗黄米肉稠饭，但要领下这女人的一番好意，便又吃了一块糕馍，喝了一碗酽茶。

女人说："你心里怕是也有苦呢?"

宗德说："啥的苦?你没见我这么唱了半辈子?"

女人就盯紧了宗德，开始一声不响地看。

宗德心想，你想看就看吧，我还要忙着做皮活呢，就低头操起了针线。女人看了一阵却说你困了，就早早睡吧。女人说着话时，将那鼓胀的胸脯也挪了过来，你唱，你唱的《十二离情》才到三月，还有四五六七八九十十一十二个月呢。灯灭了，屋黑了，窗白了，一团散发着热气水气血气的娇喘扑面而来，宗德的脑子就突然转不灵醒了，变得月光一样地虚玄。一绺青丝儿垂落下来，搭在了他的脸上，他是那么贴切地看清了女人舒展慵倦充满渴望的眉眼。一个有婆姨丢在老家的屋里，一个有男人半载不回转，大漠深处的月夜下，两颗无着无落的贼星就这样相撞了，迸发出古老而又新鲜的雷响和电闪。宗德一只抓惯了粗针大线的手，就在刹那间捂住了人世间别样一种发面糕馍。是瓜熟蒂落的自然力量，是混沌再生的诱惑激荡，或是半辈子走沙漠初偷欢欲的新鲜刺激，宗德走进了既熟悉却又是陌生的那个世界。是啊，他是离家在外的浪汉，是精气盛旺的男人，现时的一切都是那么的顺理成章，令人无法拒绝……

黑暗中，一只老鼠发出一声尖厉刺耳的怪叫，充满了谲诈与乐祸。宗德猛地从炕上跳了起来，继而大汗淋漓。天哪，宗德你是什么人?不是鸡鸣狗盗之徒，是行得正坐得端的手艺人，是靠力气靠良心吃饭的皮匠，是扯不断故里乡情的牧人的座上客。宗德终于清醒了，庆幸自家悬崖勒马，没犯下天理和良心都不容的大错，保住了自家闯下半辈子的清白名声。

呃呃，我的入土的先人，我的苦命的婆姨啊。

梦断声息，世界恢复如初。

女人眼里含着泪，呆呆地坐在炕沿上，把一块香喷喷的糕馍一点一点揉成碎末儿。

"好个赵秀兰呢，乡里乡亲的，都怪我鬼迷心窍，一时没想周全。是我的曲儿诱了你么?你就当我是该丢进茅屎坑里沤粪的老猫。"宗德羞愧地说。

女人整好衣物，出门时丢下一句话："看你人高马大的好洒脱，没成想你是个骗驴。睡你的去吧，展脱脱地睡去。"

那晚，宗德通宵没合眼。宗德赶完皮大氅叠好放在炕上，收拾褡裢儿连夜上路，往老家东湖湾的方向蹒跚而去。

天上是一轮又圆又大的月亮……

眼下这个夜晚没有月亮，只是满天星星密密匝匝层层叠叠，稠得像一锅黄米粥。

宗德将十年前那个难忘的夜晚回味罢了，叹口气摇摇头，披紧松脱的衣服，抓过褡裢儿就要起身。褡裢儿却提不起，另一头仿佛牢牢地钉在那里，细看竟是白牙花的一只手紧紧拽着。"咦?你这个后生，真要截我的道么?不要说我腰窝里没货，就是有也容不得你劫了去，不怕我三拳两脚捣烂你的眼窝?"面对依旧端坐着的白牙花，宗德拉开架势，一副横刀立马的模样。

白牙花两眼放光："这方圆几百里的牧点你可都熟识?"

屁话!蹚下半辈子沙漠，唱着来唱着去，莫说牧点都熟识，就是这里的沟沟坎坎也都了如指掌。老子闭起眼放唱，走路不掏冤枉钱。看来白牙花也是头回上道，还算是条汉子，没渴死没饿死，毒日头没把你晒成肉干子。天地老爷，出门挣钱就那么容易?我宗德啥难听的话都不说，念你是早出来几辈子的东湖湾人。白牙花，你就丢展拓了走你的路去，走你的路去……

宗德正这样思谋着时，被啪嗒一声类似搂枪的声音着实吓了一跳，立刻有股子阴气冲得头皮发炸。好你个白牙花，莫不是腰里别着个真家伙?不知白牙花摁响了腰里的啥机关，手里耍把戏般晃出一叠崭新的票子说："我们合伙做笔生意，倒腾上几个月的羊皮啥都有了。也不劳你出力气，领个路认个门就行。"

宗德这才识得白牙花要陪他一夜的花花肠子。

黑暗中，宗德的目光像一道闪电射向白牙花。大漠深处坡高梁陡，这辈子没成想还能和皮贩子沾到一起，真是活见鬼了。这时，白牙花也站起身，直挺挺地戳在宗德对面说："是牛犁田，是鸡叫鸣，人可不一样，没见过谁会在一棵歪脖子树上吊死。你走了这些日子，总该把当今的情形看得分明吧？"宗德的眼窝就像突然被人捣了一拳，直往外渗酸水。狗日的，白牙花，让你碎娃子看上了我的笑话。他蠕动几下嘴角，又想恶了声气骂人，说出口的却是："你总该道个姓名让我听。"

白牙花就道了姓名。

宗德不听则罢，一听直后悔，这白牙花竟又是和自家同一个宗族的，而且是孙子辈的。这也不奇，东湖湾人七缠八绕好拉扯，都是穷亲戚。他不愿把这层关系说透，说与不说又有什么意思呢?白牙花又在旁边催促："你给句话，成不成你都要给句话。"

宗德先是沉默不语，过了一阵后才猛地抬起头，一字一顿地说："狗日的，你给我记住，我是你爷。"

……

白牙花一觉睡醒，不见了宗德的身影，四处搜寻，只有一串深陷的脚印叠落在沙梁上。

大漠深处异常宁静。然而过了没多久，20世纪90年代初的那场骇人听闻的沙尘暴便席卷而来，淹没了这个并非多么惊心动魄的故事……

沙枣花开五月天

枣背起一捆柴火走在沙梁上。

柴火捆儿很实沉，把枣细瘦的腰身给压弯了。远远地看去，枣就不是个十八岁的女儿家，倒像是八十岁的老女人踽踽而行。阳光又将枣额前垂落的一缕湿发映得白白的，整个场景愈加的苍凉。

枣仄斜着身子，目光瞄着那蠕动的羊群。羊在粪场上卧过一夜，肚皮都贴着脊梁，嚼草的模样便十分欢快。羊群是爹的，整整三百只，足够让一个牧人平静地度过不温不火的光阴。和羊群相映生辉的是那个屋前日久隆起的柴垛。柴垛码得高大密实，从任何一个角度看，都很威风。柴垛是枣背下的。趁着那个日子还没有到来，枣要在放羊的间歇背回一个大柴垛。

五月将尽的时候，是枣出嫁的日子。

漠风沿着梁坡拂过来，清清爽爽地摩挲枣汗涔涔的肌肤。这时就有一阵幽香倏忽浸入枣的肺腑，又在顷刻间浓酽无比。真是过得好快，整天奔波着忙碌着，却没有在意沙枣花如期开放了。五月天里总会有几场小雨的，沙地就充满了湿漉漉的气息，沙枣花便含了这样的气息在枝叶间探出一串串粉黄，撒落一阵阵幽香，给浑黄的漠野平添了少有的情愫。

五月，是个温馨的季节。

距离自家黄泥土屋不远的那个滩地上，就有一片沙枣树林。枣驻足在沙梁上，感受着一种来自心底的颤抖。枣呢喃着什么，竟忘了背后的沉重，恍惚之间像是走入了一个梦境。云丝袅袅，疏朗的风再度拂过，更加真切的是含了沙枣花那无声的浓酽。

劳作的空余，枣喜欢到树林里走一走坐一坐。只有枣一个人，很长的日子里，枣一个人拥有这片树林。树林边留下了一间土坯房，门窗早已晒得爆裂，有风袭入时噼噼啪啪响个不停，显得有些阴森恐怖，枣是不敢近前半步的，只能站得远远的观望。这土坯房可曾火热过喧闹过，炊烟不断，人声鼎沸，汉子们粗犷的呼唤和野歌淹没了风声。后来，汉子们撤走了，就只剩下一个长长的梦萦绕着，相伴着那间破败的土坯房，相伴着年年五月如期开放的沙枣花。

面对这间土坯房，枣无数次地呆立不动，直到西边的沙梁上贴出圆圆的一轮落日。披挂了夕阳的羊群，像是一地滚动的金蛋蛋，枣就经常被这种虚幻的景致纷扰得阵阵眩晕。枣的脑子里立时会有很多声音纷沓而至，在这些纷沓而至的声音里，分明有一个女人的笑声清婉亮丽水般湿润，连同破败的土坯房都会笼罩在鲜亮柔和的光彩中。这个女人就是枣的娘，亲亲的娘。无论春夏或者秋冬，每逢这种时刻，枣抬起眼就似看见树枝上缀满了串串粉黄。满眼粉黄中，枣能打一个香甜的小盹儿，有时眼角还会浸出几颗细细的泪珠。

枣知道，这样的盹儿，就要结束了。

这个五月到来后，这片树林就要有人来守了。牧人靠天养畜，跟定水草才能在漠野里寻得生计和出路，守了这片树林能做什么？枣对着树林产生了这样的疑问，似是茫然，似在沉思。枣要在五月将尽的时候出嫁，树林也许就需要一个新的默默的守望者。这样想罢，枣又对那个即将到来的守林人怀着一份感动。

那个守林人在一个很平常的中午出现在枣的视野里。

枣起了个大早，拾够一捆柴火后走进了树林。枣踏着散落的树枝，一蹦一跳地躲闪着树枝上僵硬的刺尖。枣这样蹦跳着的时候，就非常例外地活泼起来了，十八岁女儿家的腰身原本就很柔软。枣的举动惊扰了树上的几只雀儿，掠下了几片树叶。几颗暗红色的隔年的沙枣却高高地挑起在枝头，没让春月里的风给吹走。枣停住脚步，仰了头盯住那几颗沙枣，情意就逐渐地浓稠了起来，一个女儿家的馋劲儿也就涌出嗓子眼，舌根下便有酸酸的潮湿不断地滋生出来。这时，不远处有一个声音隐隐传过来了，先是听不清，咿咿嗯嗯的，后来那声音就近了。是有人在唱曲子，牧人的曲子。

两个黑影从东边的一道沙湾子里闪现出来，一点一点地走上沙梁，就像是在一道浪峰间漂泊。一个汉子，一条骟驴。汉子走在骟驴前面，两条长腿很随意地甩动着。背后是瓦蓝瓦蓝的天，汉子和骟驴贴到了天幕上，成了一幅生动的剪纸。

那个守林人果真来了，在这个温馨的五月。

走一道长长的沙梁
怀窝里的酒壶壶空了
手搭凉棚远处里瞭
把个好心的女女丢了

听熟了这样的调儿，没听过这样的词儿，怕是那个汉子编排的。枣听得一字不拉，听得心口怅怅的。这唱词，似是应了屋里的爹和离去的娘，冥冥中与那个故事相通了。枣顿时惊异不已，拘谨地立在树林里，没想到会是这样地遇到这个守林人。

汉子到了土坯房前，卸下驴背上的驮物。金属的碰撞声很刺耳，是锅碗挤了瓢盆。一人一驴两样出气的活物，让寂静的树林立时活泛了，空气也变得黏稠了，是枣很熟悉的那种气息。枣想悄无声息地离去，怎知汉子已将枣罩进了眼眶里。汉子丢下手头的一根毛绳，径直走了过来。

"你是那屋里的?"汉子搓搓手，笑了。

枣却有些慌乱。枣的目光从汉子的手上抬起，在汉子的脸面上迅疾地停留一下，然后望着别处。

汉子的脸面有些苍白，不似长年累月走沙漠的牧人。两道眉毛倒显得很浓黑，偶尔颤动一下，牵扯得那眼睛里随即有活泼泼的光亮闪现出来，接着又黯然了，好像总归是透着一缕心绪的苍茫。对汉子这一瞬间的表情

中国当代西部文学文库

变化，枣还是准确地捕捉到了。

"你唱的词儿是自家编排的么?"枣问。

"胡编，解个慌。"汉子说。

枣抿嘴笑笑，手上拈着一束沙枣花。再看天色愈加深了，天边泛出一道灰黑。枣背了柴火起身，但觉轻巧如飘，没有了往日的那般沉重，枣就知道是汉子在后面帮衬了一把。

枣背起一捆柴火走在沙梁上，与往日不同的是，步履轻盈了许多。

枣放羊的路途与树林的方向相反。

枣在拾柴火的间歇，眺望着树林。枣的脚边有三两只早蜕的蜂儿嘤嗡着。

树林里，枝头更加饱满地缀着大串的粉黄，幽香浓酽得顺风十里八里地弥漫。枣的心里却空落落的。十年间，枣一个人拥有这片树林，现在枣对这片树林却只能是眺望了。枣因此常常想得呆呆怔怔的，想得羊群翻过好几道沙梁不见了身影，才能回过神来。

那天，雷声轰轰隆隆地炸响了，阴云压得很低。半夜时分下起了雨，粪场上羊群凄楚的咩叫伴着雨的沙沙声，飘进黑如锅底的土屋里，显得阴冷苍凉。枣躺在土炕上，倾听着淅淅沥沥的雨声，无法入睡。枣睁眼瞪着屋棚，夜又把眼珠子染得生疼。直到熬得酸困难挨时，枣才昏昏沉沉地睡去，却于梦中飘飘出屋。梦中的枣就走进树林里了，树林里火光闪烁，映红了好大一块沙地。汉子们围住火堆欢呼雀跃，扭动着大腿和腰板跳舞唱曲子，粗粗犷犷，野野莽莽，过节一样的快活无比。枣也认出了坐在火堆旁边的那个女人，那个女人就是年轻的娘，娘的面容还是那么俊俏。娘的身上披满了细碎金黄的沙枣花瓣。

一大早，爹在被窝里抠着干枯的皮肤。枣抱了些柴火添进炉坑里，半盒火柴都擦净了，炉坑里还是潮潮的一缕白烟。看着淋湿的柴火，枣立在那里一时不知所措。怎就忘了睡前备下些干柴?爹有个习惯，天冷时要等屋里烘热了才起身。早先是娘起来烧火，娘离去后，这十年就由枣接手这活计。爹叫烟熏得躺不住，极不情愿地穿了衣服，然后盘腿坐在炕沿上抽烟，脸拉得长长的阴阴的。见爹这副模样，枣的心里又是一阵阵烦乱。

爹问："羊都在么?"

枣答："在。"

"给过草么?"

"没。"

"咋?"

"草都湿了。"

一天的劳作便这样开始。

爹问，枣答，父女俩的对话永远这样简单而淡漠。

雨停歇了。

雨后的草棵得着了滋润和温暖，打着旋儿低吟浅唱。

这个雨后，枣决定还要到树林里去。

爹的一双老眼充满了狐疑。爹知道树林里已经有人了，那里飘起了炊烟。从土屋通往树林，枣已经踏出了一条小路，小路高高低低弯弯曲曲的，起伏于沙梁和滩地之间。枣走在沙梁上，眼睛一直盯着树林和土坯房，也寻着那汉子的身影。枣设想汉子淋过半夜的雨，该是怎样地缩做一团，脸面上是怎样的愁苦神色，今早那缕炊烟就没有飘起。到了树林边，枣却看见汉子站在土坯房前，又是蹬脚又是甩胳膊，还唑唑嘀嘀地哈着粗气，一副悠然自得的样子。树林里残存着一层淡淡的湿雾，若断若续，缠缠绵绵。汉子站在湿雾中，站在花香里，朝着枣举手，朝着枣呼唤。枣勾着头，慢慢地走到汉子面前。汉子热情地邀请枣进土坯房，不显一点陌生。墙上的烟垢依然如故，置身其间宛若坐进了黑缸里，枣一下子就又走进那个故事里去了。十年前，这土坯房里酒味、烟味和汉子们的汗味稠得流油，娘的半个屁股斜斜地靠住炕沿，边纳鞋底边和汉子们说笑，娘在这样的气氛中纳完了许多双鞋底。如今物是人非，枣凄楚地摇了摇头。

枣只是摇着头，说不出一句话来。

汉子不知道其中的故事，误以为是一个女儿家的挑剔，目光里便有了讨好的意思。汉子朗声大笑，笑罢了说："嫌脏嫌破?不出两年我就扒掉它，再盖起砖边挂瓦的白灰房。"枣听了汉子这样说，就像是让一根箭镞扎了心窝，怔怔地盯着汉子，眼里是捉摸不透的哀怨。这土坯房和树林日夜相伴，溶进了一个真实的故事，也留给枣一个长长的做不完的梦。枣很认真地看着汉子，心想汉子你真是要做守林人，过那长久的苦日子么?

"你十几啦?离了爹娘就不怕孤单?"枣说。

"大姐你就猜。"汉子嘴甜，一声大姐叫得响亮。

后来，枣才知道汉子其实比自家大，连头带尾够了二十岁。枣没有说透自家的年龄小了一点，枣只是笑了笑。这时，汉子的话就多起来了，汉子说自家曾经在百里外的小镇中学念书，爹娘过世太早，孤儿没人承担学杂费，只好从半道上返了回来。汉子一开始还说得平静，后来声音就低了下去，结尾时喉咙已经有些嘶哑了。应了留给枣那最初的印象，汉子的目光里总是透着一缕心绪的苍茫。

枣突然觉得渴了，就顺便捧起灶边落了草屑的半碗水喝尽。

枣很想告诉汉子这树林里曾经的故事，很多野野莽莽的汉子，当然少不得娘，娘是这个故事的头角儿。枣盯住落入碗底的草屑，想着这个故事应该怎样开头。整整十年了，枣从来没向旁人提起过，只在梦中一遍遍地重复。

不远不近，有一个苍老的声音在呼唤，沙哑低沉。

枣走出土坯房．爹黑黑的背影正摇摇晃晃地从一道沙梁上消失。

爹又坐在炕上喝烧酒了，老脸喝得通红。爹的日子除去一群羊，剩下的就是烧酒。爹没打过娘，十年前那天夜里的一巴掌，却把娘给扇走了。后来，听说娘趟出沙漠，渡过黄河进了后大套。据说那里是浩浩八百里米粮川，人影稠得像雨后的蚂蚁。

枣再也忍不住了，突然一声呼唤：娘呀。

爹的手被火烫了一样抖了一下，酒盅儿掉在了炕上。

枣八岁时，逢了一群汉子走进树林里围田，翻土压沙种粮食。

娘出屋手搭凉棚往树林里眺望一阵，说来了那么多人，准定红火热闹。娘就一只手牵着枣，一只手拿着针线，缓缓地往树林里走。到了树林边，汉子们正在大手大脚地筑着土坯房，一溜亮闪闪的眼睛齐刷刷地摆过来，就响了起狂浪的曲子：

　　十八的哥哥屋顶站
　　手搭凉棚往远处看
　　放羊的妹子你才来
　　两眼汪汪我泪不干

娘的脸面就红成了熟透的沙枣，几颗细碎匀称的雀斑正是那枣皮上的粉点儿。娘是苦苦的出身，娘的脸面却有着熟透的沙枣的粉艳。娘在方圆百里的漠野是个人物，有端正的脸盘和苗条的身段，补丁缀到娘的衣裤上，立时成了花朵。

后来，娘又走过了几次。后来，娘再进土坯房时，就将半个屁股靠住炕沿纳鞋底。

汉子们说："一双鞋底千针线，针针不离线，讨得一双走沙漠。"

娘说："憨儿叫声娘，白送鞋一双。"

汉子们难不住娘，娘对答如流。汉子们笑，娘也笑。枣跟了娘去，又让娘背回来，枣在娘的背上摇摇晃晃，睡得格外香甜。爹有时要等到天擦黑，见了娘时那脸面便抹了锅灰。是娘把爹的饭食给误掉了。娘就挨近爹说："一阵风刮过，一阵雨下过，沙枣熟透要落了，再不吃就让刺猬驮进洞了，我给你蒸香喷喷的枣馍。"娘细声细气，说话像唱曲子，把爹的气先消了。娘屋里屋外赶紧忙活，把爹喂饱了。

爹盯着灯影下洗锅刷碗的娘，笑了又笑。

娘果真领着枣拾了几次沙枣。

娘用一根长枝子在枣窝处搅动，红红艳艳的沙枣便纷纷扬扬地飘落下来，然后拢堆了盛进芨芨筐里。粉白的发面里夹一层沙枣，柔软酸甜，有一股特别的醇香。那日子便也如枣馍，酸酸甜甜的。有时逢见汉子们喝烧酒，要留娘坐一阵，一碗烧酒伸到娘面前，娘接住酒碗噘起嘴唇轻轻抿一口。汉子们立刻精神大振，将喝干的酒碗扣在地上，拼成北斗七星阵，跳那野野莽莽的舞，唱那粗粗犷犷的野歌。娘搂住枣轻轻摇晃着，枣就觉得每一棵树都在摆动，每一道沙梁都在荡漾，整个世界被一群癫狂的汉子搅挠得醉醺醺的。

那晚，很迟了，娘才回到屋里。

爹的一只大手就凭空伸过来，提起枣丢到炕角，粗恶的声音照着娘吼："我把你这个贼婊子，撕碎了才好。"娘的脸面一下子变得寡白寡白的，仿佛突然让秋风的寒凉给浸透了。爹的大手攒足劲扇到娘的脸面上了，娘的半个脸便肿成了枣馍。爹的两眼烂红如血，提了烧酒瓶猛喝，直到把自己喝得软成了一摊泥，才安安静静地睡过去。夜里，娘把枣搂得紧紧的，饱饱的乳房贴住枣小小的身子。娘的乳房汗涔涔的，渗出了那种熟透的沙枣的酸甜芳香。

枣在娘的怀窝里做了最后一个梦。

枣跟定娘走，娘穿的是黄花绿叶的新衣新裤。树林蜿蜒于漠野之中，眼前总有走不完趟不尽的绿色，娘和枣就在树林里不停地走啊走。漠风掠过树梢，发出凄厉的呼啸，吹落了一地枣花的粉黄和沙枣的红艳。

枣醒了。被窝里只剩下枣，身边端放着一只芨芨筐，筐里是酸酸甜甜、香气扑鼻的枣馍。

娘——

枣光着脚板追出屋去。通往西山脚下的土路上，娘的身影夹在汉子们中间。天色阴沉沉的，漠野让灰色的云层压迫着，西山隐隐显出铁青色的轮廓。一切都在极力模糊着枣的明媚的记忆，用一种硕大的雾幔包裹了枣，枣却这样永远地记住了这一天。后来，娘转过身，掩面恸哭了一阵，然后猛地回头走了，任枣怎样呼唤终是不再停步。娘在土路上蹒跚着，飘起一角的红围巾像一团抖动的火苗慢慢地熄灭了，与蠕动的人群融成醒目的黑色。

树林就这样被遗弃了，像一条残败的大船搁浅了在凝固的海滩上。

爹也没有再娶，有几个传过话的女人，都让爹的沉默给挡了回去。对自家的女儿枣，爹也是倔强得不吐一字。爹将所有的苦涩，盛进屋后堆积如山的空酒瓶里了。

那树林照例年年绿，年年开花结枣，花香把五月的漠野熏得浓浓酽酽。

这天早晨数羊时，少了四只。

爹瞪了枣一眼："你成天到晚屋里屋外尽想些啥?丢了魂一样。"

枣说："我出去找。"

爹说："我去吧，顺便到西山后面，再说说那日子。"

那个日子剩下不多天了，爹还要再去说，明显的是不放心枣，怕枣在这些日子里惹出什么事情来。枣原想在不喜不哀中挨过去。现在，枣的心里却多了一份慌乱，很想对爹说点什么。还没容枣张口，爹骑了黑骟驴的身影已经晃远了，拴在黑骟驴脖子下的铜铃铛响得悠长。再过几个时辰，爹的屁股坐到人家的炕上，大模大样地吃手扒肉喝烧酒。西山后面的草场好，牧人的日子过得富足。上个月爹去赶人家的酒场时，便把枣给许出去了。

爹的身影隐进西山脚下，枣才记起没洗脸。枣捧了一把冷水胡乱地擦了擦，半截木梳插进头发里，一条辫子散开许久都没能理顺，这边梳好了，那边又乱了，总也梳不好。这时听见背后有人笑，枣方知那个汉子在身后站立了多时。这是汉子头一次到屋里来，枣记得她并没邀请过汉子。

汉子说："我给你送羊来了，四只羊昨夜钻进了树林，肚子吃成了锅。"

枣想这羊也怪，能吃得饱草，怎就还要到树林里去。这时枣又真切地闻到了沙枣花的幽香，转身便撞上了一团粉黄。粉黄鲜亮得令枣眩晕，枣过了好一阵才接受了汉子这般清亮的特别的礼物。沙枣花静静地释放着芬芳，也燃烧着一片火热。枣想起爹不在屋里，汉子是看见爹骑着骟驴走远了才来的么?汉子肯定是看见了，站在树林边看了许久，直到爹的身影消失。枣心慌意乱。枣就把脸面埋进一团粉黄里，让沙枣花遮掩了一个十八岁女儿家真实的羞窘。

汉子说："我来借一样东西。"

枣说："哪样东西?"

汉子说："包谷籽。"

枣从粉黄中扬起脸，茫然地看着汉子。汉子你怕是调笑吧?牧人谁吃那东西?那东西天旱喂羊当饲料。汉子是锅里断顿了吧，给你舀了黄米和白面，屋里存下好几缸呢。

汉子说："我要种几垄包谷。"

枣说："你这些日子就是开那荒枯的田垄?"

汉子说："就是。树叶儿沤得地里肥，今年雨水又不错，秋里收了谷子和秸秆，养一群羊喂上，不愁没有好日子。"

汉子扛起一袋包谷籽走了。

汉子临走又留下一句话："记住一袋包谷籽，秋后还你两袋。"

枣就疑疑惑惑的，循着汉子的背影也往树林里走。枣要看个究竟。蹿上一道沙梁，枣就信了。

树林里有了很深的变化。树根处的枝丫削了做了田垄的栅栏，田垄开得直直方方，油黑的泥土泛着熏腥，飘落的沙枣花瓣点缀其间。汉子怀窝里抱个盆子，开始点籽下种。金黄的包谷籽粲然落下，一颗又一颗，被汉子踩进泥土，身后留下一行匀致相叠的脚印，脚印里溢满了如水的阳光。汉子做得十分专注，完全沉浸在忘我的劳作中。漠风掠起了汉子那满头黑发，像一簇缓缓游移的草蓬。看来，汉子是要在树林里过那长久的日月。

一股甜美的倦意悄然袭来，枣站立不安。

枣闭起眼，很大胆地在内心深处呼唤着汉子。树林婆娑，花香袭人，鸟儿鸣啭。幻觉中汉子蹿上沙梁，慢慢地向着枣走来了，越走越近。汉子那张年轻的脸很明亮很生动，洁白的牙齿上闪烁着五月的温暖的光芒。汉子在枣的耳畔轻轻地诉说着，说的都是枣从来没有听过却又很想听的话语。枣的呼吸就开始变得急促起来，双手慢慢地抬起，像捕捉一只小鸟，又像要搂住一截树身。就在枣要倒下去的瞬间，枣睁开了眼，看到的只是自家脚下一片浅浅的投影。汉子依旧低头点着包谷籽，并没有意识到枣的存在。枣的心里一阵阵绞痛，就想哭，真的就想哭一场呢。

枣掉头一路小跑，到了土屋前才清醒。

搁在窗台上的小圆镜里，映出的是一个面色苍白、恍若醉酒的女儿家。那束沙枣花还在那里，静静地躺在窗台上，静静地散发着浓酽的芬芳。

枣知道，这是最后一束沙枣花了。

五月过后，探出枝叶的将是青绿酸涩的小小果实。

枣瑟缩地默立在屋檐下，耳畔有不息的雷声隆隆响来。天际照例是一片瓦蓝，一道道沙梁相拥着起伏着，似是向一个神话般奇妙的远方延伸着。枣的手颤抖着，要抚摩那最后一束沙枣花，手举起时又是入梦的样子，过了许久才软软地落下。枣浑身一阵抽搐，就呜呜咽咽地哭了。

在五月将尽的日子里，枣的眼中噙满了泪水。

墙上的裂缝

　　队里给社员们犒劳了一顿手抓羊肉，会就散了。偌大个院子前几天还闹哄哄的，现在也变得空了。

　　只有几个人被留了下来，都是年轻力大的壮汉，队长亲自选定的。根子是自己愿意留下来的，就他瘦，像根秋后的高粱秆子，把队长为难了好一阵子。再说，不留根子也是好心，根子结婚才两个月，按说那份新鲜劲儿还没过去呢。队长想让根子回家去，别让新媳妇干等着。这样的话又不能说得很严肃，队长就半开玩笑地表示了这种想法，更有领导对群众的关心在里面，这也是谁都能听出来的意思。

　　根子的态度却很坚决，好像想都没想，就抻直了细长的脖梗，将一张瘦脸憋得通红，说，我就是要留下。根子话不多，就这么不软不硬的一句，理由很充足的样子。

　　根子就这样留了下来。

　　留下来的人还要喝酒，却找不见根子，像是根子又突然消失了。

　　有人说，根子这个人，愣头巴脑的……正说着话，根子却悄无声息地进了屋，话就打住，再没往下说。根子的胳膊上搭了一块羊毛织成的粗线单子，那样子是要找他睡觉的一个地方。这屋子大得很，一面通盘长炕，能并排躺几十号人，夜里咬牙切齿放屁打呼噜的恶声不断，仿佛屋子里圈着一群野兽。看见根子进屋，喝酒的壮汉们便谦让着，说等你半天了，你也来咂上两口，睡觉更舒坦。根子不语，也不回头，径自走了过去，还带起一丝风出来。

　　就有人说，哈，你个狗日的，没看见队长在么?眼睛长到屁股上了。

队长很宽厚地笑笑，白胖的脸在一盏咝咝作响的马灯下，变做了粉团。队长的位置靠着里首的炕墙，脸正对着屋门，队长是第一个看见根子进屋的。别的人坐在队长左右，状如八大金刚，整个布局看上去有点像威虎山。都知道队长这人很少摆架子，同样地好酒，有酒喝从来不拒绝，而且量还大，三个五个人敌不过。根子那不理不睬的样子，很是让屋子里静了静。队长这时突然说，你们是不是看见马灯有点晃?壮汉们都把头仰上去，两眼直瞪着马灯。晃没晃的，却没人说话，都像是被一个重大的问题困惑着，一时不好回答。队长说，那就是我晃了，不行，我得赶紧睡觉去。队长的屁股挪腾几下，下炕跐上了鞋。大屋的正对过是一个小套屋，小套屋是队长的办公室兼宿舍。

　　队长进去的时候，又回过头说，你们接着喝。

　　再没了喝的兴致。酒喝得夹生了，有人难受，有人不满。都是能一口气扳倒三岁牛犊子的壮汉，此时就等着让酒把自家也扳倒呢。有人将目光投向了根子，根子已经睡了，他选择的是靠墙的地方，盖着那块羊毛织成的粗线单子。这样的单子盖在根子身上，很像是蒙着一层纸，在马灯下有些瘆人。根子没脱鞋，还把半截裤脚扯了出来。大热的屋子，壮汉们都露着肉。

　　有人说，根子你睡觉就不脱衣裳么?

　　有人说，根子你不脱衣裳咋弄你媳妇呢?

　　一阵说笑罢了，根子还是一动不动。有人觉得没啥意思，这么个愣头巴脑的人，有啥耍头?还不如找副扑克牌耍"花花"呢。"花花"是扑克牌的一种耍法，里面既有诡诈，也有运气。高手能依据自己手里的牌，把对方的牌算得一清二楚，就敢下很大的赌注，壮汉们都是耍这种牌的高手。没找到扑克牌，有人建议睡觉。争执了片刻，不知是谁起的头，唱起那首老掉了牙的歌曲：天上布满星，月牙亮晶晶，生产队里开大会，诉苦把冤伸……壮汉们借着酒劲，唱得很粗野，果真将马灯撼得摇晃了起来。反复过好几遍，直到嗓子能扯出血才停住，才歪倒身子，横七竖八地躺了半炕。

　　八月里的日子。

大漠深处的夜空洁净得很，天上真的是布满了星星，月亮也亮晶晶的。

天亮了。

太阳出来照四方。早晨的阳光照在四周的沙梁上，又是流金又是淌银，还有大片的红。沙梁上长着白茨，白茨是一种很普遍的草棵子，逢了雨水便会泛绿，抽出极细的枝条和叶子，结很小的果实，果实极酸，有一股子苦味。白茨的枝条摇曳着的时候，轻浅中有那么一种生动。再就是静，静得雀儿都收敛了声息，落在草棵子上像是不知所措，然后"嚓"的一声飞走，转眼不知去向。

也只是一阵子，阳光变得煞白。空气一下子就热了，是那种让人逃都逃不脱的热。

沙梁下的一小片滩地上，也围着半圈土屋。当间有一口井，井绳被卧杆挑起后垂成一条笔直的线。还有几棵沙枣树，树上的叶子卷曲着，好像缀满了细巧而精致的喇叭筒。墙上还写着字：好好学习，天天向上。字是用红土写的，字就显得有些陈旧，走近了才能瞧得真切。这里是大队的民办学校。学校已经放了暑假，空无一人，从破败的门窗里透出一种还没有完全散尽的孩子们身上的气息。屋檐下遗落着一只半大不小的鞋，鞋帮让干翘的牛皮底儿扭曲得改变了形状，咧着嘴要嘲讽什么似的。不知是哪个孩子丢下的，只有一只，另一只早不见了，让风给埋掉了吧？

在大漠深处的一年四季，这里是最热闹的地方。不仅热闹，而且还有一层稀薄的文化气息。一名女教师，率领着十几个牧家的孩子，组成了一个临时的欢乐的大家庭。明朗的读书声，让不少牧人经过这里时停下来，因为这里头就有自家的孩子呢。

后来，那个女教师嫁人了。

新的教师正在物色当中，但有一定的困难。这个问题有人在刚刚结束的社员大会上提了出来。还有人说，学校的屋子也该修一修了，虽说一年下不了几场雨，可大小有一场雨，学校的屋子就漏水。队长很严肃地说，会散了就办，娃娃们的事情要紧。

于是，队长留下了几个年轻力大的壮汉。

根子是自己愿意留下来的。

那个女教师嫁的人就是根子。

是队长亲自做的媒人。

——就这么回事。

队长现在率领壮汉们走进了学校的半拉院子。

有人说笑着，没人回头看根子，就像根子是一个不存在的人。根子肩上扛着一把铁锹，走在最后面，眼皮子有些塌。屋顶上那几个熏得很黑的烟囱，像是身着黑衣的人，静默着，看上去很深冥。根子把扛在肩上的铁锹拧一拧，铁锹鼓起的背面有一部分很光滑，正对着太阳，一道白光一闪，很刺眼地一闪，随即熄灭了。

根子这个人，和壮汉们一比确实是太瘦了，但是个头不小。是不是人一瘦就会显出个头来，也是说不定的。根子还留着个偏分头，像是个有文化的人。其实，他连一天学都没上过，学校墙上的那些字，他一个都不认识。根子这是头回到学校里来，更是头回离得这么近，再走几步就要贴到学校的墙上去了，就要贴到那些字上去了。根子看见墙上的那些字了，每个字都比骆驼蹄子还要大，有两个字是一样的，并排在一起：好好、天天。在根子眼里，这些字更像是"字"，他能觉出这些字都很不一般。这些字写得这么大，而且要经久地写在墙上，让人一遍一遍地去读去看。根子有些惊讶，感到这些字长了腿脚从墙上走了下来，要袭击他。

根子犹豫着，不敢再往前走了。

这时，有人喊根子：你快过来，磨蹭个啥？队长要给我们分工，谁干啥都得听清楚。

根子的脑子里空了空，被谁牵着似的加快了脚步。

壮汉们一字儿排开，蹲在墙根儿下抽烟。几丝淡蓝色的烟雾从壮汉们散乱的头顶上袅袅升起。烟这种东西真是厉害，让沉寂多日的院子立即有了生气。

队长却站在写有字的墙下，揭起一角衣襟扇着汗，肚皮和腰部全裸露了出来。队长身上的肉很白，但并不怎么结实，扇汗的时候就一抖一颤的，很快活的样子。根子还看见了队长的那个肚脐眼，肚脐眼以下长着一些细而弯曲的毛，毛很黑，肉在一抖一颤的时候，黑毛也跟着动弹，像一些怕冷的小虫子。队长身上的肉确实白，该长毛的地方也都长着毛。都说好男一身毛，队长还真是一条汉子呢。

根子盯着队长肚皮的眼睛眨都不眨一下，神情竟有了一些迷恋和固执。

根子眼里这时除了队长的肚皮，似乎就没有别的什么了。

有人拍了根子一巴掌：你狗日的大天白日里还能站着睡觉，是啥样的牲口转世的？

队长把衣襟放下来，对根子笑一笑，说，根子你是看墙上的这些字么？

根子被队长这么冷不丁地一问，竟没有反应过来，不知该说啥了。

有人说，这些字都是队长写上去的。

队长说，写了整整一天呢，一笔一画都不能有错，出了错就是大事。

根子这才知道，这些字都是队长亲自写上去的。

根子的任务是打水浇土。

把井里的水用帆布兜子提上来，浇到土堆上去。土堆大得像一座小山，中间再掏出一个盛水的大坑。土里掺了铡得细碎的马莲草。要填满这么一个大坑，把土都浇透了，并不是一件很容易的事情。

根子的眼里都是水。井水是死水，多日不用已经沤得有一股腐臭了。水面上还漂浮着一些被泡得开了花的羊粪蛋儿。根子干得很踏实，尽量让每一兜子水都盛得满满当当的。过了不长时间，井里的水就变得清澈了。根子还看见接近水面的地方，长着一颗透亮的白蘑菇。根子不愿意让自己停下来，停下来的时候，就忍不住地想一些与打水完全无关的事情。

根子已经想了很久，有两个月了吧？

打水浇土的活算是最轻的了。这是队长分派给根子的。队长的意思是，你是个瘦小的人，就该干最轻的活，至于那些和泥跟抹房泥的事情，就由他们几个壮汉去承担。谁让你不回家呢？你自己愿意留下来，也是没有办法的事情啊。

队长是语重心长的，甚至还有那么几分无奈。队长分派任务的时候，眼睛总是很温和地注视着根子，看那样子真是有点痛惜他了。

有人说，队长你怕是偏心他吧？

队长笑一笑：你们还要让他干些别的啥呢？

有人说，他可是娶了队里最漂亮的姑娘。

队长说，啥样的姑娘也都是要嫁人的。

有人说，他娶的可是队里最好的女子。

队长说，根子都三十岁的人了，总不能让他打一辈子光棍吧？

有人说，还让不让人家接着当老师呢？

队长说，当不当的，现在得让根子说话。

几个壮汉铲完土，坐在墙根儿下说着这样的话，这样的话无疑是要说给根子听的。根子一句都不落的听到了。干燥的空气里，弥漫着一股焦糊的味道，没有一丝风，树叶子静止不动。壮汉们和队长你一句我一句的对话，温温软软的，像一团揉好的面发酵着。这样的对话，又极具催眠的效果。在阔大的空间里，又像蜜蜂一样穿梭着，酿制出一种甜蜜。根子垂头提着帆布兜子一路小跑，跑着跑着，就觉得自己的脑子快要被吸空了，很想美美地睡上一觉。

有一些水泼出来了。

帆布兜子上的一只铁钩扎了根子一下。根子的裤腿是卷起来的，他很快看见自己被水打湿的腿肚子上渗出了一点血。血在水的作用下扩散得很快，蚯蚓似的往下爬去，又悄无声息地经过脚面，要钻进土里去。

根子被自己的血刺激得兴奋了一下。

根子将剩下的半兜子水倒进土坑里。土堆上斜插着几把铁锹，锹头很深地埋进土里，只剩下光滑的木头把儿。根子就抽出了其中的一把铁锹，锹头被土摩擦得更加洁净，而且很锋利，闪烁着极强烈的金属的光芒，阳光"打"在上面，发出哗哗的声音。根子感觉自己听见了这种声音，这种声音很奇特，水一样地流向全身。

根子就这样端着一把铁锹，站在正午的太阳下。

　　他想的是，开始吧，还想啥呢？这就开始。然而，他在颤抖，先是轻微的，接着颤抖的频率就加快了，通过光滑的木头把儿传递到锹头上。锹头大幅度地摆动了起来，使得那反射的阳光变得虚幻而迷离，又像一摊水那样地被溅碎了。

　　壮汉们和队长都靠在墙根儿下，有人打着呼噜。呼噜声很混杂，分不清是谁的。队长把并不怎么干净的白褂儿彻底敞开了，袒露出很白的肚皮和胸脯。从肚皮和胸脯起伏的程度看，队长也是打着呼噜的。队长的胸脯当然也很白，而且格外的大，显眼地垂落着，垂落终止的地方有两道弧形的阴影。阴影和黑色的奶头组合在一起，便成了一副面孔：眉毛和眼睛。只是这样的一副面孔却颠倒着，眼睛长在了眉毛上面，像是一颗巨大的光秃秃朝下的人头，让人顿生惊骇。

　　队长睡过不小的时辰，扭动一下白胖的身子，醒了。

　　队长看见根子端着一把铁锹，站在土堆前。

　　队长这时就把嘴张大了，有一点愣怔。

　　很快地，队长又笑了。

　　根子你是要堵土堆下的漏眼么？队长说。

　　根子这时也觉出光着的脚板有些异样。土堆里的水正咕咕嗞嗞地漫过根子的脚面，向低凹处流去。流动的水在不远处聚起一个白亮亮的水洼，水面上有一些黄色的气泡，拥挤着逐个地破灭。再看土堆里的水，差不多已经漏光了。

　　根子将手里的铁锹很准确地插进漏眼里。

　　几个壮汉也醒了。有人被眼前的情景弄得迷里迷糊的，继而忍不住有些气恼，就说，你个狗日的根子，连个土堆上的漏眼都堵不住，你说你还能干个啥？

　　晚间歇息下来，啃羊骨头，还要喝酒。

　　队长拿着仓库的钥匙。保管员回家去了，就把钥匙留给队长，仓库里有社员们四季的口粮，有风干的羊骨头。队长还拿着代销店的钥匙，代销员回家去了，也把钥匙留给队长，店里有成桶的烧酒。这样做主要是方便了社员，每一回驮粮买东西都不落空。沙漠牧区天大地大，社员们难得到大队部走一趟，落了空，谁的心里都不忍。

都说，队长这个人账目算得明白得很，经手的钱货两样清。

都说，队长这个人做事勤恳得很，心里尽想着社员。

队长的家远在四十里外，让婆姨领着几个孩子，放着一群羊。队长是个不经常回家的人，一年里的绝大部分时间都蹲在大队部。

有这样的队长在，可就是社员们的福气啊。

好汉不做泥水匠，这是一句相传古久的话。队长知道其中的苦累，就让壮汉们敞开吃喝，醉了也不要紧。酒是汽漏水，先软胳膊后软腿，也就是一泡尿的事情。第二天两眼一睁，该干啥还照样干啥。

壮汉们就很感激，从心里服帖队长。吃喝得起劲，活也干得好，学校的几间屋顶都给抹上了厚厚的泥皮。还剩下一些和好的草泥，队长说，把前墙也抹了，匀匀地抹上一层，好模样就出来了。学校是大队的门面，弄得鲜亮些让人心里也舒坦。再说，为娃娃们，行善积德呢。

有人说，那些字咋办？

有人说，队长你一笔一画写下的。

队长笑笑：再写么，我再一笔一画地写。

队长想了想，又说，让代销员买桶红油漆，字还要再写大一些。

队长和壮汉们一边吃喝，一边商量着事情的时候，根子依旧躺在靠墙的炕上，盖着那条羊毛织成的粗线单子，也没有脱衣服。偶尔地动一动，胳膊搅得单子晃一晃，想必是身上生了虱子吧。

根子睡前啃了几块羊骨头，尽拣那肉少的。

队长看在眼里，拣了一块肉最多的羊胛板给根子，依然用温和的目光注视着。根子像是很不情愿地接了，吃的时候默不作声，两个又瘦又薄的腮帮犹豫不定地凸鼓着。按规矩，这羊胛板肉是要大家分了吃的，吃了人人有福。此俗在沙漠牧区绵延相传，经久不衰，究竟有什么深意，却不大有人去追究。追究个啥呢?有肉吃,而且吃了人人有福,这就是很好的意思了。吃肉本身就是一件很大的幸福和满足。

队长让根子一个人吃了羊胛板肉,应该算是破了大例。

壮汉们的眼里多出了一种惊愕。

队长说,咋了?让根子多吃一点肉不该么?人家还给你们省了烧酒。

有人说,是他自己不愿意喝。

有人说,咋就不把肉也省下呢?

根子手里的羊胛板有些摇晃,整个的人却突然地生硬了。根子低垂着头,像在积蓄着什么力量。

队长开始不悦,面孔严肃了起来。

队长说,你们不能这么对待根子,我就拿根子跟亲兄弟一样。

队长又说,根子你把这块羊胛板肉吃掉,酒喝不喝都行,我也不想喝了。

有人说,根子你吃。

有人说,我们是有口无心,随便说说的。

根子就把羊胛板肉吃了,慢吞吞的,样子很艰难。根子吃完了,就去睡,壮汉们也不再说啥。有人想,就因为我们随便说了几句不中听的话,队长连酒都不喝了,队长可是正喝在了兴头上呢。

头顶上的马灯咝咝地响着。屋里有些暗,壮汉们的脸黄恹恹的,气氛也有一点沉闷。屋里就热了,汗臭加上酒气烟气和肉味,这几样混合在一起,空气就变得稠乎乎的。

过了许久,有人说,队长你想得周全。

队长就很谦虚地说,周全不周全的我不敢说,可我都得想,我把能想得到的都想到了。

有那么一阵子,队长陷入了沉思,又像是睡着了,粉团的脸上有一种很凝重的东西。渐渐地,那凝重又变得凄然了。

壮汉们都静悄悄的,大气不出。

后来,队长又睁开了眼,缓慢而沉重地说,谁让我是你们的队长呢?

这时,月亮升起来了。

月光照进屋里，白晃晃的。

壮汉们劳累了一天，又喝了酒，睡得很香甜。他们横七竖八地躺在炕上，就像一堆散乱的羊骨头。更加可笑的是，有人把自己脱得一丝不挂，不知道这个没羞没臊的壮汉正在做一个什么样的梦。

根子睡觉的地方是空着的。

睡在炕上的壮汉谁都不知道根子是啥时候出去的。

外面静得很，皎白的月光把大队部的院子和四周的沙梁照得亮如白昼。大漠深处的月夜总是这样，无遮无拦的，掉根缝衣针都能拾得起，更不消说别的什么。事实上，在这样的月夜下，一切都显得并不那么真实，一切的事物与在白昼里的不大一样，被放大了，被虚幻了。当地牧民中患夜游症的人不少，每逢月光洒满大地，他们的夜游便开始了。或者去滩地上打柴，或者到井上打水，还有人端坐在月光下搓一根细长的羊毛绳子，行为看上去比白天还正常。他们有一个共同的特征，那就是，保持着高度的沉默，目光率直而坚定，脸上沉浸着一种肃穆而圣洁的光芒。

现在，根子的行为就具备了这样的特征。

根子蹑手蹑脚地走出了屋子，他不想打搅任何人。和前几天一样，根子睡在炕上彻夜难眠，这使他迅速地消瘦了下去。根子背对着坐在炕上喝酒吃肉的队长和壮汉们，无一疏漏地听到了他们的每一句话，那些话在他的脑子里不断地回旋着。

根子现在开始了他的"夜游"。

根子走出大队部的院子，径直向学校走去。从大队部到学校足有两里路，其间要翻过几道沙梁。小路羊肠子一样纤细，明显地凹了下去，使小路看上去更像一条羊肠子。路的两边长满了白茨，白茨细长的枝条和碎小的叶子，在月夜里是一种深刻的墨黑。根子悄然地行走着，他看到了废弃在路两边的许多东西，电池、破布片、羊骨头和空烟盒。根子走得很慢，两里路走了不少时间。快到学校的时候，根子闻到了水和泥土混合着的潮湿的气息，突然加快了脚步，走到学校屋子前，站在了没有用完的泥堆旁边。泥堆让壮汉们抹得圆而光滑，表面上甚至看不见一根马莲草。这样做是为了保持水分，抹墙时用不着再费事了。这堆泥抹一遍学校的前墙刚刚够用。队长想得很周全。我把能想得到的都想到了，这是队长亲口说过的。

根子把墙上的字又看了一遍。

这些比骆驼蹄子还要大的字都是队长亲自写上去的。这些字与白茨的枝条和碎小的叶子一样，在月夜里也是一种深刻的墨黑，只是比白天的时候大出了一些。几天下来，根子已经熟知了这些屋子各自的用途。劳动的间歇，有人指着居中的那间屋子说，根子，这就是你媳妇住过的屋子，你想一想，那么一个漂亮的女子，晚夕就坐在煤油灯下给娃娃们批作业呢，那一双毛眼眼扑闪扑闪的，把人的心都弄醉了。根子，你再想一想，那是个啥情形呢?根子垂着头不说一句话，更不去看那间屋子，让人觉得这是他新婚之后还没有完全褪掉的一种羞涩。

月夜下，根子一步步走向那间屋子，站在了窗前。

月光投落进去，静静地映照着屋里的一切。靠窗的地方摆放着一张桌子，桌子角上有一盏带玻璃罩子的煤油灯，灯下是一叠孩子们的作业本，放得很整齐。紧里边是一面土炕，炕上光光的啥也没有。这面土炕一个人去睡还有点余地，如果两个人睡就显得拥挤了。事实上，这面小小的土炕上确实曾经睡过两个人，并且是一男一女，在过去不久的那些日子里，在没有月亮的漆黑一片的夜晚……

根子在窗下站立很久。

根子回到了屋里。

队长的小套屋门敞开着，而且亮着灯。

早晨，队长宣布了一条新的决定。

队长扬一扬手里的一张纸，说，我又想了一夜，这学校收拾好了，没有老师咋能行?眼看要开学了，还没有老师，娃娃们都不来，学校还不是个空壳壳?夜里睡不着，我估摸着写了个东西，送到公社去。吃公家饭的人，主意总是大些，再说公社的人我都熟得很。还有就是买一桶红油漆，把那些字再写上去。

队长看看几个壮汉，又说，就剩下抹前墙了，你们几个操持着也能成。我最迟三五天就回来。

队长还一再强调：千万不能给我弄出啥乱子，弄出乱子我对谁都不好交代。

天是一如既往的热。

抬头看看，天上没有一丝云。

学校的前墙上裂开了一道缝。裂缝从墙根儿一直通到屋顶，接着了廊檐。宽些的地方，能戳进去一根指头，隐隐地有一丝凉风从裂缝里渗出来，吹得边上的马莲草一抖一颤的。前几天上房泥的时候，还没有这道裂缝，只是屋顶有些薄，一个壮汉走上去就忽悠忽悠地晃，咋会不漏雨呢?就没想到这前墙要裂缝。不知道队长想到了没有?怕是也没有想到。队长想到了，也许就不会走了。

现在，队长正走在通往公社的路上。

壮汉们都看见了前墙上的裂缝，当时确实是有些惊讶，围在裂缝前有了好一阵子的议论。根子没有参加进来，这很正常，他从来不凑热闹。根子是个沉默寡语的人，这谁都知道。根子只是站在泥堆旁，静静地听着，整个的人看上去更加的消瘦了，脸成了刀棱子，在一层灰白的皮下干翘翘的，目光也很瓷，直视着那条裂缝。裂缝被几个壮汉肥厚的身子遮住了，也许根子的目光这时就已经把那肥厚的身子给穿透了呢。

壮汉们一致的看法是，这前墙确实是该抹一抹的，队长想得真是周全。这前墙要是不抹，裂开这样一道缝隙，还不让人笑掉大牙?

那么，就从这道裂缝开始抹起吧，这也是顺理成章的事情。

几个壮汉舀泥的舀泥，掌抹子的掌抹子，很是费了些力气才把这道裂缝给填实抹平了，跟着有几个字也被抹了进去。这时，再看这前墙，就像一件旧衣裳又打上了一块长条条的补丁，难看得很。不过，等到全都抹上了新泥，也就没啥了。几个壮汉以"补丁"为界，又向两边如火如荼地抹开去。谁都没有留意身后的根子，尽管根子一动不动地在泥堆旁站了很久……

这时，奇怪的事情发生了。

墙倒了。

快跑。有人喊了一声。

接着就是咣啷啷一阵乱响，壮汉们扔掉手里的东西，扭头狂奔，从根子身边鼠窜而过。脱离了危险地带后，壮汉们才收住脚，一律地转过身来。其实，还没等壮汉们完全转过身来，墙就倒下去了，一声沉闷的轰响和震撼过后，便是腾空而起的大团灰雾。没有一丝风，灰雾散得很慢。壮汉们谁也没有说话，却又都大张着嘴，直到灰雾散尽，他们才看见一排屋子的中间部分已彻底坍塌，扯出了一个很大的豁口。废墟之中，斜插着一根粗大而乌黑的顶梁柱。

过了好久，壮汉们才回过了神来。

有人扭头四处看了看，说，根子呢？

都说，根子呢？

人 亲

都说，打断的骨头连着肉，再亲不过是娘家的舅。

我只有一个娘舅。可是还没见过面，不知是什么模样。偶尔也听父亲说起，舅和我娘面貌相像得很，年岁又离得近。如果哪天在啥地方迎面碰上了，满怀激情地喊一声舅，也许不会弄出差错。于是我想，既然像母亲，那么我这个舅一定是瘦而不弱，慈眉善目，和软地说话，闷头儿干活，甚至还有点多愁善感。只是皮肤肯定像所有被日子和风沙揉皱了的男人们一样，是铜钱色的。手指头大概会像父亲的那样，粗壮的骨节上长满了小丘似的坚硬的茧子。

离得远啊。

舅在甘肃河西走廊最西端的东湖湾，我们在内蒙古阿拉善高原的牧区，中间还隔着一道浩浩荡荡的腾格里沙漠，抄最近的路也要不舍昼夜地走上一个月。且途中人烟稀少水贵如油，路途十分艰辛，常有难以预料的危险横在眼前。那时候交通相当不方便，乘脚的只能是毛驴和骆驼，这对于穷困潦倒的老家人来说，已经奢侈得难以想象了。那么就徒步行走吧，腿是自己的，只要甩开大步，就没有走不了的路。当然，行走沙漠深处，首先要考虑的是不能被渴死饿死，这样一来，行者行至最后其实也就差不多变成个地地道道的叫花子了。从五十年前上溯到更远的年代，这曾经是腾格里沙漠深处一道沉重的风景线呢。

老家那地方十年九旱，极为苦焦。父亲出来得早，十七岁时就背井离乡一路向东走，到至今仍蜿蜒着明代长城的贺兰山下落了脚。父亲先是在定远营给山西人开办的祥泰隆商行打杂，后又做起了地地道道的牧民。直到后来落了牧区户口吃上了商品粮，父亲这才将一颗悬浮多年的心放安稳了，把我娘从老家接出来，并且有了我姐和我。虽说不再愁吃愁穿，那浓重的乡思却有增无减。尤其是娘，每逢老家有信辗转而来，少不得泪水涟涟，胸襟湿了一大片。娘格外地思念打小就在一起受苦受难的亲兄弟、我那没见过面的娘舅。看娘那些天少吃少喝，两眼红肿得几日不褪色，姐和我都不敢多说话。晚间，全家人躺在通盘土炕上，听娘讲老家的故事。我们家就像开忆苦思甜的会，娘的思绪大幅度地跨越时空，又一丝一缕地流淌而来，使我记忆的屏幕上，时不时地划过寒冬腊月里的滴血残阳，以及在沙梁上踽踽独行的舅，间或会有古老的石磨、枯朽的沙柳，或者一两只幽光闪闪的瘦鸦掠过。

　　陪着娘落泪是姐的事。写回信则是我的事，娘说，我写，该问的都要问到，记流水账一般。很满的几页纸，我要趴在炕沿上写半日，再一字一句地读给娘听。等到娘点头默认了，再托人送到百里外的小镇邮局发出去，才算却了一桩大事。末了，娘总忘不了缀上这样一句：我这辈子最放心不下的，就是当初没能带着你们的娘舅出来同享富裕。我知道，娘也只是说说而已，做不得主的，何况世间人能共苦而不能同甘也属常理。父亲听了就很不高兴，说天大地大，有能耐不会自己去闯荡?父亲是完全有资格说这样的话的，娘就不敢再言语了。父亲始终对娘有一种遮蔽，娘很像展开的鹰翼下的一个弱小的活物。娘怕父亲，怕了一辈子，受了一辈子，也深深地爱了一辈子。奇的是依父亲那般暴戾的脾气，至死都不曾对娘动过半个指头。对于这个问题，也曾经谜一样地缠绕过我，时至今日我也才想得有些明白了。娘是那种少有的大善而大德的人，娘的身上永远有一种"静"的力量。所谓滴水穿石，柔能克刚，是非常富有哲理的。

　　父亲无意炫耀自己。父亲其实是个少言寡语、严肃有加、极少开怀畅笑的人。父亲却又是个叫得响的硬汉子。父亲站在这样的一个高度上，反衬出了我那没见过面的娘舅的某种懦弱。我问及舅的事体，娘便很忧虑，说得断断续续的，构不成一个完整的故事。舅像天底下所有的男人那样，为生计四处奔忙，非常本分，善于吃苦，只是到头来没个名堂。人活一世没个名堂，确实是一大糟心的事。娘这时就要转换话题，迁怒于我那同样没见过面的那个舅嬷，说那是一个一辈子好吃懒做的，还要涂脂抹粉的坏女人。追紧了问，娘不再往下说了，神情顿时凄凉无比，目光也含了少有的悲愤。我怕娘伤心过度，只好从此保持缄默，不再引出这个十分不愉快的话题。关于我那没见过面的娘舅，在娘的断续的回忆和叙说中，已经在我的脑海里勾勒出了一个大致的轮廓。

又有信辗转而来，舅要到我们家过大年呢。这封对我们全家意义非同凡响的信饱经沧桑，在路上走了竟有两个多月，牛皮纸的封套已经被折磨得破损不堪。我把信封举到太阳底下，才从那影影绰绰的邮戳上辨认出它出发的日期。"烽火连三月，家书抵万金"，这倒让我毫不费事地联想起那首千古传诵的唐诗来。

娘乐得时哭时笑，手忙脚乱，进进出出变得魂不守舍，擀面的时候拿起在手里的却是一把舀饭的铜勺。父亲也说，能来就好，全家人一定要好好地款待，千万不可轻薄了娘家人。在我们多年平静的家庭生活里，舅的即将到来掀起了一股巨大的热切的波澜，使这个大年具备了特殊的意义。全家人早早地办起了年货，力求筹备得实惠而又丰盛。沙漠牧区过大年自然比不得城里那样张灯结彩扯旗放炮，只能是大油大肉吃饱醉倒。等到什么都准备好了，离过大年还有不多几日，全家人就剩下了一个"盼"字。娘从早到晚要站在屋顶上好几回，面对老家的方向默默地张望着。深冬腊月，呵气成霜，娘就那样长久地一动不动地站在屋顶上，像一棵临风的沧桑的老树。

果真就和娘舅相见了。

舅是一个月前从老家出门的。舅徒步穿过夹河沟，蹚过旱马岗，掐着时间甩开大脚横穿腾格里沙漠。为了赶日子，舅轻装前行，身后的布袋里只塞了一壶水、一瓶烧酒和十几个烤得金黄的白馍。舅在一个月的坎坷行程中，几乎没有歇息，只是一门心思地赶路，直到夕阳西下时分望得见我们家屋顶上的炊烟，才呷干了焐在怀窝里的那瓶烧酒。舅终于赶上了大年三十。当舅呷尽最后一口烧酒的时候，舅的两条腿就突然软得不行了，泪水止不住地鼓涌而出。即将和久别的日夜思念的亲人相见，使舅在蹚上最后一道沙梁时，大脑也突然变得一片空白。舅看见我的娘了，娘当时正抱着一捆柴火往屋里走，娘走得很慢，像是边走边沉思着什么，头垂得很低。舅第一眼看见的其实只是娘的背影。舅举起了一只手，想喊一声，可是舅当时什么也没喊出来，舅就在激动万分的时候突然变成了一个哑巴……所有这些情节，是在若干天后我和舅相熟了之后，舅悄悄地告诉我的。舅是微笑着说的，说得慢声细语，像是很怕被别人听到，只说给我一个人听。舅的眼里分明有一种很深的忧郁，舅的这种忧郁影响了我，让我也隐隐地感到了惶惑和不安，也怕着什么似的。我当时正要静下心来做一道寒假作业题，舅就悄无声息地立在了我的身后，像个魂儿一样。舅还说我的字写得好，将来注定是个舞文弄墨的人。舅说这些话的时候，年的气氛已经淡去多时，日子也恢复了往常的平静。父亲、娘和我姐都在各自忙碌着，屋子里只有舅和我。

　　大年三十晚要"装仓"，长条木桌上摆满了手抓肉、各样面食和烧酒。细心的姐还点燃了两根红色的蜡烛，气氛是祥和而温馨的。舅是从老家从远路上来的亲客，而且是非同一般的亲客，理应受到最为隆重的礼待。舅就顺理成章地端坐在了土炕的正上方，父亲和娘一右一左地陪伴着，这种传统的格局使舅显得有点受宠若惊。舅显然是想要表示一下什么的，却又什么也没说，那谦和的微笑便掺杂了一缕木讷，甚至还有一点无奈。我呆呆地看着舅，我当时看着舅的样子肯定很有意思，如果能够诗意地表达，可以称之为仰视或凝眸吧。舅的一身衣着很抢眼，簇新的黑条绒衣裤，甚至那顶羊皮棉帽子也蒙着一层黑条绒。于是，舅通体都发出一种黑色的虚幻的光芒，像是一个突兀而至的古旧的人，给了我一种敬畏而又很不真实的联想。屋里灯火通明，柴炉燃烧得正旺，坚韧的红莎柴在炉膛里不时地爆发出一声脆响，漾出一缕缕野性的木质的熏香，与桌上手抓肉的气味混合着弥散着，一切又都是极其真实的。我将注意力长久地集中到舅的五官上，像呀，真像，舅和娘真就是一个模样。这又令我和舅亲切了起来，我深信这种亲切是由衷的，源自我们身体里游动着的那部分古老的共同的血液。

看得出来，舅爱吃手抓肉，对桌上的各样面食没有什么兴趣。舅咀嚼着手抓肉，松弛的两腮被肥美的肉团鼓起来，有节奏地蠕动着，然后端过酒盅很响亮地咂一口，那肉团就被咽了进去，酒像是肉的润滑剂。舅端坐上方，父亲斟酒，娘给割肉，那只大白瓷碗和小青瓷酒盅里，总是饱满着的。例外的是，都很少说话。想想也是，有什么话非要在此时此刻说出来不可呢？舅一定很少这样吃手抓肉，就让舅认认真真地吃手抓肉，这难道不是一件很好的事情吗？这的确是一件很好的事情。我是这样想的，娘、姐和父亲肯定也是这样想的。让舅多吃肉多喝酒，是我们全家人共同的心愿。

我呆呆地看着舅。

吃喝罢了，扯了几句闲话，已是大半夜。我们去睡。娘和舅还留在灶屋里，先是静，后是娘那我们谁都听不真切的问话。舅是问一句答一句，声音瓮声瓮气的，像是舅从热炕上挪腾下来，又很不情愿地坐进了一口大缸里。夜色是那样地深不可测，寒风掠过屋檐发出阵阵低沉的呜咽。隔墙的灶屋里，娘和舅伴着一盏昏黄的煤油灯，嘴边缓缓地流淌着久别的浓烈的思念之情。娘和舅彻夜未眠。第二日，我就见娘的眼睛又红又肿，夜里哭过，肯定流了不少的泪水。舅呢，还是很少说话，表情呆板，烟抽得很凶，要一根接一根地续着，那烟瘾大得惊人。姐是女娃，到底心细，围着舅说些体贴的话语，舅不出声地笑笑，露出两排稀疏乌青的牙齿。

我还是那样，只是呆呆地看着舅，不知应该说些什么才好。

娘每日大油大肉地招待舅，情形是要补了那份长长的思念和歉疚。舅在我们家的日子里，娘就免了屋外的活计，整天把守在锅台上，灶屋里笼罩着腾腾热气和酽酽的肉香。娘渴望的是让仓房里成砣的冻肉见天减少，转化为舅身上的血和肉，让舅回到老家后成为一个满面红光的人。娘的这种真挚而朴素的想法也绝不是一厢情愿，而是我们全家人的共识。为了这个共同的心愿，我主动给娘打下手，劈柴担水配合默契，心中充满无限的欢乐。父亲照例是吃过睡过在屋外忙碌，收拢驼群时走得越来越远，天黑透了才回转。父亲是当地有名的驼倌，我们家的驼群也是当地最好的驼群。父亲已经挣下了不薄的家业，在我们家拥有至高无上的权威。用娘的话说，我们都在吃着父亲。父亲总是裹着一身寒气进屋，每见桌上酒热肉香，全家人都静等着，就要责怪娘说，让娘舅先吃么，驼群要抓膘该往远处走，来年开春就能少贴些草料。舅忙说不急，这几日我把一辈子的肉都吃掉了，再吃我就要走不动路了，回不了家了。舅这样难得地幽默了一下，全家人便紧跟着畅笑了一番，气氛又是少有的活泛。

吃着肉，喝着酒，父亲不时地问老家的人和事。

老家的人和事，在我听来恍如隔世，十分的陈旧，被无情岁月的尘埃蒙蔽得面目全非，我是没有任何兴趣的，然而，这些人和事却无一不联系着家族的兴衰和沉浮。舅一一回答，显得很谨慎，像是面对着一个不断提出难题的老师。在舅的回答中，很多的人都作古了，而活着的人似乎并不景气，在困顿而漫长的日月里苦苦挣扎。舅还说，老家的村落都快让风沙给埋住了，井也干得渗不出一滴水，很多人远走新疆和青海另谋生路。父亲说，娘舅你咋就不走呢?父亲的这个提问多少有点接近问题的核心的意思。舅的脸突然红了起来，看了看我娘后才说，还不是丢舍不下祖坟么，再说有那一家子人，我走还不得把锅也背走?父亲点点头，目光变得有些痴愣。后来，父亲就不大向舅问什么了，偶尔地和舅说几句话，也是礼节性的，看上去漫不经心，甚至是匪夷所思。父亲将很多时间留给了我娘，娘和舅还是有很多话要说的。娘只字不提我那个没见过面的舅嬷，好像那是一个根本就不存在的人。

舅一住月余，时间不长不短。

舅是一个有家室的人，不可能再住更长的时间。令我们全家人感到欣慰的是，舅比刚来的时候改变了许多，身子果然胖出了一圈，腰围显著地增大，半宽松的衣裳被撑得饱满。舅和父亲一样，有晚间睡觉脱光的习惯。我躺在舅的身旁，有时候能触着舅的肉，舅的身上甚至散发出了一股子浓酽的羊膻气。我悄悄地告诉娘，娘却要故作惊讶地说，我咋就没看出来呢?当然，这一切都逃不脱娘的眼睛，娘之所以要这样地故作惊讶，是因为娘在那些日子里太幸福了啊。娘又紧忙着给舅缝了两身衣裳，新衣新裤新鞋子，把舅几乎是从头到脚重新包装了一遍。让舅吃好穿暖，这是没有问题的，娘完全能够做得了主。问题在于这不是娘所思所想的全部，娘还想让舅走的时候手里不空腰里不瘪。用老家的话说这是"盘缠"，这很重要。送亲人上路，没有"盘缠"怎么能行?没有"盘缠"，就是再重的情分也会让人心生不安，外人知道了也会笑话的。以我娘这样大善大德而又礼义周到的人，怎么能够内心安宁呢?娘在这个问题上犯了愁，心里矛盾得很，娘怕父亲，父亲掌管着家里的"财政大权"。父亲又恰恰在这样一个很重要的问题上缄默其口，不做任何表示。姐和我也都很着急，看着娘那万般焦虑的样子真是于心不忍，却又不能声张，怕让舅知道后难为情。"眉头一皱，计上心来"，这个光荣而又艰巨的任务义无反顾地落到了我的头上。我是父亲的血种，每年都是三好学生的我让父亲很是得意和骄傲，更重要的还在于我延伸着这个家族的命脉，这就是我能够与父亲"直接对话"的理由。

于是，在一个我认为是非常难得的时机，我直言不讳地表达了关于舅的"盘缠"的想法。父亲当时站在井口上，布满裂纹的大手握着冻得硬邦邦的驼毛大绳，槽边拥挤着抢水喝的驼群。父亲喘着粗气，粗气又变成一片雾白，将父亲的脸面弄得模糊不清。我不知道父亲的一生究竟积累了多少财富，但是已经是少年的我，是应该知道父亲是怎样艰难地积累财富的呀。

面对父亲，我突然明白了我的娘为什么要那样作难了。

我呆立在那里，不知所措。

父亲并没有生气。父亲把一兜子水倒进槽里，挥手抹去胡子上的白霜，大智若愚地对我说，你回去吧。

父亲从井上回来时，手里牵着一峰躯体健壮、双峰笔直的骟驼。父亲把骟驼拴在屋前的大柴垛上，又很亲切地拍了拍骟驼的后胯。我在窗口看到父亲的这个举动时，心里想的是父亲又要出一趟远门了。

田得种家得顾，舅要走了。

我们诚心实意地挽留，留不住。父亲识得农事，父亲说人误地一时，地误人一年，娘舅要走就走吧。这峰骟驼送给娘舅全当是"盘缠"，农闲时骑上到外面走一走，还可以做点小生意，养家糊口。

舅的泪水就出来了。

娘的泪水也出来了。

全家送舅上路，送舅踏上还乡的路。气氛是庄重的，也是凄切和缠绵的。舅骑上骟驼抖开缰绳的时候，回头又很认真地看了一眼，什么话也没有说。我们全家默立在大柴垛旁边，目视着舅黑黑的背影在驼峰间摇摇晃晃，越上沙梁，沉入低谷，缓慢地消失在浑黄茫苍的远天远地。

第二年又临近过大年，沙漠里早早落下了一场罕见的大雪。大地皆白，银装素裹，也分外妖娆，只是气候骤然变得奇冷异常。多年不见的沙鸡铺天盖地，灰云般地从空中掠过，因为雪太大，沙鸡都盲了眼，飞着飞着就撞到牧人家的屋檐上，折翅而亡。父亲欢天喜地，预言来年必是雨多草盛的年景。驼群要翻倍地扩大，父亲那本已荣耀的驼倌的"桂冠"上还会再罩上一层炫目的光晕。

娘初衷不改，念叨着舅还要来，到我们家来过大年，信很早就发出去了。我们家这样多的好事情，应该让舅分享才是，这样设想着的时候，娘的脸上便又呈现出浓重的期盼之色。可是，谁又能想得到呢?人都凡俗，并非圣贤，遇事能有预感的极少。

那日，娘早晨上井提水，却又空着手大惊失色地跑了回来。娘喊醒了全家人，说是看见一年前舅骑走的那峰骟驼了。我们出了屋，那峰骟驼果真孤零零地侧立于井槽边，艰难地舔食着井槽里一块隆起的冰。骟驼已是瘦骨嶙峋，全无往日的壮美和雄健，双峰像被掏空的布袋子那般搭落在肩胛上，整个一副西风瘦马的凄惨模样。全家人注视着遥遥归来的骟驼，大惑不解，心中一片茫然。娘终于支撑不住，摇摇晃晃地瘫软在了冰冷的沙地上，气氛立时变得很紧张也很压抑。

数日后老家才有信辗转而来，说是舅自回去之后卧炕大病，请过诸多乡医，吃过各样偏方，熬了约摸一年，终不愈。舅临闭眼时嘱咐再三，将这峰骟驼送到腾格里沙漠边缘，摘掉缰绳任其返回。

舅还说，骆驼是灵性的大物，认得回家的路。

舅就这般去了，去得甚奇。

舅在弥留之际想了些什么，活着的人都不得而知。我曾经做过多种设想，又都不能自圆其说，只好如实记来，且为祭文。又想祭文名为追悼亡灵，其实是写给活着的人看的。深夜，独坐灯下，想着已经作古的舅，不禁一阵欷歔，怆然而泪下……

老家的二爹

——《人亲》续篇

在《人亲》里，我写了娘舅凄苦的一生。小说发表出来后，我拿给姐看。姐边看边落泪，末了，说，咋不把二爹也写一写呢？

我也觉得，是该写一写二爹了。

父亲这辈子就兄弟俩。父亲为兄，二爹为弟，这是不言自明的。如果说舅和娘长相酷似，二爹和父亲则大相径庭了，除却身高差不多，再无共同之处。父亲是络腮胡，赳赳武夫模样，恶吼一声脚下的地皮儿都得动一动。二爹秃顶，只在后脑勺处围半圈稀疏的头发，天庭饱满圆滑。多少有一点光明，二爹那额头便会放出亮来，这个特征留给我的印象很深。据说，这种长相的人格外聪明。娘还说过，二爹年轻的时候，是村里有名的俊美男子。

二爹的确聪明。

即使是后来二爹老矣，也能觇其曾经的美貌。

在《人亲》里我就已经交代过，父亲出门很早，从甘肃河西走廊终端的东湖湾出发，穿越腾格里沙漠，在贺兰山以西的阿拉善高原落了脚，由农民而牧人。与娘舅不同的是，二爹随后也跟了来，与父亲如出一辙，并且共同生活多年。那时候社会风气尚好，牧区虽远离政治和文化中心，父亲那一辈人却怀着朴素的阶级感情，经常集合在牧业大队的院子里，唱着"天上布满星，月牙亮晶晶，生产队里开大会，诉苦把冤伸"，控诉万恶的旧社会。二爹当然也在其中，而且唱得声情并茂，悲伤处涕泪滂沱。人们很快发现二爹拥有一副温婉清高的好嗓子。二爹在众人的赞许下，开始有点把持不住自己，继而头脑发热，竟然亮出绝活唱了《张良卖布》和《十二离情》这两个戏曲段子，彻头彻尾的方言，字正腔圆，声声铜音。二爹似乎还没有过足戏瘾，正要继续下去，被坐在旁边的父亲用一个凌厉的眼色给制止了。

不得不承认，父亲的制止具有某种预见性。人们都在控诉万恶的旧社会，你怎么能唱这种倾尽男女思恋和幽怨的"情歌"呢?幸好那时所谓的"文化大革命"尚未兴起，否则，我那好唱的二爹恐怕难逃一劫。

父亲的脸上开始有了某种忧虑和不安。

我爷爷奶奶早已过世，又因了手足之情，父亲不便过多地指责二爹。其实，父亲已经考虑将二爹送回老家去，那个遥远的东湖湾。每想到这里，父亲就寝食不安，脸上落一层铅灰般的倦容。看到二爹终日无所忧愁的样子，父亲欲言又止。

娘那双善良的眼睛开始追逐着父亲，却不敢究其缘由。娘在屋里做不了针尖大的主，女性特有的敏感，又让娘准确地觉悟到这事与二爹直接相关。一天夜里，万籁俱寂，大漠深处洁净无比的月光像银子铺满了大地。躺在炕上的娘久不能寐，鼓足勇气说出了自己的担心:你想让他二爹回老家去?

父亲例外地没有发火，沉吟不语。

娘说，他二爹好不容易出来，老家那地方苦焦得很。

父亲长叹一声:他心性不稳，我怕惹出祸端。

娘说，他二爹走了，旁人要说闲话的。

父亲这时一下就来了气，说，兄弟们之间的事情，你不要插话。

娘怕父亲。父亲这样一说，娘就噤声，不再提及。老嫂比母，这句古话本就没错，反过来讲，二爹对我娘也是极为尊敬。在娘面前，二爹从来不说一句快话。随着年龄的增长，他们都成了老人，那种苦难岁月中积淀的深情，令作为晚辈的姐和我感慨不已。关于这一点，我将在这篇小说的末尾如实道出，相信读者会为之动容的。

也许是娘的话启发了父亲，父亲经过又一番久长的思考后，突然宣布要回一趟老家东湖湾。小青驴的脊背上搭一条并不怎么凸鼓的褡裢，父亲就出发了，其间要沿着多年前的来路披星戴月、不分昼夜地蹚过腾格里沙漠，路途十分艰辛。这是父亲背井离乡后的第一次返乡，多少有一种悲壮的意味。

娘和二爹默默地注目送行，却不知道父亲此行的真实意图。

对二爹而言，这恰恰是他此生悲剧的起始。

父亲一去三月有余，夏天出发，直到秋深后草滩上一片枯黄时才回来。

父亲做了一件在当年的东湖湾具有"轰动效应"的事情。父亲祭奠了祖坟后，倾尽所有的积蓄，在老家几近废墟的旧址上盖起了一个新的庄园，人称"打庄"。围墙高二丈，宽丈余，一袭的黄土夯打而成，看上去坚不可摧。这样一个散发着泥土的新鲜气息的庄园，就很巍峨了呀，用羊群中站起一峰骆驼或鹤立鸡群来比喻，实不为过。

乡亲们说，你要回来光宗耀祖吗？父亲仰头凝视一阵自己的得意之作，既不摇头也不点头。父亲不置可否、神秘莫测的模样，让乡亲们隐隐地心生了几许羡慕和嫉意。

这正是父亲期待和需要的一种氛围，对他日后计划的实施起到了推波助澜的作用。

几十年后的1989年8月，我第一次踏上老家东湖湾的土地。

父亲当年倾力打造的庄园，已在岁月风雨的侵蚀中呈衰微之势。我静默在斑驳的墙根儿下，心跳如脱兔。围墙被秋天的阳光晒得滚烫，散发出泥土被烤焦的气息，我感觉到自己身上急剧流动的血液在这样的气息中，突然变得古老了。老家连续大旱，夏田几乎颗粒无收，秋庄稼也因缺水而奄奄一息。向日葵干黄的叶子上长满了黑锈，有风掠过时，响成一片凄然。只有庄园大门口那棵目睹了我们这个家族兴衰的老槐树根深蒂固，如巨的树冠依旧绿得发亮。树叶在风中婆娑有声，似在娓娓诉说人世的沧桑。

这时，庄园那扇同样破败的大门咯吱一声开启了。

从庄园里走出的是我那衰老不堪的二爹……

205

秋深后，草滩上一片枯黄。

父亲兴致勃勃地从老家回来了。那年牧区的草场好，骆驼双峰笔直，绵羊的尾巴大得能扇起地上的草渣子。娘头一回自作主张，指使二爹杀了一只绵羯羊，全家人其乐融融地吃了一顿鲜美的手抓肉。之后，父亲开怀畅言，诉说老家之行。父亲平时少言寡语，却有儿时曾读过三年私塾的底子，对《三国演义》《水浒传》滚瓜烂熟，加上情之所至，毫不费事地将新打的庄园具象地描述了一遍。

娘尽管对父亲新打的庄园很是向往，但已经知道了其中的内情，就不敢有所表示。

娘看二爹。

二爹却看着眉飞色舞的父亲，聪明的脑袋竟不谙其理，搞不清父亲的葫芦里到底卖的是什么药。此前，娘守口如瓶，没对二爹透露丝毫信息，这就使得二爹站在命运攸关的门口，还不知自己置身何处。于是，父亲和二爹有了一次推心置腹的长谈。昏黄的煤油灯下，手抓肉泛着油汪汪的光亮，描着碎花的青瓷酒盅里，清澈的液体在盅沿上鼓出一个柔和的弧面。气氛是相当的温馨，让人毫不怀疑未来的日子会越过越好，无论牧区还是乡村，都走在社会主义幸福的康庄大道上。

父亲说，庄子已经打好了，谁回去守？

二爹说，庄子是你花钱打的，你说了算。

父亲说，天下老的，偏心小的，还是你回去守。

二爹有些犹豫，低垂着头，知道事情重大。

父亲说，你要是不回，我回，我得守着祖坟。祖宗积下的福荫，不能遮在旁人头上。

二爹没有表态。

商量的结果是让二爹先回老家看看，类似实地考察。二爹就去了，却从此住进新庄园里，娶妻生子，繁衍了一大家子人。客观地讲，父亲当年建起新庄园，确实有光宗耀祖的意思，而要后人恪守祖坟也在情理之中。

问题在于父亲一开始就没有自己要回去的打算，父亲只不过是采取了一种"婉曲"的方式让二爹就范了。

在这个世界上，很难说清楚谁比谁更聪明，或者说谁比谁傻多少。

以我之见，父亲和二爹的躯体里既有传统的封建意识，又有农民那种固执己见的基因。这要看在某个特定的时候，哪一方能占上风。

其实，父亲从背井离乡的那一刻起，就掐断了回归老家东湖湾的念头，笃定要在一个新的领域里开掘人生，尽管牧人和农民并没有什么本质上的差异。父亲一生身强力壮，克尽操守，去世时却留下这样的遗言：我不入祖坟。作为后人，我和姐自是不敢违抗父命。

那么，面对父亲这样的兄长，二爹还能有别的什么选择吗？

我没有见过父亲泪水纵横。我却能体会到父亲刻骨铭心的苦痛和心头的重负，这其中就有一部分出于对二爹的愧疚。

世事流变。

二爹回到老家，住进新庄园，也真是过了一段舒心畅快的日子。接着就每况愈下，有几年甚至到了食不果腹的境地。那些年月里，我们所在的牧区却风调雨顺，青草曼妙，父亲经营的驼群不断壮大，锅里碗里有吃有喝。逢到冬天，母驼群归拢后，驼奶多得冻成了盆坨，垛在库房里有半墙高。还有羊肉牛肉，割成条晒成肉干，搭满了几道木架，随便拧下几条塞进灶坑的灰烬里，烤得肉香满屋，我和姐就可以大饱口福了。这种优越性大概是最先体现在我的身上的，小小年龄就已经是肥头大耳了。

而我远在老家的二爹一家人，却过着极为艰难的日月。

这怎能不让父亲和娘揪心呢？

有回乡探亲的人时，父亲和娘便捎去大包小包物品(主要是干肉和棉布)或一些现钱，接济一下二爹。毕竟远水解不了近渴，无法从根本上使二爹摆脱贫困。老家偶有信辗转而来，父亲读罢后，从胸腔里发出一声长长的哀叹，然后久不言语。在最初的几年，我们全家不见二爹其人，不闻二爹其声，只能通过书信的方式相互联通。不是说"见信如晤"吗?父亲悟到的

放羊的女人

却只是老家的干旱，以及庄稼歉收和随之而来的二爹的困顿和苦衷。

姐和我曾经问过父亲：二爹为什么不来呢？

父亲苦笑：你们二爹心里头有气啊。

问过说过不久，二爹却突然出现在了我们面前。天老地荒撑不住，苦得没名堂，二爹身上那本就不安分的细胞终于大面积地活跃起来。二爹就开始了他的"走"，先是甩着胳膊空着手。怎知这个"走"字又激发了二爹的胆量和智慧，将多年丢弃的皮匠手艺重新拾拣起来，出夹河沟，蹚旱马岗，经哈什哈，过伊克尔，一来二去地成了牧人屋里的座上客。二爹瞅准牧人手里积存的羊皮，钻的是商品经济不发达的空子，利用的是牧人的善良和淳朴，大摆大摇地吃起了手艺饭。

不得不承认二爹是个聪明人。

父亲和娘从心里透着高兴。

不过，父亲还是有一些担心。那时一个运动接一个运动，牧区也不例外，收音机里"造反有理"以及割"资本主义尾巴"的红色电波传遍四方，昼夜开会更是常有的事，父亲作为学习毛主席著作积极分子，从牧业大队捧回了好几套红宝书。父亲是虔诚的，"老三篇"倒背如流，让姐和我每每惊羡不已。二爹怀里揣着的可不是什么红宝书，而是一张证明，白纸黑字写着父亲的大名，意思是二爹到牧区探亲来了，并非有"资本主义尾巴"的嫌疑和举动。父亲心里明白，又故作视而不见，网开一面。父亲已经做好了替二爹担当责任的准备，这是长久的愧疚使然。

父亲在不安中注视着二爹的背影。

娘说，不咋的，前缺后补，他二爹该到有个好命气。其实，娘的心里更没底，眼前懵懂一片。娘这样说，主要是为了让父亲紧绷的神经放松放松。娘没有别的办法。娘是一个大善大德的人，娘的话语里除却给父亲以宽慰，还有对二爹命运的祈求。

父亲迟疑地看着娘，沉默无声。

娘的话得到了应验。运动闹得最凶狠的几年，竟然是二爹最走运的时候。二爹身上像有什么魔法，让运动见了他以后绕道而去。后来，我就这个问题请教过二爹。二爹先说是娘保佑的结果，接着才认真地告诉我，是老家的人情在起作用。二爹说，你想嘛，打断的骨头连着肉，牧人大多都是从老家过来的，咋能不照护我这个从老家来讨口饭吃的穷人。再说，我还像个古代的信使给他们来回传送消息，有情有义的，谁能不恋着故土。

父亲坐在炕上正仔细地削一块羊骨头。听到二爹的话，父亲沉重地低下头去，始终没说话。

二爹就这样来去自由，随心所欲，成为当时牧区的一大景观。

二爹的皮活做得实在是利索，炕上放个木桌就算开了张。刀铲剪样样摆布整齐，下好料片后，手指上戴一枚硕大的黄铜顶针，开始飞针走线，屁股不挪窝地一坐就是大半天。

二爹还有一样绝活，那就是唱。边做皮活边唱，声腔里含了些许女音，时而高亢，时而温婉，脸色红润鲜活，表情伴随唱词的情境而不断地变化着，极尽人间的喜怒哀乐和悲欢离合。自然，二爹唱得最到位的还是《张良卖布》和《十二离情》，这是他的保留曲目。革命歌曲偶尔有之，唱出来却无铿锵之力，多了些绵软，往往还要弄出不少差错，把"东方升起了红太阳"唱成了"东方红起了升太阳"，似是故意调侃，倒也别有趣味。二爹的唱引得男女老少敛声谛听，白天听不够，晚间接着再听，让缺少文化生活的牧人得到一次精神会餐。恍惚之中，但觉二爹的皮活不是用针线缝出来的，而是用歌声唱出来的，那针脚就是一个个精微的音符。这当然是多年以前的事了，按现在的说法，二爹应该是个民间艺术家，没人能达到他那个境界。

那是二爹一生中最为美好的时光。

二爹就这样唱着来，唱着去。

在为数不多的人亲里，我们和二爹最热悉。每逢二爹来到，我和姐欢呼雀跃，像条尾巴那样跟定，听二爹一肚子的奇闻异趣和南腔北调，然后露出天方夜谭式的惊讶。牧区人烟稀少，二爹能够满足我和姐的好奇心。姐还将挖苁蓉偷偷攒下的钱塞给二爹，要二爹再来时买些女孩子喜欢的小物品，譬如彩线、手帕、雪花膏什么的。二爹大模大样，揪一揪姐乌黑的辫子，满口答应。二爹再来，却不提买小物品的事，姐忍不住问起，二爹先是悻悻作笑，后又显出百般无奈的神情，说，钱掉进井里了，越捞越深了。姐也不再计较，自己安慰自己，就当是那钱让二爹派了大用场，照例紧跟在二爹身后雀样地欢乐着。

二爹暑往牧人家做皮活，寒来我家过冬，仿佛天上飞的大雁，够得上潇洒二字了。二爹渐渐地把老家的那个家忘得差不多了，言语里很少说起。二爹在我家一点不显得拘束，酒后难免流露出怨天尤人的不满，意思是早知今日何必当初，落得个现时下场。"小张良，跪灶坑，手拉风匣……"二爹大脚盘腕端坐在炕上，似醉非醉，悠悠地唱起拿手的曲儿，如入无人之境。父亲匪夷所思地听上一阵，实在挺不住了就抬腿出屋去，找一些活做做，剩下娘、姐和我三个人作为忠实的听众，毫无怨言地陪伴着二爹。等到二爹的歌声终于停顿下来，父亲才披挂着一身寒霜进屋。再看二爹，竟像和尚打坐般酣然入睡，梦里周公了。父亲苦笑一声，眼里是恻隐之情。夜里，二爹那酒却醒了，和父亲和娘细致地回忆起老家的诸多往事，气氛才又变得和谐了。

父亲有一次说，他二爹把那《弟子规》全忘了。

我当时不知道《弟子规》是一本什么样的书，父亲也没说得很明确，又不敢多问，便心存疑团。若干年后，我偶见此书，是像《三字经》那样的小册子，内容无非是一些规劝世人弃恶扬善、尊老抚幼、勤俭持家的古训，其中一句便是"守淡薄，安本分"。读到这里，我笑了起来，一下子联想到了二爹，心想，父亲所指就是这句话了。二爹将它忘了个一干二净，但也不乏可爱之处，二爹兴许还是个传统观念的叛逆者呢。

当我和姐还是个孩子的时候，二爹在我们眼里并不显得老。二爹给我们寂寥的生活带来了许多的欢乐，这正是我们非常需要的。姐和我都在成长，过了些年，姐就到了该出嫁的年龄，我也要去百里外的小镇上中学，都不再好意思缠磨二爹听那些奇闻异趣和南腔北调了。二爹和父母一样，不可抗拒地衰老了，尤其是二爹，似乎在不经意间就老了许多，从原本光滑明亮的额头到脸面再延伸至脖后根，松弛的皮肉上堆满了褶皱，头发也掉得几近于无。岁月这东西果真很厉害，催人老时简直是不遗余力。

二爹没了往日的奕奕神采，歌喉也大不如以前，明显的底气不足。

更加要命的是，时过境迁，二爹接手的皮活越来越少，空手而返的时候居多。当那种叫做夹克的皮衣以轻巧时髦的款式堂而皇之地进入牧人的视野，便意味着二爹的手艺寿终正寝。

最后一个皮匠被时代宣布退出历史舞台。

这个时候的二爹，就像是一只孤独的斑头老雁，寂寞地蜷缩在我家的炕头上。

父亲又一次看不过眼去，站出来对二爹进行干涉。

一日吃晚饭的时辰，父亲说，你这么心神不定地蹲到几时？娘也劝道：老家还有一大家子人，跟上你喝西北风不成？父亲和娘所言极是，二爹低头谨慎地吃饭，脸上渗出了细密的汗珠，像在做着深刻地反省。屋里很静，气氛有些压抑，父亲等待二爹表态，那意思再明白不过：不如归去，回到老家东湖湾，从此不再"走"。

二爹慢吞吞地吃完饭，把空碗放下，目光直视着父亲，然后郑重地说，你在牧区找个人家，把桃花嫁过来。桃花是二爹的大女儿。父亲没往这事上想过，心理准备不足，就愣成了一尊泥塑，半天醒不过神来。随后，父亲才克制地说，你在牧区走下这么多年，牧人家的锅大碗小难道不比我清楚？你有这份心思，怕是早就相好了。父亲的话可谓击中要害。在牧区生活虽然一样要起早贪黑吃苦受累，但毕竟吃的是国家供给的商品粮，户口控制得很严。父亲没有力量完成这个任务，二爹的要求只能是水中捞月了。

二爹无言以对。

父亲也不再多说什么，任由二爹阴沉着脸，闷闷不乐的样子。娘陪着小心，整天守在灶台上，尽量让二爹吃好喝好。二爹有时就对娘诉说衷肠，唉声叹气，情绪异常低落。我们都没见过二爹的女儿桃花，那个远在老家的妹妹。姐和我虽心生同情，却根本无力改变桃花现实的命运，那同

放羊的女人

211

情便也只能是一缕断续而廉价的牵挂了。二爹又住了几日，终于决定回老家东湖湾，走的时候，那神情也是坚定的。

二爹怀着满腹的失落离去。

父亲松出一口气，说二爹这次回老家就会收心过安稳日子，从此不再"走"。

父亲说错了。

隔年夏天，二爹又来了。

二爹的身后跟着女儿桃花。桃花初见我们，脸上流露出淳朴的羞涩和陌生的亲近。从桃花身上，我能看得出苦焦的老家给予了一个女孩子怎样的重负。桃花没有十九岁的少女应该具备的那种灵动和鲜活，手指关节因变形而粗大，这双手因为过早地承担了生活的艰辛，长满了坚硬的茧子。桃花长得挺像二爹，模样自然不错，性格却迥异。桃花不出声地坐在二爹身后，仿佛随时都在二爹的阴影之下寻求庇护，否则便不知所措。

面对桃花，我心里猛地生出了一片难以言说的悲凉。

二爹此行是路过(也不能排除是二爹有意而为，向父亲示其天无绝人之路的意思)，到河套去嫁女儿桃花。为父亲自将女儿送进夫婿的门槛，不说绝无仅有，却也稀罕。河套距离老家东湖湾相去甚远，是黄河流经的地方，自古就是浩浩米粮川，盛产小麦、大米和胡麻油。据二爹说，对方家住黄河边，家境富足，女婿吃苦踏实为人本分，是当地数得着的好后生。桃花听到这里，背过身去，脸上难得地泛起两坨红晕。桃花远嫁的地方叫陕坝台庙乡，这让我突然产生了极大的兴趣。《志愿军英雄传》里那个大名鼎鼎的英雄刘光子，就出生在桃花远嫁的地方。他在朝鲜战场上，曾举着一颗手雷俘虏了六十多个美国鬼子，赶一群羊似的。出于对英雄的崇敬，我便问二爹可见过刘光子?二爹却像听天书一样满脸困惑，用现在的话说就是一头雾水。

桃花远山远水地出嫁了，从此与老家天各一方。

娘对二爹的此举很是称赞，认为二爹今生做了一件对得起女儿的善事，桃花可以衣食无忧了。

父亲却沉重地说，他二爹老了都不改脾性，这哪里是为女儿着想，他是给自己来来回回地走，再蹚出一条路罢了。

父亲的话不幸言中，桃花没有过上衣食无忧的日子，那里的土地严重盐碱化，且人多地少，与老家的境况并无二致。桃花思念亲娘，终日以泪洗面，却悔之已晚，只能苟且安生，过一天算一天。

二爹依然在"走"……

故事衍生到这里，这篇小说该结束了。

但是，我必须补上这样一笔：在父亲过世七年后的1997年5月30日，我娘终于走完了她那大善大德的一生。我到小镇邮局给老家东湖湾发出一封加急电报。没有一会儿，老家那边也发来一封内容相同的电报，我那二爹也突然过世了。

老　师

　　我上学之前，已经把姐丢在家里的小学一年级和二年级课本读了好几遍，那时候课本少，就《语文》和《算术》两种，也不厚重，比我们每天都要喝的砖茶轻薄得多。那时候我的记性也好，读上几遍就能够记住。这两点其实挺重要的，当时我并不知道，后来才意识到，准确地说，是在真正上了小学之后。我的求学生涯中留下了一桩永远的缺憾：我没上过小学一年级。

　　原本我也是按部就班的，到很远的大队部旁边的民办学校，与十几个和我一样的牧民孩子共同坐进了一年级的教室。教室是间又低又矮的土屋子，露着草根的顶棚被柴烟熏得乌黑，墙也是，猛然一看误以为四面都是黑板，只是开在南面的窗子稍大一些，窗格里拼了几块玻璃，玻璃的接缝处糊着裁成条状的旧报纸，看上去就像是又被进行了刻意的分割。白天的时候，阳光透射进来，照在墙上或者我们身上的同时，还能看见一层细细的灰尘在空中飞舞。另一面墙上有一幅画，画是新近贴上去的，没有烟熏过的痕迹，各种色彩绚丽夺目，往往就吸引了我，眼睛久长地停留在画上，仿佛那里也有一个窗。画里却是别样的风景：一个解放军战士手握冲锋枪匍匐在冰天雪地里。他已经负了伤，头上缠着被鲜血浸红的绷带，绷带的一角松脱了，向后飘扬着。他有一张英武的脸，浓眉下是一双直视前方的眼睛，眼睛里充满了仇恨。整个画面极具强烈的动感，令人疑心那个负伤的解放军战士随时都会跳起来，突然就不见了身影。我这样一讲，很多人都会明白这是怎样的一幅画，那年我们国家和苏联在我国东北的珍宝岛打了一仗。毛主席他老人家早就说过，死人的事是经常发生的。更何况是打仗呢，既然是真枪真炮地打，就免不了有流血有牺牲。

那年是1969年，而且是冬天。

那年冬天的那边在打仗，我们在那年的冬天入学。

1969年，我七周岁。看着那幅画，我也开始蠢蠢欲动了，倒不是要像那个解放军战士一样去打仗，因为我还没有冲锋枪高，仗是万万打不成的。蠢蠢欲动的结果是将那幅画下面一行八个鲜红的大字读了出来：生命不息战斗不止。是不是有一点卖弄的意思在里面？我说不上来，也许是有的，也许只是脱口而出罢了。教室里很静，偶尔有几个同学吸一吸鼻涕，样子像哭。开学不过几天，我们这些离开牧点、离开父母的牧民孩子还没有适应新的环境，陌生大于新奇，最初的感觉不是那么好。然而，学总是要上的，书也是要读的，尽管我们的父母并不指望自己的孩子将来出人头地。也是巧得很，偏就让经过教室门前的老师听见了。老师已经走过去了，却又退回来进了教室，然后走到我面前站定。老师显然对我的"脱口而出"很感兴趣，但脸上的表情十分严肃，像是逮住了一个在课堂上捣乱的学生，狠狠地教训一下是天经地义的事情。我当时的紧张程度可想而知，伸在桌子下面的腿像两片风中的树叶子似的颤抖不止，整个身体都在缩小，却又无处藏匿。我心里很清楚，如果让老师再这样盯下去，我是要哭出声来的，没准还要当着全班同学的面尿湿裤子。老师是神圣而高大的，需要仰视才是，我却将头深深地埋了下去，准备接受一切来自于老师的指责和教诲。教室里决然没了同学吸鼻涕的声音，一个个将藏在臃肿冬衣里单薄的身子从不同方向扭转过来，几十只眼睛胆怯地静观事态的变化，就像是一群小羊被圈在羊圈里，等待宰割。

一阵难挨的沉默之后，老师说，那几个字你都认得？

我用细小的声音说，认得。

老师又说，你认得多少个字？

我说出了一个令老师惊讶的数字：五百个字。

老师大约还心存疑虑，停一停后说，你出来一下。

什么意思？那一刻我的脑子完全乱了，分不清东南西北。老师在前面走，我跟在后面，腿和脚却不像是自己的了，然后走进教室旁边一间更窄小的土屋子，那是老师的办公室。老师在办公桌上展开一年级的《语文》和《算术》很随便地翻了几页，让我当场识读和演算。测试过后，老师想了想，依然很严肃地说，你就从二年级开始上学吧。我以为还是自己错了，惹得老师不高兴，用这样的方式惩罚我，不知所措的我站在那里一动不敢动。这时，老师却微笑了，和颜悦色地说，我说的是真话，你就从二年级学起。老师还说，你不要怕，我教你。

这就是我的第一个老师。

我的第一个老师叫李发俊，从那天开始，我就毕恭毕敬地叫他李老师了。和他的名字一样，李老师果真是个俊朗的人，个头挺高，身体不胖不瘦；眼睛不大不小，是双眼皮；脸很白，不足之处是长了一些那种叫做粉刺的红疙瘩，大概有十几颗。我始终不知道李老师确切的年龄，但在我看来，当时也就是二十四五岁。一个只是七岁的孩子，不会对别人的年龄感兴趣，更何况李发俊又是我的老师，打听自己老师的年龄便显得没有道理了。李老师总穿一种中式的对襟褂子，褂子也一律是深蓝色的，布襻的扣子很严谨地扣在一起，下摆的两侧没有那种直接贴上去的明兜，而是在低腰的缝合处，那个地方展拓着，平时看不出来，只是手操进去的时候才有点鼓，知道那里其实是有着斜插的暗兜。李老师讲课时左手就操进一边的暗兜里去，身子挺得笔直，很有威仪，却没有故作的成分，想必是多年养成的习惯。李老师不吸烟，不喝酒，身上没有任何异味，清清爽爽的，有几天衣服上又漾着一丝肥皂的气息，那是刚刚洗过的缘故。李老师的头发很黑，右边七分左边三分，梳理得一丝不苟。这样的一个汉子，在我们那个被沙漠包围着的地方很少见，用现在时尚的话说，反而是"另类"了。

三十多年后，当我从张艺谋那部轰动一时的电影《我的父亲母亲》里看到乡村教师"我父亲"时，便一下子想起了我的第一个老师李发俊，心情久久不能平静。坦率地说，我的第一个老师李发俊比电影里的"我父亲"要英俊得多，电影里的"我父亲"下巴太尖细，有点鼠相。只是没有那样一场感人肺腑的爱情故事发生，使得我的老师李发俊的一生似乎变得

中国当代西部文学文库

过于平淡。恰恰是，我的关于李发俊老师的全部记忆，却在这一瞬间被激活了。

我的第一个老师李发俊是土生土长的牧民之子，当然也从父辈那里继承了农民的血统，往大了说这是家族的历史，往小了说这是个人的命运，永远无法摆脱，以至如影随形。作为小学教师的李发俊，他的职务前面还必须加上"民办"两个字，只有这样才是准确和完整的。直到现在我都坚定地认为，李发俊天生就是当老师的材料，让他赶上一群羊去放，用现在的话说就是"用人失察"。时至今日，我都不知道李发俊是什么学历，初中毕业还是高中毕业?很可能是前者。因为那时候沙漠牧区的孩子，能到几百里外的小城读书读到高中毕业的几近于无，女孩子甚至都读不到小学毕业，用当地牧民的话说是"能认个二指宽的纸条条就成"，意思是说，只要不是个睁眼瞎子便行，读那么多书干啥?读书多了简直是奢侈，也意味着浪费。浪费的事情没人愿意去干，牧民也有自己的账算。因此之故，牧民们对民办教师并不会抱有过高的期望，只要能教自己的孩子识一些字和最简单的算术，至于是谁来当这个"娃娃头"，牧民是无所谓的，即使有人给了他们这个选择的权力，也不去认真地履行。李发俊却是认真的，不仅《语文》和《算术》教得好，还是个多面手，会吹笛子，会画画。有了这几样，在我们那里就是个顶尖的人物了，谁都比不过的。想一想，这样的人不去当教师，而是去放羊，是说不过去的。李发俊就当了教师，当然只能是民办的那一种。

粗算起来，李发俊只给我当了三年老师，从小学二年级到四年级。五年级的时候，我跟着出嫁的姐姐去了那个以盛产湖盐而出名的大漠小城，在那里的公办学校继续学业。三年不长也不短，我尚处于启蒙阶段，作为我的第一个小学老师，李发俊留给我的印象不可谓不深。

我对李发俊老师从内心深处充满了敬畏。

先说吹笛子。

我们知道笛子是民间乐器，和二胡一样很普及，但能够真正达到高妙境界者甚少，往往成了自娱自乐的工具，这在乡间尤为突出。如瞎子阿炳的《二泉映月》，此曲只应天上有，人间实在不可多得，每听一遍，从心里往出渗血，有被拆了骨头般的虚脱。李发俊老师吹的是笛子，课余闲暇，吹上一段，有时是在屋内，更多的是在学校后面那一道隆起的沙梁上，笛声悠悠，怡然自足。我们这些孩子就追寻着笛声而去，或在门口垂手而立，或在沙梁上席地而坐，自觉地围成一圈，静得大气不敢出，目光里全是服帖。毕竟，遥远的沙漠牧区还不同于繁攘的农村乡间，能够吹拉弹唱的人很少，那么笛子便就是一种稀罕之物了。我那时就想，那样一根小小的竹管，凿了一排几个眼，用手指不停地摁来摁去，竟能够组成那般奇妙的乐声，真的是很神奇。如果给了我，吹都吹不响的，无异于一根拨火棍儿。再看我们的李老师，那双眼睛虚虚地闭着，眼睫毛却在微微地颤抖，像什么呢?像有两只蝴蝶驻足那里，有极薄的翅翼和微妙的触须。李老师动作的手指也是细而长的，看上去并不是很有力量。这样的一双手，在我看来也是罕见的。牧民的手指短而粗壮，张开来能毫不费事地拧断羊脖子，或者骟小公羊时毫不犹豫地将它们后胯里的那两个卵蛋抽扯出来，残忍得很，打小我就不愿意去看大人们杀羊和骟羊的举动，至今我连一只鸡都没宰过，可见我是多么的懦弱。我愿意听李老师吹笛子，但更多的时候是在看，看比听更有趣，于是我成为了李老师最忠实的观众，就是让我成为李老师身上的一条尾巴也是愿意的。问题是一个人怎么可能是另一个人的尾巴呢?这是不可能的，因为人是要长大的。一曲罢了，李老师将笛子横到胸前稍事休息，然后环顾四周，见他的"弟子"差不多都在场，一个个小羊似的竖着耳朵，便一改平时的严肃劲儿，抿一抿嘴角露出一缕和善的笑，说好不好听?我们连声说，好听好听。好在哪里?李老师接着又问。却是一片沉默，没一个人能够回答得上来，做了错事一样正襟危坐。还想不想听?我们又连声说，想听想听。想听就得好好学习，不好好学习听了也没有用。李老师这样说罢，脸上就又变得严肃起来，似在沉思什么，目光越过我们的头顶往远处去了，过了许久才收回来。我们赶忙把脏兮兮的脑袋低下去，也作沉思状，至于对"不好好学习听了也没有用"究竟是怎么一回事，其中有什么深刻的道理，不得而知。

笛子还是要听下去的，李老师也是很愿意我们这样做的，两厢都情愿，何乐不为呢?后来我偶然得知，李老师吹的曲子都是他随心所欲自己创作的，更令人意想不到的是他并不识简谱，所以他从来不看当时很流行的那些革命歌曲集子。李老师的曲子听上去好是好，只是缓慢了些，也忧郁了些，很压抑的样子，似有太多的心事，只能通过吹笛子的方式释放出去。李老师不识简谱，自然没有可能记录和整理自己创作的曲子，属于一次性消费，哪儿吹哪儿扔了。不过，当时的情境还真是很美的，也深深地映在了我的脑海里。李老师吹笛子的时候，固定在吃完晚饭之后，地点就选在学校后面的那一道沙梁上，我指的是夏天。夕阳西下，清风送爽，阔大的天空泊着大片的碎云，碎云又被晚霞镶了金边，煞是好看。沙梁上生长着的白茨，在风中轻轻地摇曳着，有的枝条好似不堪重负，从半空里划一个柔软的弧，将枝梢子垂落到地面上，在细密的沙砾上鸡啄米样地动弹，动出一个个小坑，像写在纸上的音符，也许就是应和了笛声的。李老师和我们这些围坐在旁边的学生的影子拉得很长，有的影子就叠落在一起，分不清是谁的了。那时候，普天之下都仿佛被一个"穷"字遮蔽着，学校连个收音机都买不起，看一场电影比过年还令我们兴奋不已。一年都不一定有一场电影，大队部请来一场电影，得到消息的牧民天不亮起身，从四野八荒赶来，那就是再盛大不过的节日了。李发俊老师的笛声无疑给了我们这些牧民孩子以最初的音乐启蒙和教育。"按照天性来说，人人都是艺术家。"这是高尔基先生说过的话。若干年后，当我读到这一句话时，不知为什么就想哭，有一种少年往事不堪回首的感觉。

　　再说画画。

　　和吹笛子一样，李发俊老师大约也属于无师自通的那种。当然，画画的条件要求要高一些，首先必须有一张桌子才是，我这样讲等于废话。我指的是画画不像吹笛子那样，可以坐在沙梁上。冬天太冷了，不合适坐在学校后面的沙梁上吹笛子，李老师就在他的办公室里画画，伴着一只小火炉子。李老师画画的时候，包括我在内的十几个孩子拥挤在一起观看，屋里已经盛不下了，有的孩子只能站在门外。

一开始的情形总是这样的：李老师把一张纸铺展了，纸比一般的纸略厚一点，也白得耀眼，像演电影时要用的幕布，只是没有框了黑边。李老师面对白纸并不急于动笔，而是要先默立一阵，似在进行一种仪式，神情庄重，让我们这些没有见过世面的孩子一个个敛声静气，再次瞪大好奇的眼睛，当然还有迷惘的成分在里面。李老师终于拿起了画笔，那一支笔从表面上看，和我们使用的铅笔没什么两样，圆而黑的笔杆，细而黑的笔芯。它的不同凡响之处在于，笔芯蘸了水就会出现神奇的变化，由乌黑而红紫，落在纸上时色彩尤其鲜艳。我相信绝大多数同学是冲着这支神奇的笔而来，想一睹为快。李老师其实也是心知肚明的，满足了我们的愿望。没有哪个学生问一问这支笔之所以神奇的原因，好像问了就是对李老师的大不敬。没谁问过，包括我在内，始终没有提出这样的问题。目睹了这支笔的神奇后，大多数学生陆续离去，李老师也不说什么，头都不抬地在纸上进行着一番勾勒，时而快时而慢，起初看不出是什么，纸上是一些简单的线条，一律的黑色，因为那支笔没有再蘸水。渐渐地，轮廓清晰了起来，显现出完整的图形，明暗的对比强烈了，也立体了。说到这里，我很想替李老师卖个关子：请你们猜一猜李老师画的是什么？不是人，不是动物，也不是花草树木。

那么，就是山了，或者是一望无际的沙漠？

都不是。

猜不出来了吧？还是让我来告诉你吧。

塔。

塔？

对，就是塔。

那塔平地而起，一层比一层高，渐次地收缩上升，直到出现一个尖细的塔顶。如果不是纸的限制，这塔恐怕还要一直升上去，升进云端里，担心塔尖要戳破了天的。我们生活的那个地方从来就没有什么塔，只有海海漫漫的沙漠和大片的草滩，以及长着芦苇的湖道，塔是没有的。山却在很远的地方，其中的一座山就是岳飞《满江红》里的那个贺兰山，山里也曾经有寺庙和塔的，破"四旧"时被所谓的红卫兵给拆了去，连根木头都没剩下，这都是我后来才知道的。在我当时的记忆里，毫无塔的印象，李老师告诉我说，他画的是塔。至于是什么塔，塔的意义何在？李老师没说，我也没敢多问。一张纸上，就只有一座塔，再没有别的什么，确实显得突兀了些，给人以悬浮的感觉。可在当时，我同样不可能提出这样的疑问，心里只有敬畏，包括对李老师画的塔。在我的印象中，李老师别的不怎么画，就画塔，大概有几十座之多，简直就像是一名塔的建筑师了。

后来，我对美术也是产生了浓厚兴趣的，而且最早的理想就是将来当一个画家。究其缘由，也许与李发俊老师的启发不无关系，直到我去小城学校读书时，接受了一点较为正规的美术教育，懂得素描和临摹的基本常识，以及人体比例"站七坐五盘三半"什么的，尤其是看到那随处可见的延安宝塔山的照片和宣传画后，才开始对李发俊老师画的塔产生了最初的质疑：李老师画的是什么塔？既不是素描也不是临摹，想来想去，都无法作出让自己满意的判断。凭李老师当时的年龄和经历，他不可能没有看见过延安宝塔山的照片和宣传画，他为什么就不"照猫画虎"呢？为什么在似与不似之间随心所欲？一如他的吹笛子。那么，李老师画的塔就只能是凭借他自己的想象，那塔只在他心里，现实当中是不存在的。

我们这些牧民的孩子，没有什么明确的时间概念，星期日也没有特殊的意义。周末回不了家，出于节约粮食的考虑，三顿饭改成两顿，时间因此被格外地延长了。但可以走得远一点，主要是到距离学校两里地的大队部去。平时不行，李老师会严加限制，仿佛大队部是一个军事禁区，去了会招致很大的麻烦。从远处的某一个角度去看，大队部的确有如一座古旧的碉堡，那原本就不大的窗口就是瞭望孔。大队部其实是个土屋和土墙围起来的院落，南北各留一处豁口，权且当做敞开的大门，甚至永远不会关闭，供牧民骑乘的牲畜或者其他车辆长驱直入，那样子反而像是有着很强烈的开放意识。就是这样的一处地方，我们却随意去不得，只有等到星期天，还要事先向李老师请假，一次最多不能超过五个人。

大队部的院落里有会议室有办公室有库房有灶房有代销店，令人联想到"麻雀虽小五脏俱全"这句成语。我们其实就是冲着代销店去的,我们对别的事务不感兴趣。代销店不大,只占其中的一间土屋,屋里靠墙的一面是用木板和土坯搭起来的几排货架,上面摆的是针头线脑之类的日用品,虽然和城里的商店没法比,但足以让我们这些牧民的孩子们眼花缭乱了。当然还有烧酒有香烟有肥皂有女人们擦脸用的雪花膏,所有的东西平静而有序地集中在一起,共同发出那样一股混合着的特殊的气味,从我们的眼睛和鼻孔进入,一直抵达肺腑,心身顿时无比畅快和愉悦。我们是孩子,身上难得地有几张可怜巴巴的毛票子,只能买几个作业本和几支铅笔。如果买铅笔,最好是带橡皮头的那种,凑到鼻子底下闻一闻,既有木头的味道,又有橡胶的味道,如果我们的想象力还够得上丰富,就能够联想到遥远的南国有一片茂密的橡胶林,尽管它们呈现在我们面前时已经是那样的细小与轻微。有可能的话,就再买上一块糖,糖是很甜的。我这样说的意思是再买上一块奶糖,糖和糖不一样,奶糖和水果糖就有很大的区别。那时候的奶糖只在外面裹一层粗糙的蜡纸,上面的图案非常简单,粗糙和简单到了让我们觉得对不起奶糖的地步,蜡纸往往凝在了奶糖上,很不好剥离。我们不叫奶糖,而是叫粘牙糖,嚼进嘴里胶似的,上下牙合住再分开,叭的一声,要费很大的劲,牙根都能觉出疼痛来。可惜这粘牙糖还是化得太快了,来不及回味,就已经没了,就嘬着舌尖在牙床和腮帮上仔细寻找粘牙糖的残余,直到寡淡得仅剩下自己的一口唾沫。又想,为什么不把粘牙糖做得大一些呢?有半块肥皂那么大,该有多么的惬意啊。我们都知道这粘牙糖是城里人做的,觉得城里人吃了我们牧区最好的羊肉,却将粘牙糖做得很小,真是啬皮得很。

　　我要说的其实是,我由此而无意地发现了一个秘密。

　　这个秘密与我的第一个小学老师李发俊直接相关,并且影响了他的一生,这是我无论如何都没有想到的,我想将这个秘密埋藏在自己的记忆里,永远不要说出来。但是,在最近一次小范围的文学创作座谈会上,我的一个作家朋友坦言:写作是可耻的。他的语惊四座的发言,搞得会场一片狼藉,却没有一个人站出来进行反驳,可见这句话是有着某种力量的。

中国当代西部文学文库

接下来的几天里，我总在思索"可耻"这两个字，写作是可耻的，那么生命本身呢?也是可耻的吗?于是，我不再犹豫了，决定将这个秘密写出来，再"可耻"一次吧。

首先需要说明一点的是，李发俊老师不住在学校，而是住在大队部院落的一间土屋里。在相当长的一段时间，我们都忽视了这个现象，尽管它显而易见地不合乎情理，作为一个单身独立而没有家室拖累的老师，住在学校里会更方便。我们同样也不清楚李老师为什么要住在大队部的院落里，这一切似乎与我们并不相干。李老师迎着一轮初升的朝阳走向学校，直到上完一天的课，吃罢晚饭后再吹一阵笛子或者画一阵画，返回大队部院落时，便要伴着黑下来的天色。李老师离去的背影很挺拔，像一棵缓缓移动的白杨树。李老师天天如此这般地走来走去，以至踏出了一条小路，小路也并非直爽平坦，羊肠子似的蜿蜒在学校和大队部之间，途中还要趟几道起伏的长满了白茨的沙梁。这样的一条小路，当然也是再明白不过地昭示了李老师为人师表的勤勉和刻苦，仔细想来是足以能够让人生发感动的。问题在于，我当时除过对李老师的敬畏，没有感动。敬畏和感动是两回事，往往又因为敬畏形成的某种遮蔽，反而排斥了感动。

在那个星期天，我一个人去了大队部的代销店，没有和同学结伴而行，这多少又有点反常。分析来分析去的结论是，我当时怀有一颗小小的私心，其诱因还是粘牙糖。你想啊，我的衣兜里只有一张毛票子，绝大部分同学更是囊中空空如也，包括我在内的贴身的衣缝里那种古老的小虫子(虱子)倒是不少，它们繁殖得飞快。俗话说，账多了不愁，虱子多了不痒。账多了愁不愁，我们没有任何感觉，虱子多了不痒倒是真的，令我们体会尤深。那个星期天我没买作业本和铅笔，直奔主题买了两块粘牙糖，五分钱一块。然后有意识放慢咀嚼的速度，然后准备返回学校。独自享受两块粘牙糖，心情是相当不错。

这时，我突然萌发了(也许早就有了)一种好奇，去李老师住的那个土屋看一看，仅仅看一看而已。导致这个行为的客观原因还有两点，一是李老师那天恰好不在大队部，因为一个突然生病的学生而去了学校。这是一件挺麻烦的事情，李老师又不能不管。假如那天李老师就在大队部，我是不敢接近的，我说过我是个懦弱的人。二是李老师人不在，那土屋却大敞着门，有可能是走得过于匆忙的缘故，而忘记了锁门。这是夏天的一个正午，灼热的阳光下，偌大个院落空荡荡的，静得很不可靠。连一丝风都不存在，连一只麻雀都不驻足，当院里那唯一的沙枣树上，细碎的叶子一动不动，无奈地经受着煎熬。这种时候，即便是院落里偶尔有人出现，也会疑心那只是一个影子，幻觉大于真实，除非这个人主动开口和你说话。如果这个人不说话，只是向着你龇牙或无声地微笑都不行，那会是很恐怖的，你肯定会被吓跑，我当时就有这样的感觉。好在院落里除了我，再没有旁的人出现。大热的天，那个代销员足不出户，我进去买粘牙糖的时候，他正趴在柜台上闭目养神，递给我两块粘牙糖时腰来腿不来的。李老师那大敞着的屋门于是格外引人注目，像一个沧桑老人在打哈欠，张开缺牙的黑洞一样的嘴，却又忘了合上。这一间土屋和代销店分别在两个不怎么起眼的角落，中间又隔着那一棵沙枣树，相互离得最远，两个仇人那样，老死不相往来。这一间土屋却和毡房紧密相连，仅隔一堵墙，成了永远掰扯不开的邻居。顾名思义，毡房就是用来擀毡的处所，一年四季充斥着羊毛的腥臊味，夏天更胜一筹，夏天是擀毡最好的时节。毡匠是个瘦骨嶙峋的老汉，差不多擀了一辈子毡，也差不多成了一个民间艺人。老毡匠这时大约也迷糊着了，毡房里静得像中午的羊圈，羊在草滩上吃草，羊圈自然是空的了。人是有窥视欲的，这是可耻的，关于这一点，我后来深信不疑。我没怎么犹豫，开始向着李老师那屋子走去。越接近那屋子，就越觉得不同寻常，我的视线尚未抵达那屋里，屋里一片模糊，却闻到了一股似浓似淡的气味，这气味濡热、腥臊，甚至可以说就是臭烘烘的，直刺得人的鼻子发痒，忍不住要打喷嚏。我最初的判断是，这难闻的气味是从隔壁的那个毡房里传出来的，毡房里堆积的羊毛是从活羊身上剪掉后直接送来的，没有经过任何处理，其腥臊可想而知。如果是这样，我们的老师李发俊长年与之为邻，便是受了委屈的，队长竟然对此视而不见，实在是可恶。李老师就应该搬到学校里去住，而不是这样的地方。据我所知，学校也是有一间空屋的，却被用做了盛杂物的库房。住在学校不是很方便吗？何必舍近求远，还要闻那从毡房里不断散发出来的臭气。过去我没有这样想过，身临其境的时候，就顺理成章地产生了这样的想法，为我所敬畏的李老师鸣不平了。这时，我已经站在敞开的屋门前，只差半步就能跨过门槛，而不再受到任何羁绊。

我没有贸然进入，只是站在了门槛边。

说到底我心里还是有些怕，尽管屋里没人，也敞着门，随便进去却是不可以的。受了李老师的委托那是另外一回事，比如进屋去拿一件李老师当时需要的东西，这样的任务落到我的头上，必然是一种荣幸，说明李老师信任我。李老师从来没有这样做过，这样的荣幸也从来没有机会落到我的头上。李老师是一个严肃而勤谨的人，这是谁都能看得出来的，是不大可能随便忘了什么需要的东西的。于是，我就只能站在门槛的边上往里看，说窥视也许更准确。屋里很空，一面窄小的土炕，土炕上是一卷素色素花的被褥，显得陈旧。那时候我们那里居家睡觉没有床，床是一种高贵的家具，似乎是只有城里人才配。土炕上靠墙的一面放一张小桌，小桌没有油过漆，木头的纹理清晰可见，和我们使用的课桌属于同样的档次，四条腿却短了许多，否则是上不了炕的。小桌上有一盏擦得干干净净的煤油灯，灯旁是两个红色和蓝色的墨水瓶，墨水瓶里分别斜插两枝蘸笔，还有几册被翻旧了的书。如此的简洁和俭朴，连我这个不谙世事的孩子都能觉得出来。时至今日，再回忆当时李老师屋里的细节，让我想起英国女作家弗吉尼亚·伍尔芙的名作《一间自己的屋子》。在这部篇幅不算长的书里，作家对英国的老牌大学进行了无情的嘲讽，同时她还说，有一间自己的屋子，就可以平静而客观地思考，更能够不受干扰地进行创作，然后记下"像蜘蛛网一样轻的附着在人生上的生活"。这句话深深地感动了我。想想吧，在远离尘嚣的西部大漠深处，一个清白的书生，以一盏青灯做伴，度过无数个沉静而又寂寥的夜晚。想了些什么呢？读的又是什么书？所谓红袖添香夜读书，那是古人之辞，太过浪漫了些，又像蒙着一层缥缈的雾，我的小学老师李发俊断然不会有此雅遇的。倒是可能有这样的情形：噗的一声，吹灭了煤油灯，让两眼抹黑去，静静地躺在被窝里夜半聆听隔壁毡房里的弹羊毛声，嘭空，嘭空，一下，又一下，弓声悠悠而幽幽，在这种原创的古典的音乐里入梦。这样的音乐听得久了，说不定还会上瘾，不听真就睡不着觉。李老师住在毡房隔壁，是不是与此有关?李老师是个爱好音乐的人。然而，这弹羊毛的弓声夜半响来的次数毕竟很少，除非任务紧的时候，那个有着一尊嶙峋之身和一脸肃穆之色的老毡匠才肯加班加点。

　　问题还在于，接下来我发现那腥臊的气味其实不是来自于隔壁的毡房，而是真真切切地从李老师住着的屋子里发出的。站在屋门口的我，被这种令人恶心的气味毫不留情地袭击着，扑面而至时，有如一个个厚重的巴掌。我注意到了屋里的那条羊毛毡。那条羊毛毡不是铺在炕上，而是搭在炕沿上，形成了一个折角，毡的大部分便与地面垂直，正午的阳光从敞开的屋门照射进去，大面积地覆盖在毡上。再细看那毡，已经不是白色的了，被大片的黄渍浸染了，污涂而斑驳。直觉告诉我，毡上有尿。毡搭在炕沿上，正是在趁着正午的阳光晒那尿湿了的毡。随后而来的疑问却是，将那尿湿了的毡拿出去摊在院落里不是更好吗?却不，偏要采取这种独特的方式，在屋里晒毡。

　　我有些懵懂，却将眼睛睁得很大。

　　过了许久我的脑子才开窍，继而轰地响了一声。到了这种时刻，即使是傻子也会明白是怎么一回事了，更何况我并不傻，和同龄人相比，我甚至是有一点早慧的。我知道这就是人们常说的"画地图"，不过，我一直认为这是孩子的所作所为，与大人无关。我们班上就有几个男同学经常尿炕，早晨起来的第一件事情是将尿湿了的毡搭到外面去。夏天还好办，不一会儿就晒干了。冬天可是折腾得够呛，那尿湿的毡晒不干不说，反而被冻得硬撅撅的，就再拿到火炉子上烤，一不小心又烤煳了，留下大小不一的洞。尿炕一向被视为是没有出息的表现，这样的同学让我们瞧不起，他们自己也会觉得脸上无光。民间流传着一个偏方，至今仍在流传，说是把新鲜的羊鞭烘干了吃，可以治好尿炕的毛病，吃少了不顶用，得连续吃几十条甚至上百条。哪有那么多的羊鞭可吃啊，为了吃一条羊鞭而去杀一只羊，极端地不严肃，让谁听都是一句天大的笑话。像有一件尖锐的铁器嵌了进去，我的脑袋在疼痛的同时，开始无限地膨胀，然后一颗气球似的吊着我扶摇飘荡。我看见了我不应该看见的一幕，我当时就有一种犯罪的感觉，尽管这是无意的。我想的是赶快离开这间屋子，离开大队部的院落，越快越好，一秒钟都不能停。去向哪里？当然只能是学校，悄然地融入同学当中去。我几乎是一路狂奔了，像是和时间赛跑，完全顾不得头顶上还有一轮灼热的太阳。在去往学校的路上，我应该选择隐蔽自己，争取做到不抛头露面，像一只潜行的猫那样最好不过。其实，这个问题并不难解决，绕一个很大的弯子从学校后面进入，神不知鬼不觉。慌乱之中，我忘了这关键的一条，而是循规蹈矩地沿着李老师踏出的那条小路，于是半道上迎面遭遇了踏出那小路的李老师。

　　李老师脚步匆匆，走路比平时快得多，也几乎是小跑着了，原本挺拔的身子向前倾斜，像有一只看不见的手在背后推着。在我的记忆里，这是李老师走得最快的一次。也许李老师一开始并没有发现我，他的眼睛直视前方，有一缕头发垂落下来，在主人的额前一扬一扬的，挺顽皮的样子。想躲开是来不及了，我只能假装什么都不知道。李老师当时已经从我身边走过去了，我的心情也随之放松。怎知李老师突然叫出一声，将我定住在半道上。我无奈地回过头去，极其胆怯地向李老师打了一声招呼，那样子却完全是做贼心虚。李老师先是有一些喘息，稍稍稳定一下后说，你为啥跑得这么快？我竟然说不出一句话，直愣愣地看着李老师，就像面对一个从地里钻出来的什么怪物。李老师略微地笑了一笑，又说，你是不是看见啥了？我一个劲地摇头，然后说，没看见啥，我啥也没看见。说话的时候我甚至也笑了一笑，像是给了李老师一个对等的表情，否则就是不恭不敬。李老师说，你回去吧，以后不要到处乱跑，你要好好学习才是。我给李老师使劲地点了点头，转身向学校走去，速度放得很慢。如释重负的我一边走一边想，去大队部我是请了假的，李老师说我到处乱跑，也许是李老师忘了。不过这也没什么关系，李老师并没有批评我，表情很温和，还嘱咐我好好学习呢。接下来我想的是，我其实是看见了的，这个秘密在我看来也太大了。我有点承受不了，但我什么都不能说，必须保持沉默。

往后的几天里，我的脑子乱哄哄的，以致不敢正视李老师，听课和做作业时精力不集中，作业本上的叉号比以前多了起来。李老师自然是注意到了我在学习上的微妙变化，问我是怎么回事？我说我头疼。李老师摸一摸我的脑门说，不发烧么，哪来的头疼？是不是想家了。

让李老师这么一说，我还真的想家了。

几天之后的又一个星期日，父亲牵着黑骟驴到大队部来驮口粮，叫我回去一趟，说是家里要杀一只羊，父亲这是叫我回去吃羊肉呢。那时候，什么都是集体的，杀一只羊得队长亲自批条子。整个夏天，牧民守着一群羊，却吃着清汤寡水没有荤腥的饭食。想吃羊肉只有等到冬天，那时大队部才会按人头分给各家各户肉食羊，让我们在寒冬腊月北风呼啸的日子里，体会社会主义大家庭的慷慨和温暖。你要在夏季的某一天杀一只羊解解馋，也不是不可以，但必须从冬天的肉食羊里扣除。我向李老师请了三天假，便随父亲回家。黑骟驴身上驮了口粮，腰都有些塌了，不能再骑人，我和父亲只好步行。

一路上，父亲问我学习好不好？我说好，在班里是第一名。父亲就笑了，算是一种奖励。父亲又问，李老师好不好？我说好，课教得好，笛子吹得好，画画得好，对我也好。总之是什么都好。父亲就说，那是个好小伙子，人长得周正，也勤谨。父亲表扬罢了，却紧接着长长地叹了一口气，口气里含了很深的遗憾。直觉告诉我，父亲的这一声长叹，与我的老师李发俊密切相关，准确地说，与被我无意识发现的李老师的那个秘密密切相关。我于是产生了探究下去的冲动，向父亲问道，李老师是不是有尿炕的毛病？走得好端端的父亲突然像根拴马桩那样戳住了，神色冷峻地说，你咋知道的？我说我看见李老师屋里的毡了。父亲说，你再不要胡思乱想，更不要往出说，你要是说出去，看我不打折你贼娃子的腿。显然，对李老师的那个秘密，在包括我父亲在内的大人们眼里，早已不是什么秘密，只是不说罢了。在这个问题上，大人们是心照不宣的，并且保持了高度的团结一致。那个秘密一旦得到确认，有关李老师不住在学校而舍近求远住在大队部，以及与毡房为邻的所有问题，便茅塞顿开了。我的心情也随之变得颇为复杂起来，正所谓打翻了五味瓶，更多的却是酸涩，酸涩并涌，替我所敬畏的李发俊老师深感不安。李老师在我的眼里几乎是完美无缺的，他是那么有才华，又那么心地善良，而且对我格外的好。可是，李老师却被难以启齿的痛苦困扰着，不得不采取那样一种回避的方式，力求在他的学生面前长久地树立起自己作为师表的形象，可谓用心良苦。如果说，在此之前我对李发俊老师只是敬畏的话，现在我又有了对他的感动，甚至是感动大于敬畏了。

父亲见我沉默不语，头重脚轻，走得磕磕绊绊的，还以为我是被他刚才说的那句话给吓着了，又安慰我说，不说出去就行了，你这么害怕我干啥?我又没把你的腿打折。我说，我不是害怕，我是难过。父亲说，也用不着担心，人家还不是把个老师当得好好的?我说，李老师能一辈子当老师就好了。父亲说，这有啥不行?一辈子当老师的人多了，李老师当然也行。父亲说得很肯定，我自己感到欣慰，同时也替李老师感到欣慰。见父亲的脸上没有了冷峻之色，我说，李老师为啥还不找媳妇?在我的印象中，像李老师这个年龄的汉子，早就有媳妇了，也有孩子了，有两三个孩子都说不定的。父亲这次没有生气，反而被我给问笑了，说你贼娃子脑子咋就不灵醒呢，不是有那个毛病么。

这时，夕阳西下，天上的碎云又镶了金边。

父亲和我蹬上一道高高的沙梁，梁下不远的一片开阔地上，就是我家的土屋，土屋的后面是羊圈。羊已入了圈，屋顶上蛇样地徘徊着一缕炊烟，母亲已经在准备着一家人的晚饭了。看见炊烟的一刹那，我才想起很久没有和母亲在一起了，眼里忍不住潮乎乎的，我也知道的，并不全是思念母亲所致，还有别的原因。我放开胆子跑起来了，也不顾身后的父亲，从沙梁上一口气跑进屋里，舀起半勺凉水就喝。等到我喝够了，母亲说，你咋了?我愣怔一下，不知该怎样回答。母亲正要继续问下去，这时父亲进了屋，母亲的话便咽回去了。

走了一天的路，我确实很累，扒了两碗干饭，就躺倒在靠墙的炕脚睡去，很快入梦。说入梦是一句顺便捎带的话，以我这样的年龄是不会经常做梦的，所以是睡得天塌了都不知道。大约是后半夜，我醒了，眼里是一抹深刻的黑，就听得耳边嗡嗡嗡响。这次，却使我警觉了，我于是装成仍在酣睡的样子，悄然地竖起自己的耳朵，黑暗正好做了掩护。是父亲和母亲在说话，你一句，我一句，来来往往，像相互传递一样烫手的东西。父亲说，这娃，偏就看见了。母亲说，看见就看见了，你骂他做啥?父亲说，我怕他说出去，让学生都知道了，人家还咋教书?母亲说，我们的娃老实听话，才不会说出去。父亲说，安顿一下总没错。母亲没有表示反对，认可了父亲的话。又是一阵沉默，像不再往下说了。嗡嗡嗡，却又说开了。母亲说，不是说治好了吗?咋就还犯。父亲说，这羊角风能治好?抽起风来吓死人，又吐又尿的。母亲说，多好的小伙子，如今连个媳妇都说不上。父亲说，按道理书总能教吧，一辈子当个老师也不错。母亲说，没这个毛病，人家的姑娘早就相上了。父亲说，能写会算的，没这个毛病，人家早当上大队会计了，队长都说不定当上了。母亲说，就是的。父亲说，往后连老师都当不成了，怪可惜的。母亲说，睡吧，明天还要收拾那只羊呢。父亲也转移了话题，说我缠磨了好几个时辰，队长才批的羊条子。母亲说，让娃好好地吃上几顿，那学校的饭，清汤寡水的。父亲说，跟他姐到城里念书去。母亲说，离得远了。父亲说，不是有他姐吗?母亲说，还是离得远。父亲说，你看你这个人，离得远又咋了?你啥都不明白。父亲显然是生气了。父亲一生气，母亲的话就打住，不再往下说。

黑暗中，父亲扯起了惊天动地的呼噜，呼噜与呼噜的间歇，又夹杂着吹气，仿佛一列出站的火车。当然，我真正看见火车，是在我姐出嫁的那个小城。也可以这样说，当我第一次看见火车时，联想到了我那睡在土炕上又打呼噜又吹气的父亲。那时候的火车是蒸汽的，车头上冒着黑黑的烟，身后拖着一长串沉重的车皮，很像是父亲拖着一家人的日子。

我真正要说的是，那天夜里，我哭了，哭得一点声音都没有。

一晃三年过去了。

在李发俊老师的教诲下，我从二年级上到四年级，并且成为了他最得意的"弟子"。接下来，我就要离开李老师了，这是我回到家里才知道的。我那时确实不愿意跟着出嫁的姐姐到小城读书，尽管姐姐对我很好，主要是舍不得李发俊老师。我甚至觉得我的突然离开，对我的老师李发俊是一种伤害，这使得我在那个假期里闷闷不乐，却又不能够很明确地表达出来。父亲在我们那个地方那个年代，也应该算是个有文化的人，他的一手漂亮的蝇头小楷毛笔字，让很多人啧啧称奇。父亲就比别的牧民开明得多，对儿女们的上学很重视，而且不止一次地说过，只要你们好好念书，老子就是砸锅卖铁也愿意。于是，我去了小城，在姐姐家一住就是五年多，直到恢复高考后考上一所北方的大学，那年我刚刚满了十六岁。我去小城上学之前，也没给李发俊老师打一声招呼，不是不想打这一声招呼，是张不开这个口，我能给李老师说我没有上完五年级就中途转学的真正原因吗?尽管这是我父亲一厢情愿做出的决定。父亲后来告诉我，李发俊老师还很郑重地问起过我，并且认为这是迟早的事情，说我将来还要上大学呢，不去城里读书怎么能行?早去早好。'

　　从此，我就再也没有见过李发俊老师。

　　和我曾经的设想和希望的不一样，李发俊没有将小学教师一以贯之地当下去，后来还是背道而驰，离开自己心爱的学校，去很远的地方占了一处草场，赶起一群羊徜徉着了。出现这样的变故，还是因为他的那个已经不是什么秘密的秘密，随着年龄的增长，李老师的病非但不见好转，反倒越来越严重了，尤其是犯病后整个的人处在一种恍惚的状态中，需要很长时间才能恢复。李老师不能按时去上课，学生就放了羊，跑得满世界都是。终于有一天，李老师去找队长了，说是为了不耽误孩子们，要求队长重新派老师。队长于心不忍，要给李老师另外安排个轻松一些的活。李老师说我就是想当老师，就是想把牧民的这些娃娃们教好。后面的话就不用再往下说了，谁的心里都清楚。队长也没有更好的办法，只有答应李老师的请求。得到队长的同意后，李老师再没说什么，就去学校上他的最后一节课。学生们当时都不知道李老师要离开他们了，依然兴奋着。和往常不太一样的是，李老师不再那么严肃，一边上课一边还微笑着，很幸福很陶醉的样子，看上去就像个刚娶了媳妇的新郎倌或者像个第一次做了父亲的汉子。就这样，我的第一个小学老师李发俊在那年的某一天清晨离开了学校，走得无声无息，他的学生都还在睡梦之中，也有几个学生是尿了炕的。

尿了也就尿了，晒干便是了，因为他们还是孩子，孩子又有什么不可原谅的过错呢？

打 井

　　小城的中学放了暑假，我就得义无反顾地回到沙漠深处去。城里上学开销大，父亲的腮帮子常常鼓成了包，眉心也紧跟着挽起一个肉疙瘩。父亲的愁眉苦脸让我不忍目睹，心里却止不住地酸涩并涌。接下来我想的是，要利用暑假这几十天的时间混点工分。于是，我便收拾上一捆铺盖卷儿，跟着几个曾经的伙伴到很远的地方打井去。说是要开发缺水草场，那年沙漠牧区展开了一场不大不小的打井找水运动。

　　下巴一点几十里，沙漠牧区的地盘大得令城里人无法想象。正是夏秋交替的季节，天空热得发白，司空见惯的沙漠绵延不绝，满眼浑黄茫苍，看上去像是伸进了天的尽头。在沙漠里行走的时间长了，人的脑袋就像让黄色的海绵吸空了思维，然后就又只剩下个走了，不停地走。一朵云高高地飘过来，难得地投下一块阴凉，将我们几个人和一支小小的驴队给罩住。几头驴吐噜吐噜地打起了惬意的响鼻，驴也怕热呢。不知道是太阳走得快，还是云朵飘得快，阴凉只是轻描淡写地在我们身上扫了一下，很快投落到别的沙梁上，而且越飘越远。我们不会像驴那样吐噜吐噜地打响鼻，只能瞪直了眼睛追逐那块远去的阴凉，羡慕得狗一样伸出舌头。偶尔有两只雀儿从头顶掠过，喳喳喳地叫那么几声，也很快消失在灼热的阳光里。我们几个放弃对那块阴凉的追逐，开始心猿意马胡思乱想，竞相打了几声口哨。我们几个的口哨打得并不高明，声音尖利得像划破了玻璃，制造出一种喧闹。这样其实也蛮不错的，不知不觉间又把一道沙梁给翻过去了。

　　是喜鹊。唐娃意犹未尽地说。

　　是"沙和尚"。大锁说。

放羊的女人

鸟儿都知道温存，一公一母好快活。二狗说。

我觉得自己不能太过沉默，这是融入其中的最好时机。世有天地，物有阴阳，人分男女。我是这样说的，没想到却招来一阵奚落，说是捣翻了醋罐子，酸不溜秋的。我羞惭地笑一笑，也认为自己很像太阳底下暴晒的一只醋罐子，只好将那盖儿捂严实，再不敢多说什么了。

山喜无动于衷。

山喜牵着小小的一支驴队一心一意地赶路，与我们几个拉开一段距离。他只比我们几个大几岁，看上去却像我们几个的爹，面相很老的模样。山喜是我们的头儿，又是个极木讷的人，头一回相处，摸不清他的脾性。我们几个谁都不愿意和他搭话，保持一段距离也是很自然的事情。再说了，走了这一路就没见他笑过，一张黑脸始终紧绷着，更显得整个的人都很瘦小，瘦小而单薄，一张勉强竖起来的纸似的，一戳一个窟窿。这样的人，受到一些轻视似乎也在情理之中。

蹚过去不知多少道大大小小的沙梁，眼前突然变得坦荡了。

在一大片被沙漠包围着的平地上，散布着还算浓密的芨芨草和野谷穗子，形成了一道令人赏心悦目的绿色风景。正值扬花时节，芨芨草和野谷穗子都在青绿之间泛开了粉白的穗头，穗头在若有若无的微风中轻轻摇曳，漾出一阵一阵青草特有的熏香。蹚过了漫漫黄沙，突然看到一片绿色，我们几个难免兴奋，大呼小叫地跑进草丛里，野兔子一样撒起欢来。几头驴也是，伸直脖子仰起头嘶嗷嘶嗷地狂叫，驴嘴咧成了鞋帮子。后来，我们几个就看见了那个浑圆的小土包。小土包上也是长满了荒草的，孤零零地摆在草地的中央，显得特别惹眼。我们几个围了过去，前看后看，左看右看，转着圈儿地看，看了半天也没有看出什么名堂来。

我们几个于是回头再看山喜。山喜依旧和我们几个保持着距离，手里牵扯着一头驴的笼头。驴被眼前的青草勾引得一挣一扎的，瘦小的山喜也随着摇摇晃晃，样子很滑稽。我正忍不住要笑出声来，山喜却远远地说，那是一座孤坟。我的笑一下子又被堵回去了。里面埋着个女子。山喜又远远地说，脸面上还是走路时的表情，也看不出什么名堂。我还没真正见过死人，就连坟也见得很少，让山喜这样一说，我立时头皮发麻，身上不由自主地起了一层鸡皮疙瘩，周围甚至还有极其神秘的响声。尽管是在光天化日之下，感觉却很紧张也很压抑。再看旁边的其他几个伙伴，也都和我一样，眼睛瞪得溜圆，表情古怪而恐慌。偌大的草地一片寂静，仿佛我们几个人和一支小小的驴队都只是一些虚无的影子。处在好奇心很强的年龄，我很想问问这座孤女坟的来龙去脉。怎知山喜黑着一张瘦脸，不再多说一句话，也不看傻站在草地上的我们几个，自顾从驴背上卸下十多对盛满了水的大鳖子，那力气突然大得惊人。见山喜一副不管不顾的样子，我不敢多问什么，心里却存下了一个强烈的疑团，凭直觉这孤女坟很可能与山喜有关联。

路走到头了，我们几个也软成了绳子，都长出一口气，松松垮垮地瘫在草地上，身后的不远处就是那座笼罩着神秘气息的孤女坟。歇息了一阵，我们几个从羊毛口袋里掏出干馍嚼了起来，咔咔嚓嚓的响声满世界回荡，像遍地闹老鼠。吃饱喝足，天也慢慢地擦黑了，一轮又圆又大的夕阳浮在西边的沙梁上，一点一点地消沉下去。半天云霞，一地金黄，在逆光的效果中，芨芨草和野谷穗子的穗头又都镶了银边似的，别有一番情致。这个时候里的大漠和草地是辉煌的也是寂静的，同时又有着难以言叙的落寞，像是无声地感叹着某种缺憾。

趁着天还没有黑透，我们几个在山喜的指挥下支起了帐篷。于是，一顶帐篷便显得有些突兀地矗立在草地上，围绕周遭的是一道道起伏的沙梁。在逐渐暗下来的天色里，帐篷却白得更加醒目。都走累了，都懒得多说话，我们几个黑狗一样钻进帐篷里躺下。山喜的铺位紧靠着帐篷的门边，是他自己主动选择的，似乎是对我们几个很不放心，似乎是对我们几个负有监视和督促的责任。不一会儿，就响起了此起彼伏的呼噜声，还伴之以断续的咬牙切齿，分不清是谁的。我却失眠了。从没有遮严的门缝里看出去，天上是有星星的，而且很亮晶很稠密。天上一颗星，地上一个丁，据说人和星星之间存在着某种古老的对应关系。深不可测的夜色以及闪烁着纯净光华的星星，其实都是最能启发人的心智的，更能引诱和刺激人的幻想，甚至还会使人变得脆弱和敏感。大概我就处在后者的这种状态。这一夜，我始终没能入睡，支棱着耳朵听了一夜伙伴的呼噜声，包括帐篷外风吹草动的呢喃。脑子里出现最多的还是那座孤零零地摆在草地中央的孤女坟，幻想中那座孤女坟竟然动了起来，悬在半空里悄然地旋转。我反而不觉得有多么惶恐了，甚至由此而联想到了"爱情"，是不是不可思议啊？

在这样的一个夜晚，我又是那么真切地感到了孤独和寂寞，心里凉沁沁的。

井址是山喜自作主张选的，和我们几个没有任何商量的余地。

山喜拿起一根柴棍尘土飞扬地绕了一遭，等到尘埃落定时，草地上出现了一个巨大的圆圈。圆圈其实并不圆，两头相交的地方凹进去，那圆就成了一只苹果的侧面，小儿在一张白纸上涂鸦似的。二狗看着那个圆圈说，像人的屁股，只是那两头相交的地方少画了一样关键的东西，要不然就更像了。大锁不怀好意地问，少了一样啥东西？二狗说，你不会自己想去？二狗这样一说，引得一阵唦唦的笑。我也想笑的，一看山喜极其严肃的样子，就没敢笑出来。心想二狗这人倒也名副其实，用当地牧人的话说，这种人是愣头青，身上的畜性太重，说话做事往往不计后果。粗略地估计，山喜画的井址直径至少有二十米。我觉得奇怪，主要是认为大而不当，打井又不是挖涝坝。山喜见我一脸的迷惑，就说这是在沙漠里打井的特殊规矩。必须先从外围开挖，井口要像个溜油的漏斗渐次往里缩小深入，直上直下地挖必定塌方，功倍事半甚至前功尽弃，因为沙层太过松软。末了，山喜难得一笑，说听懂了吗?我的学生锅锅(哥哥)。我真诚地点点头，听懂了。

山喜头一个插进锹头，甩出去满满一锹沙土，脸上的表情格外庄重，和电影里的重要人物出席奠基仪式的样子有些相像。当然了，那种五彩缤纷、鼓乐齐鸣的隆重场面是不可能的，说到底我们只不过是在沙漠深处的一片草地上，打一口普普通通的水井而已。山喜率先示范，给我们几个做起了榜样，不歇气地干了一天，到后来就脱得只剩一件大裆裤衩。山喜虽说是个瘦小的人，力气却不小，该怎么形容他呢?想来想去，我还是觉得当地牧人说得好，话虽粗陋，但生动逼真：干头骡子瘦叫驴。我再在后面缀上一句，这便是：干头骡子瘦叫驴，一身筋骨皮。山喜并不多话，埋头一个劲儿地干活，也就容不得我们几个偷懒耍滑，好像每个人的身后都蹲着一条龇牙咧嘴的恶狼。打井是一件极苦极累的活计，我们几个又算不得是正经出力气的，混的心思占了一半。这一下可好，不扒掉身上的一层皮不算数，愁得我们几个牙缝里冒凉风，眼窝里生蛆。

天黑前收工回到帐篷里，我们几个都累得趴在羊毛毡上唉声叹气。攒劲咳嗽几声后满嘴都是腥气，擤出的鼻涕里捎带着血块儿。天热得邪性，人都上了火，火再一攻心，就觉得浑身燥热难耐，灌上一肚子凉水都不顶用。山喜狼似的蹲在帐篷门口，看看这个又看看那个，黑黑的瘦脸上露出一丝阴郁的笑说，你们几个贼娃子狗日的，跟上我好耍不好耍?我们几个哭笑不得地说，好耍好耍。山喜说，好耍就行，我们要这样一直耍下去，直到井里耍出水为止。

山喜说罢，自己去拾柴烧火做饭，留下我们几个在帐篷里大眼瞪小眼，认真地反思"好耍不好耍"的问题。唐娃和大锁首先有了悔意，说是还不如跟了别人去打草，打草总比打井轻省一些。二狗说打井挣的工分多，他就是冲着这个才来的。二狗这个人愣是愣了些，性格却直率，想什么说什么。二狗这样一说，别人就不再说什么了，很是安静了一阵子。

帐篷外，山喜已经点燃一堆篝火，火上坐一只乌黑的大铜壶熬砖茶。山喜不歇气地打了一天井，想必也是累得够呛，还要接着给大伙熬茶做饭，我们几个就不能心安理得地躺在帐篷里了，就都走出来围坐在篝火旁边。山喜这时又从帐篷里抽出来一条原本是驴身上搭的羊毛毡褡铺在地上，再在毡褡上毛朝下地展开一件山羊皮褂子，在皮面上揉起了一大团白面。这便很有意思了，山羊皮褂子冷了当衣穿，做饭时又当揉面的案板，一举两得，效果显著。面揉好了，再把揉好的面搓成大拇指粗细的条儿，再揪成尺把长的几截埋进滚烫的灰烬里，当地牧人将这种面食叫烧棒，倒也形象贴切。等到铜茶壶扑腾出热气，烧棒也熟了，焦黄焦黄的，空气中立刻久长地弥漫着诱人的茶香和面香。这是当地牧人走沙漠时最实惠的吃法，目的只有一个也非常明确：节约用水。十多对鳖子的水满打满算够用二十来天，不能洗脸刷牙，更不能洗衣浆衫。据唐娃和大锁说，山喜行前曾给队长下了保证，这次一定要用这十多对鳖子的水换一井的水，如果是个黑窟窿，他就不回去了。

连绵的沙梁，浩瀚的大漠，在星光下安然地入睡了，只呈现出模糊的轮廓。草地上的芨芨草和野谷穗子，也沉浸在无边的夜色里。夜晚的空气清纯而凉爽，不含任何杂质。从不远处时不时地传来一些动静，或是草被折断的声音，或是惬意的咕噜声，那是由几头驴制造出来的。我们不用担心它们会离失，因为在暂时放养它们的时候，它们的蹄腕上都被绊了三角皮绊，一夜走不出几里地去。同时，我相信这样一个事实，它们同样是我们的亲密的伙伴，尤其是在这样的大漠长夜里。还有那座孤女坟，在黑夜和荒草的遮蔽下，我什么也看不见，却又仿佛驻进了心里，总是拂之不去。我们几个都在回避这个话题，像是讳莫如深。我也相信，无论是白天或者夜晚，大地都会无私地拥抱一切，包括眼前的沙漠、草地、驴、我们和永远沉睡在那座坟里的那个孤女。

其实，我很难说清楚此时此刻的大漠之夜给予我的究竟是什么。

还是那句话，我感到孤独，它甚至是深入骨髓的，残酷得几乎从此陪伴一个男人的一生。也许，我的心路历程就这样悄无声息地开始了。后来，我从我的蒙古族作家朋友白雪林的小说里读到过这样的句子：风从草原上吹过，一个骑马人正向天边跑去。后来，我还读了一些俄罗斯文学作品，其中印象很深的有艾特玛托夫对吉尔吉斯草原的描写。他们的思想和情感，似乎也印证了我的命运，我是一个草原人，或者更准确地说是一个大漠人，尽管草原和大漠也给我留下过不少难堪的记忆。

却就发生了一件料想不到的事情，山喜和二狗翻了脸，如果不是我们几个挡得快，后果真是不堪设想。都是血气澎湃的汉子，都容不得对方捣自己的眼窝。他们的身边就是适手的被沙土磨砺得闪闪发亮的铁锹，弄不好就变成了冷兵器一样的武器。那天中午在井口旁边歇息，二狗他们围在一起一边喝放凉了的砖茶，一边扯旗放炮一样地吹牛皮。二狗又好扯开嗓子唱上几句，记住的野曲野调儿不少。就有唐娃和大锁在那里怂恿说唱上一曲解解乏，还说一唱天上的云就款款地飘过来了，能投下黑黑的阴凉。阴凉是个啥呢?阴凉是大热天蘸上冷水揩汗的毛巾，要多舒坦有多舒坦。好汉架不住别人劝，二狗不识抬举，耳朵根子一软，身上却来了精神。二狗就两手握成拳头双腿叉成大八字，迎着火辣辣的太阳，迎着浑黄茫苍的漠野，紧闭眼睛红头涨脸地扯出了声：

娶了个大老婆呀
嘴上开豁豁
烧水去做饭嘛
倒把个火吹灭

取了个二老婆呀
招下的嫖头多
晚上去顶门嘛
倒把个头踏破……

二狗每唱完一段，大锁和唐娃就粗声嘎气地和上一句：

世界上的穷人多
哪一个像了我

这是当地牧人(汉族牧人)中流传了不知多少年代的口歌儿，一段四句，总共是九段三十六句，牛车轱辘似的一圈一圈地缠绕。俗话说好男占九

放羊的女人

妻，口歌儿表达的意思是娶了九个婆姨，没有一个是称心如意的，内容诙谐粗俗放荡，再加上演唱者的浪声浪气，别有一番情趣和意境。过去牧人拉骆驼走沙漠就喜欢唱这样的口歌儿，身子夹在头驼的驼峰间摇前晃后自成节奏，歌声伴着尾驼脖颈下单调的驼铃，伴着满目的苍凉。沙漠深处的路好长好长哟，沙漠深处的路又是那样的寂寞难耐，有时候走上几天几夜都见不到人烟，总该想个办法排解积压在心头的惆怅吧?那就唱好了，这样的口歌儿虽然拿不到大庭广众面前，走沙漠却极有效用。当然也可以依了环境和自己的心思现编现唱，唱着唱着就把前面的路给蹚过去了。还说是不唱不行，不唱你就走不动路。

　　我是第一次听二狗将内容唱得齐全，禁不住脸红耳热心跳，又不敢离开，怕招来又一顿奚落，说我是中看不中用的"鸡屎棍子"(知识分子)。其实，二狗并没有唱完九段三十六句，刚唱到"娶了个九老婆"时，猛听得山喜大吼一声说，唱个球，你唱上十个老婆又咋想?还不是个干扯淡? 我们几个扭头去看，山喜两眼火暴暴地要吃人。咋?你不是个干扯淡?二狗唱得正有兴致和情绪，让山喜给打断了，就横横地呛回一句。山喜扑过去抡圆胳膊扇了二狗一巴掌，脆生生的一声响，就像薄刀插进淋过露水的熟西瓜。两个人便撕扯到一起，脚底下鼓捣出一团沙尘和土雾。事情发生得突然，我们几个愣了一阵才反应过来，就下死力气拉开。再看二狗和山喜，不仅成了两个土人，身上还都青一块紫一块的。这一幕发生在一个晴朗朗的午天，太阳默默地看着，沙梁默默地看着，草地默默地看着。也许，那座孤女坟也在默默地看着吧。事情的起因似乎仅仅是一曲口歌儿，那么，还有没有大漠和草原、旷古的西北风、劣质的烈酒，以及粗糙的劳动做铺垫，成就了这些人的性格底蕴呢?后来，我就这个问题请教过我的文学恩师、著名的蒙古族作家和翻译家魏·巴特尔先生(先生现在已经辞去官职，致力于阿拉善民歌和传说的搜集、整理、研究和翻译)。他对此是认可的，而且认为在这种自然环境和文化现象的双重浸透下，许多的牧人不仅成为了优秀的民间歌手，同时染上了一种严重的情欲病。其实，我们也知道的，无论哪个民族的民歌或者什么样的民歌，在使人类的心灵变得丰富的同时，又记录了那么多人类的忧伤和缺憾。

在家靠父母，在外靠朋友，山喜和二狗的事不能不管。我们几个私下里商量过，要摆个酒场为他们两个说和压惊。光有烧酒太不成体统，得想办法搞点荤腥。沙漠和草原上的黄羊在我们几个没出生前就基本上绝了迹，野兔还是有的，三三两两地进入我们几个的视线里。我们几个转了半天才打到一只，却瘦骨嶙峋没几两好肉。唐娃和大锁说这是一只不要脸的老公兔，发完情还没来得及吃胖呢。我们几个相互看看，都把舌头伸得红兮兮的，乘机大笑了一通。晚间吃饭的时候，我们围成一个圆圈坐定，几张苦得脱了相的脸严肃得十分滑稽。酒先让山喜喝，然后给二狗喝，然后才依次传递，半瓶清澈透明的液体哐当乱晃。心里搁了事，酒就喝得不像往日那么通顺流畅，反倒疙里疙瘩的。我还负有为山喜和二狗说和而唱主角的重大责任，脑瓜子转了几圈，却是一片空白，前面想好的话全忘了，嘴成了一只漏勺。好在山喜顺坡下驴，主动找二狗划了几拳。二狗也是，说算了算了，那事也不是个啥事，就当下酒菜吧。山喜后来说，我也唱上个曲儿。我们连说能行能行，山喜就自问自答地唱了起来：

钱呢？丢了

咋呢？掉井里了

捞呢？捞不着了

咋呢？越捞越深了

我们几个都怔怔地看着山喜，一时无话。

苦过累过后喝点烧酒，睡觉格外香甜，后脑勺挨上当枕头摞着的一双鞋，就不省人事了。后半夜的时候，一泡尿把我给憋醒了，就见少了睡在帐篷门口的山喜，那件白皮茬儿的山羊皮褂子胡乱地堆在毡褥上，形似一只白狗。恰巧晚上有月亮，月光霸道地遮蔽了它周围原本密密麻麻的星星，映得沙梁和草地白茫茫的，很像是突兀地落了一场雪，甚至将草稍子都染白了，一切皆白。似乎整个世界都成了一个白色的平面，让人产生幻觉，觉得自己悬空了，要悄然地浮游和飘飞。若干年后，我在张承志先生的长篇小说《金草地》里读到过类似的描写，只不过是更加简洁而诗意：举目茫茫，满眼都是纯而又纯的洁白。也许是出于某种本能，我还是忍不住回头要看一眼那座孤女坟。这一看不要紧，将我吓得半死，浑身起鸡皮疙瘩不说，头发也一根根竖直了，许多鬼的传说接踵而至。因为那坟头旁边突然多出了一团东西，说白不白，说黑不黑，与"纯而又纯的洁白"形成了反差。我正要拔腿往帐篷里钻，又猛然听见那团东西扯起了呼噜，还穿插着咬牙切齿。听出是山喜的声音，提悬的心才落回原处。再仔细一看，坟头上斜插着一只空酒瓶，在月光下生发着陆离的光斑。山喜醉成了猪样，叫不醒推不动。叫声惊醒了帐篷里的人，都光着白花花的屁股跑出来，抬腿扯胳膊地把山喜抬了回去。

再歇息的时候，就没人提议让二狗唱曲儿了，注意力都集中在山喜夜里陪孤女坟睡觉的事情上。

山喜一开始还抗拒着，只在嘴角露出一丝涩涩的苦笑，一张黑瘦的脸挤满了几多无奈。就有人不停地敬茶递烟，样子照例都有些不怀好意。山喜也不好拒绝，伸出的手指头展不直，每一根都像长得弯扭圪巴的旱地萝卜，每个指头肚子比指头的关节还要粗大，与我后来从科幻电影里看到的外星人的指头一样，是有些惊心动魄的。当然是没有一个人的手指头生来就是这样的，当然是后天劳动所致。或许我们应该这样说，只要你热爱生活，生活就不会把你遗忘，那么你就不要责怪生活降临给你的苦难。除此之外，我们还能说些什么呢？

接下来是山喜讲下的一个故事(我略作加工)。

那座坟里的孤女叫满满，是满意的满、满足的满、满心的满，也是满目疮痍的满，等等等等。"生活紧张"那年饿得实在熬不下去了，从农村老家逃荒进了沙漠和草地。一伙搭伴的人在途中饿死了不少，剩下的又都渐渐走散了，最后剩下的是山喜和满满，两个人相依为命。其实，他们原本就是一对真诚的恋人，只是满满的父亲不同意他们相好，有一次差点打断女儿的腿。但是，饥荒的年景不可遏止地到来了，蝗虫一样铺天盖地，扫荡了整个村庄。满满的父亲这时才答应了，让山喜带上女儿满满出去找一条活路。这一点很重要，让他们两个人在逃荒的途中多走了一段路。他们手拉着手走了一程又一程，早就看见前面有一股烟往上飘，甚至能闻见那种挟着奶香和油香的茶饭味，可就是走不到跟前。那烟和茶饭味也像长了腿脚似的，始终和他们保持着一段不远不近的距离。满满后来再也走不动了，就躺下了，躺在山喜怀里的身子薄得像张麻纸，前心贴着后脊梁。山喜看着怀里的满满慢慢地咽了气，那一对眼睛掉进井里一样深陷在眼眶里，却又瞪得像两颗铃铛。

山喜讲的农村老家是指甘肃民勤县，也是我们这几个人共同的故乡。"生活紧张"是民勤人特定的代用词，指的就是从20世纪60年代初开始的那场特大自然灾害。"陇中苦，甲天下"，民勤人更苦，民勤是出了名的苦焦地方。天下有民勤人，民勤没有天下人，民勤人背井离乡北去落脚的地方，主要集中在内蒙古阿拉善大高原。后来我才知道，历史上民勤人自发形成的大规模移民有两次，第一次是在民国十八年，完全可以想见，那是怎样一幅蔚为大观而又悲怆惨烈的场景啊。为什么要用"生活紧张"这么个含混不清的词呢?我后来就这个问题请教过我的几个长辈，他们是亲历者，更是幸存者，他们缓缓地拿下叼在嘴角的被生烟浸润得金黄金黄的羊棒骨烟杆，表情平静地说，你个贼娃子鬼日的，莫不是把书念到驴肚子里了?我的学生锅锅(哥哥)。那个时代和环境都不适宜我提出这样的问题，因为那是20世纪70年代中期，是"形势大好不是小好而且越来越好"。

据我的父辈们讲，"生活紧张"那年，阿拉善大高原却是罕见的风调雨顺，草长得跟齐刷刷的麦子一样，绵羯羊的尾巴肥得憋出了血口子，草滩里的沙鸡蛋多得用簸箕直接揽。我在这里想说的其实是，阿拉善大高原以它博大的胸怀，容纳了无数苦难的民勤人，也养育了包括我们几个在内的农家血种。我们像蒙古人那样大碗喝酒大块吃肉，像蒙古人那样从小骑马骑骆驼，很多人骑成了一辈子的罗圈腿。记得有一年我三哥应父母之命去老家祭奠祖坟，回来后酒瘾大犯。说是老家人喝酒用的盅儿只有眼睛珠子那么大一点，五拳三胜一嗞溜，一瓶烧酒喝半天，瓶子里还要留下个酒底儿。我三哥一向以幽默诙谐著称，他的这番描述却让我深信不疑。为什么呢?用老家人的话说是，精球打得炕沿响，门背后吊个猪尿泡出门揸嘴，穷怕了。

山喜的故事讲完了。

四下里一片死寂，风似不吹，草也似不动。其实，在历史的长河中，人间这样的悲凉与辛酸的故事又何止万千?然而，我们几个都被感动了。我朝那座孤女坟望去，默然中不禁有些沉重，好似看见一个孤苦的灵魂像一股青烟从坟头里飘出来，在草地上缓慢地游移，又还原为一个瘦弱的女子，向我们走来，那是我们乡里乡亲的姐妹啊。我也才真正明白了山喜选择这个地方打水的良苦用心。多少年里，他深深地眷恋着满满，为没能救活满满而心灵备受煎熬。用山喜的话说，夜夜睡不着觉，眼睛一闭满满就站在头底下。那时各种各样的政治运动方兴未艾，那时我正在上高中，正在接受唯物主义和无神论教育，面对满满的坟头，我宁肯相信世间真有灵魂存在。如此说来，我们几个哪里是在打井?或许是在打捞已经成为历史的某个片断。

然而，我不是什么智者，即使是在今天回忆起这些往事时，仍然感到自己思想的浅陋苍白和语言的贫乏笨拙。但我相信自己那时是一个早熟的少年，而早熟带给人的性格特征十有八九是忧郁。

往后的十几天里，我们几个很少坐在一起嬉笑打闹，二狗他们也不再扯旗放炮地吹牛皮唱曲儿，都表现出了少有的沉默。山喜更是一副好脾气，变成了贴心贴肉的大哥模样。知道是由于那个近在咫尺的悲凉和辛酸的故事萦绕着，压在心头一时化不开。在山喜的率领下，我们每个人的屁股上都像是装了高速旋转的发动机，我们都在超负荷地支出自己的体力，井位下降的速度比往日提高了好几倍。打到二十多米深的时候，土层开始越来越潮湿，井底也缩得越来越小，后来就见到了水。水像个精灵，千呼万唤始出来，从土层里丝丝缕缕地渗出，沿着井帮朝下滴落，然后汇聚一处，汪汪如满月。这时，山喜的话也见多了。我们也真心实意地乐，对山喜生出由衷的佩服，拿来烧酒瓶子敬他。山喜自己不喝，跑到孤女坟前给满满斟酒，还舀了一碗井水浇在坟头上，眼里舒展一片深情，场面很是感人。我们几个也依样效仿，原本干得冒烟的坟头在水的挥洒下变得湿漉漉的，并且持续不断地发出嗞咕嗞咕的吸水声，觉得满满终于在里面发出了甜美会意的微笑。

接下来的事情，似乎变得很简单了。我们就地取材，拔来整捆的芨芨拧成胳膊粗的麻花绳，从井底开始一圈又一圈地盘旋上升直达井口，然后沿着芨芨围成的井帮将挖出来的沙土再填回去，夯打瓷实即可。那里终于有了第一口井，井深七丈余，几条驼毛缰绳连在一起丢进去，就能打出一鳖子水，为日后进出沙漠和草地的牧人打开了一条通道。

这口井完工的时候，我的暑假也即将结束。

我们照例是在一个晴朗朗的早晨离去的。四周照例是一片安详和宁静，没有风声，没有鸟鸣，也没有草的摇曳。太阳从东边的那道沙梁上升起来时，先是红红的一抹，像一个晃晃悠悠的灯芯儿，柔柔的，软软的，暖暖的，还甚至是同样有着那样一种淡淡的忧郁。宽阔辽远的大地有如慈祥的母亲，托着灯盏唤醒了她的儿女。趟上一道高大的沙梁，我们又都回头伫立，长久地沉默无语。那座孤女坟在逐渐强烈起来的阳光里静静的，小小的，也暖暖的，像卧着的一峰驼羔。沙梁和草地开始变得热了，也白亮了，而我心里却充满了悲伤，也许这就是一种移情现象吧？

后来，也就是20世纪80年代初，我手头有了第一部油印的装帧粗糙的《阿拉善民歌集》，令我爱不释手，编译者正是后来成为我的文学恩师的魏·巴特尔先生，其中一首是这样的：

天边的高台地
是我出生的地方
阿爸如果还健在

女儿我何苦多愁肠

雾霭蒙眬的青山冈
是我生长的故乡
阿妈如果还健在
女儿我总会有希望

　　后来我大学毕业，返回阿拉善大高原，在贺兰山东麓的边塞小城巴彦浩特当了一名中学教师，同时也静悄悄地开始了自己的文学之旅。二狗、大锁和唐娃他们每逢进城，不忘到我宿舍里坐坐，有一次不知怎么就说起了我们几个当年跟着山喜去打井的事。
　　他们说，那地方现在啥都没了，坟没了，井没了，草也没了，真正是啥都没了，只剩下一眼望不到头的漫漫黄沙……

透明的石头

我想看见自己的真实面貌

世界形成的时候已经形成

　　　——叶芝《扭曲星》

　　在小城机关里待得时间长了，就让我有些心猿意马。我看不出自己有任何发迹的可能，俗话说一个萝卜一个坑，现在是四五个萝卜挤在一个坑里，挤得死去活来。像我这样的，只有去等死。那年开始实行机关干部分流，头儿说三年后你再回来。我不置可否地笑一笑，然后转身离去，一副大义凛然的样子。小城处在沙漠的边上，沙漠像一只巨大的怪兽的舌头，虎视眈眈地准备着吞食小城了。照这样下去，用不了几年，小城就会被埋没其半，后果不堪设想。

　　我这样想的时候，已经走出小城，恰好站在了沙漠的边上，仿佛只是一步之遥。我当然不是去自杀，而是想干一点什么事情，我不能就这样无所事事地混下去，因为我毕竟不算太老。还是沙漠给了我一个提示：据说这里埋藏着一条古老的商旅路线，而小城曾经是这条商旅路线上的一个小小驿站，后来才逐渐发达起来又变成了今天这个样子的。

　　简单地准备了一下，我秘密地上路了。

　　我要从小城里消失一些日子，没有人知道我干什么去了。其实，这条商旅路线至少是一百年前的事了，因为某种"需要"，一百年后的我开始做这种多少有些徒劳的旅行和调查。一路走过的牧点不少，我吃他们的喝他们的，牧人的热情洋溢令我感动。

　　问题是，熟和不熟的人见了我都这样问：你这眼镜是水晶石的吗？

放羊的女人

这个问题提得很突然。想一想我才明白了，我是戴着一副眼镜的，他们肯定误会了，而且误会得合情合理。那个时候在我们那里谁能拥有一副真正的水晶石眼镜，是一种财富或身份的象征，哪怕你其实穷得连一条像样的裤子都穿不起。据说一副上等的水晶石眼镜，要用十只羯羊才能换到手。我们那里戴水晶石眼镜的男人还真是不少，又厚又重的眼镜几乎遮住了男人的半个脸面，像电影里那些盯梢打黑枪的特务们晃来晃去。我说，我这眼镜实际上是近视镜。为了证明自己的诚实，我还将眼镜从鼻梁上摘下来，指给他们看镜片里的许多光圈儿。而我却不得不把眼睛眯着，看什么都模模糊糊，样子反而变得鬼头鬼脑的。又有人问：水晶石不是更好吗？我笑笑再无话可说了。

　　你见过秃头吗？接着又有人这样问。

　　秃头是谁？我没见过，我和他没有什么关系。我很认真地回答，以免引起不必要的麻烦。

　　故事大概就是这样开始的。

　　大约十天之后的一个中午，我进入了一条幽深的沙谷。两旁的沙丘高耸入云，而且险陡如峭壁，看来是接近沙漠的腹地了。你也许知道，正是在这样的地方，才有好水好草，才有野兽们出没，尤其是我们人类已经进入高度发达的文明时代。热闹的马路不长草，聪明的脑袋不长毛，说的就是这个意思。于是，我看见一条小溪正在沙谷的脚下缓缓流淌，它的源头必定是一眼小泉。草逐水而生，除过大片的芦苇，还有一些叫不出名堂的小草小花。空气清新透彻，凉爽适宜，实在让人不忍离去。这十天里我夜伏昼出，头顶上天天有一颗灼热的大太阳追随着我，那种滋味真是不好受用。这种时候，我很想一个人拥有这条沙谷，安安静静地躺上一会儿，最好是什么也不想。我的脑子里有些乱，那条所谓的商旅路线始终被我充满激情的想象困惑着，不能落到实处。

　　没想到这条沙谷里还真有先我而来的人，而且是一个老人。他就坐在小溪旁边的一簇芦苇下面，让一片浓密的阴影遮蔽着。可以肯定的是，老人早就发现了我，默默地观察我许久。老人的年龄不好估摸，应该是在六十岁左右，也许更大一些。这不重要，因为在沙漠深处，人们对自己的年龄并不像城里人那么敏感。老人身穿黑衣黑裤，鬓须却洁白似雪。老人还把一只眼睛睁得墨绿，像一片夏天或者秋天的树叶儿，看上去很庄重也很神秘。意外的是我没有感到惊讶，我给了老人一个对等的表情，甚至还很优雅地点了点头，样子是我们五十年前就已相识。我随老人坐在芦苇下，掏出一瓶骆驼牌的烧酒递过去，这种烧酒是用纯粹的高粱酿造的，是我们小城酒厂的名牌产品，以其烈性而深受当地牧人的青睐。老人没有拒绝，接过去就喝了几大口。我也喝了几口，品尝着老人留在瓶口上的味道，是一种青草和沙子混合着的古老。我突然被老人这种无言的坦率感动了。我就是这么个很容易被感动的人，很容易被感动的人往往缺乏理性，不愿意循规蹈矩，尤其在戒备森严的机关里是不会混出个好模样来的。

老人说，你这眼镜是水晶石的吗？

这又使我有些始料不及，我没想到这个老人也会问这样的问题。

我说，是的，是水晶石的。

是从秃头那里弄的吗？

是的，是从秃头那里弄的。

作出这两条"肯定"的回答后，我的情绪立马高涨起来。我当然知道我这样做很不地道，无异于一个骗子的所为。可我只能这样，而没有别的什么更好的办法。你知道的，这些天来，我一路走一路解释，舌头都起了茧。再说了，我也隐约地感觉到了什么，就像一个舞文弄墨、走火入魔的写什么小说的家伙，突然发现这里面有"戏"。

接下来就是老人讲的故事。

几年前，乔生活的那片地界被连续不断的干旱包围着。七月的夏天，是沙漠里最热的日子，狗都懒得咬生客，躲在柴垛下往死里睡。雨落不下来，草滩就像冬天那样干枯着，没有一丝生气。羊正在一一死去，拔毛剥皮都来不及。乔把死羊归拢到一个沙梁下面，意思是让这些羊们共同上天堂，天堂里也许有吃不完的草。乔只能这样做，乔是一个善良的牧人。死羊却成了鹰的美食，鹰在那个夏天里格外多了起来，成为一道风景。因此，当那个人从归拢着死羊的沙梁上出现的时候，乔还以为是一只鹰，一只奇大无比的鹰。那个人身背一只棕黄色的皮箱，皮箱的中间涂着一个白色的圆圈，圆圈中间有个十分醒目的红十字。乔终于看明白了，那不是一只鹰，而是一个人，是一个专门给牲畜看病的医生。那时候的兽医就是这个样子，背着个药箱走家串户，很是一番辛苦。

乔当时正在井上打水，饮那些没死的羊。大旱之年，羊只能依靠井水勉强活命，然后等待一场雨水的来临。只要大小有一场雨，滩里就能长出一些草，活着的羊接上一点青，命运就会大为改观。乔的羊群已经很小了，打水饮羊成了一件很轻松的事情。乔在饮羊的时候，便显得心不在焉，他是眼瞧着那个医生摇摇摆摆地走来的。

大哥，有吃的吗?医生像一只垂死的羊一样趴在井槽上喝水，喝够了又这样说。

乔丢下还在喝水的羊，率领医生径直向不远处的土屋走去。土屋在炎炎烈日下寂静无声，一门一窗却黑得分明，像一只独眼豁嘴的老狗蹲在空廓的漠野上。乔和医生进了屋，乔拿出一只芨芨筐，筐里是几个风干了的发面馒头，这是乔三天的口粮。医生真的是饿极了，从那张噎得扭曲的脸上看得出，发面馒头是天底下最美味的佳肴。乔说，你吃，你放展拓了吃。医生就吃得更加放肆，说他迷了路，又渴又饿，差一点困死在沙漠里。医生终于吃得满头大汗，不得不摘掉头上的帽子，袒露出一颗几乎没有毛发的脑袋。

至此，我们管这个医生叫秃头，名副其实的秃头。

秃头在很短的时间内解决了渴极和饿极的问题，闭着眼睛靠在炕墙上稍微休息了一阵，忽然觉得又有什么地方不对劲儿了。这时，连乔也听见秃头的肚子里不断发出一种开了锅般的喧响。秃头的肚子就在喧响中开始膨胀，渐渐地变得像一只蛤蟆，以致绷掉了汗褂上的两颗纽扣。秃头的肚皮很光滑地呈现了出来，肚脐眼儿也紧跟着张得很开，还流露出一种嘲讽似的微笑。乔看了看旁边的芨芨筐，筐里是空的，这才知道秃头一口气吃掉了十个半斤重的发面馒头，刚才在井上还喝掉了差不多一帆布兜子凉水。于是，秃头嗷的大叫一声，像受伤的野兔子一样蹿出土屋，直往屋前那个桩墩子方向奔跑而去。

乔屋前的那个桩墩子其实很普通，牧人家家屋前都有。

桩墩子的底部直径大约两米，高约一点五米，由黄土和马莲草掺杂起来的泥浆堆积而成，就像是女人的一只乳房，"乳房"的中间随便插一根什么木头，它的作用仅仅是为了拴牲畜，一匹马、一头驴或者一峰骆驼。当然，桩墩子的这种外观和结构尽管看上去很简单很古朴，却具有很强的抗拉力。你知道的，生活中的偶然往往有一种隐示的作用。假如秃头不是去了屋前的桩墩子那里，而是去了除过桩墩子的任何一个地方，很可能就不会有这个故事。问题恰恰在于，秃头去了屋前的桩墩子那里，而不是去了别的什么地方；问题还在于桩墩子中间插着的不是随便一根什么木头，而是一根石头。石头呈极规则的六棱柱形，它的一部分在桩墩子里，另一部分在外面，在外面的那一部分就明确无误地呈现在天空下，让白天的太阳和夜晚的月亮或星星照耀着抚摸着。乔曾经站在围绕桩墩子的某一个角度，怀着莫名和好奇的心情观察过这根石头，得出的结论是这只是一根石头而已。石头是冰冷的，而这根石头似乎更显得冰冷有余。乔这里很少来人，一年也没几个。门可罗雀，即便是门前张上网，都不会有一只鸟雀光顾。那么，这样的一个桩墩子，在我们看来，便在很大程度上只是一种象征性的了。

秃头却有了属于自己的那个世纪、那个年代的重大发现。

秃头来不及跑得更远一些，就凭借着桩墩子作掩护，急不可待地开始了排泄。当他抬起头无意地向桩墩子看了一眼后，肚腹里正在发挥作用的发面馒头和凉水，完全被一种意外的震撼代替了。秃头站起身，一边系裤子一边盯着桩墩子上的那根石头，眼睛像双筒猎枪的枪口那样洞开。这时，乔也跟了过来。乔不放心秃头，怕秃头有什么麻烦，以便及时地提供一点必要的帮助。按说秃头自己就是医生(尽管是兽医)，不必为他担心才是，可秃头把药箱子忘在屋里了。乔出现在秃头面前的时候，是背着那个药箱子的，这使得乔看上去很滑稽很不真实，容易让人联想到猪鼻子里插葱——假装大象之类的歇后语。

当然，乔是真诚的，我们就不要去嗤笑他了吧。

就这样隔着那个桩墩子，乔和秃头默默地站立许久。秃头其实并不像你一开始想象的那么老，可以说是一个年轻人，一个年轻的医生。秃头生得双眉如蚕目似黑豆，身材标致干练，穿着牧人不多见的那种翻领制服，年轻的头顶为什么秃了却是个谜。乔觉得这是个很有意思的夏天。一股淡淡的随风而逝的药香提醒了乔，也提醒了秃头真实的身份，乔于是绕过桩墩子向秃头走去。秃头这时才猛地惊醒，微笑着接过药箱子。乔说，你没啥事吧？秃头说，谢谢你，我没事的，我是个医生嘛。乔说没事就好，我的羊都死得差不多了，你能给我的羊看看病吗？秃头说你的羊得的是一种叫做脑包虫的病，好端端地就像魔鬼附体一样，是治不好的。秃头还说这是一种怪病，是由于天太干旱而造成的。你的羊要是摊上这样的病，就是雪上加霜，谁都没有办法的。和乔说着这些话的时候，秃头的情绪是稳定的，保持着良好的平静状态。后来，秃头却突然冲乔做了一个古怪的动作，乔被吓了一跳，怀疑秃头莫不是也得上了脑包虫一样的病。

那……石头。

秃头指一指桩墩子上的石头说，目光有些发直。乔没想到秃头会这样发问，大脑一时懵懵懂懂的。乔想了想又笑了，秃头毕竟还年轻，司空见惯的好奇心正是年轻人天经地义的表现，秃头自然也不例外。正午时分，阳光垂直地照射下来，秃头和乔的影子聚拢在脚底，而桩墩子上的那根石头却悄然地弥散出一股凉爽的气息。秃头的秃头上热汗涔涔，闪闪发光。乔见秃头这个样子，就开始有一些喜欢这个年轻的医生了，他从哪里来到哪里去并不重要。重要的是秃头来到了乔这里，让乔寂寞的日子有了一种生动和鲜活。

乔终于有机会讲一讲这根石头的来历了。你知道，人都有倾诉的渴望，如同你面对一沓稿纸提笔写一篇小说。特别是面对自己喜欢的人，这种倾诉的渴望会变得更为强烈。

乔给秃头讲了一个关于石头的故事。

几年前，乔去了一个相好的屋里。你当然也是知道的，相好用时髦的话说就是情人。那相好是个颇有几分姿色的小寡妇，小寡妇的男人婚后不久就得了一场病，其实也不是什么大病，就是人们常说的急性阑尾炎，一旦发作起来可了不得，疼得小寡妇的男人在炕上直打滚，呼声连天。沙漠牧区不仅缺医少药，而且交通也很不方便，小寡妇的男人让乔牵一匹马驮着往几百里外的小城医院里送，还没走到半路上就呜呼归天了，连眼睛都没睁一下。小寡妇的男人是个酒场大英雄，和乔交往甚厚，两个人好得像穿一条裤子，经常喝得酩酊大醉分不清谁是谁。小寡妇的男人一死，许多任务就顺理成章地落到乔的头上了。乔是没有什么怨言的，谁让你们是棒打不散的朋友呢。孤男寡女在一起时间长了，难免会有别的事情发生，小寡妇便在某一天夜里主动接纳了乔，两个人经常在炕上耍得山呼海啸，而且一耍就是好几年。寡妇门前是非多，何况又是个颇有几分姿色的小寡妇呢？那天的情形果然发生了深刻的变化，小寡妇的屋里有新的男人代替了乔，乔只能满怀失落的心情往回返。遇上这样的事情算你倒霉，你能有什么办法呢？你总不能冲进屋里把那个狗日的家伙赶出去吧？你是小寡妇的什么人，你什么人都不是，你只有乖乖地离开。

　　乔在走到小寡妇土屋门前的那个桩墩子旁边时，收住了脚。

　　桩墩子上拴着屋里那个狗日的男人的骑乘，这是一峰高大健壮的黄骟驼，双峰笔直，威风凛凛。驼背上搭一副很精致的人称景泰蓝的毯褡。这种毯褡一般的牧人家根本搭不起，一般的牧人家只能搭一条白茬的羊毛毡。黄骟驼背向太阳的半边头颅模糊暗淡，眼里却放射出一种亢奋的光芒。乔每次都是徒步而来，他实在是没有像样的骑乘，还不如走了来，也正好借此表达自己的真心实意。人世间处处都有不平等，这当然要算是其中的一种。

　　狗日的黄骟驼。

　　黄骟驼在乔的眼里幻化成了屋里的那个男人，这时乔那颗正在流血的心忽地萌生出了报复的恶毒。这样想的时候，乔已经接近了桩墩子，把黄骟驼的缰绳解开，意思是叫它自由自在地离去，离得越远越好。黄骟驼好像对这个桩墩子很有感情，站在那里不挪动半步不说，还回过头去大智若愚地朝土屋张望。

　　乔站在那里想了想，就抽出腰间焐得发烫的短刀晃了晃，然后扎进黄骟驼那丰满的屁股里去。一如城里女人头上的发卡，这柄短刀也只是个装饰品，不曾见过一滴血，没想到在这里派上了用场。真正是老刀见肉三分快啊，刀尖在接触到黄骟驼皮肤的时候，乔感觉他并没有怎么用力，刀子就像是迫不及待地自己钻进去了，只剩下一截小小的把柄，这让他产生了某种强烈的经验的快感。乔试图将刀子抽出来，这次用了很大的力量却无济于事。你肯定知道，出现这样的现象也是正常的，黄骟驼体内澎湃的热血和骤然收缩的肌肉牢牢地吸住了刀子。黄骟驼终于接受刀子发出的指令，困惑而痛苦地高昂起头颅，然后大幅度地摆动四只桶口粗的蹄子，巨大的身躯驮着一柄短刀扬长而去，漠野上即刻卷起一条黄色的沙暴。

　　乔微笑着点点头，准备也要扬长而去。

　　和秃头一样，乔也是无意地看了桩墩子一眼，就发现插在中间的不是随便一根什么木头，而是一根石头。阳光很想穿透石头，石头也在拒绝着阳光，这就使得石头在灼热的阳光下不断地放射出凉爽的气息，就像小寡妇把乔拒之于门外一样。乔想黄骟驼走了还会有白骟驼黑骟驼啥的，其中的道理又都是相同的。乔就又开始打桩墩子上的这根石头的主意，摸到石头时乔的手被烫伤了似的弹了回来，石头竟然很冰冷。桩墩子很坚固，石头也很坚固，乔顺手扯过柴垛上一根粗壮的梭梭柴奋力砸去，石头发出一声金石断裂的脆响后沉重落地，桩墩子立时大失光彩。也许你要产生这样的疑问：这么大的动静，屋里的人难道听不见吗?也许听见了，也许真的是没有听见，谁知道呢。接下来，乔就将这根断裂了的石头扛在肩膀上扬长而去。

　　后来，这根石头的一部分就插进乔屋前的桩墩子上了。

　　秃头静静地听着乔的诉说，期间不插一句话。不过秃头那腮帮子上的咬肌却时不时地鼓动几下，在阳光里生动地跳跃着，像是积蓄着力量。秃头的这种表情无疑增加了乔的信心，使他的语言更加流畅。乔说到这里时出现了一次停顿，秃头抬手抹一下脑袋，温文尔雅地说，你讲得很好，这的确是一个令人伤感的故事。他们又都不由自主地走近那个桩墩子，走向形成故事的焦点——那根冰冷的石头。

现在秃头知道那根石头其实是不完整的，只有完整的一半或者一半的完整，另一半已经深深地嵌进那个小寡妇屋前的桩墩子里了。接下来，乔和秃头共同动手配合默契，一点一点扒掉坚固的草泥，从桩墩子中间取出了那一半石头。事实证明石头的一面确实留有一处倾斜的断茬，乔没有说假话。秃头双手轻轻地托起石头，像是读一本残缺的书，或者读一本书中一个残缺的故事。然后，秃头腾空一只手在空气里抓举，又小心翼翼地移向石头的断茬，在石头对接的地方停了下来，随即发出一声深深的叹息。乔将秃头这一系列的动作看得十分仔细，没有漏掉任何细节，好像那根石头的两个部分已经对接起来，中间却留有一道明显的裂痕。乔禁不住怦然心动，刹那间的感觉亦如秃头一样深为惋惜。和那个小寡妇分离的日子，也正是这根石头分离的日子。乔自那日之后，再也没有去过那个小寡妇的屋里。

秃头决定在乔的土屋里住上一夜。

秃头说，我们去小寡妇的屋里一趟吧。乔说，为啥?秃头说，过了这么些年，你也应该去看一看人家了，毕竟你们有过那么一段美好的日子。乔说，我不去，我要是想去早就去了。秃头说，你是不想她了，对不对?你一点都不想她，是不是?乔有些固执地说，我就是不想她了。秃头说，你不想她，你为什么把那根石头的一半拿回来插在自己的桩墩子上?这说明你心里有她，更没忘了她，你想让她和你像那根断裂的石头一样再对接起来。乔说，这么些年了，我们也没有对接起来。秃头说，是时候了。围绕着这件事，秃头和乔差不多说了整整一夜，到后来就主要是秃头在说，乔偶尔地插上一句。

天亮的时候，乔终于被秃头说服了。

乔说，去?

秃头说，去!

乔说，真去？

秃头说，真去！

去就去！

第二天，乔和秃头起了个大早。

沙漠里的路是极难走的，曾经通向那个小寡妇屋里的小路，早已被风沙淹没。你想啊，这些年里乔就没有再送去过一个脚印，什么样的路不会被埋没呢？那样一条弯弯曲曲的羊肠子似的小路，有几场不太大的风沙就足够了。很长时间没有下雨了，松软的沙子像冬天的积雪，一脚踩下去就没到小腿上，荡开一阵又一阵火烧火燎的燥热。秃头和乔就这样走一走停一停，从早晨走到正午，秃头甚至还摔倒了几次。看来秃头是个并不怎么善于长途跋涉的医生，那么他走家串户给牧人的牲畜治病的举动就更应该受到赞扬。乔把嘴噘成一个精巧的喇叭，打起悠长的口哨，这曾是他那些年乐此不疲的游戏。现在再做这样的游戏，乔觉得大不一样了，有一些底气不足。一直沉默不语低头走路的秃头，也学着乔的模样打了几声口哨。秃头的口哨却很尖厉，像一把刀子那样。乔哈哈呵呵地大笑，觉得这时的秃头就是一个不谙世事的小兄弟。蹚过无数道大大小小的沙梁，地势逐渐变得开阔起来。远远地，乔和秃头终于看见了那座黄土小屋。

乔和秃头对视一阵后，就奔跑起来了。

乔激动得不能自己，脚下腾云驾雾，他感觉自己不是在奔跑而是在飞翔，仿佛一只断线的风筝。也就是在这样一个特殊的时刻，乔更加真切地意识到自己并没有忘记那个小寡妇。这些年来那个小寡妇在他心里进进出出，音容笑貌犹在昨日。秃头说得真是没错。风筝一样飞翔的乔激动得浑身颤抖，忍不住发出了一声呼喊，像是走进了一个悲离欢合的故事里。出乎意料的是黄土小屋早已破败，屋顶和门窗都不复存在，且有一面侧墙彻底坍塌了。屋前那曾经羊儿云集的黑色粪场也被风沙削平了，连一颗羊粪蛋儿都没能剩下。乔站在名存实亡的土屋前，面对着一片废墟，脑子里混沌一片，好不容易点燃起来的热情，顷刻之间灰飞烟灭。

乔是让秃头一声亢奋的大叫唤醒过来的。

中国当代西部文学文库

秃头这时不顾一切地向小寡妇屋前的那个桩墩子跌跌撞撞地扑去，春月里发情的小公驼那样，跳着一种怪异的舞蹈。乔却不知道自己该往哪个方向走，四下里都是绵延不绝的沙漠，充斥耳畔的是前些年前那根石头断裂的声音。小寡妇屋前的那个桩墩子依然保持完好，只是风沙的剥蚀使它的表面已不怎么光滑。如果不出什么意外，石头的另一半应该还在，就镶嵌在桩墩子里面。秃头整个身子俯在桩墩子上，他的手心出汗了，抚摸过的地方留下一片片水渍，像初生的婴儿本能地寻找母亲饱含乳汁的奶头。秃头还很动情地说了些什么话，乔没听清楚一句，只能看见秃头光芒四射的脑袋，以及一张不断翕动的嘴唇。秃头的嘴唇鲜红如滴血，在七月的阳光下，这一切被放大了许多倍。

　　乔再次走向那个桩墩子，走向故事形成的焦点——那根冰冷的石头。

　　乔和秃头共同动手配合默契，一点一点扒掉坚固的草泥，从桩墩子里完整地取出了那一半石头。事实再次证明乔没有说假话，乔是一个诚实的人。那个小寡妇走了，不知去向了哪里，不知是死是活，却留下了一根石头。乔站在自己曾经愤而离去的地方，苍白的脑海里突然呈现出一个不规则的圆圈。

　　扛着那一半石头，乔和秃头沿原路返回乔的土屋，来回恰好是一天的时间。

　　秃头当然要在乔的屋里再住上一夜。

　　乔还有几束陈年的羊肉干，丢进锅里煮一煮就捞出来了。乔说，你看屋里啥也没有，连个铃铛都不响，凑合着吃上点吧。秃头说，我怕是这辈子都饱了，烧酒倒是可以喝一点。你知道的，牧区不仅是一个盛产牛羊的地方，而且也是一个盛产酒鬼的地方。无论是谁，只要进了牧人的屋就是尊贵的宾客，主人给你喝烧酒是必不可少的。相伴一盏小煤油灯，乔和秃头嚼着没熟透的羊肉干喝开了烧酒。喝的当然还是我们小城酒厂生产的那种骆驼牌烧酒，前面已经说过的，当地牧人就认这种牌子。墙脚处立着那根断成了两截的石头，石头在昏黄的煤油灯下发出微弱的光亮，同时也发出一股凉爽的气息。喝过一阵后，秃头首先罢盅说不能喝了，再喝就醉了，再喝一肚子杂碎都要翻出来。乔很失望，因为那么具体而又集中地完成一次那段往事的回忆，乔很想喝上一场，有人相陪是再好不过了。秃头执意不喝，乔也不好强求，只能自斟自饮。乔喝着喝着就热了，把自己脱了个精光，他要将这些年积攒下来的酒瘾过个够。乔很容易地就醉了。你想啊，酒这种东西神仙喝上都会醉的，乔怎么能不醉呢?乔又不是什么神仙。乔将空酒瓶子像摔手榴弹一样摔在对面乌黑的墙壁上，满世界都是清脆的爆裂声和闪烁的玻璃花。乔终于醉得一塌糊涂，人事不省。

两天后，乔睁开了眼睛，灵魂复归肉体的故土。

结局你也许已经知道了，屋里空荡荡的，大醉初醒的乔这时才知道，秃头和那根断成两截的石头早已消失得无踪无影。乔从此变成了一个游手好闲的人，他认定秃头还会回来，便穿梭于漠野发出连续的呼唤：秃头秃头秃头秃头，石头石头石头石头……

故事讲完了。

头顶繁星灿烂。老人在讲这个故事的时候，身子始终保持着一种姿势，坐在那里岿然不动。星光下的老人通体泛出一层虚幻的光芒，看上去并不那么真实。后来，老人的眼皮像帘子一样突然遮盖下来，安静得连一丝气息都没有了。也许是过于疲惫了，伴着草棵里虫子们的低吟浅唱，我开始入梦或者说早就在梦中，梦中的我坐在一种说不出名堂的类似外星人的飞行器上。这种飞行器相当平稳，也不发出任何噪音，犹如孤独的灵魂释放着不可捉摸的信息，完全超越了时间和空间的限定。我在一种醉意蒙眬的状态中俯视苍穹，寻找那个秃头的聪明的家伙和那根断成两截的石头。逝者如斯，几个小时后，我无奈地从梦的遨游中醒来，天上又是一颗明晃晃的大太阳，世界周而复始地还原为绵延不尽的浑黄。举目四处眺望，终不见老人的身影。老人不辞而别。

若干天后，再见到那些熟和不熟的牧人时，我便很主动地告诉他们我和一个老人的相遇。他们微笑着说：

"哦，是那个疯子吗?就是那个乔疯子。"

大草垛

队长让我去看大草垛。

大草垛远在四十里外。为了软化神经，临行前我给"诗意"了一下：守望大草垛。

队长是个矮个头的中年汉子，却长着一只硕大的酒糟鼻子，每逢生气的时候，就像有一截新鲜的羊血肠挑起在门面上。就是这个长着酒糟鼻子的队长，开始答应我到大队部的民办小学教书，后来又变了卦，教书的是另外一个小男人，说话有些结巴。我就叫他小结巴。为了这个，我还和队长有过一番辩论的。我说，他是结巴。队长说，结巴咋了？我说，结巴怎么能教书呢？结巴看草垛更合适。队长说，结巴又不是哑巴，再说结巴少说话，少惹麻烦。队长的理由比我更加充分。我不好再多说什么了，因为队长的鼻子由浅到深逐渐地变化着颜色，再继续下去就会渗出血来，这是某种危险即刻就要到来的信号。只有及时地结束嘴巴上的战争，才能避免不必要的麻烦。辩论的结果是，我必须保持沉默，乖乖地听从队长的安排。后来我又想，队长临时改变主张，让小结巴代替了我，一定有他的什么道理。

正午时分，漠野里有青草熟透的气息飘来飘去、不紧不慢地悠闲着。等我走到大草垛跟前，那草的芬芳就变得浓稠了起来。大草垛极巍峨的样子，矗立在两道沙梁之间的一小片开阔地上，看上去孤独而又浪漫。芬芳来自于大草垛，大草垛像一只巨大的酒坛子蹾在那里，在灼热的阳光下发酵着，盖儿不够严密，让其中的精华部分溢泻出来，将人醉翻。大草垛旁边不远处的那一间黄泥小屋，便是守望者的巢穴了，猛地一看，有如一只鸟笼，与大草垛形成了鲜明的反差。我推开屋门时，啪嗒一声从墙上掉下来一块泥皮，在我面前摔成了一朵花。真正的门扇早就没了，用几根横七竖八地捆绑着的木棍代替着，给人以岌岌可危的感觉。真正的门扇不知被什么人顺手牵羊地捣走，也许是当地的牧人干的，这一点都不奇怪。由阳光里进入黑屋，我是一只瞎眼鸟。过了一阵，待到能够看见屋内的基本轮廓后，我的腿又吓软了，由不得浑身哆嗦，半截土炕上端坐着一个黑鬼。队长可能是忘记交代了，先我之前还有一个两脚同类的。

"黑鬼"开口说话：我是绞把狼子，你是谁？

我报了自己的姓名。同时我又隐约地记起了"绞把狼子"，觉得这个名字怪里怪气的，就留有一点印象。甚至还听说过"绞把狼子绞把狼，吃一盆子拉一炕"什么的，很费琢磨，也就懒得去追究，认为所有这些都与自己毫无关系。更没有见过面，现在见着了，一时看不出有什么太大的异常。当然了，特点还是有的，绞把狼子从炕上站起身的时候，显得长，瘦，两个眼睛偏大，能塞进去一对鸡蛋。

这就是我和大草垛，以及绞把狼子的相识。

大草垛上面覆盖了一层麻雀，下面进出着一支老鼠大军。大草垛仿佛被这支老鼠大军抬起来，漂浮着游走了一圈后，又落回到原来的地方，每天如此。大草垛又像个盛了砾石的巨大的空心球体，旋转着，无比的喧响，也是每天如此。来了不多天，我便对大草垛常常产生这样的幻觉。

从大草垛后面转出来的却是绞把狼子，湿漉漉的样子，一手提着裤腰，一手使劲地擤鼻涕。他说，你尿尿了么？我说没有。他说，你到大草垛后面去，以后就到那里尿尿。绞把狼子鸡蛋大的眼睛里布满了网状的血丝，是一派骇人的猩红。又是一夜没有睡好觉，绞把狼子像有严重的失眠症。尿尿哪儿不行？天大地大的，又只有两个长鸡巴的男人，哪儿都行。我还是听从了绞把狼子的忠告，不大情愿地向大草垛后面走去。现在我们两个人在一起，构成了一种命运。大草垛的后面有一个铜盆。这是我二十岁以前见过的最大的一个铜盆，而且做工很好，大概年代比较久远，有不少斑驳的绿锈，很像是出土文物。盆底被一些液体覆盖了，汪汪的，倒映着一方湛蓝的天空。憾的是恶臭难闻，能将走到近前的人熏个跟头。是人的排泄物，准确地说，是绞把狼子的尿。这很不好理喻。这时我的小腹以下开始翻腾了，条件反射地急于尿尿。我就面向铜盆扫射，将一泡尿滴水不漏地送进了铜盆，一串金属的嗡嗡声不绝于耳，好像女人们的闲言碎语。

若干天后的一个下午，我去大队部的代销店买煤油买砖茶买烧酒买纸烟，正好碰见了酒糟鼻子的队长。队长问我咋样？我一时没有明白过来，就愣在了代销店那用土坯和草泥砌成的柜台旁边。队长说，看草垛的事情。我说还不错，绞把狼子这个人挺有意思。队长又像是弄不明白了，问我挺有意思是啥意思？我说我们还合得来。队长看看我，就笑了，说，合得来就好。反过来我又疑惑地看着队长。队长丢下一句话走远了，其中的一条腿一跳一跳的，样子很张扬。

绞把狼子很少说话，这使得小屋多出了几分沉郁。睡觉成为我天大地大的嗜好，且有一股子恶狠狠的劲头，一睡就睡死了过去，白天黑夜分不清。沙漠包围着我们，正午的时候，阳光与地面垂直了，一道道沙梁成为一个浑黄的平面，很能欺骗人的视觉。遥远的天边有大团的云朵，像卧着的羊群一动不动。近处的湖道里，稀疏的柴棵又黑得十分醒目，坚硬得如同天上掉下来的石头。那种阳光和风都穿不透的寂静，让我产生许多莫名的怯懦，没来由地怕着什么。只有大草垛看上去像个沉默寡言的智者，与远方一缕若有若无的炊烟遥相呼应。

该看看书什么的，是谁说过，寂寞是读书人的天堂。我把随身带着的一本中学历史课本翻得稀里哗啦，没看进去一个字，却想吼上两句。"牧羊狗追得兔子跑，和尚追得姑娘跑……"当地的牧人都好唱，男女老少都有这样的能耐，尤其是在酒场上，洒脱得厉害，一唱一夜，不醉不罢休，给人的感觉是坐进了酒缸里。这样无端地瞎想了一阵，酒虫儿就开始大面积地滋生，我说，哎，喝点酒吧？我不叫他绞把狼子，觉得这样不好，至于怎样称呼，我还没有想好，就只能是"哎"。扭头去看，我旁边的被窝是个空壳子，里面没有任何内容。绞把狼子久等不来，我转到大草垛后面去。粗略地估计，我已经在铜盆里撒下五十几泡尿了。绞把狼子一个劲地鼓励我喝水，一个劲地鼓励我尿尿，恨不得让我突然变成一架造尿的机器。每逢这个时候，他就三孙子似的，那样子看上去软弱可欺。

对绞把狼子怪异的举动，我并不做什么追问和深究，就像队长让小结巴教书一样，绞把狼子这样做肯定也有他的什么道理。我这样做的另外一个原因是，让绞把狼子幽灵一般时隐时现，我也好打发一日一日的时光。铜盆里已经有差不多三分之二的液体，还多出了一根斜躺着的木棍儿。绞把狼子的脚印逶迤而去，他把一双鞋穿反了，左脚的鞋穿到了右脚上，右脚的鞋穿到了左脚上，因此他的鞋印像手扶拖拉机轮胎留下的压痕，极力往外扩张着，是一副在沙漠中艰难掘进的势头。绞把狼子从大草垛后面出发，去向东南方向。东南方向有个叫紫泥湖的地方，夏天的湖底朝上，几尾小鱼儿晒成了标本，骨架苍白而精致。人还在，就是那个叫青草的女子。青草的一群羊曾经到达大草垛的势力范围，一圈羊眼偷窥大草垛许久，像天上的星星闪闪发光。后来，大草垛上就顺理成章地少了几捆草，多了一串脚印，而且脚后跟陷得很深，看样子这个偷草的贼背上至少负载了四五捆草。

我说，下不为例，抓住了打。

绞把狼子说，打？

我说，打。

绞把狼子说，真打？

我说，真打。

说完这些话不久，绞把狼子就去了紫泥湖。

尿完尿回到小屋里，我躺下来继续睡。想想自己也说不清楚的什么，就恍恍惚惚地入梦了。梦里有一团巨大的欢乐的火荡漾开来，大火顷刻间映彻天宇。我被吓醒了，夜黑得深刻，只有几颗星星挑起在门口。这梦中的大火缘何而至，显得毫无道理可言。这时大草垛后面有动静。青草。其实我应该首先想到绞把狼子的，绞把狼子往青草的方向而去，青草又怎么可能在大草垛后面呢？可我把这个问题给忽略了，想的是抓住青草怎么办？我蹑手蹑脚，激动得两条腿乱颤。先是尿与铜盆形成的嗡嗡声，尿又长又急。等到尿声熄灭，估计裤子已经提起，我一个箭步冲上去：站住，你往哪里跑——

那人根本就没有要跑的意思。不但不跑，还回头冲我发火：胡咋呼啥？把我的尿都给吓没了。绞把狼子正往大草垛里藏着什么，鬼头鬼脑的样子让人恶心。我说你藏什么？他说不藏什么，把一捆草拳打脚踢地夯了进去。我不依不饶，期望他往大草垛里藏着能解馋的什么东西，至少是一副新鲜的羊杂碎。其实，绞把狼子往大草垛里藏着的是一根钢管。钢管被我一截一截地抽了出来，在月光下呈现出一道阴森森的亮线，到五六米时铿锵一声终止，差一点砸扁了我的脚趾头。就是这么个黑不溜秋的家伙，让绞把狼子扛了来，宝贝似的藏进温暖的大草垛里。星光之下，绞把狼子目光幽幽地放着亮，有一点像狼。身上有很重的汗气，想想就挺可笑，绞把狼子扛着一根钢管，与自己细瘦如柴的身体镖成一个十字架，然后翻越那一道道高高低低的沙梁，走一阵歇一阵的，怕是累得不轻吧，这倒应了丑人多出怪那句话。

偷的？我说。

给的。绞把狼子说。

谁？

……青草。

青草。

我终于明白了。青草能在两条汉子的四只眼睛下轻易地拿走几捆草，岂非咄咄怪事？有绞把狼子做内应，大大的汉奸。

关于钢管的来龙去脉，说来话不长。

早些时候的紫泥湖，还是有水的，湖面上生着一簇一簇的芦苇，风景这边独好。野鸭子三三两两地呱呱叫，甚至还落过几只灰鹤呢。后来就来了一个水文地质队，队员们打着一面鲜艳的红旗，高唱着荒原就是我的家，在紫泥湖边驻扎下来，然后将一根根钢管插进大地深处。黑黑的井架，白白的羊群，青草跟在羊群后面，头上围着一条红色的围巾，坐在沙梁上看得忘情。那些地质队员把紫泥湖面上的活物敲得一个不剩，统统丢进锅里打了牙祭，后来枪眼儿又瞄上了青草的羊群，枪声之下，一只白色的山羊准确无误地扑倒了。青草泪水涟涟地找了去，地质队员说天太热，热得枪都忍受不住，枪就自己跳了起来，一不小心又走火了，打死了青草的羊。地质队员说，羊嘛，我们只好留下，就这堆铁家伙，你能拿得动就尽管拿好了。青草无奈之下，只好扛起一根钢管回家去。

钢管别无大用，却很结实，做了羊圈棚下的一个支柱。

若干天后，我果真在大草垛后面抓住了青草。

青草正在认真地码草打捆，我没有大喊大叫。青草的背影是很有曲线的那种，两瓣屁股绷得稍微紧了点。青草回过头时，就跌坐在地上了，然后张大了嘴。令我惊异的是，青草的牙齿竟然是那么的整齐和洁白，同时还有着一种不错的气质，实在不像是一个平平常常的牧羊女。不过，青草在大草垛上这样明明白白地拿草，给我的印象却不怎么好。作为一种交换和补偿，我让青草讲了那根钢管的来历。

后来我对绞把狼子说，青草的牙很白，又年轻又有几分姿色。孤男寡女凑在一起过日子挺好的，何必偷偷摸摸地做贼心虚。绞把狼子当时正躺在炕上在假寐，听我这样说，呼啦一声从炕上弹了起来，两束骇人的猩红从鸡蛋大的眼睛里喷射而出，直直地逼向我：你以为青草是啥样的人？和你我一样也喝过八九年墨水的。他说这话时脸色变化多端，使我无法捉摸其中究竟包含着些什么。绞把狼子说罢，急急地出了屋，大概又到大草垛后面的那个铜盆里尿尿去了。夜里，绞把狼子翻来覆去的，身下嗞嗞啦啦地响到天亮，搅得我也是一宿没合眼，陪着熬那漫漫长夜。在苍茫的黑色里，大草垛下千只万只老鼠的无限欢乐好似来自另一个世界，澎湃的声音将我仅存的一点点灵感都给淹没了。

绞把狼子再坐起来的时候，在大草垛下折腾了一夜的老鼠已经偃旗息鼓，麻雀们开始在大草垛上叽叽喳喳，它们同样是千只万只地聚集在一起，吵成了一锅粥。有老鼠和麻雀昼夜轮番看守着大草垛，我和绞把狼子似乎是多余了。这样一想，就觉得绞把狼子没事找事干的做法有某种合理性。我像模像样地做好了一顿饭，无非也是一锅稀粥，喝稀粥能增加尿的排泄频率。肉是没有的，尽管牧区就是养羊的地方，可我们三个月不知肉味是常有的事情。道理很简单，羊是集体的，随意宰杀不得。有什么重大的集体活动，需要宰杀一两只羊，那也得队长亲自批条子。绞把狼子将五指插进稀疏的头发里乱梳一气，突然问我打算住多长日子。我明确表示自己一时半会儿走不了，他就将一根筷子捅进腮帮里很认真地想了想，然后拉开身下的羊毛毡，又揭开一块木板。这时，竖在炕上的木板和空洞的门框默契相望，这木板可不就是门扇吗?绞把狼子近水楼台监守自盗，害得我给善良的牧人栽了一次赃。

绞把狼子的身下是个暗室。我几乎被一股刺鼻的怪味打倒，暗室里黑糊糊一堆，黄糊糊一堆，形状像人屎狗屎。光线渐渐强烈之后，那黑与黄才分明了，我立刻吃惊不小，仿佛走进电影《地道战》或者《地雷战》的某个画面里去了。再看绞把狼子，却是一脸的庄重和神圣。

黑的是木炭。

黄的是硫磺。

说实话，我当时就有身处绝境坐在火药桶上的恐怖感。想想还缺一样白：硝。就又稳定神色，仔细地看个够闻个够，脑海里开始浮出那根被藏进大草垛里的钢管。所有这些与我们当时的生活并无任何关联的东西，开始一样样精灵般活蹦乱跳起来，附着了魔法似的不断地改变着形状，终于在我面前完成组合，抬起了一门黑炮!我的脊背就又冷飕飕地冒汗了，牙缝里也往外抽凉气。

我说，你苦大仇深啊?

绞把狼子说，我有天大的仇。

我不得不重新审视绞把狼子了。首先是他的额头尤为漂亮，宽阔饱满得能跑马走车，头发稀疏柔软且带点儿自来鬈，鼻子修长挺直，嘴唇薄而坚韧，配之以两只大眼睛，整个的面部有那么几分女性的气息。据说这样的人大都很聪明。我在重新审视绞把狼子的过程中，已经毫不怀疑他的聪明了。

　　绞把狼子说他搞的是降雨器或者叫做催雨炮，就是要把雨从天上请下来，浇灌干旱的沙漠和草滩。这意义当然不同凡响，他的大脑乃至胸膛和血管里奔腾着这样火热的激情和滚烫的精神，的确令我始料不及。望着绞把狼子那张清瘦的面孔，我设想是不是有一个英雄要横空出世。那是个崇尚英雄的时代。我甚至注意到他布满血丝的大眼睛里，有一种坚硬的东西不能摧毁。

　　白天的大草垛是麻雀们的天堂。

　　我和绞把狼子端坐在土屋的炕上，相伴黑的木炭和黄的硫磺这两样神圣之物，传递着一瓶当地小城酒厂生产的骆驼牌同时又被当地牧人亲切地称呼为大牲口的六十五度的老白干。瓶中的液体一截一截地短下去，我们体内的温度一截一截地上升，浸染着每一根神经。这种置换是人间特别是男人之间必不可少的方程式，生成新的化合物叫"情深义重"。只一个白天里的那么一阵子，我和绞把狼子成了真正的朋友。当时我们握手，我们互相拍肩膀。最后我们掰手腕，绞把狼子竟无缚鸡之力。

　　就是这天，绞把狼子推心置腹，像个大预言家预测不出十年这里将沧桑大旱，寸草不生，草滩彻底风化沙化。这就是说他的降雨器或者催雨炮，具有重要的现实意义和战略意义。醉眼蒙眬中，我看见绞把狼子稀疏的头顶变成了大草垛，上面卧着一只灿烂的精英之鸟，并且是由思想之卵孵化而出的。

　　我们相拥而醉，一塌糊涂。

　　大醉醒来是早晨。

　　绞把狼子例外地睡得很香甜，眼睫毛都不动一下，和稀疏的头顶相比，他的眼睫毛长而浓密。这又让我回味他的年龄，我们无疑是同时代的人。绞把狼子一定是看到了什么，那什么也一定辉煌灿烂，充满了诗情画意。我想我一定是从他的大眼睛里看到了：水波款款荡漾，青草拔节生长，树梢风中呢喃，羊群舒展徜徉。不过，既然作为朋友，我不应该再保持沉默，我必须和他认真地谈一谈。

等到绞把狼子终于睡醒了，我说，叫降雨器或者催雨炮并不重要，这只是个形式问题，重要的是你有什么理论依据。

理论依据?绞把狼子扑哧一声笑了，鸡蛋大的眼睛里除却坚定，还有那么一丝孩子气的顽皮：一硝二磺三木炭。我说，我听说过，化学课是我头疼的一种，我只记住了惰性元素氟氯溴碘。我说我只对历史感兴趣。

我说，古希腊有个叫阿基米德的科学家，你知道吗?

绞把狼子点一点头说，知道。

我说，他说过一句特别伟大的话，你知道吗?

绞把狼子说知道，并且背了出来：给我一个支点，我可以撬动整个地球。

于是，我给绞把狼子讲了一个历史故事。这个历史故事很古老很遥远，既充满戏剧性又不乏真理，绝对是一个经典。就因为是一个经典，才使我过目不忘，牢记不衰，也急于向绞把狼子兜售。

公元前213年，当时已经七十五岁高龄的阿基米德，从希腊回到了他的家乡意大利西西里岛东南部的叙拉古王国。在古罗马人发动的第二次布尼克战争中，阿基米德组织了一个镜子兵团，利用凸透镜反射阳光，烧毁了侵略者古罗马人的战船。

没想到绞把狼子听了我讲的这个故事后，完全误会了我的本意，立即兴奋得大叫起来：你说我能够成功。又是和我握手，又是和我拍肩膀，只是没有和我再掰手腕。我知道事情到了这样的地步，我再说什么都已经是多余的了，他根本就不容我解释，什么都听不进去，弄得不好还会伤害我们刚刚建立起来的友情，我只能是哭笑不得地点点头而已。接下来还要喝酒，绞把狼子堵住瓶口说，你要给我保密。我答应了，他才放下心来。我当然明白绞把狼子是想一鸣惊人。对一个渴望成功的男人而言，一鸣惊人很重要。

硫磺和木炭都有了，缺硝。

硝其实就在大草垛后面的那个铜盆里，尿液经过烈日不断地蒸晒，便可以形成硝的结晶体。对此我虽略有耳闻却不敢恭维。以我极浅陋的化学知识，硝的种类很多，诸如朴硝芒硝铵硝火硝等等，我不知道绞把狼子从人的尿液中提取的是哪一种硝。再说了，这种提取的方法也太过原始了些，充斥着一股腐朽的气息，大概比我讲的那个历史故事还要古老。

我说，能行？

绞把狼子说，能行。

能行就好。

往后的这段日子里，绞把狼子完全沉浸在大草垛后面的铜盆里，在铜盆旁边留下了一个深陷的圆圈，像是蒙眼驴蹚下的磨道儿。凝视绞把狼子那张坚定而又焦渴的瘦脸和布满血丝的大眼睛，让我不由自主地发出人生磨砺的感叹。我真的是被感动了，义无反顾地加入了这场秘密战斗。见我这样起劲，绞把狼子显然很兴奋很受鼓舞，甚至还难得地流露出了一股遇到知音的豪爽。

我们进进出出，来来往往，穿梭于大草垛和小屋之间，像两只风中飘逸的奇特的大鸟，和大草垛一同构成了那个夏天里的一道风景。我们可能快要疯了，没命地守望着那只盛满尿液的铜盆，反而使大草垛备受冷落。

事情似乎很不凑巧。

就在硝像一个千呼万唤始出来的精灵，终于在被我们望眼欲穿的木棍儿上呈现出一点极其羞涩的白色微粒的时候，就在我们因极度狂喜而准备欢庆一下的时候，队长不期而至。队长骑着他那匹象征权威和力量的红色大走马，向着大草垛款款而来。

队长首先闻到了一股伟大的恶臭，只是很本色的没有捂上那只酒糟鼻子。队长在看见我们的同时也看见了那个铜盆。那阵子，绞把狼子和我并排跪倒在铜盆边，头低得快要将眼睛都没进尿液里了，两只屁股却撅得格外地高，有一点像在沙漠中被追赶急了的鸵鸟。直到红色大走马停在我们身后，发出一声不满地长嘶，我们才警醒了。

队长开了一句玩笑：撅沟子亮腚，莫非有日天的本事？

绞把狼子看看队长，又看看我，不知所措的样子。

还是队长大智若愚，例外地不做追究，扫一眼大草垛后皱皱眉头，然后很潇洒地抬腿下马，一条腿一跳一跳地走了几步。事后想想，当时队长要是揪住铜盆不放，没准我会全盘托出，事情必定是另外一种结果。队长兀自吸了一根烟，酒糟鼻子照例开始逐渐地改变着颜色，发出了某种危险的信号。

　　草少了。

　　门扇没了。

　　队长单刀直入，似乎一下子便捅到问题的核心上了。绞把狼子面色土灰，印堂处开始发暗。再让队长犀利的目光延伸下去，就要捅出天大的窟窿。我那九九八十一弯肠子剧烈地痉挛，然后又条件反射地从嘴里蹦出一句话：是青草偷走了。

　　你们换了羊吃？队长经验丰富。

　　绝对没有。我们深知大草垛是集体的财产，全队的羊就靠大草垛过冬呢。我从水底浮了上来，理直气壮地说。

　　绞把狼子看了我一眼，那血色的大眼睛里不是摆脱困境之后的轻松和释然，而是一种更加的阴沉和忧郁，他的两条腿突然不停地颤抖起来，整个的人立刻憔悴得不忍目睹。我当时回敬给他的是困惑和惊讶。事后我才知道，绞把狼子当时就把裤子尿湿了。我们两个汉子就这样可怜兮兮地呆在大草垛旁边，等候队长再提出什么意想不到的问题。

　　队长将目光投向我说，答应下你的事情，领导说话要算数。队长这样说着时，已经从那酒糟鼻子上撤回了危险信号，眼睛里也透出些许柔和，看上去很温和。我却不明白是什么意思，连一点起码的反应都没有。

　　去教书，明天就去。队长说。

　　我这才懂了。其实在我和绞把狼子相处的这段日子里，把教书的事儿全忘了。

　　我得陪绞把狼子最后一夜。

　　酒瓶子早已空空，仅剩下半盒纸烟。绞把狼子像从梦游中刚刚醒来，执著地在小屋里走来走去，面部神经紊乱，如在和黑暗中的魔鬼厮杀搏斗。然后他又猫般敏捷地弹跳上炕，掀起羊毛毡和门扇，从暗室里拿出木炭和硫磺，攥在掌心里反复揉搓。木炭黑色的粉末和硫磺黄色的碎片发出的声音非常刺耳，就像是给一只还在活着的羊剥皮剔骨。我就是在这个时候发现他的裤子湿了一大片的。

绞把狼子觉察到我默默地注视着他，天差不多已经黑了。他那双大眼睛生硬地盯着我足足有五分钟。我后悔不该惊动他，让他在梦游中继续宣泄，也许会更好一些。我也不该倾听他道出来的那个故事。问题是在和他朝夕相处的这段日子里，他只字未提那个故事。我就要离开了，绞把狼子才一五一十地说了，他的两只手被木炭的粉末染得乌黑，又被硫磺的碎片划出许多血印。

故事有点戏剧性，悲剧的效果落到了绞把狼子的头上。这可能是他年纪轻轻头顶却过早秃了的原因之一，也可能导致他身处逆境要出人头地的强烈念头产生。绞把狼子和青草曾经共同在大队部的民办小学教书。在很多牧女中，上过学并且是唯一的女高中生的青草出类拔萃出墙红杏，绞把狼子特别喜欢青草从早到晚干干净净清清爽爽的模样，认定这是有文化的缘故。青草自然也有意于绞把狼子，两个有文化的男女青年在大漠深处，用自己的方式共同演绎着一个世俗的却又是美好的爱情故事。为此，绞把狼子无数次抑制了自己蓬勃的情欲，他怕对青草造成什么伤害。作为对绞把狼子的回报，青草也拒绝了所有给她提亲的人。

那天的阳光很好，学生们像一群小鸟端坐在黑乌乌的教室里，跟着绞把狼子朗诵一篇课文。快要下课了，他给学生们布置好几道算术题，就去了青草的屋里。因为青草病了，他要去端给她一茶缸放凉了的开水，却不期然地撞上了队长。队长正搂着青草图谋不轨，甚至已经掏出了他身下那个玩意儿，那玩意儿和队长的酒糟鼻子一样丑陋无比，十分令人恶心。病中的青草脸色苍白，几乎无力反抗，纤细的手在空中绝望地抓举着。绞把狼子于是顺手抡起了墙角的一根顶门棍，顶门棍呼啸着扫向队长，从此队长的一条腿走路就一跳一跳的了。事情可想而知，队长又反过来狠狠地整了绞把狼子，撤掉他换上了小结巴。为了绞把狼子，青草也不愿意当那个民办教师了。

就这样，两个无辜的人一个去看守大草垛，一个去牧点放羊。

听完绞把狼子的故事，我相信这是真的，同时又想即便是真的，也没有什么大不了的，人活在世上总还得承受点这样或者那样的痛苦吧。正是这样的想法，决定了我不留下来继续和绞把狼子做伴，而是听从队长的话去大队部的民办小学教书。

第二天东方露出鱼肚白，大草垛还在老鼠们的吵闹声中沉睡着，上面只是落了大约几十只早到的麻雀，还没有能够形成那种铺天盖地的阵势。不过用不了多长时间，阳光就照耀在大草垛上了，那时你再看吧，千只万只的麻雀落在大草垛上，很是壮观。大草垛不仅要养育全队的羊，同时还要养育这么多的老鼠和麻雀，可见大草垛的心胸有多么的宽广和善良。

这样的一个大草垛，难道还把你一个绞把狼子养不好?这正是我的安慰，更是绞把狼子的安慰。绞把狼子你就待着好了。我很感动，以致对大草垛产生了一种很深的留恋。

可我还是和大草垛告别了。

接下来我又要和绞把狼子告别了。绞把狼子躺在炕上睁着他的大眼睛一动不动，模样形销骨立，肯定又是一夜没有合眼。我怀疑是那个并非多么惊心动魄的故事，使他染上了某种癔症。作为朋友，这种告别的方式令我尴尬，我尽量不发出一点声音。天大亮的时候，我看清了绞把狼子那张清瘦的脸，脸上是一种没有表情的表情，又仿佛进入了无欲之境。

后来，直到大草垛燃烧完毕，我才真正读懂了绞把狼子那天早晨的表情，是他那近乎天才的预感毁灭了他。

大草垛是在我走进学校教室的第三天燃烧起来的。

这三天里我没有能够教牧人的孩子认识一个新字。只两三个月的时间，这些土头土脸衣着破破烂烂的牧家后代都染上了结巴，而且情况相当严重。就在我像猴子一样抓耳挠腮，在教室里走来走去的时候，窗外突然传来一阵惊呼，说是大草垛着火了。

那天的风很孟浪，等到掺杂在人流中的我疾步趋近，几乎是脚不沾地蹚尽四十多里沙路，燃烧的大草垛已是尾声了，仅剩下一堆滚烫的灰烬。那么大的一个草垛，说没就没了，一场梦似的。围绕已不存在的大草垛，是多得令人毛骨悚然的老鼠。一群一群的老鼠抱头乱窜吱吱怪叫着，表现出对丧失美好家园的痛心疾首。麻雀一只都不见了，不知它们在大草垛燃烧起来时，逃向了哪里。队长和陆续赶来的牧人，那模样比老鼠更甚，简直就是刻骨的绝望了。他们面对曾经的大草垛，站在风中黑蝴蝶般扬扬撒撒的草灰里，欲哭无泪，构成了一幅人鼠同悲的感人场面。

绞把狼子，你个狗日的鬼啊——

队长尖厉的声音狼牙棒似的四处飞舞，却又落不到点子上，无限地空茫，那酒糟鼻子却果然红得淌出了血。队长粗野的叫骂将我提醒了，我向着大草垛的灰烬走去，那里应该留有两样东西的。是的，我的判断没有错，那根钢管和那个铜盆还在，就静静地卧在那里。钢管饱淬大火后有一些弯曲了，像条蟒蛇放射出一股冰冷的幽蓝。铜盆则化作了一堆形状古怪而又颇具意象的黄疙瘩，浑身梦幻般地裹了一层金箔。我想象着绞把狼子围绕大草垛的样子，最后坚定地扑向大草垛的瞬间，他人生的一刹那一定十分鲜艳，辉煌无比。

我抛开黑压压灰乎乎的人群和鼠群，径直奔向紫泥湖。

青草就坐在半路上的一道沙梁下面，任凭大风哀号，整个的人几乎被流沙埋没了。绞把狼子走了，你一定知道他没留下一根骨头。我瞪目怒视青草，一股怨气胸中膨胀。青草依旧像块石头一样沉默不语。我将青草从沙堆里提起，在她腿上狠狠地踹了一脚，青草就又像个面口袋一样软软地瘫倒了。这是我第一次粗暴地对待一个女人。

青草，你不该给绞把狼子那根罪恶的钢管。

第二年恢复高考，我被北方一所大学录取，而且如愿以偿是历史系。

队长听我考上大学要走，战战兢兢地讨酒喝。队长因大草垛被毁而引咎辞职，又很快沦为地地道道的酒鬼。他那曾经的权威和力量虽已落花流水，但对女人照例充满了渴望，一如永远的酒糟鼻子。他说他搞过不少女人，青草是唯一有文化的一个，并且在毒焰样的耻笑声中，极其下流地描绘了细节。未了，他凸鼓着一只醉眼说，我就知道你们两个"鸡屎棍子"(知识分子)搅在一搭里，不会有啥好事。我还得谢你呢，你说青草偷草……我一下子跌进了冰窖，眼前一片黑暗，这就是说，是我与队长同流合污，最终毁了青草杀了绞把狼子!我羞愤得难以自持，却又说不出一句辩解的话。我承认，我是个大笨蛋，我不知道色彩斑斓的人世间究竟容纳了多少丑恶。恍惚之中，我真实地看见绞把狼子那孤独无靠的身影围绕着大草垛踽踽而行。

我握在手里的酒瓶子终于落了下去。

随着一声闷响，大团腥臭的血污从对面那只酒糟鼻子上喷溅出来，染黑我流泪的眼睛……

西部西部

　　一片云都没有，阳光就很恣肆地照射下来，铺张得一塌糊涂。一道道沙梁令人毫不费事地联想到一种在商店里出售得很火的条形面包，焦黄，酥软，还带点无法形容的怪味儿。

　　站在其中一道险陡的沙梁上，他才真正地松了一口长气。手臂又麻又木，还神经质地颤抖，估计一时半会儿恢复不到原来的状态。这是以前没有过的，也许是精力太集中和精神太紧张的缘故。他是驾了摩托车拱进这一片沙漠的，这个笨重的家伙吼声震天，像一匹狂怒的野叫驴不听使唤，两个人的重量压上去都难以制服它。唯一的好处是它很皮实，一旦抛锚后用改锥捣鼓几下，可以继续骑上走。即便是扔了它，也不会觉得怎么可惜。当然，还不能扔了它，至少目前不能。现在他们距离小镇足有八十公里(恐怕还不止，摩托车上的里程表早就坏了)，徒步返回去绝对不是一件轻松的事情。这是一辆几乎被淘汰了的红色"幸福250"，当初买下来的时候花了不到他两个月的工资。他看中的恰恰是它的陈旧和不合时宜，以及"幸福"这个招牌。有几次他去朋友家喝酒，将它很随便地丢在门外，竟然安然无恙。在这个小镇上，丢失摩托车的事件已经层出不穷蔚然成风，搞得警察们都束手无策、见怪不怪了。一段时间骑下来，他便对它产生了热情，以至没来由地发出一声"浪子回头金不换"的感慨。

　　他向身后看去。

　　他的"浪子"就静静地停在沙梁下，在炽烈的阳光里浑身闪烁着金属的光芒，包括肮脏的油渍。如果说沙梁是条形面包，他的摩托车就只能是一块热腾腾油汪汪的卤猪头肉了。他对这个比喻感到有些得意。这就是

中国当代西部文学文库

说，他还没有丧失起码的想象力。这样的想象力随之带来的却又是饥饿的感觉，肚子果然就不争气地叽里咕噜地响了起来。这也是情理之中的事，驾驶着这样一个笨重的家伙拱了八十多公里沙漠，体力会消耗得很快的。

接着，他就有一些愣怔了，眼里罩进来一道别样的风景：她，十年后重逢的大学同学。

如果说他的摩托车是一块热腾腾油汪汪的卤猪头肉，她就是一只彩色的鸟，完全够得上袅袅婷婷婀娜多姿。女同学此时正在向沙梁攀登着，斜挎真皮坤包，很优雅地踮起脚后跟，寻找着最佳落点，使得整个的人看上去有那么一种故作的成分。她的娇喘却是真实的，没有半点儿故弄玄虚的意思。女同学每抬起脚，她身下的沙子就荡漾开如水的涟漪，向着梁下漂泊而去。女同学显然是第一次涉足，只是被某种好奇促使着，才没有表现出不耐烦，反倒神情盎然得一片灿烂。他的脑袋却懵懵懂懂的，不大明白这究竟是怎么一回事。这个女同学的突然出现，让他手足无措，像是不期而遇，事实上也确实是这样的。不过，用小镇人的话说，皮裤套棉裤，必定有缘故。谁让他们是同学呢?这个存在是不容置疑的，已经成为他们人生经历中的一部分。一路上，女同学柔软的胸脯紧紧地(也许是不得已地)贴着他的后背，任由摩托车在沙漠里横冲直撞，扬起一股又一股的沙尘。他的后背很快汗湿了。他知道，他当时的样子肯定很粗暴，像美国西部电影中杀人越货的强盗，在马背上狂热地放逐自己。

完全是那个长途电话惹的"祸"。

昨天夜里，他在办公室里吃完两包中萃牌鸡汁方便面后，坐下来开始写一篇论文，准备熬个通宵。提纲和内容是早就想好了的，以骆驼和摩托车代表行为象征，论及西部大漠驼乡古代和现代两种文明的碰撞和对接，标题是《站在两种行走方式之间》。写之前，他很是激动了一番，自我感觉良好。这时，电话响了。是远在北京的另一个大学同学打来的，说是有位南方来的女士明天到他居住的小镇，务必热情接待，主要是陪同这位女士走一走沙漠，具体感受一下西部的苍凉和雄浑。没容他多问，那边把电话挂断了，根本没有征求他的意见的意思。莫名其妙地接受了来自北京的指令后，行云流水的思路突然停电，大脑变得一片空白。枯坐在写字台前，洁白的稿纸不落一字，烟灰缸却饱满得不怀好意。他将最后一支烟吸尽，光着脚板在水泥地上瞎驴拉磨似的走了十几圈。

南方。

女士。

他妈的，这是一个什么样的不速之客呢？

中午，他步入小镇唯一的公共汽车站，等待那个颇有些神秘的仿佛还蒙着一层面纱的女士。这让他感觉挺好笑，就像是时间突然退回到20世纪二三十年代，革命党人正在秘密接头。又一辆长途客车进站，他一眼就从鱼贯而下的人群里认出了她。世界真是太小了，这个不速之客竟然是他十年前的大学同学，也是他的第一个"恋人"！他的眼前猛地一黑，身子不由自主地摇晃了一下，瞬间的遭遇使他失态了。好在这失态也只是瞬间，没有延续下去，他很快恢复了平静。他将这种平静归功于玩摩托车玩出的一种情绪的自控能力。感谢摩托车，他想。他不露声色地迎上前去，向她伸出去一只手。近距离的印象是她的皮肤保持得极好，脸像一盏粉白的丝绸灯笼，没有呈现出衰退的明显迹象，而是从里向外透出烛光般的柔亮，多了十年前没有的风韵。成熟，他想到了这个颇觉世俗的字眼，一时又找不到更加恰当的词来形容。那就用明眸皓齿这个成语吧，又想，这个成语似乎与成熟不大沟通和融洽。总之，他的脑子有些乱，无法一下子理清头绪，也就只能是这样了。她的手指依然修长细嫩，但觉柔软无骨，有如握住了一团羊脂。十年后的重逢，例外地没有出现惊喜的场面。北京的那个同学显然是一番好心，想给他一个出其不意。走出车站时，她对旁边的一堆西瓜产生了兴趣：甜吗？查汉滩的西瓜，不甜不要钱，先尝后买。摊主是个中年妇女，用地道的方言乘机吆喝一声。她讲标准的普通话，简捷的两个字，明快、动听，同时又很有质感。他掏钱买了一个西瓜，她以一个微笑进行了回报，那微笑同样显得高贵。

午饭是在小镇最好的一家餐馆里吃的，因为只有两个人，实在没有奢侈的必要。一盘凉拌沙葱，一盘沙米凉粉，一盘羊肉炒紫蘑，一盘清蒸驼峰，一瓶苁蓉酒，两小碗米饭。她看着他点完菜后，表示欣赏地说，这肯定是你们这儿的特产，请问有什么讲究吗?有的，北方的大米比南方的好，你可以说这是一季水稻日照时间长的缘故。这沙葱、沙米、苁蓉南方绝无，西部仅有，生长在沙漠深处，没有任何污染，真正的绿色食品。清蒸驼峰就更有讲头了，杜甫曾经写诗赞曰，紫驼之峰出翠釜，水精之盘行素鳞。是哪一首诗来着?哦，想起来了，《丽人行》对不对?他又重复了一遍，调子拉得很长，三个字的中间一字一顿地断开：丽、人、行，然后便安静了下来，等她作出反应。以她的聪明，是不会对此无动于衷的。果然，她笑了，真正地明眸皓齿了，紧接着是轻轻地一声：谢谢。

接下来的事情，似乎就很简单了。

他没有征求她的意见，按照电话里的安排，直奔主题，深入沙漠。

摩托车载着他们冲出小镇，迎着一天中最强烈的阳光，越向远方浑黄而茫苍的地平线。正是应了那句成语：大旱望云霓。从春天开始，这里就没下过一场雨，沙漠里的气候变得比以往更加恶劣，飞鸟不栖，走兽无踪。早些时候，这里曾经是黄羊的乐园，它们矫健的身影划过沙梁，然后没入牧草葳蕤的湖道里。现在，泉水早已经干涸了，湖道正在消失，有的则成了不毛之地，成了沙暴肆虐的走廊。你想看到一只黄羊或者一匹狼的影子，已经类似于痴人说梦。生于斯长于斯的他，就没有见过黄羊，更没有真正见过一匹在荒原上漫步或者奔跑的狼。作为牧人之子，这也许正是他的不幸，甚至是一种耻辱。

两个小时后，他们置身于一个海海漫漫、凄迷苍凉的荒芜世界。

他在沙梁上坐定了。他等她走过来。也许应该搀扶她一把，抑或一道行走。他还是打消了这个念头，他不愿意表现得过分热情。在人的一生中，十年毕竟不是一个短暂的时光，这是一种距离，曾经的一切都可以改变。于是，他情绪复杂地默视着这个女同学，十年前的"恋人"娇喘吁吁，曲折地攀援上升，逐渐地放大。这不是恶作剧，他从来就不是一个幽默的人。幽默是一种与生俱来的大智慧，他没有。现在，他看她时却像是居高临下了。他不出声地笑一笑，点燃一支烟猛吸，他的烟吸得很厉害，在单位上是出了名的瘾君子。用他自己的话说，他的每一篇文章都是烟熏出来的。十年前，他是烟酒不沾的。

十年前一个周末的黄昏，家在市里的同学都走了，大学校园里空荡荡的，他到校园后面的小湖边去散步，心情完全是百无聊赖的那种，却遇上同样家在市里的她。她那天例外地没有回家，而是像他那样在小湖边散步，此前他和她还不曾说过一句话。既然遇上了，就没有再躲开的必要，说到底他们是同学嘛，那就一起坐一坐吧。夏日夜晚的小湖边，芦苇摇曳，蛙鸣如织。她和他并排而坐，长久地沉默之后，她先开口说话，第一句便是，你的头发太粗太硬，你要吃亏的。他说为啥？她说，头发能折射一个人的性格，性格决定人的命运。他不知道该怎么回答了，下意识地挠了挠自己的头发，然后像一绺头发一样憨直地笑了。入学一段时间后，他的沉默寡言给同学以稳重踏实的印象。只有他自己明白是什么：内心虚弱。这就是他和她的第一次“约会”，前后说了不到十句话，毫无浪漫可言。尽管他的内心深处也有和她说话的真实渴望。问题是他们从此便真的开始了颇为频繁的接触，坦率地说，每一次都是她主动发出邀请，小湖边电影院新华书店五一饭馆是他们经常光顾的地方，每次都是她慷慨解囊。一开始他是感到不安的，时间长了就不在乎什么了。话当然也渐渐地说得多了起来，用现在的话说，她是个热情的女孩子。后来，她说他是高仓健是非洲豹是阿里巴巴四十大盗，还甚至是《巴黎圣母院》里那个丑陋的敲钟人卡西莫多。他说他什么都不是，他是骆驼，因为他来自中国的骆驼之乡阿拉善。一山之隔，两个世界，山是岳飞《满江红》里的那个贺兰山。那里是西部的西部，有二十七万平方公里，其中三分之二是沙漠，人口仅有十七万，蒙汉杂居，两种语言，盛产民间歌手和酒鬼。

后来，当他们两个人相处时，她就亲昵地称他“骆驼”。

他这峰“骆驼”却敌不过她语无伦次、啼笑皆非的比喻，荷尔蒙激增。十分糟糕的是，他竟然一厢情愿地认为自己在谈恋爱，事实上他们从始到终连一根手指头都没有勾过，更谈不上当下流行的所谓亲密地接触。有一段时间，他的智商特别低，考试一塌糊涂。尤其是外语考试，往往不及格，并由此而对外语产生了无以复加的抵抗心理和排斥情绪。他忽略了一个其实是最关键也最常识的问题，这就是一个头顶黄沙的牧驼人的儿子与一个省城局长的女儿之间的距离，尽管他们都是大学生，都坐在一个教室里接受相同的高等教育。他是真诚的，真诚得想入非非：当他四年大学毕业修成"正果"，同时胳膊弯里挎着一个气质不凡的女大学生站在像沙枣树一样苍老的父母面前，父母大概惊讶得要上吊。事实是若干年后，当他跪在父母的灵柩前，仍然是孑身一人。两个老人的眼睛没有合上，带着深深的古老的遗憾去了另一个世界，他也因此成了一个罪人。

她终于走上了沙梁，准确地说，是爬上来的，手脚并用，真皮坤包垂在她的胸脯下面，有如一只乏羊的脖子下吊着一个饲料兜子，这和她的高贵气质大相径庭。在干旱的年景，牧人就是用这样的方式饲喂他们的牲畜的，而且效果不错。看来，在大自然面前，人永远是长不大的孩子。不仅如此，她还流了大量的汗水，由娇喘吁吁而大喘气，保养得十分得体的胸乳在真丝衬衫和乳罩（估计价格都不菲）里剧烈地起伏着。

他故作叹息地说，沙漠给予你这样的待遇，让你返回童年手脚并用地爬了四十分钟。

不，是四十八分钟。她纠正说。

他说，难道对这八分钟也要计较吗？

她说，是的，这些年来我对时间非常敏感。时间是奔跑着的坟墓，我对这句话体会很深。

机智。善辩。

她还是那么一副得理不饶人的样子。当初他和她在校院里谈"恋爱"的时候，怵的就是这个，他根本不是她的对手，每每败下阵来。他于是生吞活剥，强迫自己阅读了不少课外书籍(包括徐志摩与林徽音、陆小曼缠绵悱恻的爱情故事)，至少记住了她引用的掌故都出自哪里。渐渐地他又发现她不见得就有多么高深的思想，只不过表现出知识的某种宽泛罢了。不过如此，他想。他曾经因此而沾沾自喜，好不得意。男人总比女人强，他的具有农民血统的大脑，以及牧驼人的体魄都顽固地恪守着这个古老的信

放
羊
的
女
人

条。他的学习成绩开始直线上升，大四的时候还得过一次优秀奖。他踌躇满志。毕业分配，实际上是一次残酷的命运的分野，若干年后他才刻骨铭心地意识到了，但也晚了。她告诉他，她无法接受在西部的沙漠里生活一辈子的事实。他也告诉她，骆驼离开沙漠就不成其为骆驼了，你没见过动物园里那关在笼子里的狼吗?那哪里是狼，丧家狗都不如。他们到底还是分了手，各奔西东。其实，这才是意料之中的也是最好的结局。他并没有显出有多么的痛苦。他怀揣着一纸大学毕业证书返回大漠小镇，决心在自己的家乡干一番事业。十年一梦，世事如烟，他先后干过中学教师、行政秘书、文化干事，写过诗歌小说散文电影剧本，这似乎就是他的全部。除此之外，他一无所有。这十年间，她却消失得无影无踪，像一缕空气在茫茫人海里蒸发了。十年后，当他终于不得已地向世俗低头，想到该写一篇论文获取一个中级职称(据说相当于正科级)的时候，她却又突然地出现在了他的面前。

他差不多已经忘了她。

他又不得不重新认识她。现在她就坐在他的身旁，像十年前在大学校园后面的小湖边那样。

他续上一支烟，吸得喷云吐雾：悖论，既然时间对你那么宝贵，何苦不远几千里跑到这里来?

她没有正面回答他提出的问题，却说，你为什么不问问我这十年来的经历?

大江东去，人物风流，只要你过得比我好。他打着可恶的哈哈。

她的眼神蓦地暗淡了一下，明显地降低了几分高贵，一抹红晕浅浅地洇出脸颊，像是春雨中的寒凉所致。他捕捉到了这个细微的变化。她这种稍纵即逝的神态，无疑流露出了中年人才会有的人生遭际。生活大舞台，不可能处处莺歌燕舞鸟语花香。他不打算再刻薄下去了。

他准备保持沉默，像一峰真正的骆驼那样。

她打开真皮坤包，掏出两听椰子汁易拉罐，一听给他，一听留给自己。看来她真的是渴了，采取一饮而尽的方式，罐口压扁了她小巧而挺直的鼻尖。他此刻也才后悔不迭，应该带一兜黄瓜西红柿桃子之类的蔬菜和水果，匆忙中还把那颗翠皮西瓜忘在餐馆的窗台上了。表示抱歉已经没有实际意义，不如装聋作哑一言不发的好。他欲将自己手里的那听饮料也留给她，她挥挥手说，这是我从海南岛带来的，不含防腐剂，原汁原味，真正的绿色食品。说罢，她笑了，他也笑了。心领神会。她小小地回敬了他一下，餐桌上的沙葱沙米苁蓉酒什么的。

他们喝干了椰子汁，将它们并排地倒扣在旁边的沙地上。罐头盒静静地立在那里，内容虽已不复存在，其外表却很华美，也挺浪漫，仿佛两个顽皮的小精灵。也许在蒙眬的月光下，它们更像一则优美的童话和传说？

这时候，他们身下的影子正在缓慢地延长，往东边的方向泊去。长河落日圆，大漠无孤烟，这里的水源早已枯竭，很久没有牧人居住了，自然也看不见骆驼和羊群。目力能及的范围内，疏朗的漠风拂过一道道沙梁，摇扯着湖底那零落的衰草。空旷寂寥之间，悬着一轮将沉未沉的秋阳。

没有大浪淘沙，没有椰子树和仙人掌，没有慈祥的老船长……不过，我还是要请你看一处风景。他抬手一指东南方。

她循声朝他所指的方向望去。广阔的漠野上果然有一处异样。那里坐落着一个高大浑圆的金色沙丘，宛若一个养尊处优的贵妇人丰满的胸乳，那布满其上的风纹，就是透出肌肤的丝丝血脉了。

过了一阵，他问：有何感受？

孤独，神秘。她说。

它有一个有趣的名字，召素套勒盖。

召——素——套——勒——盖。她吃力地重复一遍，眼里含了不解的神色。

蒙古语。召素，就是钱；套勒盖，就是脑袋或者像脑袋一样的物体。

她一下子笑了起来：钱脑袋？

他也笑了，说，钱脑袋或者钱疙瘩都不好听，太缺乏诗意。为了美好起见，我将它意译成富饶的地方。你认为怎么样？

她若有所思：富饶的地方。

放
羊
的
女
人

281

他点点头说，这应该从一种精神的范畴去理解，它只不过寄托了当地牧人渴望发财的黄金梦想。其实，当地的牧人至今都没能彻底地走出贫困，当然也包括我在内。

乌托邦。她说。

难道不好吗？没有刀光剑影，人们恪守着一个古老的神话和传说和平相处。它如果真是一堆黄金，这里早已是金戈铁马、血染大漠的战场了………

行了，你已经说得够多了。她打断他的即兴发挥，手指间变戏法似的弹出一张印刷很考究的名片。

他接过名片故作惊讶：啊，董事长（在此之前，他已经猜测得八九不离十）。

在他乱得不成体统的抽屉里也有几十张名片，从报刊编辑到知名作家。老实说，这是他得到的第一张关于董事长的名片，而且是一个女董事长，而且这个女董事长又是他的第一个"恋人"。这样是不是就有了特殊的意义呢？他不知道。当然这很有意思，生活中这样的意思并不是很多。

一轮夕阳终于沉了下去。暮色四起，又从八方合拢。漠野开始处在一片灰暗中了，用不了多长时间，大漠真正的夜晚就会降临，那将是一种深刻的黑暗。现在，远处的沙梁仅剩下黑黢黢的轮廓，那座被当地的牧人称作召素套勒盖的高大的沙丘，也只是呈现出一个浑圆的顶端，似乎于沉默中流露出被冷落了的幽怨。漠风这时却悄然地大了起来，时断时续的像是一个夜行的巨人边走边发出呜咽，凄清而苍劲。

他突然感觉到了冷。

恰就在这时候，她说话了。

她说，我离婚了，一个月前我宣布了第二次婚姻的终结。

心情不好，需要调整，不远几千里来看看沙漠。他又有些调侃地说。

要看沙漠我可以去新疆。

那么，你是来看我了？

二者兼而有之吧。

谢谢。

不必。

你看过我的作品？

是的，很偶然地拜读过几篇。算不上大气，不过，语言流畅，笔调冷静，还是有那么一点感染力的。我这样评价你的作品，能接受吗？

过誉了。他摇一摇头说。

他的第一篇小说是趴在被窝里写的，那时他还是一名中学教师。小说后来寄给南方的一家青年文学杂志，闹着玩的，并不期望变成循规蹈矩的铅字。四个月后，却被发表了出来，自己的名字人模狗样地夹在几个名人中间。紧接着发生的事情却令他始料不及，小镇机关的某个领导突然看上了他，费了不小的周折调他进去当了一名行政秘书，这是小镇学校的教师们梦寐以求的仕途之路。没想到他这么容易地就得到了。也有人说，他把文学当成了敲门砖，门进去了，砖是肯定要扔的，因为没有哪个傻子会在这样一棵树上活活地吊死。这话还真有些预见性，他虽然没像有人想象的那样，却也已是人不人鬼不鬼的了。调他的领导后来对他大失所望，大会小会上批评他心猿意马不务正业。其结果可想而知，他被那个领导一脚踢开，像一根鸡肋被扔进了破破烂烂的鸡窝一样的小镇文化馆，当了一名文化干事。

想到这里，他忍不住地笑了，不是无奈，是自嘲。

傻笑，她说，十年没听到你的傻笑了。

这是因为你后来遇到的都是聪明人。他说。

我毕业后去了北京，在那里嫁人。几年后又到南方经商，先是在深圳然后去了海南，并且伴随着两次婚姻的失败。但我不否定自己这十年的奋斗。她说得很镇定，从口气中流露出来的轻松自如，使他又仿佛看到了十年前的那个她。

是不是你的公司遇到了麻烦？

不对。我的公司运作得很好，效益也不错。这么给你说吧，我在银行的存款能够让你包租一架波音747客机去非洲鸟瞰整个撒哈拉沙漠。

他一时语塞。

　　他相信这是真的，更不是出于某种虚荣而向他炫耀什么财富，她不是这样的女人。不过，他不知道包租一架波音客机去鸟瞰撒哈拉沙漠是一个怎样的概念，也不明白她此时此刻不乘坐波音客机去环球旅行，却要到这里来饱受风吹日晒之苦究竟是什么意思。真的是看望他这个老同学吗？想来想去，他总认为理由不充足，缺乏说服力。难道是对曾经的那份情感的追抚？他否定了后者，后者虚无得像一个哈姆雷特时代的梦。

　　他又傻笑了。

　　和十年前一样，他们在夜色中只是并排而坐。

　　渐渐强烈起来的漠风拂荡着他们，就像是跨在一峰摇荡的驼背上。周围的沙梁和那座高大的沙丘早已融入无边的黑暗。泼墨的天上星星点点，清晰而遥远。如果是个无风的夜晚，你甚至可以听得到来自地层深处的水声。当然，这是一种假设，却也并不是毫无根据可言，这里原本就是烟波浩渺的大海，只是被岁月无情地剥蚀后，沙漠才成了大海凝固的雕像。这便拥有了一种悲壮，这种悲壮其实是无法用语言描述的。尽管人类的语言早已经确立在某个高度上了，譬如我们的唐诗宋词。

　　那么，就让我们静静地坐着，保持沉默好了。他真的是不想再说话了，尤其是面对着她。十年前的她是一个天真的大学生，十年后的她却是一个富有的商人。

　　不是有这样一句话吗？沉默是金。

　　我很感激你。她说。

　　什么？

　　他像是冷不丁地遭遇了棍击，意识模糊，反应迟钝。感激我的什么呢？他整理着自己的思绪。他还是有些慌乱。他等待过她吗？或者有过像现在这样重逢的渴望吗？也许有过，像梦一样，但不是等待。当他骑上摩托车在荒滩野地里狂奔的时候，曾经想到过她，尔后便淹没在风驰电掣般的放逐中了。在这个小镇里，他没有属于自己的隐私，也就没有关于他的任何绯闻。当然，也有若干个女人愿意主动接近他，有的还表现出很开放的姿态，结果

中国当代西部文学文库

是他每次都临阵脱逃了。他也不想结婚，这在小镇的人看来是一件不可思议的事情，有两种解释，要么是你在等待着自己早就相约好了的情人；要么是你本身就有病，你的那个"东西"不行。随着时间的推移，后一种解释占了上风。这样一来，他在小镇人的眼里就基本上是个废人了。

他知道自己有些"跑题"了，赶紧收回来，重新面对着她。

你知道我现在想什么吗?她说。

他老老实实地说不知道。

我真想做爱，就在这荒漠劲风中……

黑暗中他瞪大了眼睛，惊诧异常，他没有想到她比他还要"跑题"。

我没有一丝邪念，一切都很壮美。她说。

他看不清她的眼睛，只能嗅得到从她嘴角飘过来的一缕甜丝丝的气息，似乎还留有椰子的清香。一股极苦涩的东西在他心底里弥漫开去。壮美，她竟然是这样想的。她让他感动，却不知说什么才好。也许是她说得过于严肃的缘故，反而使他难有激情产生，刹那间的感觉是自己真的是一个废人。他很快平静了。

没有，他们连拥抱都没有，仅仅是"适可而止"。

他掏出一支烟来，风大，用了好长时间才点燃。在一息烟火的明灭中，他看见了她的脸，很平静，很坦然。

她知道他在看她，灿烂一笑：骆驼。

他不置可否。

我从北京的同学那里知道了你现在的状况，就自作主张地来了。

是吗？他淡淡地问了一句。

走吧，向南行，我需要你。我知道，这样做对你其实是不公平的。

他一言不发。

当然，你不必急于回答我。但我明天必须走，有一笔生意在等我回去拍板。现在，我们应该考虑返回小镇了。

他们走下沙梁。

他的真皮坤包落在了他的肩上，他没有拒绝，很乐意为她服务一次。

现在是后半夜了，没有月亮。风刮得比先前更加蛮横，像一只粗粝的大手推搡着他们。他们只能在微弱的星光下摸索着前进。走了一阵后，他意识到自己的方位感正在消失，分不清东南西北，摩托车停顿的地方也模糊了。这的确很麻烦，行走沙漠深处怕的就是这个，最好的选择是停下来别再走。他想告诉她，话到嘴边又咽了回去，他不想在她面前表现出这种无奈。于是，他沉默着，脚尖始终朝一个方向倾斜，在起伏的沙漠里悄然地做着圆周运动。在这样的行走中，才不至于走得更远更错。

他们不再说话，一心一意地走路。

黎明来到时，他又恼得直想扇自己的嘴巴。他们围绕摩托车转悠了半夜，而且似浓似淡的汽油味也一直尾随着他们，只要向前迈出去关键的几步，就能解决问题。他呆立在那里，凝视着一圈狼藉不堪的脚印，觉得真是鬼使神差，又依稀像是一次精神的漫游或者命运的漂泊。他的腿有些打飘，头一阵阵地眩晕，一夜未眠，五脏六腑都是空的，那摩托车在他眼里成了一块地地道道的卤猪头肉。

他抬头望了望晨光中无际的大漠，突然想起了什么。

蓦然回首，但见她光着两只脚躺倒在地上呼呼大睡，一双精致的凉鞋东一只西一只地扔在两边。长长的黑发凌乱地披散下来，水一样遮盖了她的半边脸。这时，阳光从波涛般绵延的沙梁上跳跃而来，呈现出一种曲折而博大的辉煌。她就那么酣睡着，一动不动的，孩子似的舒展开自己的身体，没有任何顾忌，看上去一点都不高贵。那么，她现在这个样子，究竟像什么呢?像一棵草，一棵蓬勃的草。

他被真正地感动了，被一股奇异的浓酽的草的芬芳感动得不能自己，恍若醉酒。

贺兰山以西（代后记）

写这篇文章的时候，正好下了今年入冬后的第一场雪。

雪花稀疏而轻飘，还来不及落到地面上就化成了一滴水，很快了无痕迹。不过，贺兰山上却有另一番景致，山头戴上了小小的雪帽，那么的宁静和肃然，山脚下是差不多已成废墟的西夏王陵和明代长城。银装素裹是谈不上的，暖冬的天气预示着紧随其后的春天和夏天仍然是干旱的季节。事实上，这样的干旱已经延续许多年，人们早已司空见惯了。大旱望云霓，我相信这只是我的父辈兄长们曾经的举止。他们每天早晨走出屋子，第一件事情就是抬头看天，是一种发自内心深处的庄重，原始而又自然，这是对上苍的敬畏，也因此有着宗教的色彩。然后，他们才小心翼翼地走向旁边的羊圈或者驼圈，让困了一晚的羊群或者驼群向着草滩、湖道和沙漠深处而去。羊群或者驼群的后面，行走着我的父辈兄长们，他们沉默无语，往往一整天都说不上一句话，脸上也看不出喜怒哀乐，像一颗缓缓蠕动的石头。但是，在他们饱经沧桑的心里，却澎湃着善良、豁达和苦难交织的情感，一旦被烈酒引诱和激发了，就能够在瞬间流淌出音乐、歌声和舞蹈。

我指的是贺兰山以西的阿拉善。

我在几年前写的一篇小说里这样描述过："一山之隔，两个世界，山是岳飞《满江红》里的那个贺兰山。那里是阿拉善高原，是西部的西部，有二十七万平方公里，其中三分之二是沙漠，人口仅有十七万，蒙汉杂居，两种语言，盛产民间歌手和酒鬼。"是的，单就地理而言，我这样说也许并没有错，窃以为概括得还挺精到。如果上升到人文关怀的层面，是远远不够的，甚至是无知的，是对生于斯长于斯的家乡的一种伤害。我对自己的这种无知深感歉疚，一时又难以寻找到弥补的方式。有一段时间，我的文学创作开始发生游离，试图写一些关于城市生活的小说，却都很不像样子，自己都羞于说出口。这又给了我一个重要的启示，我只能属于贺兰山以西的阿拉善，属于那里的草原和沙漠，无论我走到哪里，无论我走了多远。假如我的小说中缺少了草原、沙漠、羊群、驼群这些最基本的元素，我必将寸步难行，一事无成。当然，这其中不能没有人的参与，也就是我的父辈兄长们，包括女人和孩子。于是，也才有了近期的《青草如玉》《大草垛》《许女的婚事》，包括被《十月》相中的《冬日》《秋夜》和《大水》等一系列中短篇小说。我的小说一开始就被故乡情结和恋土情结笼罩着，始终无法摆脱，以至如影随形。也有评论家对我这种创作倾向提出了善意的批评，认为长此以往，作品会少了大气和厚重。我在十分真诚地接受批评和表示感谢的同时，内心却在有些无奈地替自己辩解。实在是没有办法，我已经是一个四十多岁的人了，在十余年的写作经历中，在百余万字的作品白纸黑字地落定的时候，情感因素和精神向度也随之而确定。再说，没有贺兰山以西的阿拉善，就没有我现在的文学创作和收获。

就写作来说，我无疑是慢手中的慢手，一年大概不会超过十万字，却将更多的时间消耗在了酒场上。我也曾经对自己的这种懒惰有过自责，但当那悠扬温婉的蒙古民歌响起，我的意识会完全脱离文学的轨道，随着歌声情不自禁地八方游走，像一个骑在马背或者驼背上，在草原和沙漠里游荡的浪子，没有目的没有终极。我迷恋这样的生活，这远比城市给予我的一切有吸引力得多。然而，人毕竟又是现实的，作家也不例外，必须回到现实中来。这其实是一个遁词，尤其对我这样懒惰的又才气不足的"作家"而言。我敬佩的青年作家石舒清此前还写过一篇关于我的印象记，文章的题目就叫《行走的骆驼》，同是宁夏青年作家的金瓯则直呼我为"老骆驼"，然后是一番戏说和调侃。他们对我有如此相似的印象和认同，真的让我很感动，也很鞭策。不怕慢就怕站，因为我不是靠那种奇巧而飘逸的想象力进行写作的人，尽管我深知想象力对一个成功的作家会意味着什么，有如一架马车上高速旋转的轮子。我也相信有不少作家是靠自己的经历和记忆写作的，也毫不怀疑这样的文学命题：现实就是记忆。

我生长在贺兰山以西的阿拉善，到考上大学前的十六年里没有离开过一步，大学毕业后又返回家乡，一边工作一边静悄悄地开始了我的文学之旅。二十四岁才发表了小说处女作《苍海》，是一个短篇，写的就是自己少年时期在沙漠里的一段经历，有伤感有向往，却少有思想，模仿的痕迹很重，却奠定了我对文学的执著，从此欲罢不能。我真正的文学起步大概始于新世纪之初的2001年，那时我刚从鲁迅文学院作家班学习回来，连续发表了几篇产生一定影响的短篇小说《湖道》《锁阳》《放羊的女人》等，被几家选刊和选本竞相转载得"一塌糊涂"，得了几个文学奖，上了中国小说学会的年度排行榜，其中的一篇还被北京一家文化传媒公司买断电影改编权。而我所有的小说，无一不是叙写家乡阿拉善的，经历和记忆中的人和事，成为我写作每一篇小说的动力，似乎与想象力没有什么太大的关系，甚至与时代也没有太多的瓜葛，至少我自己是这样认为的。我的父辈兄长们长期以来就那样生活着，在天苍野茫中，在严酷的环境里，是那么的善良而大度，那么的无怨无悔，从而消弭了不期而至的天灾人祸带来的焦虑和隐痛。因为他们更多的是感知到了自然的强大和神奇，否则他们难以生存下去。青年评论家李建军最近说过这样一句话：一个真正有良知的作家，就应该站出来顽强地捍卫自己的记忆能力和叙说的激情，勇敢无悔地关注表象背后那些卑微者的叹息、无奈、委屈，甚至死亡。这句话给我的震动很大，让我思考了很长时间。

放羊的女人

人性是一个宏大的主题，更是一个难以企及的高度，正是它那神性的光芒，让作家在仰视中试图接近，而且乐此不疲。关于小说，美国南方作家尤多拉·韦尔蒂说："通过回忆把生活变成艺术，使时间把它夺走的一切归还给人。"我是暗自窃喜的，它在一定程度上打消了我的顾虑，也许我在文学创作的道路上还能再走出去一步或者半步（其实，即使是半步，都是那么艰难，我甚至有一种绝望感）。窃喜是一回事，保持高度的警觉和清醒更是必要的。经历和记忆的库存一旦枯竭了怎么办?靠想象力吗?那么你的想象力又从哪里来?想来想去，我以为只有两条，一是学养的储备和提升，向前辈和大师学习；一是回到生活中去，生活远比文学要丰富得多得多，那里有源头活水。这说明我从骨子里就是一个很传统的人。

哦，贺兰山以西，天苍野茫的阿拉善大高原。

崇高与悲情同在的我的家乡。